밀어

—

거울의
속삭임

1

밀어: 거울의 속삭임 1

ⓒ비연 2019

초판1쇄 인쇄	2019년 1월 17일
초판1쇄 발행	2019년 1월 22일

지은이	비연

펴낸이	박대일
편집	이문영 · 임유리 · 신지연 · 전보라
교정	김필균
마케팅	임유미
디자인	박현주
일러스트레이션	리마

펴낸곳	파란미디어
출판등록	2004년 9월 14일 제313−2004−00214호

주소	03992 서울시 마포구 동교로23길 14 국제빌딩 6층
전화	02.3141.5589 영업부 070.4616.2012 편집부
팩스	02.3141.5590
전자우편	paranbook@gmail.com
카페	http://cafe.naver.com/paranmedia
페이스북	http://www.facebook.com/paranbook

ISBN	978−89−6371−639−8(04810)
	978−89−6371−638−1(전2권)

밀어

―

거울의
속삭임

1

비 연 장편소설

파란

차
례

1. 민제하

　잘못되었다. 무엇이 문제인지 알 수 없지만 잘못되었다는 것만은 확실하다. 시야가 흐리고 세상이 비틀거린다. 자꾸만 몸이 공중으로 둥실둥실 떠올랐다. 나경을 부르려고 했지만 목소리가 밖으로 흘러나오지 않았다.

　뭐지? 갑자기 왜 이러는 거지? 차분히 생각을 정리하려 했으나, 쉽지 않다. 자꾸만 생각들이 단편적으로 끊어진다. 머릿속에 검은 암막이 드리워진 기분이다. 누군가의 손이 목에 닿았다. 누구? 낯선 손길이 목덜미를 쓰다듬고 있다. 은밀하면서도 야릇한 손놀림에 소름이 돋아났다.

　싫어! 내 몸에서 손을 떼!

　그러나 말할 수도, 움직일 수도 없었다. 머리가 위험하다고 경고하고 있는데도 몸은 조금도 움직이지 않았다. 스륵. 윗옷이 걷어지고 누군가의 손길이 맨살에 닿았다. 기분이 나쁘다. 몸을 더듬는 손길을 피하려고 했으나 몸은 인형처럼 축 늘어진 채로 움직이지 않았다.

그때였다. 왁자지껄한 소리가 들리더니 곧 비명 소리가 이어졌다. 그와 동시에 설아는 더욱 깊은 암흑에 빠져들었다. 더 이상 아무것도 들리지도, 느껴지지도 않았다.

얼마나 시간이 흘렀을까? 인공적인 어둠을 떠돌아다니던 설아는 조금씩 정신을 차리기 시작했다. 가장 먼저 느낀 것은 뺨을 스치는 감각이었다. 부드러운 감촉의 무엇인가가 뺨에 닿았다. 손길, 사람의 손길이다.

조심스레, 상대방이 다칠까 봐 두려워하는 듯한 손길.

외부의 감각을 인지하자, 점점 정신이 맑아졌다. 그러나 완전히 깨어나기 전에 머리 뒤쪽에서 찌잉, 하는 흔들림과 심한 통증이 느껴졌다. 지금까지 어둠 속에서 얌전히 있던 통증은, 설아가 정신을 되찾음과 동시에 와락 밀려들었다.

아프다!

온몸이 두드려 맞은 것처럼 아프다. 욕지기가 치민다. 머리가 깨질 듯이 아프다 못해서 눈알이 앞으로 뽑혀져 나올 것 같다. 머릿속에 작은 인간이 들어가서 송곳으로 관자놀이 부분을 불규칙적으로 찍어 내리는 것 같은 통증이었다.

"일어나려고 하지 마세요."

왼쪽에서 중저음의 목소리가 들렸다.

누구? 지독한 고통 속에서도 남자의 목소리는 선명하게 들렸다. 힘 있으면서도 달콤한 목소리. 누굴까? 전혀 모르는 목소리다. 아니, 아니다. 알고 있는 목소리다.

이 목소리는, 아주 오랫동안 그리워했던 목소리다.

"자칫하면 뇌진탕이 될 수도 있다고 하더군요. 며칠 푹 쉬면서 경과를 봐야 한답니다."

그리우면서도 슬픈, 이 목소리는 누굴까? 상대방의 얼굴을 보고 싶은데 눈을 뜰 수가 없었다. 눈 위에 무거운 것이 올려 있는 것처럼, 꼼짝달싹할 수가 없었다.

"되도록."

목소리가 점점 가까이 다가왔다. 바로 얼굴 위까지 다가온 목소리가 나지막이 말했다.

"움직이지 마세요. 그럼 오늘은 여기까지 하죠, 유설아 씨."

설아. 남자가 자신의 이름을 부르는 순간 아련한 감각이 스쳤다. 이유를 알 수 없지만 갑자기 슬퍼졌다. 그립고 그리운, 한 번도 잊은 적 없었던 사람.

하재?

그러나 깨달음은 빠른 속도로 소멸되더니, 이내 완전히 사라졌다.

다시 어둠에 사로잡힌 설아는 점점 더 깊은 잠에 빠졌다.

온몸이 뻐근하다. 누군가에게 잔뜩 두드려 맞은 기분이다. 설아는 크게 숨을 들이마시면서 눈을 떴다. 이번에는 순순히 눈이 떠졌다. 눈부시다. 밝은 빛과 마주한 설아는 고개를 옆으로 돌렸다. 통증은 여전했지만 그래도 어제와 달리 조금이라도 몸을 움직일 수 있었다.

"일어나셨네요. 정신이 드세요?"

단정하게 차려입은 중년 여자가 시야로 들어왔다.

"남편분이 많이 걱정하셨어요."

남편? 무슨 남편? 존재하지도 않는 남편을 말하는 상대방이 이상했지만 여자는 설아의 얼굴에 떠오른 당혹감을 읽지 못했다.

"간호사 불러올 테니 잠시 기다려요."

어떤 남편을 이야기하냐고 묻기도 전에 여자는 병실 밖으로 휙 나갔다. 무슨 일이 벌어지고 있는 거지? 도대체 왜 이곳에 있는 걸까? 몸을 움직일 수 있긴 하지만 여전히 머리는 깨질 듯이 아프다.

설아는 왼손으로 관자놀이를 누르면서 기억을 더듬었다.

가장 먼저 떠오르는 얼굴은 대학 동기인 나경이었다. 대학을 졸업하고 2년 뒤, 나경과는 같은 학원의 강사로 만나게 되었다. 대학 때는 친분이 없었지만 학원에서 일하면서 꽤 친밀한 사이가 되었다. 사람들과 잘 어울리지 못하는 설아와는 달리, 나경은 매우 활발한 성격이다. 그 덕분에 나경의 예비 신랑인 영락과도 몇 번 만나서 식사를 한 적이 있었다.

어제도 두 사람과 함께 저녁을 먹었다. 그리고 둘에게 이끌려서 고급 클럽에 간 것까지는 기억이 난다. 그런데 왜 이곳에 홀로 있는 걸까? 나경은 어디에 있는 거지? 찬찬히 기억을 더듬으려 했지만 생각하면 할수록 머리가 깨질 듯이 아팠다.

드르륵.

문이 열리고 방금 전에 나갔던 여자와 간호사가 들어왔다. 몸을 일으키려는 설아를 본 간호사는 깜짝 놀란 얼굴로 다가왔다.

"안 됩니다! 환자님, 절대 안정을 취하셔야 해요!"

"네?"

"당장 다시 누워요!"

"아……. 네네."

선생님에게 야단맞는 학생이 된 기분으로 설아는 침대에 누웠다. 설아가 자리에 눕자 간호사는 날카로운 눈으로 여기저기 살폈다.

"후두부를 크게 부딪치셨어요. 앞으로도 당분간 급격한 움직임은 삼가셔야 합니다. 곧 주치의 선생님께서 오셔서 검사를 하실 겁니다. 잠시만 기다리세요."

간호사의 말이 끝나기가 무섭게 날카로운 인상의 의사가 들어왔다. 그리고 끝없는 검사가 이어졌다. 무슨 일이냐고 물어봤지만 대답하는 사람이 없었다. 한참 동안 계속 검사를 하고 난 뒤에야 겨우 병실로 돌아올 수 있었다.

병실에 홀로 남겨진 설아는 숨을 들이켰다. 정신이 멍하다. 사람들과 거듭되는 검사에 시달려서인지 피곤함과 통증이 더 심해지는 것 같다. 속이 답답하다. 초췌한 얼굴로 설아는 냉장고 문을 열었다. 불행히도 냉장고 안의 물은 그리 차갑지 않았다. 심지어 얼음도 없었다. 병원 매점에 가서 얼음을 사 와야 하나?

고민하는 사이 문이 드르륵 열리더니 남자 한 명과 의사가 대화를 하면서 들어왔다.

"그럼 다른 문제는 없다는 겁니까?"

"네. 강한 충격으로 의식을 잃었을 뿐입니다. 그 이외에 별다른 문제는 없는 것으로 보입니다."

"별다른 문제가 없다고 단언하기에는 아직 이른 거 아닙니까? 모든 검사 결과가 다 나온 것도 아닌데."

"그건 그렇지만……. 검사 결과가 나온다고 해서 크게 달라질 것은 없을 듯해서……."

"그래도 확실한 게 좋죠. 되도록 빨리 다른 검사와 함께 결과를 받아 봤으면 합니다."

"알겠습니다. 그렇게 전하죠."

두 사람이 누구의 검사에 대해서 말하고 있는지, 묻지 않아도 알 수 있었다. 자신의 상태에 대해서 이야기하고 있는 중이다. 설아는 의사와 이야기를 하는 남자를 유심히 바라봤다.

짙은 남색 슈트를 입고 있는 남자의 키는 188센티미터 정도 되어 보였다. 남자는 길게 뻗은 눈매와 부드럽게 웃는 것처럼 보이는 입매를 가지고 있었다. 전체적으로 몸의 선이 가는 듯 보였지만 가벼운 움직임에도 탄탄한 근육이 부각되었다. 장신에 늘씬한 몸매를 가진 남자의 몸놀림은 검은 표범처럼 우아하면서도 부드러웠다.

의사와 말하던 남자가 설아의 시선을 느꼈는지 고개를 돌렸다.

순간 남자와 눈이 마주쳤다. 옆으로 길게 뻗어 있으면서도 또렷한 남자의 눈매는 독특한 인상을 자아냈다. 날카로우면서도 부드러운, 묘한 느낌의 눈매를 가진 남자는 설아에게서 눈을 돌리지 않았다. 의사와 말하면서도 시선은 설아에게 고정한 채였다.

남자의 강렬한 시선과 마주하게 된 설아는 입술을 꼭 깨물었다. 고개를 돌리고 싶다. 남자의 시선에서 도망치고 싶다는 유혹이 강렬했지만 꿋꿋이 참아냈다. 그리고 조심스러운 시선으로 남자를 살폈다. 잘생기고 매력적인 남자. 언제 어떤 상황에서 만나도 상대방에 대해서 매력적인 미남이라는 판단을 내렸을 것이다.

다만 문제는 전혀 모르는 사람이라는 데 있었다.

자신을 살피는 설아를 바라보던 남자의 입가에 옅은 미소가 떠올랐다. 잠시 뒤, 남자는 시선을 의사 쪽으로 돌렸다. 설아와 남자 사이의 신경전을 눈치채지 못한 의사는 계속해서 의학적인 용어를 늘어놓았다.

"제 소견으로는 3일 정도만 휴식을 취하면 될 겁니다."

"알겠습니다. 그 문제는 유 닥터에게 맡기기로 하겠습니다."

"네. 그럼 저는 이만."

붙잡을 틈도 없이 의사는 병실 밖으로 나갔다. 덕분에 남자와 단둘이 남게 되자 미묘한 긴장감이 점점 커졌다. 뚜벅뚜벅. 다가오는 남자의 발걸음 소리가 천둥소리처럼 크다. 바로 앞까지 다가온 남자가 고개를 살짝 숙였다.

"괜찮으십니까?"

"누구세요?"

"보통 이런 때에는 감사합니다가 먼저일 텐데?"

"감사합니다. 그런데 누구세요?"

"엎드려 절 받기를 이렇게 경험하는군요. 민제하입니다."

남자가 손을 내밀었다. 별 뜻 없는 행동이었으나 위험하다는 느낌이 강하게 들었다. 제하는 설아가 그의 손을 잡지 않자, 고개를 살짝 옆으로 돌렸다.

"악수, 해 본 적 없습니까?"

"아뇨. 해 봤어요."

"그럼 저와도 해 보시죠. 다른 사람과는 해 봤다는 그 악수."

묘한 느낌이다. 불쾌하지는 않지만 제하의 말투와 태도가 묘하게 거슬린다. 그래서인지 선뜻 손이 나가지 않았다. 설아는 조금 주저하면서 천천히 손을 내밀었다. 제하는 자신을 향해서 다가오는 설아의 손을 가볍게 쥐었다.

보드라운 손바닥에 딱딱한 남자의 손이 닿는다. 조금 들뜬 것 같은 열기가 손을 타고 전해졌다. 타인의 체온에 저도 모르게 뺨이 살짝 달아올랐다.

"반갑습니다, 민제하 씨. 그런데……, 누구세요?"

"일단 애플 앤 미러 클럽 사장이라고 해 두죠."

애플 앤 미러 클럽? 모르는 곳이다. 그런 곳의 사장이 왜 이곳에서 내 보호자 행세를 하고 있는 거지? 설아는 어리둥절한 얼굴로 제하를 바라봤다.

"내 클럽에서 넘어지셨죠. 아주 크게."

그제야 나경과 함께 술을 마시러 갔던 고급 클럽의 이름이 애플 앤 미러라는 사실이 떠올랐다. 어제 나경과의 식사를 마칠 때쯤 영락의 친구인 오현종이 끼어들었다. 영락과 나경의 결혼을 축하한다면서 현종이 단골 클럽으로 가자고 했었다.

그리고 또 어떤 일이 있었더라? 기억을 더듬으면서 설아는 천천히 손으로 이마를 눌렀다. 어제 일들이 조금씩 기억나고 있지만 제하가 왜 이곳에 있는지에 대해서는 짐작조차 할 수 없었다.

"그나저나 유설아 씨는 도와준 사람에게 늘 이런 식으로 대합니까?"

유설아! 제하가 설아라는 이름을 말하는 순간 설아는 멈칫했다. 뭐지? 방금 스친 익숙한 이 감각은 도대체 뭐지?

"유설아 씨?"

제하가 재차 이름을 부르자, 설아는 방금 전의 감각이 뭔지 깨달았다.

그렇구나. 제하의 목소리가 하재와 흡사했다. 특히 설아를 발음할 때, ㄹ 자를 살짝 굴리면서 아로 연결되는 말투가 하재와 똑같았다.

제하는 설아가 아무 말도 하지 않고 자신을 바라보자 어깨를 으쓱거리며 웃었다.

"내가 잘생기긴 했지만 이렇게 넋을 놓고 볼 정도는 아니라고 생각하는데."

"……아, 아뇨……."

"설마 내가 못생겼습니까?"

"그건 아니에요."

"그럼?"

"그냥 아는 사람이 떠올라서요. 그래서 바라봤어요. 기분 나쁘셨다면 죄송합니다."

"아는 사람?"

제하의 목소리가 조금 날카로워졌다. 아니, 제하의 목소리는 달라지지 않았다. 착각이다. 제하는 처음 만났을 때처럼 정중하지만 어딘지 모르게 위험한 느낌을 주는 상태다. 설아는 머리카락을 쓸어 올리면서 고개를 살짝 저었다.

"아니에요. 아무것도 아니에요. 머리를 부딪쳐서 착각했나 봐요. 그런데 왜 제가 여기에 있는 거죠?"

"클럽에서 넘어져서 다치셨습니다. 기억나지 않으세요?"

"제가 넘어졌다구요?"

넘어졌다는 말을 하려는 순간, 갑자기 머리가 깨질 것처럼 아파 왔다. 설아가 말을 하다 말고 얼굴을 잔뜩 찡그리자 제하가 얼른 다가왔다.

"의사를 부를까요?"

"아……, 아니……."

아니라고 말했지만 거짓말처럼 밀어닥친 통증이 지독했다. 조금만 움직이려 해도 머리가 깨질 듯이 아팠다. 지독한 두통에 설아는 두 눈을 감았다. 눈을 감고 있는데도 몸이 빙글빙글 도는 느낌이다.

"머리가 많이 아프고 며칠 동안 구토 증세도 있을 거라고 하더군요. 다행히 뇌진탕은 아니랍니다."

"그런데……."

입에서 바싹 메마른 목소리가 흘러나왔다.

"제가……, 왜 넘어진 거죠?"

"유설아 씨는 친구를 가려서 사귀는 게 좋겠습니다."

지금까지 정중하던 제하의 목소리가 싸늘해졌다.

"상대방에게 약을 먹여서 하룻밤을 즐기려는 남자들과 친분이 깊은 친구라면, 특히, 더."

뭐? 갑자기 몸의 통증이 사라졌다. 하룻밤을 즐기려는 남자? 약을 먹여서? 친구? 지금 제하가 무슨 말을 하고 있는 거지?

"……그게 지금 무슨 말이에요? 약……이라뇨?"

"내 말이 어려웠던 겁니까?"

"아뇨. 이해했어요. 하지만……, 그건……."

설아는 제하를 보면서 고개를 저었다.

"말도 안 되는……. 그럴 리가 없어요."

약이라니! 있을 수 없는 이야기다. 어제는 서로 아는 사람들끼리의 술자리였다. 더구나 결혼을 앞둔 영락과 나경을 축하하기 위한 자리였다. 그런 자리에서 약이라니! 있을 수 없는 일이다.

"뭔가 오해가 있었던 것 같은데……."

"정말 오해라고 확신하십니까?"

"네! 모두 그럴 사람들이 아니니까요!"

"유설아 씨."

설아의 이름을 부르면서 제하는 환하게 웃었다. 다른 곳에서 마주했다면 마음이 떨릴 만큼 매력적인 웃음. 그러나 설아에게는 전혀 다른 의미의 웃음으로 다가왔다.

"원래 그럴 사람이 아닌 사람들이, 그런 일을 하는 겁니다."

"……."

"당시 우리 쪽 종업원이 뭔가 이상하다는 것을 알아차리지 못했다면 유설아 씨는 지금과는 매우 다른 상황이었을 겁니다."

제하의 말이 차가운 손으로 변해서 심장 안쪽을 스쳤다. 다시 두통이 시작되더니 온몸이 와들와들 떨렸다. 설아는 고개를 흔들었다. 아니다. 그런 일이 벌어졌을 리 없다. 나경과 영락이 자신에게 그런 짓을 할 리가 없다. 그럴 사람들이 아니다.

하지만 자신이 병원에 있다는 것은 무시할 수 없는 사실이다. 제하의 말을 곧이곧대로 받아들일 수는 없지만 외면할 수도 없었다. 혼란한 가운데 설아는 제하에게 물었다.

"확실한가요?"

"네. 확실합니다."

제하는 한 발걸음 더 다가왔다.

"내 말을 믿기 싫으면 믿지 않아도 됩니다. 어차피 나와는 상관없는 일이니까. 다만."

침대까지 다가온 제하는 두 손으로 침대 가장자리를 짚었다. 몸을 앞으로 숙인 제하는 설아의 얼굴 바로 앞까지 다가왔다.

"나를 믿는 게 좋을 겁니다."

제하의 얼굴에서 가장 인상 깊은 것은 눈이었다. 옆으로 길게 뻗은 눈매가 또렷하면서도 독특한 인상을 자아냈다. 제하를 보고 있자니 흑표범이 떠올랐다. 하품을 하면서 어슬렁거리며 다니지만 세상을 뚫어 보는 호박 빛 눈동자를 가진 흑표범. 시간이 지날수록 점점 확실해졌다. 민제하는 자신과는 종족이 다른 사람이다.

어눌한 초식 동물인 자신과 달리 제하는 타고난 육식 동물이다.

그것도 최상위층 포식자.

"큰 충격을 받으신 것 같으니 일단 오늘은 쉬시죠. 그럼."

"사실이라면……."

"……?"

"경찰을 불러 주세요."

경찰이라는 말에 제하는 몸을 뒤로 젖혔다. 그러고는 시큰둥한 어조로 말했다.

"경찰은 추천하고 싶지 않습니다."

"안 되는……, 이유라도 있나요?"

"이유는 없지만 내 사업장에서 벌어진 일이니까, 이것저것 골치 아픈 일들이 생길 것 같아서 싫습니다. 그리고 호의로 이만큼 도와줬으니 뒤처리는 유설아 씨 혼자 했으면 좋겠습니다."

부드럽지만 단호한 거절에 설아는 두 눈을 질끈 감았다. 제하의 말이 옳다. 타인의 호의에 지나치게 기대려고 했다. 지금은 타인의 호의보다 제하의 말이 모두 거짓말이면 좋겠다. 그런데 거짓말이 아니면? 거짓말이 아닐 때의 현실과 마주치는 게 두렵다. 두 눈을 뜬 설아는 제하에게 감사 인사를 했다.

"네, 그럴게요. 혼자서 해 보겠습니다. 도와주셔서 감사합니다. 그리고 병원비는……."

"병원비는 걱정하지 마세요. 이미 우리 측에서 냈으니까. 그럼 푹 쉬다가 퇴원하시길 바랍니다."

제하가 떠나고 홀로 병실에 남겨진 설아는 지독한 두통을 억누른 채, 어제 있었던 일들을 떠올렸다.

어제 밥을 먹던 와중에 영락의 친구인 현종이 왔다. 처음 만난 현종은 예의 바르고 유쾌한 사람이었다. 그러다가 애플 앤미러 클럽에 갔고 맥주를 마셨다.

그래. 그것까지는 확실히 기억이 난다. 또 화장실에 갔던 것도 기억이 난다. 룸을 나서자 나경이 뒤따라와서 현종에 관해서 말했다. 또 현종이 부자니까 잘해 보라면서 어깨를 두드렸다. 그리고……, 그리고 또 무슨 일이 있었지?

기억이 나지 않는다. 아무리 생각해도 기억이 나지 않았다. 마치 지우개로 지워진 것처럼 화장실 이후의 일이 떠오르지 않았다.

손끝이 떨리기 시작했다. 숨이 가빠지고 입안이 바싹바싹 말랐다.

나경이 그런 짓을 할 리 없다. 나경과 마음을 나눈 절친이냐고 묻는다면 대답은 NO다. 그러나 나경이 누군가를 배신할 사람이냐고 묻는다면 그 대답도 NO다.

나경과는 최소한 친구라는 범주에 들어갈 수 있는 사이다. 게다가 다른 사람에게 과시하기를 좋아하는 나경의 성격상 결혼을 축하하는 자리에서 그런 짓을 할 리 없다. 하지만 한번 생기기 시작한 의심은 점점 커져만 갔다.

제하의 말이, 투명한 물에 떨어진 검은 먹물 같다.

처음에는 한 방울일 뿐이지만 서서히 맑은 물을 새까맣게 만드는 검은 먹물.

고민하던 설아는 병실 한쪽에 있는 옷장의 문을 열었다. 예상대로 옷장 안에는 어제 입었던 옷과 휴대전화가 들어 있었다. 잠시 고민하던 설아는 나경에게 전화를 걸었다.

"무슨 말을 하는지 전혀 모르겠어."

설아의 질문에 나경은 어이없다는 듯 어깨를 들썩였다.

"너, 병원에서 검사를 제대로 받은 거 맞아? 뭘 빠트린 거 아냐?"

"그러니까 너는 전혀 모르는 일이란 말이지?"

"당연하지!"

나경은 어이없다는 얼굴로 헛웃음을 터트렸다.

"어디서 무슨 소리를 들었는지 모르겠는데, 그건 사고였어!"

"사고?"

"그래! 그날 네가 일찍 취했었잖아. 기억 안 나? 술에 취해서 일어나려다가 미끄러진 거야. 그 바람에 탁자에 머리를 부딪친 거구. 우리도 깜짝 놀랐어. 그때 영락 오빠가 응급 처치를 제대로 안 했으면 너, 정말 큰일 날 뻔했어."

"내가 맥주…… 세 잔에 취했다고?"

나경이 늘어놓는 영락에 대한 자랑보다도 맥주 세 잔에 취했다는 말이 더 크게 와 닿았다. 설아의 질문에 나경은 잠시 주춤거렸지만 이내 발랄한 목소리로 답했다.

"세 잔 아냐. 너, 그때 많이 마셨어. 기억을 못 하는가 보다. 하긴 그런 날이 있어. 몇 잔밖에 안 마신 것 같은데, 알고 보면 엄청 마셔서 필름이 끊기는 날. 그런데 점점 더워지네. 결혼식 날은 많이 덥지 않았으면 좋겠는데. 5월이니까 시기가 애매해서 에어컨을 켤 것 같지도 않고. 그나저나 너는 뭐 입고 올 거야?"

낯설다. 갑자기 자신의 결혼식에 대해서 이것저것 이야기를 늘어놓는 나경의 행동이 소름 끼칠 만큼 낯설다. 사뭇 다른 사람을 보는 것 같다. 설아가 알고 있는 나경이라면 처음부터 병원에 있어야 했다. 그러나 나경은 연락 한 번 하지 않았다. 같이 술을 마시던 일행 중 한 명이 머리를 심하게 다쳤는데 문병은커녕 연락조차 없다? 나경답지 않은 행동이다.

"너는 지금 그런 말이 나와?"

"그런 말이라니? 무슨 뜻으로 하는 말이야?"

설아는 기분이 상한 티를 내는 나경을 보면서 입술을 깨물었다.

어이가 없다? 당황스럽다? 황당하다?

지금 자신이 느끼고 있는 감정에 대한 정확한 표현을 찾기가 힘들었다. 그러나 한 가지만은 확실했다. 지금까지 나경에 대해서 완전히 잘못된 판단을 내리고 있었다는 것. 조금 이기적인 면은 있을지 몰라도 다정다감한 성격이라고 생각했던 것은, 큰 착각이었다.

설아가 냉정한 눈이 되자 나경은 팔짱을 꼈다.

"왜 그런 눈으로 사람을 봐?"

"……."

"아무 일도 없었어. 사고였다고 했잖아."

"사고?"

"그래. 그날 네가 술을 많이 마셨어."

"아니!"

설아는 단호하게 고개를 저었다.

"많이 마시지 않았어. 겨우 맥주 세 잔이었어!"

"네가 기억하는 게 세 잔이겠지! 그 뒤로 엄청 많이 마셨어!"

"그럼 왜 더 마신 기억이 나지 않는 건데?"

"내가 네 기억까지 책임져야 해?"

계속된 추궁에 나경은 버럭 화를 냈다.

"갑자기 왜 이래? 진짜!"

나경은 거짓말을 하고 있다. 어떻게 거짓말인지 아냐고 묻는다면 답할 수 없다. 그런 건, 그냥 느끼는 거니까.

제하의 말이 진실이었다.

분노가, 혈관을 타고 끓어오르는 분노가 느껴졌다. 어떻게 나경이 자신에게 그런 짓을 할 수 있는 거지? 타인에게도 절대로 해서는 안 되는 짓을, 같은 직장 동료이자 동창인 자신에게 해 놓고 모르는 척하고 있다.

설아가 화를 내는 동안 나경은 태연한 얼굴로 주스를 마셨다. 평화로운 오후의 카페에서 커다란 창으로 밝은 햇볕이 쏟아지는 가운데, 나경은 그 어느 때보다도 평온해 보였다.

"설아야."

"……."

"아무래도 쓰러지면서 네가 머리를 크게 다쳤나 봐. 그런 말도 안 되는 이야기를 하는 걸 보면……. 어쩌면 내가 결혼하는 게 질투 나는 건가 싶기도 하고."

"질투?"

"그래. 질투."

나경은 말간 눈으로 설아를 바라봤다.

"솔직히 말해서 너, 외모 외에는 딱히 볼만한 거 없잖아. 그런데 그 외모도 이제는 서른이니까 내세우기 힘든 상태지. 대인 관계도 원만하지 못해서 학부형들과도 간혹 문제가 있었고. 그래서 영락 오빠와 결혼하는 내가 질투 났을 수도 있다는 생각이 드네. 얘, 속마음을 시원하게 말해 봐. 내가 부러운 거니? 그래서 지금 어떻게든 나와 오빠를 깎아내리려고 이러는 거 아냐?"

"……소설 써? 내가 그런 질투를 왜 해?"

"그럼 너는 왜 거짓말을 하면서 사람을 취조하니?"

설아는 주먹을 꽉 쥐었다. 화가 난다. 뻔뻔한 나경보다 스스로에게 더 화가 났다. 항상 이런 식이다. 상대방과 조금 친해졌다 싶으면 이런 식으로 뒤통수를 맞는다.

아버지가 늘 하던 말. 네가 그 정도밖에 안 되니까 그런 사람들하고 만나는 거라던 말.

아버지가 그 말을 할 때마다, 자기 자신을 형편없다고 생각하지 말자고 수십 번도 더 다짐했다. 하지만 이럴 때면 아버지의 말이 모두 진실인 것 같아서 속이 뒤틀린다.

"네가⋯⋯."

바싹 메마른 목소리가 흘러나왔다.

"왜 그런 짓을 하는지 모르겠지만."

"아, 짜증 나! 작작 좀 해!"

"작작?"

"그래! 유설아! 너, 지금 미친 사람 같아. 술에 취해서 넘어져 놓고 갑자기 성폭행 운운이잖아. 그렇게 안 봤는데, 지금 너 꼭 꽃뱀 같아! 혹시 현종 오빠 재산이라도 노리는 거야?"

"김나경. 너, 정말⋯⋯. 제대로 바닥을 보여 주는구나."

"바닥? 도대체 무슨 이야기인지 모르겠다. 그리고 너한테 딱히 나쁜 일도 아니었잖아."

"아니었다고?"

"그래. 현종 오빠, 집도 부자고 학벌도 좋아. 가지고 있는 건물이 몇 개인데. 거기에 비해서 넌 아무것도 없잖아. 그런데 왜 이렇게 날을 세우고 헛소리를 하는지 모르겠어."

온몸에 소름이 끼쳤다. 나경의 본모습을 모른 채, 2년이라는 시간을 함께 보냈다는 사실에 몸서리가 쳐졌다. 어이가 없어서 말문이 막힌 설아의 태도를 마음의 변화로 오해한 나경은 사근 사근한 목소리로 말했다.

"잘 생각해 봐. 좋은 게 좋은 거잖아."

"그 좋은 게 좋은 거라는 거, 경찰서에 가서 한번 알아보자."

"뭐?"

"경찰서에서 보자고."

설아는 가방을 쥐고 일어났다.

"내가 꽃뱀인지 아닌지, 경찰서에서 시시비비를 가려 보자는 뜻이야."

"야! 경찰서에서 보자니! 그게 무슨 소리야?"

"말 그대로야. 너와 할 이야기가 없으니까 경찰서에서 보자는 거야."

"너, 진짜 미친 거 아냐? 아무 일도 없었다니까! 몇 번이나 말해? 또 네 말이 맞다고 쳐! 그래도 네가 할 수 있는 건 아무것도 없어!"

나경이 소리를 지르자 카페 안의 사람들이 모두 돌아봤다. 그러나 나경은 흥분을 가라앉히지 못하고 계속 씩씩거렸다. 설아는 그런 나경에게 차갑게 말했다.

"할 수 있는 게 있을지 없을지는 두고 봐야지. 그리고 나에게는 증인도 있어."

"증인?"

"그래, 증인. 애플 앤 미러 클럽의 사장. 친절한 사람이더라. 나를 병원에 데리고 가 줬고 병원비도 다 내줬거든. 어때? 이제 상황 파악이 제대로 돼?"

제하의 존재를 들은 나경의 얼굴은 보기 흉할 정도로 일그러졌다.

"너……, 이러고도…… 무사할 거 같아?"

"그래. 무사할 것 같아. 죄를 저지른 건 너희지, 내가 아니니까. 그리고 후회할 거라는 말을 하려는 거라면 하지 마. 너와 친하게 지냈던 지난 세월들이 끔찍할 정도로 후회스러우니까."

무슨 일이냐면서 소곤거리는 목소리가 들렸지만 설아는 뒤도 돌아보지 않고 밖으로 나갔다.

떠나는 설아를 바라보던 나경은 거친 숨을 몰아쉬었다. 한참 동안 가만히 있던 나경은 영락에게 전화를 걸었다. 영락이 전화를 받자마자 나경은 짜증을 터트렸다.

"오빠! 어떻게 해?"

— 무슨 일이 있어?

"지금이 무슨 일이냐고 물을 때야?! 내가 오늘 설아 만나러 간다고 했잖아!"

— 아아……. 그랬던가? 그런데 왜? 뭐 잘못됐어?

"몰라! 설아, 걔, 미쳤나 봐! 경찰서에 간대."

— 뭐? 어딜 간다고?

반쯤 졸던 영락의 목소리가 갑자기 커졌다. 동시에 나경의 목소리 톤도 올라갔다.

"경찰서!"

— 경찰? 정말?

"그래! 경찰서! 이제 어떻게 할 거야? 정말 아무런 문제도 없는 거 맞아? 우리까지 피해가 오면 어떻게 해!"

— 괜찮아! 아무 일도 안 생겨! 그냥 현종이가 장난을 좀 친 것뿐이야. 너도 같이 봤잖아. 걔가 쓰러진 뒤에도 현종이는 아무 짓도 안 했어. 장난이야! 그냥 장난!

"하지만 약을 먹였잖아……."

— 약을 먹인 건 맞지만 그것뿐이잖아. 야! 친구들끼리 장난으로 이상한 거 먹일 수도 있고! 그런 거지. 특별히 어떤 해를 입은 것도 아니고.

"……."

— 현종이가 괴팍한 장난을 많이 쳤지만 지금까지 아무런 문제도 없었어. 네 친구가 지나치게 반응한 거야. 별문제 없어. 안심해.

"정말? 정말 안심해도 돼?"

— 당연하지! 그런데 네 친구는 도대체 왜 그러는 거야? 현종이 괜찮은 녀석이잖아. 네 친구도 손해 보는 장사는 아닐 텐데, 뭘 그렇게 따져? 피곤하게.

"걔가 원래 그런 애라고 말했었잖아. 대학 때도 철벽 치고 도도한 척해서 뒤에서 욕하는 애들이 많았어."

— 하아……. 짜증 나네.

휴대전화 너머로 영락의 한숨 소리가 들리자, 나경의 얼굴 빛이 달라졌다.

"오빠……, 혹시 우리…… 문제 생기는 거야?"

― 아냐. 괜찮아. 걱정할 거 없어. 자기 혼자 버둥거리다가 넘어져서 다친 거잖아. 그게 왜 우리 탓이야? 증인도 없는데 무슨 걱정이야.

"아……, 그게……. 오빠……, 증인……. 그…… 클럽 사장……. 그 사람이 증인이 되어 주기로 한 거 같던데."

― 뭐?

영락의 목소리가 지금까지와 비교할 수 없을 정도로 커졌다.

― 야! 넌 그런 이야기를 왜 지금 해! 끊어!

갑자기 전화가 뚝, 하고 끊어졌다. 평소라면 먼저 전화를 끊은 영락에 대해서 화를 터뜨렸을 것이다. 그러나 지금은 화를 낼 여유조차 없었다. 나경은 핑크 톤의 립스틱을 바른 입술을 잘근잘근 깨물었다. 자칫해서 입술 각질 쪽을 건드리는 바람에 피가 배어 나왔지만 아무것도 느낄 수 없었다.

영락이 급히 전화를 끊은 건 지금 상황이 그리 좋지 않다는 뜻이다.

일이 잘못되어서 결혼식에 문제가 생기면 어쩌지? 그 웨딩 드레스를 구하느라 얼마나 힘들었는데! 또 예약들은? 생각하면 할수록 짜증이 치솟았다. 도대체 유설아! 걔는 왜 그렇게 꽉 막힌 걸까? 장난으로 한 일인데, 왜 난리를 피우는지 모르겠다.

나경은 초조한 손짓으로 주먹을 쥐었다가 폈다. 다시 영락에게 전화를 걸었지만 계속 통화 중이다. 잠시 고민하던 나경은 휴대전화 목록에 있는 사람들을 살폈다. 자신과 영락의 결혼에는 문제가 없도록 만들어야 한다.

그러니 설아가 움직이기 전에 선수를 쳐야 한다. 다른 사람과 거리를 두는 설아보다는 인맥이 넓은 자신이 유리하다. 또 학원의 원장은 영락의 부모님과 아는 관계니까 훨씬 더 유리하다. 어떻게 해도 설아가 빠져나갈 구멍은 없다. 결심을 굳힌 나경은 휴대전화를 들었다.

"여보세요. 응, 서영 선생님. 나예요, 김나경. 갑자기 전화해서 미안한데…… 혹시 유설아 선생님이 요즘 돈 필요하다는 말을 서영 선생님에게도 했어요? 아……, 아……, 그런 게 아니라……. 이걸 어떻게 말해야 할지 모르겠는데. 며칠 전 예랑이랑 같이 놀러 갔는데 유 선생이 이상한 행동을 해서 제가 난처해서요. 네, 네. 자세한 건 만나서 이야기 드릴게요."

전화를 끊은 나경의 얼굴에는 미소가 서려 있었다.

"이사님. 클럽에 유설아 씨가 찾아왔다고 합니다."

비서의 말에 서류를 살피던 제하의 손이 살짝 느려졌다. 그러나 흔들림도 잠시. 비서에게 질문을 던지는 제하의 목소리에는 아무런 동요도 없었다.

"뭐라고 했답니까?"

"이사님 전화번호를 물었고. 또 이사님을 만나게 해 달라고 했답니다. 증인 문제로 찾아온 것 같습니다."

"······."

"어떻게 할까요?"

"지금 유설아 씨 상황이 어떻지?"

무표정한 얼굴로 제하는 고개를 들었다. 제하의 날카로운 시선과 마주한 비서는 슬쩍 고개를 돌렸다.

"그리 좋은 상황은 아닙니다. 처음부터 상대방의 범죄를 증명하기 어려운 상황이었으니까요. 유설아 씨가 섭취했다고 추정되는 약품은 일정 시간이 지나면 체내에서 완전히 분해되는 종류로, 검사에서도 딱히 이상 반응을 보이지 않는지라······ 구하기 힘든 약물인데, 이런 짓을 한두 번 해 본 놈이 아닙니다. 그리고 또 한 가지······."

"······?"

"현재 김나경 씨가 유설아 씨에 대해서 헛소문을 퍼트리고 있는 중입니다."

"헛소문?"

"네. 유설아 씨가 오현종을 노리고 수작을 부렸다는 소문인데, 김나경 씨의 인맥이 넓어서인지 유설아 씨가 고립되고 있습니다."

"고립이라······."

제하는 천천히 고개를 이리저리 돌렸다.

"유설아 씨가 일하는 학원에도 소문이 퍼져 가고 있는 것 같습니다."

"그것 역시 뒤에는 김나경이 있는 겁니까?"

"확신할 수는 없지만 대충 그런 것 같습니다. 그런 쪽으로는 아주 능숙한 사람처럼 보였습니다. 어떻게 할까요?"

"아무것도."

"네?"

"아무것도 할 필요 없어. 그냥 지금처럼 계속 근황 보고만 해 줘요."

"알겠습니다."

비서는 별다른 질문 없이 사무실을 나갔다. 아무도 없는 사무실에서 고개를 뒤로 젖힌 채 생각에 빠져 있던 제하는 천천히 자리에서 일어났다. 유연한 걸음걸이로 창문으로 향한 제하는 그의 눈 아래에 펼쳐진 세상을 바라봤다.

이제 미끼는 던졌다. 상대방이 그 미끼를 언제 어떻게 물지, 그리고 그 미끼를 어떻게 활용할지는 자신에게 달려 있다.

백설 공주. 아름다운 나의 공주님.

그대의 손에 들려 있는 붉은 독 사과는 나의 선물.

부디 즐겁게 드시길.

2. 유혹

　학원 교무실로 들어서자 싸늘한 공기가 느껴졌다. 어쩌면 혼자만의 착각일지도 모른다. 평소와 똑같은데, 스트레스 때문에 괜한 오해를 하고 있는지도 모른다. 그러나 긍정적인 생각은 20분을 채 넘지 않았다. 바싹 마른 몸매에 안경을 낀 원장이 교무실로 들어섰다. 날카로운 눈으로 교무실 안을 훑어보던 원장은 설아를 불렀다.

　"유 선생님, 나하고 잠깐 이야기를 했으면 좋겠는데."

　"네?"

　"아, 다른 분들은 그냥 있어요. 유 선생하고 상담할 게 있으니까."

　원장의 지목에 설아는 침을 꿀꺽 삼키면서 자리에서 일어났다. 원장실로 들어간 설아는 낡은 소파에 앉았다.

"유 선생. 최근에 무슨 일 있어요?"

직선적인 성격답게 원장은 설아가 자리에 앉자마자 질문부터 던졌다.

"네? 일이라뇨?"

"짐작 가는 일 없어요?"

"무슨 말씀이신지."

"이거 좀 보세요."

원장이 휴대전화를 내밀었다. 그러나 설아는 휴대전화를 보는 대신 원장을 바라봤다.

"무슨 일인지……."

"애들 사이에 유 선생 소문이 돌고 있어요."

"네?"

"유 선생이 꽃뱀이라는 소문이에요."

"……!"

너무 황당한 원장의 말에 설아는 두 눈만 깜박였다.

"지금……, 그게……."

"누군가가 의도적으로 퍼트리고 있는 느낌이긴 한데. 자극적인 소문이라서 그런지 삽시간에 퍼져 나가서, 손쓸 도리가 없어. 자, 여기 이 톡부터 읽어 봐요."

톡 대화 창에 보이는 것은 밑도 끝도 없는 억측과 욕설이었다. 그럴 줄 알았다부터 시작된 말들이, 어느새 얼굴 하나 믿고 나경의 남자 친구에게 꼬리를 친 여자로 전락해 있었다. 점점 시야가 흐려진다. 수치심과 분노로 인해 글자들을 끝까지 읽을 수가 없다. 글자 하나하나가 가시가 되어서 심장을 콕콕 찔렀다.

상대방을 살아 있는 인격체가 아니라 게임에서의 최종 보스로 생각하는 사람들. 글자를 무기처럼 휘두르는 사람들의 말은 차마 읽을 수 없을 정도로 잔혹했다. 설아가 끝까지 읽지 못하자, 원장은 다시 한번 더 한숨을 내쉬었다.

"선생님. 저는 아니에요."

자신은 결백하다. 죄가 없다. 나쁜 짓을 한 사람들은 저쪽이다. 움츠릴 필요도 고개를 숙일 이유도 없다. 설아는 다급히 말을 이었다.

"설명할 수 있어요. 설명해 드릴게요."

"하아……."

또다시 깊은 한숨을 내쉰 원장은 고개를 절레절레 저었다.

"유 선생. 내가 먼저 말할 테니까, 들어요."

"원장 선생님!"

"나는 유 선생이 잘못을 저지를 사람이 아니라고 생각해."

의외의 말에 설아는 고개를 번쩍 들었다. 원장은 검은 뿔테를 손으로 치켜들었다.

"유 선생이 사람들을 대하는 게 서툰 점이 있지만 그런 짓을 할 사람은 아니에요. 무슨 문제가 생긴 거겠지. 하지만 요점은 우리 직업이 서비스 업종이라는 거죠. 사람들은 이 직종이 지식을 가르치는 거라고 생각하지만 그게 전부가 아니라는 것쯤은 유 선생도 알고 나도 알잖아. 학부형들이란 사소한 것 하나하나까지도 체크하고 전화해서 따지는 사람들이야. 솔직히 말해서 가르치는 실력은 유 선생이 좋아. 하지만 학부형들을 관리하는 점에 있어서 김 선생을 따라갈 사람이 없는 게 현실이지."

"……."

"물론 내가 끝까지 유 선생을 끌어안을 수는 있어. 하지만 그게 과연 좋을지, 솔직히 말해서 고민이 돼."

"……."

"유 선생은 다른 사람들과 거리를 두려고 하는 편이지. 그런 유 선생의 성향을 불편해하는 사람들도 있어. 특히 예쁜 여자는 싹싹하고 친절해야 한다고 믿는 사람들은 더욱 그래. 털털하고 싹싹한 여자는 좋아하지만 대인 관계가 서툰 미인은 어떻게 해서든 괴롭히려 하는 사람들이 많아요. 카톡 글들. 지금은 애들 사이에서 소문이 퍼지고 있지만 이제 곧 학부형들 사이로도 퍼질 거야. 사태가 그렇게까지 흘러가면 결국 다치는 건 유 선생이야. 세상일이라는 게 웃겨. 이런 일이 생기면 사람들은, 피해자인 여자가 어떤 성향인지부터 따지잖아. 조신한지, 발랄한지."

"……."

"나로서는 유 선생이 상처를 입어 가면서까지 학원에 남아 있으라는 말은 할 수가 없어. 또 나도 피곤하고."

"알겠습니다."

더 이상 들을 필요 없다. 그나마 원장은 나경의 편에 서서 자신에게 돌을 던지지는 않았다. 자신이 그런 짓을 할 사람이 아니라는 것을 인정해 줬다. 그것으로 만족하자. 아니, 사실은 너무 억울해서 눈물이 왈칵 쏟아질 것 같다. 이런 것으로 만족할 수 없다. 반드시 결백을 밝힐 것이다. 입술만 잘근잘근 깨물던 설아는 천천히 고개를 들었다.

아무렇지 않은 목소리로, 아무렇지도 않게 행동하고 싶은데 쉽지 않다. 목에서 나가는 목소리가 쇳소리 같다. 여기저기 갈라져서 흉측한 소리를 내는 바람이 뒤섞인 쇳소리.

"무슨 말씀을 하시는지 다 알겠습니다."

"나도……."

"아뇨. 더 이상 말씀하지 않으셔도 됩니다."

원장의 입장은 충분히 이해한다. 그러나 원장의 죄책감을 덜어 줄 생각은 없다.

"이 일은 제가 알아서 하겠습니다. 일이 다 끝난 뒤에, 원장 선생님은 저에게 사과를 하게 되실 거예요. 또 김나경 선생도 저에게 미안하다면서 무릎을 꿇고 사과하게 될 겁니다. 저는 잘못한 게 하나도 없거든요."

인사를 한 뒤, 학원 교무실로 돌아간 설아는 책상에서 짐을 챙겼다. 뒤통수가 따갑다. 여기저기서 수군거리는 목소리. 속에서 뜨거운 것이 치밀어 올랐다. 가슴이 터질 것 같다. 사람들을 향해서 자신은 결백하다고 소리라도 지르고 싶은 심정이다.

그러나 할 수 있는 것이 없다. 고개를 빳빳하게 치켜드는 것 이외에는.

학원을 나가면서 맹세했다.

무슨 짓을 해서라도 나경의 입에서 잘못했다는 말을 듣고야

말 것이다.

나경과 영락이 자신의 발아래에 엎드려서 미안하다고 사과하는 광경을 보고야 말겠다.

또다시 찾아간 '애플 앤 미러'에서 다섯 시간을 기다렸다. 그러나 제하를 만날 수 없었다. 몇 번이나 직원에게 물어봤지만 사장님은 아직 출근 전이다, 사장님의 개인 전화번호는 알려 드릴 수 없다는, 지극히 상식적인 대답만 들어야 했다. 연락을 바란다는 메시지를 남겼지만 아무런 대답도 없었다.

덕분에 설아는 혈혈단신으로 경찰서에서 현종과 영락을 마주해야 했다. 처음에는 제하가 증인으로 나설까 봐 덜덜 떨던 현종과 영락은 시간이 지나도 아무도 나타나지 않자, 본색을 드러냈다.

"술을 같이 마셨던 것뿐입니다. 언제부터 그게 죄가 되는 겁니까?"

"그래도 일단 신고가 들어왔으니 조사를 해야죠."

"하아, 진짜. 형사님, 제가 그럴 사람으로 보입니까?"

영락이 주먹으로 가슴을 치면서 억울해하자 현종이 끼어들었다.

"형사님. 우리가 그날 같이 술을 마신 건 사실입니다. 그런데 딱히 다른 뜻이 있었던 게 아니라 친구 결혼을 축하하려고

38

마신 겁니다. 그게 문제가 됩니까? 친구 결혼을 축하하기 위해서 술 마신 게, 언제부터 범죄가 된 겁니까!"

"그냥 술자리가 아니라 성추행을 했다고 하니까……."

"아니라니까요! 야, 영락이. 네가 말 좀 해라."

"형사님. 생각해 보세요. 내 결혼을 축하하는 자리였어요. 아니! 어느 미친놈이 신부 앞에서 다른 여자를 강간하려고 약물을 씁니까?"

영락의 말에 형사는 점점 설득당하는 얼굴이 되어 갔다.

"술을 같이 마셨다고 멀쩡한 사람을 강간 미수로 몰다니요! 이런 거 무고 아닙니까?"

현종과 영락은 미리 말을 맞춰 온 것처럼 결백을 주장했다. 그러던 중 영락이 설아를 비난하는 말을 했다.

"이런 말을 하기가 좀 그렇지만. 여기 현종이는 집도 부자고 학벌도 좋습니다. 그러니까 여자들이 달라붙는 경향이 있는데……. 지금도 그런 거……."

"지금 무슨 말을 하고 싶은 거예요?"

의도적인 발언에 설아가 반발했지만 영락은 멈추지 않았다.

실제 성폭행 사건도 입증이 어려운 상황에서 강간 미수는 큰 사건 축에도 끼지 못했다. 심드렁한 태도의 형사가 설아의 편을 들고 있지 않다고 판단한 영락은 강경하게 나섰다.

"무슨 말이냐니? 아니, 이보세요! 유설아 씨, 우리 쪽에서는 그렇게 생각하는 게 당연한 거 아닙니까? 같이 술을 마시다가 쓰러졌다는 것까지는 그렇다고 칩시다. 그런데 왜 현종을 걸고 넘어지는 겁니까? 이유가 없잖아요! 이유가!"

"그쪽이 약을 썼으니까 내가 쓰러진 거죠!"

"증거 가지고 오라고! 증거!"

"자, 자, 조용하세요. 조용."

형사가 개입했으나 영락은 멈추지 않았다.

"내가 우리 나경이하고 친분이 깊다고 해서 좋게 넘어가려고 했는데! 해도 해도 너무하잖아! 지금 현종이를 협박해서 한몫 뜯어내려는 거 모르는 줄 압니까?"

"자, 자. 다들 조용히 하세요."

손으로 두 사람을 진정시키는 형사의 얼굴엔 피곤함만 가득했다.

"일단 오늘은 여기까지 합시다. 차후 우리 쪽에서 조사를 나갈 테니까. 다들 진정하세요."

기계적으로 말하는 형사의 목소리를 듣고 있자니, 빗장이 탁 하고 내려온 느낌이 들었다. 조사를 해 봐도 달라질 건 없다. 합법적인 공권력의 힘은 여기까지다. 자신이 혼자서 뭔가를 할 수 있는 것도 여기까지라는 느낌.

"그럼 잘 부탁드립니다."

형사에게 간절하게 부탁했지만 승산이 별로 없다는 것은 설아도 알 수 있었다. 형사의 그런 태도를 명확하게 인지한 현종과 영락은 빙그레 미소를 지었다.

별다른 소득 없이 경찰서를 나서던 설아는 조롱하는 영락의 목소리에 걸음을 멈췄다.

"이야, 세상 무섭네. 무서워."

"……."

"같이 술 한번 마셨다고 성 범죄자로 만드네. 이거 무서워서 술이나 마시겠나."

영락이 계속 지껄였지만 설아는 못 들은 척 걸어갔다. 여기서 대꾸해 봤자 일만 더 꼬일 뿐이다. 제하를 증인으로 데리고 올 수만 있다면 모든 일을 해결할 수 있다. 상대방을 무시한 채 경찰서를 나가던 설아는 앞에서 걸어오는 나경과 마주쳤다. 얼굴을 빨갛게 물들인 채 걸어온 나경은 설아에게 버럭 고함을 질렀다.

"야! 유설아!"

무시하고 걸어가려는 설아의 가방을 낚아챈 나경은 으르렁거렸다.

"너. 작작 해!"

"놔."

"왜 없는 사실을 지어내서 여러 사람 피곤하게 만들어?"

"없는 사실?"

"그럼 없는 사실이지! 있는 사실이야?"

나경의 태도도 영락이나 현종과 똑같았다. 자신들은 잘못이 없다. 모두 너의 착각이다. 그러니 가만히 있어라. 눈앞이 아찔할 정도로 지독한 분노가 피어올랐다. 피가 거꾸로 솟구친다. 세상 모두에게 화가 난다.

그중 가장 화가 나는 대상자는 바로 자기 자신이다. 나경과 친하게 지냈던 자기 자신이 가장 밉다. 가만히 나경을 노려보던 설아가 천천히 입을 열었다.

"정말 끔찍하구나, 너."

"끔찍해? 지금 누가 더 끔찍한지 말해 줄까? 너는 무고죄로 고소당할 거고, 그리고 여기저기 더러운 소문들만 덕지덕지 묻겠지!"

설아는 의기양양해하는 나경과 영락 그리고 현종을 뚫어져라 바라봤다.

"나를 학원에서 몰아냈다고 네가 이긴 것 같아?"

분노로 인해서 혀가 굳어 있을 줄 알았는데 의외로 목소리는 부드럽게 흘러나왔다. 나경은 차분하게 말하는 설아를 향해서 빈정거렸다.

"이기고 말고가 아니라 옳고 그름이겠지."

"옳고 그름이라. 그래, 네 입장에서는 옳고 그름이겠다. 처음 봤을 때는 매너가 별로다, 상식도 부족해서 싫다고 해 놓고서, 아파트를 사 줄 만큼 돈이 있다는 말을 듣자마자 태도가 변한 네가 가질 만한 옳음이겠지."

"뭐?"

설아의 말에 영락이 나섰다. 그러자 나경은 재빨리 영락의 팔짱을 꼈다.

"신경 쓰지 마, 오빠. 쟤, 아무 말이나 마구 내뱉는 중이야. 나와 만났을 때는 애플 앤 미러 사장을 증인으로 데리고 나오겠다고 하더니. 봐, 아무도 없이 혼자서 왔잖아."

"……."

"왜 혼자 왔어? 증인이 있다고 그 난리를 쳐 놓고서?"

"조만간 데리고 올 거야."

"그래?"

나경의 왼쪽 눈썹이 치켜 올라갔다.

"네가 데리고 온다고 하니까 기대된다. 언제쯤 데리고 올 건데?"

"……."

"아무 말도 못 하는 걸 보니 역시 허세가 맞았구나."

"허세인지 아닌지, 그 판단을 내리기에는 조금 빠른 거 아니니? 나는 끝까지 갈 생각이니까 다들 각오를 단단히 하세요."

"야!"

"내 몸에 손대지 마!"

설아는 어깨를 붙잡으려는 나경의 손을 사납게 뿌리쳤다.

"이거 놔! 아직 경찰서 앞이야. 법은 잘 모르지만 현행범이라는 게 있다는 것 정도는 알아. 그리고 모두에게 톡톡히 대가를 치르게 해 줄 예정이니까, 기대해도 좋을 거야. 나는 중도 포기 할 마음이 없어."

모두에게 경고를 한 뒤 설아는 몸을 돌려 경찰서를 나갔다.

"와, 진짜 독하네. 보통 이쯤에서 그만두는데."

"쟤가 독한 데가 있다고 했잖아. 괜히 건드려 가지고."

나경은 현종을 향해서 짜증을 터트렸다. 그러자 영락이 나

서서 나경을 달래기 시작했다.

"걱정할 거 없어. 쟤, 증인이니 뭐니 하는 소리도 다 거짓말이야. 아무것도 못 해. 애플 앤 미러 클럽은 단순한 클럽이 아니라 유성그룹하고 연결되어 있는 곳이야. 무슨 수로 그쪽 사람들을 증인으로 만들 수 있겠어?"

"그래도 결혼에 방해되면 어떻게 해!"

"결혼에 방해될 건 아무것도 없다니까! 오빠들이 다 알아서 할 거니까. 넌 걱정할 거 없어."

영락이 대수롭지 않다는 듯이 말했지만 나경의 입술은 여전히 뽀로통했다. 옆에 서 있던 현종이 그런 나경의 어깨를 툭 하고 쳤다.

"걱정할 거 없어. 넌 잘 모르겠지만 이쪽에서 유성그룹 민 이사라고 하면 유명해."

"유성그룹 민 이사?"

"클럽 사장. 그 사람이 유성그룹 민 이사야."

"그 사람이 왜 유명한데?"

"실력이 좋거든. 이것도 잘 쓴다는 소문이 있긴 하지만."

말하면서 현종은 주먹을 불끈 쥐었다. 그런 현종의 말에 나경은 시큰둥하게 답했다.

"뭐야? 깡패야? 그런 사람이 운영하는 곳에 나를 데리고 간 거야?"

"아냐. 주먹질만 하는 사람이 아냐. 머리도 엄청나게 좋아서 유성그룹 일 대부분을 맡고 있대. 젊을 때부터 회장 비서로 일하면서 힘든 사업을 몇 번이나 성공시켰어. 유성이 급성장하는데 그 사람 도움이 크다고 들었어."

"그래? 그런데 그 민 이사라는 사람은 결혼했어?"

나경의 목소리가 조금 달라졌지만 현종과 영락은 알아차리지 못했다.

"결혼까지는 모르겠어. 그런데 민 이사가 애플 앤 미러까지 관리하고 있을 줄은 몰랐네. 사업 규모가 큰 것만 맡는다고 들었는데."

"애플 앤 미러도 그 정도면 크지."

"하긴."

제하에 대해 말하면서 조금 흥분되었던 현종의 목소리가 점점 싸늘해졌다. 그런 현종의 모습에 영락은 나지막한 목소리로 물었다.

"왜? 왜 그래? 무슨 일 있어?"

"아니……. 좀 마음에 걸려서. 그년이 쓰러졌을 때……, 민 이사가 들어왔었지?"

"……그랬던 것 같은데."

"어머! 그 잘생긴 사람이 민 이사였어?"

나경이 둘 사이의 대화에 끼어들었다. 그러나 영락과 현종은 둘만의 대화에 열중했다.

"그쪽은 원래 경찰하고 관련되는 거 싫어해서 증인으로 나올일 없지만……. 유설아가 자꾸 설치고 다니는 거……, 좀 거슬리는데……."

"어떻게? 한번 손봐줄까?"

"아유, 오빠들. 그만해. 일을 더 크게 만들 필요 없잖아."

"일을 더 크게 만드는 게 아니라 주제 파악을 시켜 주는 거지. 넌 이런 일 신경 쓰지 말고 결혼 준비나 열심히 해."

"그럼 오빠들이 사고를 치지 말아야지."

"야, 이게 사고 축에나 드냐? 그냥 장난친 건데. 오늘 기분도 꿀꿀한데, 내가 한턱 쏠게. 다 같이 가자."

현종의 말에 영락과 나경의 얼굴이 밝아졌다.

"어디로 갈 건데?"

명랑해진 나경의 목소리에 현종은 피식 웃었다.

"전에 말했던 와인 바. 거기 분위기가 좋아."

"아, 거기. 가 보고 싶었어. 가자."

세 명은 웃으면서 경찰서를 떠났다.

제하는 마지막 희망이다. 이대로 저들에게 당할 수는 없다. 간절한 바람을 안고 클럽으로 갔으나 직원은 똑같은 말만 되풀이했다. 사장님은 언제 출근하실지 모른다. 전화번호는 개인적인 정보이기 때문에 알려 드릴 수 없다. 오늘도 직원의 철벽 방어와 마주한 설아는 한숨을 내쉬었다.

"그래도 출근을 하시는지는 말씀해 주실 수 있잖아요."

"사장님은 이곳만 관리하는 게 아니라서 잘 모르겠습니다.

그런데 손님, 곧 클럽이 바빠질 시간인데 이곳에서 계속 기다리실 건가요?"

"네? 아아…….."

직원의 말에 설아는 시계를 봤다. 어느새 8시가 넘었다. 초조함과 분노 때문에 시간이 흘러가는지도 모르고 있었다. 직원에게 연락을 남겨 달라는 당부를 한 채, 설아는 클럽 밖으로 나갔다.

밖은 짙은 어둠이 깔려 있었다. 주차장으로 향하던 설아는 깊은 한숨만 쉬었다. 사방이 높은 벽으로 둘러싸인 기분이다. 어떻게 하지? 어떻게 해야 제하와 연락할 수 있을까. 연락을 한다고 해도 그 이후는? 이미 제하는 이 일에 관련되고 싶지 않다는 의사를 밝힌 상황이다. 이제 와서 자신을 도와줄 리 없다.

안다. 알고 있다. 잘 알고 있다. 하지만 상대방이 도와주지 않을 것을 안다고 해서, 이대로 손 놓고 가만히 있을 수는 없다. 썩은 동아줄이라고 할지라도, 잡을 수만 있다면 움켜쥐어야 한다.

오늘 밤을 새서라도 제하를 기다리기로 결심한 설아는 막 주차장으로 들어오는 검은 차와 마주쳤다. 짙게 선탠이 된 차에서 내리는 사람은 그토록 애타게 기다리던 제하였다.

"민제하 씨!"

반가운 마음에 설아는 한걸음에 다가갔다. 그 순간 검은 양복을 입은 남자들이 우르르 앞을 가로막았다. 영화에서나 보던 광경을 눈앞에서 마주하게 된 설아는 놀라서 몸을 뒤로 젖혔다.

"아, 괜찮아. 아는 사람이야."

검은 양복을 입은 사람들 사이로 회색 슈트를 입은 제하가 성큼성큼 걸어 나왔다. 육식 동물 특유의 걸음걸이로 걸어온 제하는 설아에게 손을 내밀었다.

"반갑습니다, 유설아 씨."

"……."

"이런 곳에서 볼 줄은 몰랐지만. 어쨌든 반가운 거겠죠?"

놀랐다. 제하의 분위기가 샐러리맨처럼 보이지 않는다고는 생각했지만 이쪽 계통의 사람인 줄은 몰랐다. 그러나 지금은 찬밥 더운밥을 가릴 때가 아니다. 재빨리 놀란 마음을 진정시킨 설아는 제하를 향해서 웃었다.

"네, 반가워요. 계속 만나고 싶었거든요."

"만나고 싶었다? 무슨 일로?"

"상의드릴 일이 있어서요."

"상의?"

끝을 살짝 올리는 제하의 말투에서 내가 당신과 상의할 게 있느냐라는 질문이 묻어 나왔다. 그러나 이런 냉대에 상처를 입고 물러설 수 없다.

"네. 꼭 상의드리고 싶은 일이 있어요."

뒤로 물러나지 않는 설아를 향해서 제하가 엷은 미소를 지었다.

"그럼 내 사무실로 가시죠."

제하의 사무실은 화려하고 눈부신 클럽과는 달리 매우 간소

했다. 엔틱 계열의 책상과 몇몇 가구만 있을 뿐, 사무실 안은 황량하다 싶을 정도로 텅 비어 있었다.

"앉으시죠. 그동안 다른 후유증은 없었습니까? 병원에 연락해 보니 괜찮다고 하긴 하던데."

"네, 괜찮아요. 후유증은 없어요."

"그런데 왜 오신 겁니까?"

단도직입적인 질문. 차를 마시겠냐는 의례적인 말도 없이 밀어닥친 제하의 질문에 설아는 숨을 크게 들이마셨다.

"그게……."

"아, 잠시만요. 내가 약을 먹을 시간이 되어서. 약 먹고 이야기를 계속해도 되죠?"

"네."

다행이다. 제하가 약을 먹는 동안, 조금이나마 시간적인 여유를 가지게 되었다. 그동안 설아는 해야 할 말들을 차분히 정리했다. 찬찬히 무슨 말을 어떻게 시작해야 할지 고민하던 설아는 약을 꺼내는 제하에게 물었다.

"몸이 안 좋으……세요?"

"아, 별거 아닙니다. 단순한 두통이에요."

제하는 넥타이의 끝을 손으로 살짝 잡아당겨서 풀었다. 힘을 주는 남자의 손등 위로 힘줄과 핏줄이 튀어나왔다. 물을 마시는 제하의 목울대가 자연스레 위아래로 움직였다. 천천히 움직이는 행동에서 섹시함이 느껴졌다.

천박한 의미가 아니라, 말뜻 그대로의 섹시함.

제하는 바람둥이나 마초가 아니라, 본질이 섹시한 남자다. 금욕적인 느낌이 강한, 절제하는 섹시함이었다. 제하에게 증인을 부탁하는 일이 점점 거창해지고 있다는 기분이 들었다. 어쩌면 점점 더 위험해지고 있다는 게 정확한 표현일 것이다.

"최근에 처리해야 할 일들이 많아서……. 자, 이제 말해 보시죠."

약을 먹고 자리에 앉은 제하는 설아에게 질문을 던졌다.

"뭡니까? 나와 상의해야 한다는 일이?"

"그게……."

"혹시 경찰에 관련된 일입니까?"

"……네."

"그 문제라면 이미 답을 드린 거 같은데."

"압니다. 거절하셨죠. 하지만……."

두 손을 꽉 움켜쥔 채로 설아는 몸을 앞으로 살짝 내밀었다. 여기서 물러날 수 없다. 제하가 거절을 해도 계속 매달려야 한다. 지금 자신이 살 수 있는 길은 제하밖에 없다.

"그때 일이 어떻게 된 건지, 설명이라도 들을 수 있을까 해서 왔어요."

"아아……. 그때 일."

설아가 다가온 거리만큼 뒤로 물러난 제하는 소파에 몸을 기댔다.

"내가 유설아 씨에게 그런 것까지 설명해야 할 의무는 없다고 생각합니다만."

"사장님……."

"그리고 우리 직원이 와야 유설아 씨에게 그때 상황을 설명할 수 있을 텐데, 문제는 직원이 오늘 휴일입니다. 나중에 그 직원이 오면 자세히 물어보죠. 하지만 그 직원이 공식적인 자리에서 증언을 하는 일은 없을 겁니다."

"……어떻게 해도 안 되는 건가요?"

"네. 우리로서는 최대한 경찰과 관련되는 일은 피하고 싶으니까요. 절대로 증언은 없습니다."

제하는 단호하게 선을 그었다. 설아는 입술을 꽉 깨물었다. 일이 쉽게 풀리지 않을 것이라고 생각했다. 세상은 해맑은 호의로 움직이는 게 아니니까. 거절당하는 것이 당연하다. 안다. 이해하고 있다. 이해하고 있는데 왜 이렇게 실망스러운 걸까?

"유설아 씨. 어차피 질 싸움입니다. 형사로 입건하기는 힘들 거고, 민사로 소송 들어가도 집니다. 제정신을 가진 사람이라면 그런 일에는 끼어들지 않는 법입니다."

"……."

"이왕 오셨으니 클럽에서 즐기시다 가시죠."

"아뇨."

겉은 태연하지만 마음은 무너져 내리고 있다. 이대로 나경 패거리에게 고개를 숙여야 한다는 사실에 화가 난다. 너무 화가 나서 눈물이 왈칵 쏟아질 것 같다. 제하가 마지막 희망이었는데……. 아무것도 얻지 못하고 물러날 수도 있다고 생각했지만 막상 현실로 닥치자 받아들이기 힘들었다.

가슴이 답답하다. 뜨거운 분노로 가득 찬 가슴이 터질 것 같다. 하지만 이런 곳에서 감정을 터트릴 수 없다. 비록 모든 것을 잃게 될지라도, 제하에게 그런 모습을 보이고 싶지 않다. 주먹을 꽉 쥔 설아는 천천히 고개를 들었다.

"괜찮습니다. 지금은 클럽에서 놀 때가 아니라서요."

"아쉽군요."

"다음에 기회가 있겠죠. 그리고 계좌 번호를 알려 주세요."

"계좌?"

"네. 병원비를 계산해야죠."

"갚게요?"

"네. 갚아야죠, 꼭."

제하는 입술을 꼭 악물고 있는 설아를 흥미로운 눈으로 바라봤다. 그러고는 이내 고개를 끄덕였다.

"뭐, 정 갚고 싶다면."

제하는 계좌 번호를 적은 쪽지를 설아에게 건넸다. 쪽지에는 '최진식'이라는 이름이 적혀 있었다.

"이름이 다르신데……."

"회계 담당 계좌입니다. 공적인 일이니까 공적인 계좌로 받아야겠죠."

"네. 그렇겠네요."

쪽지를 받아 든 설아는 다시 한번 더 제하에게 인사했다.

"도와주셔서 감사했습니다."

"혼자서 끝까지 할 겁니까?"

"네."

"이기지 못할 건데."

"이기지 못한다는 건, 오늘 충분히 알았으니까 더 이상 말하지 않으셔도 됩니다. 이기지 못해도 상대방에게 타격을 줄 수 있다면 해야죠. 제가 겉보기보다 성질이 더럽거든요."

"그래요? 좋은 장점을 가지고 계시는군요."

"감사합니다. 알아 주셔서."

"그런데 유설아 씨."

제하가 일어나려는 설아의 발걸음을 잡았다.

"방법이 없는 건 아닙니다. 한 가지 방법이 있긴 하지요."

방법이 있어? 고개를 돌린 설아는 환하게 웃고 있는 제하와 마주쳤다.

"바로 내가 개입하는 거죠. 어때요? 내가 개입하기를 원합니까?"

"……"

"단, 나는 매우 비쌉니다. 유설아 씨가 상상하지도 못할 만큼."

"내 질문에 잘 생각해서 답해 주시길 바랍니다. 내가 증인으로 나서도 그자들을 처벌하지 못할 가능성이 높습니다. 벌금형? 사회봉사 몇 시간? 그 정도로 끝날 가능성도 있습니다."

"클럽의 CCTV를 증거로 내놓으면요?"

"CCTV 영상을 증거로 제시해도 달라질 건 없을 겁니다. 그 안에 있는 영상이라고는 네 명이 술을 마시는 것밖에 없으니까요. 뭔가를 넣는 행위가 있긴 하지만, 단순히 잔을 들었다고 볼 수도 있는 영상입니다."

"그런데 그 직원은 왜 들어온 거죠? CCTV를 봐도 확실하지 않은 상황이라면서."

"직원요?"

"네. 민 사장님이 아까 직원에 대해서 말씀하셨잖아요."

"민 사장이라……. 듣기 이상하군요. 사실은 사장이 아니라 이사니까. 그냥 민 이사 또는 제하 씨라고 불러 주시면 감사하 겠습니다."

"네, 알겠습니다. 민 이사님이라고 부를게요. 그 직원은 왜 그때 들어온 거죠?"

제하는 몸을 살짝 뒤로 젖혔다.

"처음부터 의심스러웠거든요. 그래서 직원에게 지켜보라는 지시를 내렸습니다."

"의심요?"

"과연 이런 일이 처음이었을까요?"

제하의 반문에 말문이 막혔다. 서서히 그날의 일들이 하나둘 씩 떠오르기 시작했다. 나경과의 저녁 식사 자리에 자연스레 참 석한 현종. 그날 저녁의 현종은 예의 바르고 유쾌한 동석자였 다. 어떤 의심도 할 수 없을 만큼. 그런데 그게 모두 계획된 거 였다면? 일부러 상대방을 안심시키기 위한 행동이었다면? 맞잡 고 있는 두 손이 덜덜 떨렸다.

"괜찮습니까?"

제하의 목소리에 이성을 찾은 설아는 떨리는 손을 진정시키기 위해서 강한 힘을 줬다.

괜찮아. 유설아, 떨지 마. 여기는 〈샤이닝〉의 무서운 미로도 아니고 저주 받은 집도 아냐. 정신만 바짝 차리고 있으면 해결할 수 있어. 그 어려운 미적분 문제도 다 풀었잖아. 그러니까 침착해.

마음을 다잡은 설아는 고개를 들었다.

"조금 놀랐을 뿐이에요. 그럴 사람들로……, 보이지 않았거든요."

"그래서 말했잖습니까. 그럴 사람들로 보이지 않는 사람들이, 그런 짓을 하는 법이라고."

"정말 그렇군요. 그런데 민 이사님의 제안은 어떤 것인가요? 이사님께서 증인으로 나서 봤자 제가 이길 가능성이 별로 없다고 하셨는데……."

"다시 한번 더 확실히 짚고 넘어가죠. 나는 증인으로 나설 생각은 없습니다."

"그럼요?"

"합법적인 방법이 불가능하다면 비합법적인 방법이라도 동원하실 생각이 있는지, 그걸 알고 싶습니다."

"비합법적인 방법?"

"아, 뭐. 그렇다고 사람들을 동원해서 어딘가에 파묻어 버린다거나……, 그런 방법을 사용하겠다는 건 아닙니다. 그런 건 뒷감당이 귀찮거든요."

말하다 말고 제하는 싱긋 웃었다.

"내가 말하는 것은, 정상적인 법의 절차를 밟지 않고 그들에게 유설아 씨가 당한 것만큼의 피해를 주는 겁니다. 어때요? 그들에게 당한 만큼 갚아 주실 겁니까? 아니면 질지도 모르지만 합법적인 코스를 택하실 겁니까?"

"대답을 하기 전에 질문부터 해도 될까요? 저를 도와주셔서 민 이사님이 얻으시는 건 뭔가요?"

"그다지 대단한 걸 얻지는 않습니다. 다만 유설아 씨에게는 좀 이상한 제안이긴 하겠지만."

"뭔데요?"

"가볍게 시작하자면, 여자 친구?"

"……네?"

"조금 진지한 말로는 애인?"

"제가 계속 더 들어야 하는 걸까요?"

"더 듣는 게 좋겠죠. 나는 진지한 관계의 여자 친구나 애인을 말하는 게 아니니까."

몸을 뒤로 젖힌 제하는 푹신한 소파에 완전히 기댔다. 애인과 여자 친구를 거론하면서도 제하의 시선은 계산적이면서 차가웠다.

"나는 지금 내 여자인 척해 줄 사람이 필요합니다. 유설아 씨는 외모도 예쁘고 나에게는 아무 관심도 없으니 서로 윈윈일 것 같은데 어떻습니까?"

"민 이사님은 헛소리를 굉장히 진지하게 하시네요."

"네. 진지합니다. 돈이 걸린 일에 있어서는 매우 진지하지요.

특히 거액의 돈이 걸려 있을 때는."

"이사님, 저는……."

설아는 크게 숨을 들이마시면서 말을 꺼냈다.

"전 겉보기와 달리 그리 야무진 사람이 아니에요. 김나경에게 이런 식으로 당한 걸 보면 잘 알 수 있는 일이죠. 당시에는 최선의 선택을 했다고 생각하지만 언제나 나쁜 친구를 고르고 잘못된 선택을 해요. 그래서 아버지는 백 번을 더 생각한 뒤에 움직이라고, 너는 딱 거기까지인 사람이니까 늘 조심해야 한다고 말하곤 하셨죠."

설아가 자기 비하적인 말을 하는 동안 제하는 말없이 가만히 있었다.

"그러니까 나는 사람을 만나는 데 있어서 신중해야 해요. 신중하게 행동해도 사건은 일어나니까요. 이번에도 그렇잖아요. 몇 년 동안 같이 지내면서 좋은 사람이라고 생각했는데 결국 뒤통수를 맞았죠. 아버지 말처럼 내가 딱 거기까지의 사람이라서 벌어진 일이에요. 그러니 민 이사님의 제안은 최악으로 흘러갈 거예요. 처음부터 듣지 않는 게 좋겠죠."

자리에서 일어난 설아는 제하를 향해서 인사를 했다.

"감사했습니다."

"유설아 씨."

제하가 덥석 손목을 잡았다. 뿌리치려 했지만 제하의 손길은 강했다.

"스스로에게 화내는 거, 그거 나쁜 버릇입니다. 웬만하면 타인에게 화내도록 하세요. 특히 이번 일처럼 자기 잘못이 없을 때는."

내 잘못이 없다고? 없어. 그래, 없지. 하지만 누가 알아줄까. 사람들은 나경을 친구로 생각했던 것부터, 내 잘못이라고 말할 테지. 특히 남자들과 술자리를 가진 건 최악이라면서 비난하겠지.

가슴이 답답해졌다. 숨을 쉬기가 힘들다. 뜨거움으로 인해 몸이 폭발할 것 같다. 얼음과 냉수가 간절히 필요하다.

두 눈을 감은 채, 크게 숨을 들이마신 설아는 제하에게서 손목을 빼냈다.

"도와주겠다는 말씀만이라도 감사했습니다. 그럼."

제하는 사무실을 나가는 설아의 뒷모습을 뚫어져라 바라봤다.

이제 어떻게 해야 하지? 제하가 증인으로 나서지 않는 상황에서 저들을 이길 방법이 없다. 이대로 속절없이 당해야 하는 건가? 주차장에 세워 둔 차에 올라탄 설아는 핸들에 머리를 파묻었다. 마음을 추스르려고 해도 힘들다. 입술이 파르르 떨렸다. 화가 나고 억울한데, 할 수 있는 것이 없다. 속이 뒤틀리면서 온몸이 와들와들 떨렸다.

그때였다. 휴대전화가 요란한 소리를 내면서 울렸다. 액정에 뜬 글자는 '아버지'였다. 받고 싶지 않다. 이런 상황에서 아버지의 잔소리나 훈계를 듣고 싶지 않다. 그러나 지금 받지 않으면 나중에 더 큰 화근이 될 것이다. 숨을 가다듬은 뒤 설아는 최대한 밝은 목소리로 전화를 받았다.

"여보세요?"

— 목소리가 왜 그러냐?

전화 너머로 아버지인 유민강의 목소리가 들렸다. 특유의, 조금 퉁명스러우면서도 상대방을 걱정하는 민강의 목소리에 설아는 저도 모르게 숨을 크게 들이쉬었다.

"아뇨. 아무것도 아니에요. 막 씻고 나와서 그래요."

— 그래? 별일 없지?

"네. 별일 없어요."

여전히 입술과 몸이 파르르 떨리고 있었지만 설아는 최대한 침착한 목소리로 답했다.

— 다음 주쯤에 시간 되냐?

"네? 왜요?"

— 거……, 왜……. 우리 집 근처에 철물점 알지? 동산 철물점. 거기 송 사장 아들이 서울에서 공무원을 하고 있다고 하더라. 내가 조금 이따가 그 아들 전화번호를 보낼 테니까, 내일이나 모레 연락해서 시간 잡아.

"……."

— 예쁘게 해서 가. 조신하고 얌전하게.

"아버지. 전에도 말했지만, 제가 지금……."

— 됐다!

서서히 민강의 목소리에 감정이 서리기 시작했다.

— 내가 너를 서울에서 혼자 살게 두는 것만으로도 많이 양보한 거다. 그리고 정식 교사도 아니고 학원에서 깔짝거리면서

가르치는 거, 그거 언제까지 할 수 있을 거 같아?

"학원만 하는 게 아니라 번역도……."

— 시끄럽다!

전화기 너머로 버럭 화를 내는 민강의 목소리가 생생하게 다가왔다.

— 지금까지 네 이름 달고 책이 몇 권이나 나왔어? 그깟 번역해서 얼마나 벌어! 내가 송 사장 됨됨이를 보고 너에게 연락하는 거야! 그저 그런 놈이면 말하지도 않았어. 몇 번 고향에 내려오는 거 봤는데 애가 아주 남자답게 잘생겼고 성실하고 효심 깊더라. 모두 너 잘되라고 하는 소리야! 내가 너를 어디 형편없는 놈에게 주려고 이러겠어!

"……."

— 솔직히 말해서 따지고 보면 우리 쪽이 많이 기우는 거야. 그런데도 송 사장이 가끔 오는 너를 좋게 봤는지, 순순히 아들 번호를 내놓더라. 무조건 오늘 저녁에 연락해! 연락 안 하면 당장 경주로 끌고 내려올 테니, 그렇게 알아!

자기 할 말만 한 뒤 민강은 전화를 뚝 끊었다. 곧이어 문자가 들어왔다. 상대방의 이름과 전화번호를 확인한 설아는 입술을 꽉 깨물었다. 최악이다. 폭발할 것 같다. 이렇게 최악인 상태는 열일곱 살 이후로 처음이다. 그때보다 더 최악인 상황은 오지 않을 줄 알았는데.

고개를 뒤로 젖힌 설아는 답답한 가슴을 손으로 두드렸다.

어릴 때는 어른이 되면 드라마나 CF에 나오는 사람들처럼 살 수 있을 줄 알았다. 또각거리는 소리를 내는 힐을 신고 다니면서 무엇이 옳고 그른지 제대로 판단해서 실수 같은 건 하지 않고 현명하게 살 줄 알았는데.

현실은 열일곱 살 때와 달라진 것이 하나 없다.

나이만 들었을 뿐 여전히 실수투성이다. 매일 자신의 어리석음을 마주하게 된다. 어쩌면 죽을 때까지 어설픈 실수나 하면서 사는 게 아닐까?

답답한 가슴을 손으로 두드리던 설아는 고개를 들었다. 누군가가 나타나서 도와줬으면 좋겠지만 아무도 오지 않는다. 올 사람이 없으니까. 어른이 되어서 좋은 점이 있다면 문제를 해결할 사람도, 문제를 만드는 사람도 자기 자신이라는 것이다.

하아. 한숨을 쉬던 설아는 천천히 생각을 정리했다. 지금은 할 수 있는 것과 해야 할 것들만 정리해 두자. 13년이 지났는데도 열일곱 살 때와 똑같다면 하재가 실망할 것이다. 학원을 그만두는 것은 괜찮다. 당장은 힘들겠지만 저축도 있고 큰 돈벌이는 되지 못해도 번역 일을 꾸준하게 하고 있으니까.

또 아버지가 말한 사람과 연락하자. 가서 정중하고 예의 바르게 행동하자. 아버지 말대로 괜찮은 사람이라면 그 나름대로 좋은 만남이 될 테니까.

현재의 상황을 대충 정리하자 마음이 조금 가벼워졌다. 여전히 속은 터질 듯이 답답했지만 견딜 만했다. 그러나 나경의 일만은 해결 방법이 없다. 어떻게 해야 하지? 이길 수 없다면 그들의 인생에 생채기라도 내 주고 싶다. 어떻게 해야 그들의 인생에 생채기를 내 줄 수 있을까.

똑똑.

누군가가 창문을 두드렸다. 엉망이 된 얼굴로 고개를 든 설아는 하재와 마주쳤다. 하재? 아니다. 제하다. 불빛에 비친 반사광 탓에 상대방을 하재와 착각했다. 잘못 봤다는 사실을 깨닫자마자 실소가 흘러나왔다. 하재와 제하는 닮은 구석이 하나도 없다. 굳이 따지자면 눈 두 개에, 코가 하나 있다는 것이 닮았다고나 할까? 불빛의 음영 때문에 제하를 하재로 착각하다니. 아무래도 지금 꽤나 맛이 간 상태인가 보다.

"차에서 내려요."

"……무슨 일인가요?"

"같이 갈 곳이 있습니다. 그런데 내가 그 차에는 못 탈 거 같으니 설아 씨가 내 차를 타죠."

"……."

"꼭 같이 가면 좋겠습니다."

제하의 검은 눈동자가 가로등 불빛에 비쳐서 반짝거렸다. 거절해야 한다. 제하처럼 위험한 사람과 함께 어디론가 간다는 것은 유설아의 사전에는 없는 행동이다. 하지만 지금은 지푸라기라도 잡아야 하는 상태이고 그 지푸라기의 끝은 제하가 쥐고 있다.

결정을 내린 설아는 차에서 내렸다. 제하가 가리키는 차는 크고 검었으며 위험하게 느껴졌다. 마치 지옥에서 올라온 듯한 느낌을 주는 차였다. 도망가! 어디선가 도망치라는 목소리가 들렸다. 그러나 설아는 본능의 경고를 무시한 채, 제하의 차로 다가갔다.

"뒷자리에 앉을래요? 아니면 옆자리?"

"옆자리로 하죠."

"현명한 선택입니다."

조수석에 앉은 설아는 안전벨트를 맸다. 부드럽게 엔진이 돌기 시작한다 싶더니, 차가 출발했다. 달리는 차의 창문 위로 빛의 홍수가 흘러간다.

"그런데."

차가 복잡한 시가지 사이를 지나가는 동안 아무 말도 없던 제하가 불쑥 입을 열었다.

"무섭지 않습니까? 난데없이 밤중에 차에 타라고 한 뒤, 알 수 없는 곳으로 데리고 가고 있는 중인데."

"이사님."

창밖을 바라보던 설아가 차분한 목소리로 답했다.

"지금까지 이사님이 나를 해치려고 했다면……, 수십 번도 더 할 수 있었어요. 그런데 그 기회를 다 버리고 지금 이 순간 나를 해코지할 리 없잖아요. 설마 내가 잘못 판단한 건가요?"

"아니요."

운전을 하던 제하는 빙그레 웃었다.

"현명한 판단을 내리신 겁니다. 저기, 바로 저 빌딩이 오늘 목적지입니다."

제하가 턱짓을 한 방향에 유성이라는 글자가 붙어 있는 빌딩이 보였다. 지하 주차장으로 들어간 뒤 차에서 내린 제하는 설아를 엘리베이터로 안내했다. 제하가 가장 꼭대기 층의 버튼을 누르자 윙하는 소리를 내면서 엘리베이터가 위로 올라갔다.

"유성그룹에 대해서 들어 봤습니까?"

"……아뇨."

"아직 못 들어 봤을 겁니다. 이제 겨우 재계 순위 30위권에 들어섰으니까요. 아직은 미약하지만 점점 커 나갈 겁니다."

띵, 하는 경쾌한 기계음과 함께 엘리베이터의 문이 열렸다. 먼저 내린 제하는 옥상과 연결된 비상구 문을 여는 열쇠를 꺼냈다. 제하는 자신이 건물의 주인인 양 자연스레 행동하고 있었다.

"높은 곳을 무서워합니까?"

"괜찮아요."

"그럼 올라가죠."

한 발 한 발 위로 올라간다. 불이 꺼진 빌딩에서 제하와 함께 위로 올라가고 있다. 옥상으로 향하는 문을 열자 강한 바람이 밀어닥쳤다. 세차게 부는 바람에서 묘한 향이 풍겼다. 욕망의 향인 동시에 강한 의지의 향이기도 했다.

바람을 막아선 제하가 고개를 돌렸다. 흐릿한 도시의 불빛에 제하의 얼굴이 보였다.

익숙한 듯하면서도 전혀 다른 얼굴.

그 어느 때보다 민제하라는 남자와 정면으로 마주한 기분이다.

"괜찮습니까?"

"계속 괜찮냐고 물어보시는데……. 또다시 이사님이 물어보실 것 같아서 미리 답할게요. 옥상에서 저를 밀어서 던지지만 않으시면 모두 다 괜찮을 것 같아요."

"유머 감각이 마음에 드는군요."

"다행이네요."

"그렇죠. 매우 다행이죠. 앞으로 우린 꽤 많은 시간을 함께 보내야 할 것 같으니까."

"아까 그 제안이라면……."

설아가 거절하려 하자, 제하가 검지를 살짝 저었다.

"유설아 씨. 내 설명을 다 듣고 거절해도 늦지 않을 겁니다. 그리고 여기까지 왔으니 내 설명을 들을 시간 정도는 있을 거라고 보는데."

제하의 말에 말문이 막혔다. 하긴 여기까지 따라와 놓고 설명조차 듣지 않는 것도 이상한 일이다. 설아는 고개를 끄덕였다.

"그렇군요. 말씀해 보세요. 왜 내가 민 이사님의 여자가 되어야 하죠?"

"잘못 들으셨군요. 내 여자가 되라는 말을 한 적은 없습니다. 내 여자는, 내가 고를 테니까. 그 문제는 신경 쓰지 않으셔도 됩니다."

"……."

"내가 필요한 것은 내 여자처럼 보이는 사람입니다."

"그게 다른가요?"

"다르죠, 매우."

매우라고 말하면서 제하는 빙그레 웃었다. 그 웃음에서 남자로서의 제하가 어떤 존재인지 명확하게 알 수 있었다.

"간단히 설명하자면 나는 고아입니다. 천애 고아지만 다행히 의부는 있습니다. 바로 유성그룹의 민수호 회장이시죠."

"……."

"의부. 바로 그게 고민거리입니다. 친아들이라면 아무 문제도 되지 않을 일들이 양아들이 되면 심각한 문제로 변하기 마련이죠. 더구나 나처럼 정식으로 아버지의 호적에 올라가지 않은 상태라면 더욱. 내 적들은 항상 의부의 호적에 내 이름이 올라가 있지 않다는 점을 공격하죠. 호적에 올라가 있다고 해서 내 능력이 더 뛰어나지거나 또는 더 낮아질 리도 없는데 말입니다."

"……."

"게다가 의부는 매우 부자입니다. 지나친 부에는 여러 가지 문제가 생기기 마련이고 내 문제는 아버지의 사랑을 독차지하고 있다는 거죠. 똑똑한 내가 밉고, 내가 사업을 유연하게 잘 이끌어 나가는 것을 싫어하는 사람들이 꽤 많아요. 대표적으로 내 조카인 민제민. 피는 섞여 있지 않지만 조카가 삼촌인 나를 향해서 반기를 드는 것을 보는 일이 유쾌하진 않죠. 유설아 씨, 나는 꿈이 있습니다. 그리고 반드시 이뤄야 하는 목표도 있고. 그 목표를 위해서라면 무엇이라도 할 준비가 되어 있습니다."

바람이 불어온다. 아득히 높은 빌딩 사이로 불어오는 바람을 맞는 제하의 모습은 강해 보였다. 제하는 돌부리에 걸려 넘어지더라도 울지 않고 일어나는 사람이다.

"민 이사님은 혼자서도 충분히 상대하실 수 있을 것 같은데요.”

“물론 감당할 수 있죠. 하지만 싸움을 벌이기 전에는 완벽한 준비가 필요한 법입니다. 나는 준비되지 않은 상태로 전쟁에 뛰어드는 멍청이가 아니에요.”

제하가 한 발 한 발 다가왔다. 바람결 사이로 들릴 리 없는 발걸음 소리가 들려온다. 성큼성큼, 설아는 자신에게 다가오는 남자를 향해서 숨을 삼켰다.

“나는 모든 것을 다 가지길 원합니다. 그러기 위해서 몇 가지 작은 장치가 필요한데, 그중 가장 중요한 것이 바로 안정감입니다. 자신들의 과거는 생각하지도 않는 몇몇 이사들이 나의 독신 생활을 문제 삼고 있는 중이거든요. 그래서 여자가 필요한 거죠. 아름다운 외모, 적당한 교육 수준, 게다가 이쪽 계열 사람은 아니라는 분위기와 느낌을 가진 여자. 내 조카의 여자보다 모든 면에서 나은 여자가 필요합니다.”

“그렇다면 잘못 선택하셨네요. 저는 말씀하신 것 같은 그런 사람이 아니니까요.”

“아마도…….”

말을 살짝 흐리면서 제하는 설아의 손을 조심스레 잡았다. 불쾌하지 않은, 정중한 태도였다. 설아의 손을 가볍게 위로 들면서 제하는 웃었다.

“유설아 씨는 자신을 너무 과소평가하는 것 같습니다. 나를 믿으세요. 내 조카의 여자와 한때 사귀었던 내 눈이 가장 정확할 테니까.”

"네?"

조카의 여자와 사귀었다고?

지금까지 있었던 그 어떤 일보다 방금 들은 제하의 말이 가장 놀라웠다.

"바로 그래서 여자가 필요한 겁니다. 나에 대해서 별다른 감정을 가지지 않을 여자. 서로 계약을 확실히 지켜 줄 수 있는 사람. 그 이유는 내 예전 여자였던 조카의 여자가 꽤 힘든 상대거든요. 그러니 맞상대할 사람도 어느 정도 강단이 있어야 합니다. 질 것이 분명하지만 상대방에게 생채기라도 낼 수 있다면 상관없다, 상대방을 괴롭히기 위해서라도 덤벼들겠다는 유설아 씨의 성격 정도는 되어야죠."

"……."

"늘 나쁜 선택을 한다고 말했었죠? 살면서 단 한 번도 좋은 선택을 한 적 없습니까? 평생을 함께 갈 수 있는 친구가 있었다든지."

친구? 있었다.

단 한 번의 좋은 선택. 단 한 명의 친구.

그건 바로 하재다. 서투르고 제멋대로인 철부지 자신을 있는 그대로 받아줬던 유일한 사람. 첫 만남은 나빴지만 최고의 친구가 되어 줬던 하재. 그러나 더 이상 하재는 없다. 설아는 그녀의 손을 잡고 있는 제하의 손을 내려다봤다. 약간 딱딱한 손바닥. 틀림없이 이 일은 나쁜 결과를 초래하게 될 것이다. 확신에 가까운 느낌이 그리 말했다.

얼마 지나지 않아서 엄청나게 후회할 것이다. 눈물을 흘리면서 오늘의 선택을 되돌릴 수 있기를 간절히 바랄 것이다. 그런데 왜 제하의 손을 떨칠 수 없는 걸까? 왜 제하의 바람대로 해 주고 싶은 걸까? 왜?

"걱정하지 말아요. 이번에는 나쁜 선택이 아닐 테니까. 어쩌면 지금의 선택이 설아 씨 인생에서 가장 좋은 선택일 겁니다."

"아니요. 가장 나쁜, 최악의 선택일 거예요."

"그건 시간이 지나 봐야 아는 거죠."

아마도 파우스트를 유혹한 악마의 속삭임이 이리 달콤했을 것이다.

"그렇다면……."

잔뜩 쉰 목소리가 입 밖으로 어색하게 흘러 나갔다.

"저에게는 뭐가 돌아오죠?"

"복수."

차디찬 한마디. 복수.

제하와 손을 맞잡고 있는 설아의 손에 힘이 들어갔다.

자신을 해하려 했던 사람들, 너는 아무것도 할 수 없을 것이라며 조롱했던 그들에 대한 복수. 설아는 제하의 검은 눈을 바라봤다. 이 남자는 진심을 말하고 있다. 틀림없이 그들에게 복수를 해 줄 수 있을 것이다.

"충고를 하자면 내 제안을 받아들이는 게 좋을 겁니다. 내가 돕지 않는다면 그놈들은 아무 죗값도 치르지 않고 빠져나갈 겁니다. 결국 유설아 씨만 진흙을 뒤집어쓰겠죠. 또는 다른 여인들이. 나는 그자들에게 합법적인 방법은 아닐지라도 죽는 날까지 후회하게 만들어 줄 비합법적인 방법을 가할 수 있습니다."

"점점 유혹에 빠져 들어가는 것 같군요."

"원래 유혹은 빠지라고 있는 겁니다."

여전히 손을 맞잡은 채로 제하는 빙그레 웃었다.

"늘 나쁜 선택을 한다고 말했죠. 그럼 여태까지 나쁜 선택들을 해 봤으니, 한 번 더 저질러 보는 게 어떻습니까? 내가 좋아하는 문구가 있는데. 그건 바로, 마음이 가는 대로 움직여라. 그 선택이 삶에 영향을 줄 수도 있겠지만 삶이 무너질 정도로 치명적이진 않을 것이다. 인생은 신중해야 하지만 한 번뿐인 인생이기에 조금 더 대담하게 가도 된다. 케세라세라."

순간 설아의 손에 힘이 들어갔다. 하재가 했던 말. 케세라세라. 한 번뿐인 인생이기에 조금 더 대담하게 가도 된다. 설아는 제하를 뚫어져라 바라봤다.

"아까 정식으로 호적에 올라가 있다고 하지 않으셨죠. 그런데도 후계자가 되실 수 있다고 생각하세요?"

"네. 호적과 상관없이 의부께서는 나를 친아들처럼 생각하고 계십니다. 그분이 정식으로 양자 결연을 맺자고 했을 때, 거절한 건 나니까요. 또 지금의 이름 역시 아버지께서 지어 주셨습니다."

"……지어 주셨다구요? 그럼 본명이 따로 있으신 건가요?"

본명에 대해서 묻는 순간 제하의 분위기가 변했다. 어디가 어떻게 변했는지 딱 꼬집어서 말할 수 없지만 새까만 어둠이 잠시 두 눈을 반짝였다는 느낌이 들었다.

"내 본명은 지금의 제안과는 큰 관계가 없으니 그냥 넘어가 도록 하지요. 그보다 결정을 내리실 때입니다. 내 제안에 응하 실 겁니까?"

절대로 승낙하지 않을 것이다. 위험천만한 제하가 내미는 독 사과를 덥석 받아먹을 수 없다. 그러나 입이 제멋대로 움직였다.

"네."

"다행입니다. 설득은 즐거운 일이지만 너무 오래 끌면 피곤 하죠. 내일 변호사가 나머지 기타 사항을 상의하러 갈 겁니다."

"변호사요?"

"걱정하지 마세요. 무리한 요구 사항은 없을 테니까. 설아 씨 의 동의가 없다면 아무 일도 하지 않을 겁니다. 다만 설아 씨도 한 가지 약속을 꼭 지켜 주면 좋겠습니다."

"어떤?"

"내 요구들은 매우 많이 이상할 겁니다. 그래도 내 요구를 따라 주셔야 합니다. 맨발로 라면을 먹으면서 춤을 춰 달라는 요구를 듣더라도, 그걸 다른 이에게 말하거나 항의하지 마세 요. 그렇다고 정말 그런 요구를 하지는 않겠지만."

"알겠어요."

"그럼 일단 이사부터 합시다."

"네? 이사요?"

"그래요, 이사. 그러니까 집을 옮기는 것을 말하죠. 아, 곤란 하다고는 말하지 말아요. 내 계획에서 유설아 씨가 외부인이면 곤란해서 이사해 달라는 거니까."

제하의 제안을 받아들이겠다는 결정은 내렸지만 이사까지 하는 것은 곤란하다. 제하는 주저하는 설아에게 가까이 다가왔다. 남자의 야망이, 뜨거운 숨결로 변해서 다가온다.

"이사해도 유설아 씨와 나와의 관계에서 달라지는 건 없을 겁니다. 서로 원원하는 관계, 원하는 것을 얻으면 끝나는 관계. 그 이상도 이하도 아닐 겁니다. 혹시 유설아 씨가 그 이상의 관계를 희망한다면, 그런 생각은 접으라는 충고를 하고 싶군요."

"그 이상의 관계는 전혀 바라지 않아요."

"그럼 내 집으로 이사해도 상관없잖습니까. 입으로는 아니라고 하면서 속으로는 바라는 그런 사람처럼 보이지는 않는데."

"……"

"그리고 아까 말했는지 모르겠는데 나는 돈에 대해서는 진지한 사람입니다. 특히 거액의 돈에 대해서는 매우 진지하지요. 그러니 나와의 관계에 있어서 감정은 넣지 않기를 바랍니다."

"민 이사님은 타인에게서 도전 정신을 불러일으키는 재능을 가지고 계시는군요."

"나의 수많은 재능 중 하나죠. 이사하시겠습니까? 아니면?"

"네. 이사할게요. 발을 담갔으니 제대로 끝까지 가야겠죠. 그런데 그 사람들을 어떻게 하실 거죠?"

설아의 질문에 제하는 환하게 웃었다.

"원하시는 대로."

3. 회상 1

서하재는 반에서 가장 인기 없는 남자애였다. 공부는 잘하지만 뚱뚱하고 여드름투성이. 집도 가난하고 성격도 어두워서 하재와 친한 아이는 한 명도 없었다. 미술 시간에 같은 조가 되지 않았다면 설아 역시 하재와는 말 한번 나누지 않았을 것이다. 옆자리에 있던 보미가 옆구리를 쿡 하고 쳤다.

"야, 유설아. 너 서하재랑 한 조야? 웃기네."

"뭐가?"

설아는 최대한 단조로운 목소리로 말했다.

"뭐냐니? 서하재, 오덕이잖아."

보미의 옆쪽에 있던 제원이 거들었다.

"설아, 너는 이번에 그냥 점수 받는 거네. 원 두 개만 그리면 되잖아. 작은 원에 눈 코 입을 대충 그리고 큰 원은 몸통으로 삼으면 되니까. 저거 봐라. 키는 작은데 몸은 코끼리다, 코끼리."

별로 재미있지도 않은 제원의 말에 보미는 지나칠 정도로 깔깔거리며 웃었다. 두 명이 웃는 동안 하재는 어쩔 줄 몰라 하면서 고개를 숙였다. 그러고는 손으로 옷을 이리저리 잡아당겼다. 교복을 당겨 봤자 커다란 몸이 감춰질 리도 없는데 하재는 통통한 손을 부산하게 움직였다.

놀림을 당하는 하재를 도와주고 싶었으나 아무 말도 할 수 없었다. 반에서 가장 약한 사람을 고르라면 그건 하재다. 그리고 다른 사람들은 미처 모르지만 반에서 두 번째로 약한 사람은 바로 설아, 자신이다.

외모는 화려하고 예쁘지만 내성적인 성격 때문에 어릴 때부터 이리저리 치이면서 살았다. 덕분에 초, 중학교 생활 내내 친구 한 명 없이 지냈다. 고등학교는 다르기를 기대했으나 현실은 중학교 때와 똑같다.

아직 학기 초반이고 설아에게 관심을 보이는 남자애들이 많아서 간 보고 있는 상황일 뿐. 잠시라도 틈을 보이면 보미는 가만있지 않을 것이다.

"하여튼 유설아는 운도 좋아. 이번 미술 실기 점수는 그냥 받겠다."

"……."

보미의 말에 설아는 스케치북만 뚫어져라 바라봤다. 조용히 있으면 보미는 자신에게서 신경을 거둘 것이다. 지금까지 늘 그랬듯이.

그러나 미술 시간이 끝나도 보미의 빈정거림은 계속되었다.

"유설아. 어떻게 할래? 서하재는 오덕에 씹덕질까지 한다는 소문이 있던데."

"어떻게든 되겠지."

설아는 최대한 무심하게 답했다. 자신은 반에서 인기 있는 제원과 한 조이지만 설아는 하재와 한 조인 사실을 끝없이 강조하는 보미의 얼굴에는 우월감이 서려 있었다. 보미는 자신의 말을 시큰둥하게 받아들이는 설아의 어깨를 툭 쳤다.

"그래도 너는 나하고 친하니까 오덕하고 한 조가 되어도 괜찮을 거야. 안 그랬으면 너나 오덕이나 똑같은 거지. 나 없으면 너도 친한 사람 없잖아."

언제부터 보미와 친한 친구 사이가 된 건지 모르겠다. 설아는 보미의 친구 발언을 못 들은 척 회피했다.

"나, 물 좀 가지러 갈게."

더 이상 보미의 말이 듣기 싫었던 설아는 자리에서 일어났다.

"내 것도 떠 와!"

"알았어."

정수기로 가면서 설아는 숨을 들이켰다. 뒷자리에 앉은 보미를 처음 봤을 때는 싹싹한 성격의 좋은 아이인 줄 알았다. 그런데 시간이 지날수록 보미의 성격이 드러났다. 보미는 제멋대로이고 결정적으로 아버지가 가장 싫어하는 타입의 아이다.

정수기에서 물을 마시는 설아를 보던 보미가 입술을 삐죽였다. 마침 옆 반에서 놀러 온 박은재를 향해서 보미가 속삭였다.

"저거 점점 건방져지지 않아?"

"누구?"

"유설아."

은재는 눈을 가늘게 뜨고 물을 마시는 설아를 바라봤다.

"아아……. 유설아."

"얼굴이 반반해서 같이 데리고 다니려고 했는데. 애가 점점 마음에 안 들어. 남자애들에게 별 관심도 없어 보이고."

"어쩌면 쟤 소문이 맞을지도 모르겠다."

"소문?"

"응. 우리 반에 쟤하고 같은 중학교 나온 애가 있는데. 쟤 중학교 때 아싸였다고 하던데."

"아싸?"

"응. 얼굴은 예쁘장한데 남자애들과는 이야기도 잘 하지 않고. 여자애들과도 친하지 않아서 아싸였대."

"지가 무슨 공주야?"

"그런가 보지."

은재와 함께 키득거리던 보미는 고개를 돌렸다. 몸을 잔뜩 웅크린 채 뭔가를 읽고 있는 하재를 발견한 보미가 웃었다.

"야. 재미있는 거 생각났다."

"뭔데?"

"기다려 봐."

자리에서 일어난 보미는 하재에게로 향했다.

"야. 서하재. 오덕."

"어……. 응?"

보미의 날카로운 말투에 조용히 책을 읽고 있던 하재가 움찔거렸다.

"영어 독후감 다 썼어?"

"어어……. 뭐……. 대충."

하재는 보미와 눈도 제대로 맞추지 못한 채, 허둥지둥했다.

"내놔."

"어……. 어?"

"내놓으라고!"

보미가 앙칼지게 외치자 하재는 책상 서랍에서 노트를 꺼냈다. 보미는 더러운 것을 쥐는 것처럼 손가락을 집게처럼 구부린 채, 하재의 노트를 집어 들었다. 그러고는 자기 책상으로 돌아왔다.

"그걸로 뭐 하게?"

은재가 묻자 보미는 키득거렸다.

"그냥 선심?"

지우개로 노트의 앞쪽에 적혀 있는 하재의 이름을 지운 보미는 그 자리에 볼펜으로 재빨리 유설아라고 썼다.

"무슨 짓이야? 왜 유설아 이름을 적어?"

"그냥 지켜 봐. 곧 재미있는 일이 벌어질 테니까. 야, 유설아."

보미는 물을 가지고 온 설아를 불렀다.

"이번 주말에 서창고 2학년 오빠들이 모여서 놀자던데. 갈 거지?"

"모르겠어."

"모르긴 뭘 몰라? 시간 빼 놓으라고 어제 말했잖아."

"아버지가 허락 안 하실 거 같아. 아무래도 못 갈 것 같아."

"너희 아빠는 참 웃긴다. 너처럼 머리 나쁜 애를 왜 자꾸 공부시키려고 하는 거야? 참!"

손뼉을 짝 하고 친 보미가 책상 서랍에 손을 집어넣었다. 다분히 연극적인 태도가 엿보였지만 설아는 알아차리지 못했다.

"영어 독후감 숙제. 오늘까지였는데, 너 했어?"

"어……. 어?"

"안 했어? 영어 샘이 성적에 넣겠다고 했었잖아."

"어쩌지? 깜빡했어. 아버지가 이번 시험도 엉망이면 진짜 화를 많이 내실 텐데."

"안됐네."

말은 안됐다고 하면서 보미는 즐겁다는 듯 혀를 쏙 내밀었다. 그런 보미의 행동에 짜증이 난 설아는 손으로 머리카락을 마구 흩트렸다.

"아, 짜증 나. 왜 이렇게 되는 일이 없나 몰라."

저번에도 영어 숙제를 안 해서 교무실에 하루 종일 서 있었다. 그때 한 번만 더 걸리면 이번에는 교장실에 서 있게 하겠다고 했던 영어 선생님의 경고가 떠올랐다. 정말 교장실에 서 있게 하지는 않겠지만 최소한 그에 상응하는 벌을 받게 될 것이다. 혹시 부모님을 소환하면 어떻게 하지? 아버지에게 야단맞을 생각을 하자 절로 울상이 되었다.

"왜 영어로 작문까지 해야 해? 한글 작문도 힘든데. 아버지에게 연락하면 어쩌지?"

"아버지가 알면 이번 주말에 못 나오는 거야?"

"당연하지!"

설아는 짜증을 내면서 책상에 엎드렸다. 두 팔에 얼굴을 파묻은 설아를 보던 보미가 책상 서랍에서 이름을 바꾼 하재의 노트를 내밀었다.

"이걸로 대신 내."

"뭐?"

너무나 뜬금없는 보미의 친절에 설아는 눈을 동그랗게 떴다.

"받아. 이번에 아버지에게 걸리면 주말에 못 나오잖아. 서창고 오빠들 중에서 너 사진을 보고 소개시켜 달라고 한 오빠 있단 말이야. 그 오빠가 그쪽 학교에서 엄청 잘나간대."

"야, 이보미! 그런 짓 하지 마라."

뒤쪽에 있던 제원이 소리를 질렀다. 장난기가 서린 목소리였다.

"우리 반 최고 미인을 서창고에 넘기려고 해?"

"그럼 니가 설아랑 사귀든지."

"내가? 내가 왜?"

보미와 제원이 서로 농담을 주고받는 동안 설아는 숙제를 살폈다. 보미가 이런 친절을 베풀 줄 몰랐다. 자신이 그동안 보미를 오해하고 있었던 걸까? 덕분에 이번 숙제는 해결할 수 있게 되었다. 하지만 보미의 숙제를 자신의 것인 양 내는 것은 마음에 걸린다. 설아는 잠시 고민에 빠졌다.

"별로 잘 쓴 것도 아냐. 버리려다가 주는 거니까 신경 쓰지 마."

손을 저으면서 괜찮다고 하는 보미를 보고 있자니 이번 한 번만은 넘어가도 좋지 않을까 하는 얄팍한 생각이 들었다. 영어 선생님이 아버지에게 연락을 하면 하루 이틀 야단맞는 것으로 끝나지 않을 것이다.

"그래도……."

그래도 숙제를 돌려줘야겠다고 말하려는 순간 종이 울렸다. 종이 울리는 동시에 교실로 들어온 영어 선생님은 숙제부터 꺼내 놓으라고 말했다.

"자, 자! 자리에 앉아! 그리고 뒤에서부터 숙제 걷어서 와."

미처 돌려줄 틈도 없이 뒤에 앉아 있던 보미가 숙제를 거둬서 교탁으로 향했다. 수업 시간 내내 숙제가 마음에 걸렸지만 딱히 별다른 일은 없었다.

그렇게 넘어가나 싶었는데, 문제는 다음 시간에 벌어졌다.

상기된 표정으로 들어온 영어 선생님은 영어 독후감으로 수행 평가를 대체하겠다는 발표를 했다. 뜬금없는 발표에 아이들이 거칠게 항의했다. 특히 얼마 전에 서울에서 전학을 온 준표가 가장 심하게 항의했지만 영어 선생님은 자기주장만 내세웠다. 준표의 아버지는 검사 출신에 학교 재단과도 친분이 깊어서 다른 선생님들은 준표에게는 늘 져 줬지만 영어 선생님은 거침없었다.

"그래서 시간도 충분히 줬고 성적에 반영될 수 있으니 열심히 하라고 말했잖아. 항의해도 소용없어. 게다가 이 반에서 최고 점수도 나왔는데, 왜 이렇게 소란이야."

"누군데요?"

아이들의 웅성거림에 영어 선생은 설아의 이름을 불렀다.

"유설아."

자신의 이름이 불릴 것을 예상치 못한 설아는 고개를 홱 들었다.

"수행 평가, 만점이야. 교직 생활 3년 만에 이렇게 잘 쓰인 영작문은 처음이다. 《얼음과 불의 노래》를 선택한 것도 좋았지만 작품 해석 능력이 탁월했어. 유설아, 일어나서 읽어 봐."

"아……. 네?"

"나와서 읽어 봐. 네가 낸 숙제."

눈앞이 캄캄해졌다. 영어라니. 게다가 뭐? 무슨 책? 얼음과 불?

"유설아. 뭐 해? 빨리 나와. 우리 학교에서 《얼음과 불의 노래》를 원서로 읽은 학생이 있을 줄 몰랐다."

영어 선생님이 말을 끝내기도 전에 묘한 비웃음이 반을 휩쓸고 지나갔다. 영어 선생님도 그런 비웃음을 느꼈는지 되물었다.

"왜? 왜 그래? 《얼음과 불의 노래》가 판타지라서? 그 소설이 아직 세계 명작 반열에 오르지는 않았지만 진짜 좋은 소설이야."

"그게 아니라요, 선생님."

"그럼 뭔데?"

아이들이 점점 시끄러워지는 가운데, 설아는 보미를 돌아봤다. 얼굴 가득 웃음이 서린 보미는 손으로 입을 막은 채 킥킥거리고 있었다. 기분이 나쁘다. 아주 나쁘다. 잘 준비된 함정으로 빠진 기분이다.

"유설아, 우리 반 꼴찌인데요."

누군가가 외친 말에 설아의 얼굴이 새빨갛게 달아올랐다.

"뭐?"

"유설아 공부 못해요, 선생님."

"지금 이게 다 무슨 소리야? 유설아. 이거 네 숙제잖아. 아냐? 네 이름이 적혀 있잖아."

설아는 아무 말도 못 하고 고개를 푹 숙였다. 선생님이 다가와서 노트로 설아의 머리를 툭툭 쳤다.

"이건 뭐야?"

"베…… 베꼈어요……. 인터넷요."

"어느 사이트!"

앙칼진 선생님의 목소리 뒤로 성적에 관해서라면 그 누구보다도 집요한 준표의 고자질이 들렸다.

"선생님. 《얼음과 불의 노래》라면 서하재 건데요."

"서하재?"

얼마 전부터 하재가 《얼음과 불의 노래》 원서 읽는 것을 봤다면서 고자질을 하는 준표의 얼굴에는 승리감이 감돌고 있었다. 특목고에 갈 수 있는데도 지방의 일반 고등학교에 온 이유는 내신 점수를 따기 위해서라던 준표다운 행동이었다.

"하재? 그럼 이게 유설아 숙제가 아니라, 서하재 거라는 거야? 서하재! 일어나 봐. 이거 네 숙제야?"

"그……, 그게……."

노트가 하재의 것이었다는 말에 설아는 고개를 돌렸다. 통통하게 살찐 고개를 푹 숙이고 있는 하재가 보였다. 보미가 아니라 하재의 것이었다니? 일이 어디서 어떻게 돌아가는지 모르는 설아는 보미와 하재를 연거푸 돌아봤다.

주춤거리던 하재가 일어났다. 숙제를 내지 않은 학생들 명단을 살피던 영어 선생님이 고개를 홱 치켜들었다.

"이제 보니! 서하재! 너는 숙제를 안 냈구나. 이게 무슨 일이야?"

하재는 고개를 푹 숙인 채로 그게, 라는 말만 되풀이했다.

"빨리 말해! 너. 이번 영어 수행 평가에서 빵점 처리되고 싶지 않으면 제대로 말해!"

"제가 훔친 거예요!"

설아가 소리쳤다. 죄 없는 하재까지 끌고 들어갈 필요는 없다. 보미가 판을 깔았다지만 애초에 남의 숙제로 위기를 모면하려 했던 자신의 잘못이다.

"뭐? 훔쳐? 가지가지 하는구나. 처음부터 내가 말했었지! 그냥 동화를 읽고 독후감을 써도 된다고! 그런데 남의 숙제를 훔쳐? 안 되겠다. 부모님을 불러와야겠다."

"아니에요, 선생님. 제가……, 제가…… 그냥 숙제하라고 줬어요……. 수행 평가 영점 처리하세요, 선생님."

하재가 어눌한 목소리로 변명했으나 영어 선생님의 얼굴이 붉게 달아올랐다.

"허! 얘들이 아주 웃기네. 니들이 나를 가지고 놀려고 들어? 좋아. 부모님을 부르지도 않을 거고 빵점 처리도 안 할 거야. 대신 벌은 받아야지. 유설아, 너 《얼음과 불의 노래》 원서로 다 읽어서 와."

"네?"

"그리고 서하재. 너는 유설아가 그 책을 다 읽었는지 확인해. 너희들 만일 또 나를 속이려고 들면 가만있지 않을 거야! 그때는 부정행위로 정학시키겠어! 명심해!"

"선생님!"

"부정행위야! 이 숙제로 수행 평가를 대신하는데, 남의 숙제를 훔쳐서 내거나 대신 해 주는 건 틀림없는 부정행위야! 알겠어?"

항의해 봐야 소용없다. 설아는 힘없이 고개를 떨어뜨렸다.

"네."

영어 수업을 마치자마자 설아는 보미에게 따졌다.

"너! 무슨 짓 한 거야?"

"무슨 짓을 한 거냐니? 얘는 웃긴다. 도와줬더니, 화를 내네."

"왜 화를 내는지 몰라서 물어? 그 숙제 네 것이 아니라 하재 거였잖아."

"그랬나? 나는 그냥 떨어진 노트를 주운 것뿐이야. 그게 서하재 노트인 줄은 몰랐어."

거짓말이다. 지금 보미는 거짓말을 하고 있다. 화가 난 설아는 보미를 쏘아붙였다.

"지금 그걸 변명이라고 하는 거야?"

"얘 봐라?"

설아가 순순히 물러나지 않자 보미의 눈이 샐쭉해졌다.

"도와줬는데 이딴 식으로 구네."

"도와줘? 네가 언제?"

"뭐? 얼굴 좀 반반해서 데리고 다녀 주니까. 주제도 모르고 기어오르네."

"기어올라?"

설아가 발끈했지만 보미는 더 화를 냈다.

"너 앞으로 조심해."

"조심?"

"밖에서 보면 조심하라고. 어차피 서창고 일도 물 건너갔고, 더 이상 네 얼굴이 필요할 것 같지도 않으니까 앞으로 몸 사리면서 살아."

협박을 한 뒤 보미는 자기 자리로 돌아갔다. 보미의 태도와 말에 분했지만 딱히 반박할 말이 떠오르지 않는다. 항상 이런 식이다. 여자 친구가 생겼다 싶으면 이런 식으로 끝난다. 다들 그녀의 외모를 이용하려 들다가 나쁜 머리를 비웃으며 조롱한다. 말싸움을 잘 못하는 설아는 매번 홀로 뒷감당을 해야 했다.

왜 항상 이런 식일까. 언제쯤이면 친구 같은 친구를 가질 수 있게 될까.

며칠 뒤, 집 근처 편의점으로 가던 설아는 걸음을 멈췄다.

편의점 앞에 모여 있는 보미 패거리가 보였다. 아이들과 눈이 마주치기 전에 설아는 재빨리 골목으로 몸을 숨겼다. 보미는 집요한 성격이다. 전에 싸웠던 현정 같은 경우에는 밤에 끌고 가서 다리가 부러질 정도로 팼다는 소문까지 돌았다.

지금 같은 상황에서는 되도록 보미 패거리를 피하는 게 좋다.

결정을 내린 설아는 20분 정도 더 걸어야 하지만 큰 도로 근처에 있는 다른 편의점으로 발길을 돌렸다. 몇 년 전부터 높은 건물들이 들어서기 시작한 곳이다. 아버지는 미리 땅을 사 뒀으면 부자가 되었을 거라면서 볼 때마다 짜증을 냈지만 설아는 대도시의 아파트처럼 화려하고 안락해 보이는 그 건물들이 마냥 좋았다. 높은 건물에서 반짝거리는 불빛들이 안전하고 행복한 집의 상징 같아서 보고 있노라면 행복해졌다.

필요한 물건을 사서 편의점을 나오는데 갑자기 하늘에서 굵은 빗줄기가 떨어졌다. 쏟아지는 소나기를 피해 설아는 근처에 있는 오피스텔 입구 쪽으로 향했다. 그러나 입구 옆에 서자마자 경비원이 쪼르르 달려 나왔다.

"거기서 뭐 해? 학생! 물 떨어져! 당장 나가!"

"금방 갈게요. 비 좀 피하구요."

"안 돼, 안 돼. 물 떨어져. 그거 나중에 누가 다 닦아야 하는데!"

"비 그칠 때까지만……."

"안 된다니까!"

경비원은 마구 손을 흔들면서 설아를 밀어냈다. 그때 누군가가 조심스러운 목소리로 설아를 불렀다.

"유설아?"

놀랍게도 목소리의 주인공은 하재였다. 커다란 포대 자루 같은 옷을 입은 하재가 로비 안쪽에서 걸어 나오자 고압적으로 굴던 경비원이 고개를 숙이면서 굽실거렸다.

"하재 학생, 여기 이 여학생하고 아는 사이야? 그럼 이 여학생이 하재 학생 여자 친구야?"

"아니요!"

설아는 재빨리 부정했다. 누군가의 여자 친구로 오해받는 것도 싫지만 그 대상이 하재인 것은 더더욱 싫다. 며칠 전 일 때문에 하재가 껄끄럽다.

"아…… 아니에요."

하재도 아니라고 하자 경비원은 머쓱한 표정이 되었다.

"그럼 하재 학생, 친구하고 이야기해. 난 볼일이 좀 있어서."

경비원이 자리를 뜨자 하재가 다시 말을 건넸다.

"저…… 저기……. 비가 계속……, 와……."

"나도 알아."

"우, 우산 빌려줄까?"

"됐어. 금방 그칠 거야."

그러나 비는 더욱 거칠게 쏟아져 내렸다. 아무래도 금방 그칠 비가 아니다. 그냥 이대로 뛰어갈까? 비를 맞아 봤자 감기밖에 더 걸리겠는가.

"그…… 금방 그칠 것 같지 않은데……."

"……"

"우산…… 빌려……줄게."

필요 없다고 거절하고 싶지만 빗줄기는 점점 거세지고 있었다. 잠시 주저하던 설아는 고개를 끄덕였다. 중간고사 시험 성적 때문에 계속 야단맞고 있는 상황에서 비를 맞아 감기까지 걸린다면, 고등학생이나 되어 놓고 몸 관리를 못했다는 이유로 아버지가 야단을 칠 것이다. 아버지가 가장 싫어하는 게 있다면 자기 일을 제대로 알아서 하지 못하는 것이다. 잠시 고민하던 설아는 조심스러운 목소리로 말했다.

"빌려줄 수 있으면 빌려줘."

"그…… 그래. 그럼 집에…… 가야 해. 그리고 아저씨는 원래…… 외부인이 여기 앞에 서 있는 거 싫어하는데……. 일단…… 저기…… 저쪽으로. 저, 저기…… 엘리베이터가 있거든……."

"알았어."

엘리베이터에 탄 설아는 하재의 뒤쪽으로 자리를 잡았다. 하재는 엘리베이터에서 가장 위층의 버튼을 눌렀다. 잠시 후 엘리베이터 문이 열리자 으리으리한 복도가 펼쳐졌다. TV에서나 나오는 화려한 장식이 된 복도였지만 설아의 시선은 하재의 등에서 떠나지 않았다. 하재와 충분한 거리를 둔 채, 설아는 조심스레 따라갔다. 복도의 가장 끝으로 간 하재가 문을 열었다.

"드…… 들어와."

"우산만 빌려줘."

"그…… 그래. 자, 잠시만 기다려."

큰 덩치에도 불구하고 하재는 유연하게 움직였다. 활짝 열려 있는 문 안으로 언뜻 보이는 실내는 굉장히 화려했다. 의외다. 지금까지 하재를 굉장히 가난한 집의 아이라고 생각했었다. 다들 매점에서 간식을 사 먹을 때도 하재는 꾸룩거리는 배를 움켜잡고 교실 한구석에 있곤 했었다. 기타 등등의 이유로 반에서 돈을 내야 할 때도 제때 내지 못해서 쩔쩔매던 하재가 고급 오피스텔에서 살고 있다니…….

잠시 후 밖으로 나온 하재는 접혀 있는 검은 우산을 내밀었다.

"이, 이거……."

"고마워. 내일 학교에서 돌려줄게."

"응……. 그런데…… 유설아. 선생님이 내 주신 숙제…… 해, 해야 하는 거잖아……. 그래서 말인데……. 어, 어디……에서 하면 좋을까……."

"뭘?"

"내, 내가…… 너 숙제 봐주는 일."

얼굴을 숙인 채 더듬거리는 하재에게 갑자기 짜증이 치밀어 올랐다. 모두 자신의 잘못이라는 것을 알고 있다. 애초에 자신이 보미의 술수에 말려들지 않았으면 이런 일은 벌어지지 않았다.

모두 자신의 잘못이다. 안다. 잘 알고 있는데도 순간 화가 났다. 어쩌면 네가 한심하니까 매번 그런 일을 겪는 거라면서 야단치던 아버지의 말이 떠올랐기 때문인지도 모르겠다.

"왜? 점수 깎일 것 같아서 겁나니?"

"아…… 아니. 그, 그게 아니라."

하재는 뚱뚱한 몸을 움츠리면서 우물쭈물했다.

"열심히 할게. 너에게 피해 가지 않도록. 그런데 내가 머리가 나빠서 잘할 수 있을지 모르겠어. 그래도 열심히 할게. 정 안 되면 선생님에게 말해서 나 혼자 야단맞을 테니까. 걱정하지 마."

"아아. 나…… 난 그, 그게 아니라……."

"미안해. 늦게 사과해서 더 미안해. 그럼 잘 있어."

입으로는 미안하다고 말하고 있지만 사실은 무고한 하재에게 짜증을 내는 중이다. 미안하다고 말한 설아는 몸을 휙 돌렸다. 우산 때문에 여기까지 온 자신이 바보다. 애꿎은 하재에게 화내는 자신은 더 바보고. 설아가 엘리베이터 쪽으로 향하자 하재가 쪼르르 따라왔다.

"왜 따라와? 우산을 돌려 달라는 거야?"

"아…… 아니. 그, 그게 아니라 경, 경비…… 아저씨가……."

"……?"

"또 너를 붙잡을까 봐……."

하재의 말에 설아는 두 눈만 깜박였다. 자신도 머리가 나쁘지만 서하재는 바보 천치인가 보다. 보통 이 정도쯤 되면 화를 내야 정상이다. 괜히 자신과 보미의 일에 끼어들어서 숙제까지 하게 되었다. 그런데도 하재는 화를 내기는커녕 우물거리고만 있었다.

"됐어! 쫓아내기밖에 더 하겠어. 어차피 떠나는 건데, 상관없어."

설아는 엘리베이터의 닫힘 버튼을 눌렀다. 띵 하는 기계음과 함께 엘리베이터가 밑으로 내려가자 후회되기 시작했다. 하재에게 너무 과했다. 그렇게 짜증을 낼 일도, 화를 터트릴 일도 아니었다. 모범생인 하재는 당연히 숙제가 중요하니까 말했을 뿐인데. 머리 나쁜 스스로가 부끄러워서 괜히 화를 냈다.

하아. 설아는 깊은 한숨을 내쉬었다. 왜 이것밖에 안 되는 걸까. 아버지 말이 맞다. 조금 더 깊게 생각하고 조금 더 똑똑해야 하는데. 자신이 형편없어서 늘 이런 식으로 성질만 부리게 되는 것 같다.

딩동. 문이 열렸다. 엘리베이터에서 내린 뒤에 설아는 주저했다. 다시 올라가서 사과를 해야 할까? 아니면 내일 학교에서 사과해야 할까? 엘리베이터 앞에서 서성이던 설아는 막 로비로 들어서는 여자와 눈이 마주쳤다. 고급 원피스를 입은 여자는 비에 젖은 설아를 보자마자 눈살을 찌푸렸다.

짧은 순간이지만, 여자의 시선에서 '어떻게 너 따위가 감히 이런 곳을 드나드는 거지?'라는 질문을 읽어 낼 수 있었다. 하찮은 쓰레기를 보는 듯한 여자의 시선에 설아는 고개를 숙였다. 역시 이런 곳에 들어오는 게 아니었다. 재빨리 입구로 걸어가던 설아는 여자의 목소리에 걸음을 멈췄다.

"하재야."

조금 높은 톤의 목소리에서 가식적인 친절함이 묻어 나왔다.

"어머, 하재야. 왜 나와 있니?"

"어…… 어……."

설아를 뒤따라왔다가 뒤늦게 여자를 발견한 하재는 그 어느 때보다 격하게 손으로 옷을 잡아당겼다. 뚱뚱한 몸을 가리려고 하는 행동이었으나 얼핏 보기에는 옷을 잡아 뜯는 것처럼 보였다. 하재는 다가오는 여자를 향해서 어색하게 웃었다.

"어…… 어머니."

어머니? 하재의 말에 놀란 설아는 저도 모르게 걸음을 멈췄다. 앞쪽에서 자신들을 바라보는 설아의 존재를 인지하지 못한 여자는 하재 쪽으로 다가갔다.

"하재야. 비도 오는데 왜 나와 있어. 엄마 오는 날이라고 마중 나온 거니?"

"아아……, 그게……."

"앞으로는 마중 나오지 마. 오늘은 엄마가 시간이 없어서 빨리 가야 해. 자 여기, 새 카드."

여자는 가방에서 검은 봉투를 꺼냈다.

"VVIP용이라서 한도 제한 폭이 크니까, 저번 카드보다 나을 게다. 저번처럼 카드 뒷면을 긁혀서 밥 굶지 말고. 카드 등록은 할 줄 알지?"

"네……."

"엄마는 네가 밥 굶는 게 제일 기분 나쁘더라. 그럼."

여자는 하재의 뺨을 살짝 쳤다. 사랑스러워서 치는 게 아니라 더러운 것을 억지로 참아 내는 듯한 태도였다. 매정한 손길로 하재의 뺨을 친 여자는 몸을 빙글 돌렸다. 그러고는 단 한 번도 하재를 돌아보지 않는 채 입구에 세워진 차로 향했다. 여자가 올라타자 차는 가벼운 소음만 남긴 채 사라졌다.

"잘 가."

여자에게 정신을 빼앗기고 있던 설아는 옆에서 들리는 하재의 목소리에 퍼뜩 고개를 돌렸다. 어깨를 움츠린 채, 손에는 카드가 들어 있는 검은 봉투를 든 하재가 보였다. 천천히 엘리베이터 쪽으로 걸어가는 하재를 보고 있자니 주인에게 버림받은 강아지가 떠올랐다. 오랫동안 충성을 다했음에도 불구하고 나이 많고 병들었다는 이유로 버려진 늙은 개가 걸어가고 있다.

밖으로 나간 설아는 우산을 폈다. 쏟아져 내리는 빗줄기들이 우산에 부딪치는 소리가 우울하게 들렸다. 세찬 빗줄기 때문인지 세상은 온통 불투명한 비닐봉지 속에 갇힌 것 같다. 지나가는 차도, 바람도, 사람들까지 모두 어딘가에 갇혀서 허우적거리고 있다.

주말 내내 내리던 비는 일요일 밤이 되어서야 그쳤다. 설아는 베란다에 펼쳐 놓은 우산이 잘 말랐는지 살폈다. 검은색 바탕에 은빛 선이 그어져 있는 우산을 접던 설아는 우산대에서 갈색의 상표를 발견했다.

BURBERRY.

버버리? 어눌하게 상표를 읽던 설아는 입에서 흘러나오는 버버리라는 단어에 당황했다. 명품에 대해서 잘 모르지만 버버리가 베이지 톤의 체크무늬로 유명한 명품이라는 것 정도는 알고 있다. 설마 이게 진짜 버버리일까? 하지만 검은색 우산의 어디에서도 베이지 톤의 체크무늬를 찾을 수 없었다.

가짜구나. 잠시 우산을 살피던 설아는 가짜임을 확신하고 피식 웃었다.

그렇게 비싼 오피스텔에 사는데도 가짜를 사용하는구나. 아니, 어쩌면 자신에게 빌려줘야 하니까 가짜 우산으로 줬을 수도 있다. 하긴 누가 유설아에게 진짜 명품 우산을 빌려주겠는가. 당연히 가짜니까 빌려준 거지.

묘한 쓸쓸함이 들었지만 설아는 접은 우산을 책가방에 넣었다.

"설아야! 아버지 좀 나가 봐야겠다."

"어디를요?"

늦은 밤인데도 옷을 갖춰 입은 민강은 현관 앞에서 머리를 손보고 있었다.

"아버지 친구, 진구 아저씨 알지? 만나자고 해서 나가 봐야겠다. 너는 꼼짝하지 말고 집에서 공부해. 저기 삼겹살 집 하는 김 사장 딸은 매번 1등이라잖아."

"……."

설아가 곧장 네, 하고 대답하지 않자 민강은 혀를 끌끌 내찼다.

"왜 대답이 없어. 또 어딜 놀러 나가려고?"

"아니……. 집에 있을 거예요."

"공부해, 공부! 이제는 여자도 판검사가 되는 세상인데! 왜 공부를 안 해!"

94

"알았어요. 할 거예요."

"제발 좀 진득하니 의자에 엉덩이 붙이고 앉아서 공부하는 성의라도 보여라. 여자가 엉덩이가 가벼우면 쓸 데 없어. 니 엄마를 봐. 그게 어디 사람이냐? 짐승이지. 다 못 배워서 그런 거야. 아니면 천성이 글러 먹은 거지."

"……."

"네 친구들이라는 것들! 죄다 거……. 어디 처박아서 머리 빡빡 깎아서 정신 개조를 시켜야 될 것들이야. 그런 쓰레기들하고 어울리지 말고! 방에서 글 한 자라도 더 봐!"

"네."

설아가 고분고분하게 대답하자 민강은 만족스러운 얼굴로 고개를 끄덕였다.

"그래. 다 너 잘되라고 하는 소리다. 알지?"

"네."

"오늘 술 조금 하고 올 테니까. 문단속 잘하고 자고. 아버지가 나갔다고 쪼르르 놀러 나가면 안 돼!"

"네."

쾅 하는 소리와 함께 민강은 사라졌다. 그러나 온몸을 짓누르고 있던 압박감은 사라지지 않았다. 서 있는 자세 그대로 설아는 깊게 숨을 들이마셨다. 몇 번이나 숨을 들이마시고 난 뒤에야 묵직하게 고여 있던 공기가 서서히 옅어졌다. 죄책감이 든다. 아버지는 딸인 자신을 사랑하기 때문에 공부하라고 야단을 치는 거다. 알고 있다. 잘 알고 있다. 또 아버지가 말을 거칠게 하는 사람이라는 것도 알고 있다.

그런데 왜 이렇게 가슴이 답답할까?

가쁘게 숨을 들이마시던 설아는 주방으로 달려갔다. 그러고는 사나운 기세로 냉동실에 들어 있는 얼음을 입안으로 밀어넣은 뒤 찬물을 들이켰다. 소름 끼치는 냉기가 온몸으로 퍼져흘러갔다. 얼음이 조금 녹자 설아는 허겁지겁 다른 얼음을 입에 넣었다. 입안이 마비되어서 감각이 무뎌졌지만 계속 얼음을입에 넣고 냉수를 들이켰다. 냉기 덕분에 지독한 갑갑증이 조금이나마 사라졌다.

아버지가 없어서 다행이다. 뼛속이 아릴 정도로 차가운 냉기가 온몸을 스치는 것을 느끼면서 설아는 안도했다. 어머니가이런 습관을 가지고 있다고 들었다. 그래서 민강은 설아가 얼음을 먹거나 냉수를 들이켜면 질색팔색했다. 하지만 때로는 이렇게 해야만 답답한 가슴이 조금이나마 풀렸다.

보미와 싸운 이후로 설아는 수업 시간 외에는 줄곧 책상에엎드린 채 가만히 있었다. 예전이라면 이런 상황에 우울했겠지만 오늘은 조금 달랐다. 하재에게 우산을 돌려줄 기회를 엿보느라 우울할 겨를이 없었다. 하지만 아무리 살펴도 적절한 틈을 찾을 수가 없었다. 오늘따라 하재 근처에는 유달리 아이들이 많았다.

"야, 오덕 새끼야. 니네 집에는 야동이 수백 기가가 깔려 있다면서? 좀 들고 와 봐."

제원이 하재의 머리를 툭툭 쳤다. 키는 제원보다 작아도 덩치가 두 배는 더 나가는데도 하재는 고개를 푹 숙인 채 아무 말도 하지 못했다.

"야! 말 좀 해 보라니까. 넌 야마엣데 구다사이, 뭐, 그런 말밖에 못 하냐, 오덕 새끼야?"

"와, 새끼. 그런데 옷 좀 빨아서 입어라. 냄새난다. 돼지 냄새가 오덕 냄새하고 섞여서⋯⋯. 존나 머리 아프네. 야, 물 가져 와. 이 새끼 여기서 목욕이라도 좀 시켜 줘야겠다. 너네 집은 가난해서 옷도 못 빨아 입냐?"

제원이 한마디를 할 때마다 주위의 아이들은 까르르 웃음을 터트렸다. 그중 보미도 끼어 있었다. 제원이 하재의 머리를 툭툭 칠 때마다 가장 심하게 웃는 사람은 보미였다. 곁눈질로 그 모습을 훔쳐보고 있자니 점점 기분이 나빠지기 시작했다. 사람들이 자신을 멍청하다고 무시하는 것과 하재를 오덕이라고 놀리는 일에는 큰 차이가 없을지도 모른다.

하는 사람은 농담이고 장난이지만 당하는 사람에게는 눈물이 날 정도로 억울하고 화나는 일.

하재를 놀리는 애들 중에서 가장 짜증 나는 사람은 제원이었다. 제원은 늘 설아의 주위를 얼쩡거리면서 잘난 척하는 애다. 지금도 제원은 여자애들에게 멋져 보이고 싶어서 하재를 괴롭히고 있는 중이다.

겨우 여자애들, 그것도 보미 같은 애에게 잘 보이고 싶어서 순하고 약한 하재를 괴롭히다니!

게다가 가난뱅이라니! 하재가 살고 있는 오피스텔을 구경조차 못 해 놓고. 하재의 어머니도 못 봤으면서! 잡지에나 나올 법한 모델처럼 아름답던 하재의 어머니를 떠올리는 순간, 설아는 자리에서 벌떡 일어났다. 성큼성큼 교실을 가로지른 설아는 하재의 이름을 불렀다.

"서하재."

설아가 이름을 부르자 하재는 두 눈을 동그랗게 뜬 채 고개를 들어 올렸다.

"오오오오……."

모여 있던 아이들이 삑삑거리는 소리를 냈다.

"뭐야? 뭐야? 둘이 사귀냐?"

"유설아. 너 이 새끼 이름도 알고 있었어? 야, 오덕 찌질아. 설아가 네놈 이름을 알잖아. 감사하다고 해야지."

제원의 입에서 설아의 이름이 나오기가 무섭게 보미의 눈이 홱 치켜 올라갔다. 보미는 설아를 노려본 채, 퉁명스레 말했다.

"뭐야? 유설아, 이 돼지랑 사귀어?"

"이보미. 내가 넌 줄 알아? 남자라면 아무나 다 좋아하게?"

말하면서도 놀랐다. 상대방과 말싸움을 할 때면 언제나 타이밍을 놓치기 일쑤인데, 이번만큼은 적절한 대꾸가 입 밖으로 나갔다. 당황한 보미가 정신을 차리기 전에 설아는 하재에게 말을 건넸다.

"서하재! 숙제해야 하잖아. 빨리 일어나. 이번에는 영어 점수 잘 받아야 해!"

"어……. 어? 어?"

"빨리 숙제하러 가자고!"

어리둥절한 표정으로 자리에서 일어난 하재는 서둘러서 설아를 따라 나갔다. 앞장선 설아의 뒤를 졸졸 따라서 교문 밖까지 나간 뒤에야 하재가 입을 열었다.

"설아야. 자…… 잠깐만 기다려 봐."

"왜?"

"오늘은…… 채, 책을 안 가지고 와, 왔어. 그래서 ……오늘은 못 해, 숙제."

"괜찮아."

"응? 뭘?"

구부정하게 서 있던 하재가 되물었다.

"괜찮다고. 어차피 공부할 생각 없어. 우산을 돌려줘야 하는데 타이밍이 안 맞아서."

"아. 마…… 맞다. 우산."

"그리고 걔들이…… 좀 심하기도 한…… 것 같고."

우산은 핑계일 뿐, 자신을 도와주기 위해서 설아가 나섰다는 사실을 알아차린 하재가 뺨을 붉혔다. 귀까지 새빨갛게 달아오른 하재는 입술을 달싹거렸다.

"고…… 고마워."

귀 기울여 듣지 않으면 잘 들리지 않을 작은 목소리. 그러나 그 안에 담겨 있는 감정은 너무나도 선명했다. 불편하다. 누군가에게서 감사 인사를 받는 상황이 익숙하지 않은 설아로서는 모든 것이 불편했다. 잠시 머뭇거리던 설아는 가방을 뒤져서 우산을 찾았다.

"자, 여기 우산."

"응⋯⋯. 그래⋯⋯. 그런데⋯⋯."

늘 더듬거리던 하재가 재빨리 답했다.

"우⋯⋯ 우리 수, 숙제는 해야 해. 영어 선생님은 한다면 하는 사람이야. 정학을 당하면 어, 어머니가 학교에 오셔야 해⋯⋯."

하재의 말을 듣는 순간 투박한 아버지와 하재의 우아한 어머니가 서로 얼굴을 마주하고 있는 영상이 떠올랐다. 온몸에 소름이 쫙 끼쳤다. 절대로! 절대로 아버지를 학교에 오게 할 수는 없다!

"그래! 나도 아버지가 학교에 오는 건 싫어. 우리 아버지는 바쁘시니까! 바쁘시니까 학교에 오실 시간이 없거든."

"응."

"그런데 어디서 숙제를 해야 하지? 학교에서 할 수도 없고. 우리 집은⋯⋯ 엄격해서 내가⋯⋯ 남자애랑 다니는 걸 좋아하지 않는데. 어떻게 하지?"

"그럼 카⋯⋯ 카페는 어때?"

"카페? 그런 곳은 시끄럽잖아."

"아, 아냐. 내⋯⋯ 내가 아는 카페가 이, 있는데 조용해서⋯⋯ 괜찮을 거야. 근처에 서⋯⋯ 서점이 있어. 영⋯⋯ 영어 원서도 파는 곳이니까. 책⋯⋯ 책도 있을 거야. 갈래?"

"음⋯⋯."

잠시 고민하던 설아는 고개를 끄덕였다. 하재의 덩치가 커서 약간 걱정되지만, 성격이 순해서 나쁜 마음을 품을 아이는 아닌 것 같았다.

"알았어, 그러자. 그런데 그 책, 전에 보니까 두껍던데. 아. 진짜 어떻게 하지? 영어는 정말 못하는데."

"어렵지 않아. 재…… 재미있어서 그, 금방 읽어. 그…… 그리고 생각해 봐…… 봤는데. 아, 저기 택시 왔다."

"택시? 버스 타면 안 돼?"

"버…… 버스는 조금 곤란해."

"왜?"

"애…… 애들이, 버스에…… 많이 타잖아. 그…… 그리고 버스를 타면 마…… 많이 돌아가야 되지만 태…… 택시는 금방이야."

버스를 타기 싫어하는 하재에게서 낯선 사람들의 시선을 두려워하는 기색이 느껴졌다. 그동안 하재가 버스를 타면서 어떤 일을 겪었을지 알 것 같았기에 설아는 순순히 고개를 끄덕였다.

"알았어. 택시 타자."

그런데 택시를 타면 금방이라는 하재의 말에는 심각한 오류가 있었다. 버스로 일곱 정거장 거리에 위치한 하재의 집과 비슷한 위치인 데다가, 더 큰 문제는 하재가 붙잡은 택시가 바로 모범택시라는 점이었다. 모범택시의 미터기가 올라갈 때마다 설아의 머리가 하얗게 비어져 갔다. 택시에서 내리자마자 설아는 하재를 보면서 '헐'을 외쳤다.

"헐! 완전 사기야! 엄청 나왔잖아!"

"응."

"응은 뭐가 응이야! 택시비를 좀 봐!"

"내가 카, 카드 결제를 했으니까."

"그래도 어차피 반반이잖아."

벌써 이번 주 용돈 반이 날아갔다.

"그냥 도서관에 가도 되는데, 괜히. 아냐. 괜찮아. 어디야, 그 카페?"

"저…… 저기……."

하재가 가리키는 카페는 도로에서 약간 들어간 위치에 있었다. 조용하고 아늑한 데다가 탁자들 중간 중간에 화분이 많아서 화원에 들어온 기분이었다. 자리에 앉은 설아는 감탄하는 눈으로 카페 안을 둘러봤다. 집에서 꽤 가까운 거리에 이런 멋진 카페가 있는지 몰랐다. 어느새 택시비를 잊어버린 설아는 탁자 위에 놓여 있는 작은 소품들과 의자에 놓여 있는 쿠션들을 만지작거렸다.

"와, 여기 좋다. 드라마에 나오는 곳 같아."

"며, 몇 번 캐스팅이 되…… 되었대. 아, 여기 메…… 메뉴판."

하재가 건네는 메뉴판을 편 설아의 얼굴이 싹 굳었다. 설아가 메뉴판을 펴 든 채 가만히 있자 하재는 직원에게 조금 있다가 주문하겠다는 말을 했다. 직원이 떠나자 설아는 메뉴판을 내린 채, 하재에게 속삭였다.

"너, 여기 얼마 하는 줄 알아? 여기 커피 말야."

"응?"

"커피 하나에 2만 원이야. 장난해? 무슨 커피 하나에 2만 원씩이나 해? 봐. 내가 몇 번이나 0을 세어 봤는데도 2만 원이야. 제일 비싼 게 2만 원이 아니라, 제일 싼 게 2만 원이라구!"

그러나 하재는 멀뚱멀뚱한 얼굴이었다.

"그래서?"

"그래서라니? 엄청 비싸잖아. 정말 말도 안 되게 비싸."

"내, 내가 사 줄게. 그…… 그러니까……."

"왜? 내가 왜 너에게 얻어먹어야 하는 건데? 난 딱 질색이거든, 그런 거."

"아……. 미안해. 나, 난 그게 아니라……."

설아가 싫다고 하자, 하재는 고개를 푹 숙였다. 매사에 소심하고 어눌한 하재를 보고 있자니 자신이 너무 심했다는 생각이 들었다.

"미안할 것도 많다. 어쨌든 오늘은 돈 좀 빌려줘. 지금 커피값까지 낼 돈은 없어서 그래. 그리고 담부터는 절대로 여기 오지 말자."

"담부터?"

"그래. 담부터."

설아가 다음이라는 말을 하자 하재의 두 눈이 반짝거렸다.

"여긴 한 번만 더 오면 용돈이 완전히 거덜 나겠다. 아버지가 얼마나 힘들게 돈 버시는 줄 알아? 너야 부모님이 카드를 척척 쥐여 주니까 부모님이 얼마나 힘들게 돈 버는지 모르겠지만."

카드라는 단어가 입 밖으로 흘러나오는 순간, 실수했다는 생각이 들었다. 그러나 하재는 아무렇지도 않은 얼굴이었다.

"서, 설아야. 여기서 워…… 원서 파는 곳이…… 가깝거든. 내가 가서 사 올게……. 그리고 주문도 하…… 하고."

"응. 알았어. 솔직히 나는 메뉴판을 봐도 무슨 커피가 있는지도 모르겠다."

하재가 책을 사러 가자 설아는 푹신한 쿠션에 몸을 기댔다. 현재의 상황이 뭔지 모르게 비현실적으로 느껴졌다. 반에서 왕따인 서하재와 단둘이서 카페에 있다니. 게다가 하루 만에 일주일 용돈을 다 사용했다. 이번 주는 쫄쫄 굶으면서 학교를 다녀야 될지도 모르겠다.

그런데도 지금의 상황이 마냥 싫지만은 않다. 설아는 카페 천장을 올려다봤다. 화려한 카페는 어딘지 모르게 하재의 어머니와 비슷한 느낌이다. '돈 없는 자들은 오지 마'라고 말하는 듯한 화려함. 엄마에게서 카드를 받고 멍하니 서 있던 하재의 모습이 떠올랐다. 텅 비어 버린 것처럼 아무 말도 하지 않고 멍하니 서 있던 하재를 생각하자 얼음이 먹고 싶어졌었다.

아까, "너야 부모님이 카드를 척척 쥐여 주니까"라는 말은 하지 않는 편이 더 좋았을까? 그래. 그런 말은 하지 말았어야 했다. 몇 번을 생각해도 하지 말았어야 했던 말이다.

4. 급류

무심하게 흘러가던 인생의 강이 급류를 만나게 되는 때가 있다. 제하의 집으로 들어선 설아의 머릿속에 가장 먼저 든 생각은, 인생에 급류가 있다면 바로 지금이라는 확신이었다. 지금 자신은 두 번 다시 되돌아올 수 없는, 잘못된 길로 향하는 중이다.

여기서 멈춰야 하는 게 아닐까? 이쯤에서 되돌아가야 하는 게 아닐까? 활짝 열려 있는 대문이 유일한 탈출구처럼 느껴졌다. 아직 늦지 않았다. 지금이라도 저 문을 향해서 달려 나가면 도망칠 수 있지 않을까?

"뭐 하세요?"

어정쩡한 자세로 서 있던 설아는 제하의 목소리에 정신을 차렸다.

"들어가시죠."

"……."

"걱정하지 말아요. 여기는 《헨젤과 그레텔》에 나오는 마녀의 집이 아니니까. 그냥 출장 온 거라고 생각해요."

설아는 자신의 불안을 정확하게 읽은 제하에게 어색한 웃음을 지었다.

"겁냈던 거 아니에요."

"다행입니다. 나는 용감한 유설아 씨가 좋거든요. 설아 씨가 지낼 곳은 바로 저 건물입니다. 나는 이쪽에서 지낼 거고."

커다란 정원을 사이에 두고 나란히 2층 건물 두 채가 서 있었다. 한 건물은 크고 창문이 많은 반면 다른 한 건물은 창문이 별로 없는 작은 2층 건물이었다. 그가 살 곳이라면서 제하가 가리킨 곳은 두 개의 건물 중 작은 건물이었다.

"서로 생활 공간이 다르니까 크게 불편하거나 겁나는 일은 없을 겁니다."

"겁낸 거 아니라고 말했던 거 같은데요."

"말과 달리 얼굴이 너무 많이 굳어 있어서. 그런데 이게 개인 가방입니까?"

제하는 설아의 옆에 있는 트렁크를 든 채, 말릴 틈도 없이 큰 건물로 들어갔다. 제하를 뒤따라간 설아는 깔끔하게 인테리어가 된 집 안으로 들어섰다. 전반적으로 깔끔한 화이트 톤으로 꾸며진 집은 남쪽 벽면 전체를 차지하고 있는 거실 창문 때문에 매우 밝았다. 천장이 높아서 그런지 집이 매우 넓게 느껴졌다.

"여기 이쪽 게스트 룸을 쓰세요."

제하가 안내한 곳은 집 안의 다른 곳과 격리된 공간이었다. 동시에 설아가 살던 원룸보다 서너 배 이상 큰 공간이기도 했다.

"침대 시트와 욕실 용품은 새로 샀는데, 마음에 들지 않으면 따로 구입하셔도 됩니다. 그리고 게스트 룸이라서 거실은 없어요. 그 점을 양해해 주시면 감사하겠습니다. TV는 침실에 설치하라고 했어요. 다른 곳을 원하시면 더 설치하죠."

"아…… 아뇨. 괜찮아요."

"그리고 여기, 이 자물쇠는 안쪽에서 걸게 되어 있으니까. 안심하세요. 그리고 문 앞에는 도어 록이 있어요. 여기 사용 설명서. 원하는 번호로 정해요."

도어 록을 보자 더욱 안심이 되었다. 비즈니스일 뿐이라고 생각을 해도 우려되는 것은 어쩔 수 없었다. 남녀가 한집에서 같이 생활하는데, 트러블이 생기지 않을 리 없다. 하지만 이런 식이라면 괜찮을지 모르겠다. 서로 다른 건물에서 지내고 방문 앞에 도어 록이 있다면 제하와의 불필요한 마주침을 피할 수 있을 것이다.

"따로 구입할 물품이 있으면 언제라도 도우미분에게 말하면 됩니다. 먹고 싶은 음식이 있으면 말하세요. 우리 김 여사님이 음식 솜씨가 좋으니까."

"네."

"그리고 몇 가지 부탁할 게 있는데, 반드시 지켜 줬으면 좋겠습니다."

부탁할 게 있다고 말하는 제하의 목소리가 조금 딱딱해졌다.

"유설아 씨가 이 집에서 다닐 수 있는 곳은 1층밖에 없습니다. 되도록 게스트 룸과 주방에서만 지내 줬으면 합니다. 게스트 룸이 작은 공간도 아니니까 그리 갇혀 있는 기분이 들지는 않을 겁니다."

"⋯⋯."

"2층에는 내 서재와 침실이 있는 개인적인 공간이니까 접근하지 말아 주세요. 물론 문을 잠그고 방범 장치를 해 뒀지만 피차 규칙은 확실히 지키는 게 좋으니까 말입니다."

절대로 자신의 공간에는 침입하지 말라는 제하의 말을 듣고 있자니, 뭔가 모르게 위치가 뒤바뀐 느낌이다. 보통 이런 말은 여자인 자신이 남자인 제하에게 하는 게 아닌가?

"걱정하지 마세요. 밤중에 남몰래 이사님의 서재나 침실을 뒤질 생각은 없으니까요."

"당연히 없겠죠. 없어야 하니까. 나는 지금 설아 씨에게 그럴 의도가 생기는 것도 곤란하다는 말을 하고 있는 중입니다. 방범 장치가 되어 있는 곳을 몰래 들어간 뒤에 미안합니다라고 말해 봤자 소용없다는 경고를 하는 중이기도 하죠. 특히."

딱딱하던 제하의 목소리가 더욱 딱딱해졌다. 딱딱한 정도를 지나서 위협적으로까지 느껴졌다.

"무슨 일이 있어도 저쪽 건물에는 오지 말아 줬으면 합니다. 정말 내 개인적인 공간이니까."

"알겠어요."

"단순히 알았다가 아니라 약속을 꼭 지켜 주셨으면 좋겠습니다. 한집에서 같이 살던 남녀가 사랑에 빠지는 영화나 드라마가 있다지만, 나는 그런 사람 아닙니다. 그러니 선을 지켜 주기를 원합니다."

"저도!"

제하의 말투에 조금 화가 난 설아는 크게 답했다.

"저도 그런 사람 아니에요. 또 영화나 드라마에는 전혀 흥미 없으니까 걱정하지 않으셔도 됩니다."

"믿어 보죠."

말을 하고 나가려던 제하는 아, 하는 소리를 냈다. 마치 잊고 있었던 사실이 떠올라서 말하는 것처럼.

"참고로 저쪽 건물과 2층에는 모두 방범 장치가 되어 있습니다. 아시죠? 무리하게 문을 열려고 하면 웽웽거리면서 시끄럽게 울리는 거."

"아까도 말씀하셨어요. 그리고 방범 장치에 대해서는 잘 모르지만 어차피 그 근처로는 가지 않을 테니까 계속 몰라도 상관없을 것 같은데요."

설아의 도전적인 말투에 제하는 빙그레 웃었다.

"혹시라도 섭섭하셨다면."

"섭섭하다뇨. 내 문제를 해결해 주실 예정이고 이렇게 멋진 곳에서 살게 해 주셨는데 감사해야죠. 참고로 저도 늘 문을 잠그고 있을 거예요."

"좋은 생각입니다. 서로 확실히 해 두는 편이 좋겠죠. 그럼 이제 대충 이야기가 된 건가요?"

"네. 그런 것 같아요."

"그럼 앞으로 잘 부탁드립니다. 참, 그리고 내일부터 오후 시간을 좀 비워 뒀으면 싶은데."

"왜요?"

"왜라뇨? 결혼식장 알아보러 다녀야죠."

"네?"

제하는 깜짝 놀라는 설아를 보면서 피식 웃었다.

"너무 놀라니까 내가 더 당황스럽군요. 당연히 결혼식장을 알아봐야죠. 결혼 약속도 없이 한집에서 동거하는 관계로 위장할 거라면 내가 굳이 이런 이상한 연극을 할 필요도 없죠. 우리는 어디까지나 6개월 후쯤에 결혼을 하게 될 굉장히 사랑하는 관계입니다. 유설아 씨는 조신하고 얌전한 여성이구요. 그래서 나도 같은 건물이 아니라 다른 건물에서 지내는 거죠. 실제 결혼까지 가지는 않을 거니까 안심하세요. 중요한 건."

제하가 한 발 다가왔다.

"내가 의부의 사업체를 모두 물려받는 겁니다. 탐욕스러운 내 조카를 물리치고. 아시겠죠?"

"……."

"그럼 앞으로 잘 부탁드립니다."

말을 마친 뒤 제하는 방을 나갔다. 제하가 나가자마자 설아는 소리 나게 문을 탁, 하고 잠갔다. 밖에서 제하의 웃음소리가 들리는 것 같기도 했지만 굳이 확인하고 싶지 않았다.

아무래도 실수를 한 것 같다. 그것도 엄청나게 큰 실수. 침대 맞은편에 있는 베이지 색 소파에 앉은 설아는 두 손에 머리카락을 파묻었다. 목까지 물이 차오른 느낌이다.

지금 상황에서 그나마 다행인 게 있다면 그건 바로 철저하게 냉담한 제하의 태도였다. 설아는 변호사가 작성한 서류를 쥐었다.

몇 번이나 읽었지만 결론은 한 가지. 이건 고용 계약서다.

그러니 제하와의 관계를 깊이 고민하지 않아도 되는 걸까? 바보 같다. 제하는 아무 생각도 없는데, 혼자서 이것저것 고민하는 자신이 짜증 난다.

서류를 던진 설아는 침대 위로 쓰러졌다. 푹신푹신한 침대. 깔끔한 방. 그중 가장 기분 좋은 것은 돈을 쓸 필요가 없다는 사실이다. 고정적인 수입이 보장되는 학원을 그만둔 상황에서 매달 꼬박꼬박 나가는 월세가 사라졌다는 것은 큰 의미다. 최소한 몇 달 동안은 월세와 식비를 아낄 수 있으니 다행이다.

생각을 정리한 설아는 자리에서 벌떡 일어났다.

제하와의 문제가 정리되었으니 다른 문제를 해결해야 한다. 숨을 크게 들이마신 설아는 아버지가 알려 준 전화번호를 적은 쪽지를 꺼냈다. 열한 자리의 숫자가 두 눈이 아플 정도로 파고들어 왔다.

결혼할 생각은 없다. 남자와 사귈 생각도 없다. 이런 상황에서 상대방에게 연락하는 것 자체가 무례할지 모르겠다. 그러나 연락을 하지 않으면 아버지가 화낼 것이다. 잠시 고민하던 설아는 정중하고 예의 바른 메시지를 보냈다.

　유설아라고 합니다. 부모님을 통해서 미리 이야기를 들으셨을 거라
고 생각해요. 제가 다음 주말에 시간이 되는데, 혹시 그때 만날 수 있
을까요?

　몇 번이나 고치고 또 고친 문장이다. 반갑습니다나 이모티
콘을 넣는 게 더 좋을까? 한참 동안 고민하던 설아는 전송 버
튼을 눌렀다. 금방 답이 오리라고는 생각하지 않지만 휴대전화
에서 시선을 뗄 수도 없었다.
　두 손을 만지작거리면서 10여 분을 기다리던 설아는 답장을
포기하고 짐 정리를 시작했다. 짐 정리를 대충 끝마치고 밖으
로 나간 설아는 도우미와 인사를 했다. 주방에서 이리저리 바
삐 움직이는 도우미의 첫인상은 푸근함이었다. 설아를 본 도우
미는 환하게 웃었다.
　"김영순이에요. 편하게 도우미 아줌마로 부르셔도 되고 김
여사라고 불러도 돼요. 이사님은 꼭 김 여사님이라고 불러 주
지만."
　"네, 김 여사님."
　"어머. 그렇다고 아가씨에게도 김 여사님이라고 불리고 싶
다는 뜻은 아닌데……. 그렇게 불러 주면 좋지만. 참, 음식 간
은 어떻게 해서 드세요? 짜게? 싱겁게?"
　"싱겁게 먹는 편이에요."

"그래. 음식은 싱겁게 먹어야죠. 우리 이사님도 음식을 싱겁게 먹어서 몸이 좋잖아요. 내가 처음 이사님을 봤을 때 얼마나 놀랐다구. 내가 10년만 젊었어도 어떻게 해 봤을 텐데. 어머, 이게 무슨 주책이야. 곧 사모님이 되실 분에게."

"아…… 아뇨. 농인 거 아는데요, 뭘."

제하가 다른 사람들에게 그들의 관계에 대해서 뭐라고 말했을지 궁금해졌다. 영순의 태도를 봐서는 곧 결혼할 사람이라고 소개를 한 것 같은데. 다른 사람들에게도 같은 말을 했을까? 영순은 얼굴이 조금 어두워진 설아의 앞으로 김치 그릇을 내밀었다.

"이번에 새로 담근 김치예요. 입에 맞을지 모르겠네. 원래 김치가 입에 맞으면 다른 건 다 그런대로 맞게 되어 있거든요. 먹어 봐요. 이제 막 익어서 아삭아삭하니 아주 맛있을 거예요."

"괜찮아요. 제가 음식을 가리는 편이 아니라서……."

"먹어 보라니까."

괜찮다고 했지만 영순은 계속 김치를 권했다. 어쩔 수 없이 설아는 김치를 조금 집어 먹었다.

"어때요? 아삭아삭하니 맛있죠?"

"네."

"그럼 이거. 귀리랑 잡곡을 섞어서 만든 밥이에요. 옛날이야 뭘 몰라서 쌀밥만 먹었지만, 요즘은 이런 잡곡밥이 트렌드지. 드세요."

정신을 차려 보니 어느새 식탁에는 정갈한 음식들이 한 상

가득 차려져 있었다.

"계란프라이도 해 줄까요?"

"아…… 아뇨. 됐어요. 충분히 많아요."

"아이고."

음식을 하던 영순이 환하게 웃었다.

"나는 또 내가 먹는 양만 생각했네. 이렇게 예쁘고 날씬한데 몸매 관리 해야지. 몸매도 젊어서부터 관리를 해야 해. 날 봐요. 이제는 늙어서 살 빼기도 힘들어. 그나저나 이사님은 당분간 저기 계실 거 같은데, 난처하네. 저기선 먹기가 힘든데."

"멀어서요?"

"멀기는."

영순은 웃으면서 손을 저었다.

"여기서 저기까지가 몇 걸음이나 한다고. 좀 걷긴 해야 하지만. 그런 게 아니라 저 건물에서는 음식을 먹으면 안 된다고 하더라고."

"네? 왜요?"

"저건 사람이 살려고 만든 건물이 아니라……. 뭐, 뭐지? 갤러리? 그런 거래요."

갤러리? 영순의 말에 설아는 고개를 옆으로 돌렸다. 투명한 창문 너머로 반대쪽에 있는 건물이 보였다. 제하가 지내겠다던 건물이 이 집과 비슷한 구조의 또 다른 집일 거라고 생각했는데, 갤러리였다고?

"이사님이 워낙 저기에 다른 사람 들이는 걸 싫어해서 나도 딱 한 번 가 봤어요. 이사님은 내가 간 줄 모르겠지만. 그림들이 걸려 있더라고요. 거기 걸려 있는 그림들이 엄청나게 비싼 그림이라서 음식 같은 걸 먹어서는 안 된대. 참! 다음 주에 새 김치를 담그려고 하는데 땅콩을 넣은 김치도 먹어요?"

"네. 전 가리는 게 없어요."

"다행이네. 이사님은 가리는 게 많거든. 밀가루는 안 된다, 뭐는 안 된다. 양배추는 좋아하시지만."

"양배추는 저도 좋아해요."

"그거 다행이네. 양배추는 몸에도 좋고 맛도 있으니까. 앞으로 많이 해 줄게요. 또 김치에 땅콩을 좀 갈아서 넣으면 고소하니 맛있어요. 전 좋아해요? 내가 주말에는 안 오니까 전을 미리 부쳐 놓으면 나중에 데워서 먹어도 돼요."

영순이 바삐 움직이는 동안 설아는 반대편에 위치한 건물을 바라봤다.

민제하. 애플 앤 미러의 사장. 하지만 자신은 사장이 아니니까 이사로 불러 달라고 하는 사람. 잘생기고 돈 많은 남자. 자세히 알지는 못하지만 돈 문제 때문에 약혼녀를 급조해야 하는 이상한 가족 관계를 가진, 위험한 남자.

설아는 짧게 한숨을 내쉬었다.

위험한 남자. 행동은 예의 바르고 말투는 정중하지만 민제하는 위험하다.

본능이 경고하고 있다. 제하는 위험하며 언젠가 이 일에 끼어든 자신을 질책하게 될 것이라고. 왜 이런 일에 끼어들게 된 걸까.

제하의 힘이 필요하기 때문에 손을 잡았다. 하지만 그것만
이 전부는 아니다. 명쾌하게 설명하기는 힘들지만 정체를 알
수 없는 무엇인가가 자꾸 등을 떠밀고 있다는 기분마저 든다.

어쩌면 하재 때문일지도 모르겠다. 제하는 미묘하게, 아주
미묘하게 하재를 떠올리게 한다. 목소리 때문일까? 처음 만났
을 때도 느꼈지만 제하의 말투나 목소리 톤이 하재와 닮았다.
그래서 이런 기묘한 제안에 선뜻 응하게 된 것 같다.

제하, 하재. 비슷하면서도 다른 이름.

닮은 곳이 하나도 없는데도 제하와 함께 있으면 계속 하재
가 생각난다.

하재를 떠올리자 눈시울이 붉어지고 콧잔등이 시큰해졌다.

하재야. 너는 어디에 있니? 너는 내가 보고 싶지도 않아? 나는
여전히 친구 한 명 없는 외톨이인데, 너는 아닌가 보다. 10년이
넘는 시간 동안 연락 한 번 없는 너는, 내가 그립지도 보고 싶
지도 않은가 보다.

다음 날 오후 제하와 만난 설아는 현관 앞에서 쭈뼛거렸다.
거짓이지만 제하와 결혼 준비를 하기 위해서 외출한다는 상황
이 신경 쓰였다.

"옷이⋯⋯."

만나자마자 제하의 입에서 가장 먼저 나온 말은 옷이었다.

"이런 말을 직접적으로 하기가 좀 그런데⋯⋯."

"좀 그렇지만 말할 거잖아요. 그러니까 말하세요. 옷에 관련된 이야기 같은데."

"옷부터 사러 가야겠습니다."

"옷을요?"

"지금부터 부탁할 것이 두 가지 있습니다. 조만간 의부의 칠순 행사가 있습니다. 의부의 칠순은 매우 중요한 행사입니다. 격식에 맞는 옷차림이 필요하지요. 그동안 말하기 난처해서 입을 다물고 있었는데 사실 유설아 씨의 옷이 내 취향과는 거리가 좀 있어서."

순간 얼굴이 확 달아올랐다. 그동안 꽤 세련되게 입고 다녔다고 생각했는데 제하가 보기에는 영 아니었나 보다. 달아오른 뺨을 수습한 설아는 제하를 향해서 어색하게 웃었다.

"취향이 아니시라니 할 말이 없네요. 제 입장에서는 이사님의 취향이 이상하다고 느껴지지만. 어쨌든 옷을 사 주신다니 기꺼이 받을게요. 그럼 두 번째 부탁은 뭔가요?"

"두 번째 부탁은 나를 이사라고 부르지 말고 이름으로 부르라는 겁니다."

"이름으로요?"

"네."

첫 번째 부탁보다 두 번째 부탁이 조금 더 껄끄럽다. 시선을 이리저리 돌리던 설아는 어색하게 웃으며 말했다.

"아직……. 이름은 조금 어색해서."

"어색해도 해야죠. 곧 결혼할 사람인데, 이사님이라고 부르는 게 더 이상하지 않겠어요?"

"그렇군요. 그럼 제하 씨라고 부를까요? 아니면 제하 오빠?"

"오빠보다는 제하 씨가 좋겠습니다. 그럼 출발하죠. 옷부터 시작해서 보석까지, 사야 할 것들이 많으니까."

"지금요? 벌써 7시인데요. 너무 늦지 않았을까요?"

"늦더라도 상관없습니다."

늦더라도 상관없다는 제하의 말은 사실이었다. 제하가 들어서자 어둡던 가게의 불이 환하게 켜졌다. 디자이너 브랜드 매장이 익숙하지 않은 설아는 조금 어눌한 눈으로 주위를 둘러봤다. 옷에 붙어 있는 단추를 하나 살 때조차 고민에 고민을 거듭할 정도로 비싼 가격대의 옷이 즐비한 고급 브랜드였다. 자연스럽게 보이고 싶지만 쉽지 않았다. 태어날 때부터 이런 곳에 익숙한 듯 보이는 제하와 달리 쭈뼛거리는 자신은 산골 소녀 같다.

"오늘은 내 취향대로. 그래도 되는 거죠?"

제하의 말에 설아는 고개를 끄덕였다.

"네. 돈 내시는 분 마음대로."

"그럼, 매니저. 전에 봤었던 화이트 원피스가 아직 있습니까?"

"아, 그 제품요? 네, 있습니다. 가져다 드릴까요?"

"부탁드리죠."

제하가 말하자 직원은 설아를 이끌고 피팅 룸으로 향했다. 잠시 후 매니저는 단순한 디자인의 화이트 원피스를 가지고 왔다. 원단이 독특한 화이트 원피스는 확실히 예뻤다. 설아를 아래위로 훑던 매니저가 조심스레 말했다.

"수선을 안 해도 될 것 같은데. 입어 보시겠어요?"

"네."

매니저가 내미는 화이트 원피스를 받아 드는 순간 문득 궁금해졌다. 아까 제하는 이 원피스를 예전에 봤었던 것처럼 말했다. 매니저 역시 제하가 익숙한 듯 행동했고. 설마 제하가 혼자서 원피스를 구경하러 오지는 않았을 거고. 여자와 함께 왔던 걸까?

설마 지금 제하는 과거의 여자와 함께 왔던 매장에서, 그 여자와 함께 봤던 옷을 자신에게 입히려고 하는 건가? 조금 기분이 나빠졌다. 상관없는 남자라고 할지라도 이런 상황이 즐거운 여자는 없을 것이다.

점점 궁금해진다. 제하와 사귀었다는 그 여자는 어떤 사람일까? 예쁘고 똑똑했을까? 모르긴 몰라도 웬만한 일에는 눈 하나 깜짝하지 않는 강심장일 것이다. 아무리 친혈육이 아니라도 삼촌과 헤어지고 조카와 사귄다는 것은 보통 사람으로서는 하지 못할 행동이다.

"저기⋯⋯?"

생각에 빠져 있던 설아는 매니저의 목소리에 고개를 들었다.

"네?"

"옷을 갈아입으셔야죠?"

"아, 네. 그렇죠. 그런데 민 이사님은 여기 자주 오셨나요?"

제하에 대한 질문이 입 밖으로 나간 뒤에야 자신이 무슨 말을 했는지 깨달았다. 제하의 옛 여자가 궁금하긴 했지만 이런 식으로 타인에게 물어볼 생각은 전혀 없었다. 궁금증을 참지 못한 입술이 제멋대로 달싹였다. 설아의 질문을 받은 매니저는 조금 당황한 얼굴이 되었지만 이내 평정을 찾았다.

"자주는 아니지만 꽤 오셨죠."

아마 지금 자신의 얼굴은 붉게 달아올라 있을 것이다. 쓸데 없는 질문을 했다. 나중에 제하가 이 질문을 알게 되면 어떻게 생각할까.

"그럼 갈아입으세요."

매니저는 정중하지만 조금 쌀쌀맞은 말투로 말했다. 직원이 피팅 룸을 나간 후 설아는 옷을 갈아입었다. 서둘러서 옷을 갈아입은 설아는 밖으로 나온 뒤에야 디자인을 확인했다. 한쪽 어깨가 살짝 드러나고 어깨에서 가슴 쪽으로 나풀거리는 천이 덧대어진 화이트 원피스는 설아를 위해서 만들어진 옷이었다. 무표정한 표정을 짓고 있던 매니저조차 깜짝 놀란 얼굴로 어머, 라고 말할 정도로 잘 어울렸다.

"정말 잘 어울리시네요."

확실히 설아의 눈에도 예뻐 보였다. 제하의 눈에는 어떨까? 과거의 그 여자도 이런 스타일의 옷을 입었을까?

작작 해라, 유설아.

설아는 손으로 머리카락을 쓸어 올렸다. 계속해서 그 여자에 대해서 생각하는 것을 그만하자. 호기심도 지나치면 화를 부르는 법. 이제 정말 그만하자.

직원이 주는 힐로 갈아 신은 뒤 설아가 밖으로 나가자, 기다리고 있던 제하가 천천히 고개를 들었다. 검은 눈동자가 그녀를 머리에서 발까지 훑어 내려갔다. 그 모습을 보고 있자니 매니저의 쌀쌀한 말투가 이해 갔다. 매니저는 이곳에서 옷을 사 주는 남자와 그 옷을 입고 나오는 여자를 얼마나 많이 봤을까? 또 남자 옆의 여자들은 얼마나 자주 바뀌었을까?

그러나 불쾌한 생각들은, 제하가 그녀를 바라보면서 웃자 사르르 사라졌다.

자신의 모습에 만족하는 남자를 바라본다는 게 이런 기분일 줄 몰랐다. 환한 미소를 지은 제하는 고개를 끄덕였다.

"어울릴 줄 알았습니다. 그걸로 하죠."

"사 주시는 거니까 군말 없이 동의할게요."

"매니저."

제하가 말하자 매니저가 곁으로 다가갔다. 둘이 대화하는 동안 설아는 다시 피팅 룸으로 향했다. 가볍고 부드러운 감촉의 원피스를 벗자 조금 아쉬운 기분이 들었다. 드라마의 여주인공이 되는 일은 자주 경험할 수 없는 일인데. 너무 빨리 끝났다. 밖으로 나간 설아는 제하의 옆에 있는 쇼핑백들을 발견했다. 최소한 열댓 개는 되어 보였다. 그렇게나 자신의 옷이 제하의 취향이 아니었던 건가?

"이제 가죠."

제하의 말이 떨어지자 직원이 서둘러서 쇼핑 가방을 들었다. 직원이 트렁크에 가방을 넣고 닫자 차가 출발했다.

"보석은 내일 사러 갑시다. 그리고 오늘만 본채에 가도 되겠습니까? 할 이야기가 있어서."

"오세요. 제 집이 아니잖아요."

"그래도 본채에 갈 때는 허락을 맡는 게 좋죠. 나는 일할 때는 규칙을 정확하게 지키는 걸 선호합니다."

"군대에서 배우셨나요?"

"군대?"

"네. 보통 남자분들은 군대에서 규칙적으로 생활하잖아요."

별 뜻 없이 대화를 이어 나가기 위한 질문이었다. 그러나 제하는 아무 말도 하지 않았다. 잠시 후 제하가 그 어느 때보다 날카로운 목소리로 답했다.

"아뇨. 저는 다른 곳에서 규칙을 배웠습니다. 혹독하게."

혹독하게라고 말하는 제하의 목소리에서 부정적인 감정이 느껴졌다. 분노, 화, 울분 들이 뒤섞인 목소리였다. 그래서 어디서 규칙을 배웠는지에 대한 질문을 할 수가 없었다.

대화가 끊어진 차는 빠른 속도로 밤의 도로를 달렸다. 대화 없이 흘러가는 시간은 길면서도 무거웠다. 얼마나 갔을까? 집이 보이기 시작하자 안도감이 들었다.

"그럼 들어가죠."

차를 주차하고 뒤따라오는 제하의 말에 설아는 무의식적으로 시간을 확인했다. 밤 10시. 영순이 퇴근했을 시간이다. 그럼 제하와 단둘이서 있어야 한다는 건데. 제하의 태도를 봐서 갑자기 돌변할 것 같지는 않지만, 긴장을 놓을 수가 없었다.

제하의 말처럼 그런 짓을 하지 않을 사람들이, 그런 짓을 하기 마련이니까.

"뭐 먹을래요?"

"아뇨. 그전에……. 옷을 좀 갈아입고 올게요."

"그래요. 그럼. 나도 옷을 갈아입고 올 테니까."

게스트 룸으로 들어서자마자 설아는 문부터 잠갔다. 딸깍 하는 소리가 천둥보다 더 요란하게 울려 퍼졌다. 제하가 문을 잠그는 소리를 들었을까? 경계하는 행동을 너무 대놓고 하는 게 아닐까? 제하의 생각이 신경 쓰였다.

재빨리 옷을 갈아입은 설아는 얇은 카디건을 덧입었다. 현관문이 열리는 소리에 밖으로 고개를 내민 설아는 그녀와는 반대로 편한 옷을 입고 있는 제하를 발견했다. 겹겹이 껴입은 설아를 본 제하는 고개를 갸웃거렸다.

"추워요? 보일러 켜 줄까요?"

"아뇨. 그냥……."

"아……."

아, 라는 말 다음에 제하는 더 이상의 말을 하지 않았다. 가벼운 니트 차림에 면바지를 입은 제하는 주방에서 민첩하게 움직였다.

"잠시만 기다려요. 금방 만들 테니까."

"만들어요?"

"7시부터 지금까지 먹은 게 하나도 없는데 배고프지 않아요?"

"고프긴 한데……. 김 여사님이 만들어 놓고 간 게 있을 거예요. 찾아볼게요."

"괜찮아요."

제하는 냉장고를 뒤지려는 설아를 만류했다.

"식은 음식을 데워서 먹고 싶지 않으니까. 앉아요. 금방 만들어 줄 테니까. 파스타 좋아해요?"

"네."

"다행이네요. 파스타는 금방 되는 음식이니까. 잠시만 기다려요."

제하는 재빨리 움직이면서 요리를 만들었다. 어설픈 솜씨가 아니라 꽤 오랫동안 요리를 만들어 온 사람의 실력이었다. 설아는 자신보다 월등히 뛰어난 요리 실력을 가진 제하에게 물었다.

"요리하는 걸 좋아하세요?"

"음. 요리하는 것도 좋아하고 먹는 것도 좋아합니다. 설아 씨는요?"

"먹는 건 좋지만 하는 건 싫어요."

"그럼 내가 계속 하면 되겠네요."

내가 계속 한다? 제하의 말이 신경 쓰였다. 뭐라고 해야 할지 모르겠다. 거슬린다? 말이 튄다? 어쩌면 아무 뜻 없는, 자신이 무사히 상속받을 때까지라는 의미일지도 모른다. 하지만 제하의 말이 마음에 걸렸다.

마치 아까 옷을 갈아입으러 갔다가 문을 잠갔던 것처럼.

"그런데 밀가루 음식은 드시지 않는다고 들었는데."

바쁘게 움직이던 제하의 손놀림이 멈췄다.

"어떻게 아셨습니까?"

"김 여사님이⋯⋯. 그러니까 도우미⋯⋯분이."

"아, 그랬군요. 밀가루 음식을 자주 먹지 않는 것뿐이지, 먹지 못하는 건 아닙니다. 자, 다 됐어요. 먹어요. 내가 겉보기와 달리 음식 솜씨가 꽤 있는 편이니까."

설아는 자신의 앞에 놓인 파스타를 바라봤다. 꽤 맛있어 보이는 파스타다. 토마토 향을 맡자 식욕이 돋았다. 포크를 쥔 설아는 제하에게 웃으면서 말했다.

"잘 먹을게요."

"술도 마실래요?"

설아는 파스타 접시 옆쪽으로 얼음이 든 술잔을 내미는 제하를 올려다봤다. 잠시 고민하던 설아는 술잔을 다시 제하 쪽으로 밀었다.

"아뇨. 괜찮아요. 술을 좋아하는 편이지만 당분간은 금주하는 편이 좋겠어요. 이 모든 사태가 벌어진 게 술 때문이니까."

"술 때문이 아니라 약 때문에 벌어진 거죠. 그리고 이야기를 듣다 보면 술을 마시고 싶어질 수도 있으니까, 일단 여기에 두죠."

제하는 다시 술잔을 설아 쪽으로 밀었다.

"이사님은 안 마셔요?"

"제하."

후드득. 제하가 자신의 이름을 강조하는 순간 빗방울이 떨어지는 소리가 들렸다.

"날이 흐린 게 비가 올 것 같더니 결국 오는군요."

떨어지는 빗방울 소리가 창문 너머로 들려왔다. 쏴 하는 빗

소리와 함께 제하의 목소리가 들렸다.

"다시 한번 더 말하지만 내 이름은 제하입니다. 오늘 했던 두 번째 부탁을 기억해 주면 좋겠습니다. 다른 사람들이 있는 상황에서 이사님이라고 부르면 곤란해요."

"죄송해요. 아직 입에 익지 않아서 실수했어요. 앞으로는 둘만 있어도 꼭 제하라고 부를게요."

"이해가 빨라서 좋군요. 그럼 본격적으로 이야기를 시작해 볼까요?"

"……."

"내 의부의 함자는 민, 수 자 호 자입니다. 내가 다른 곳에서 이렇게 격식을 갖춰서 이름을 말했다는 것을 알면 비웃을 분이 시지요. 호탕하고 유쾌한 성격이시지만 돈에 대해서는 가차 없습니다. 돈 앞에서 의리나 도덕을 따지는 것은 바보짓이라는 걸 알려 주신 분이기도 하죠. 그러니 돈에 대해서 흐리멍덩하다는 이미지를 주면 안 됩니다."

제하의 말에 설아는 고개를 끄덕였다.

"내 조카인 민제민은 굉장히 신경질적인 성격입니다. 과소평가가 아니라 정확한 분석이니까 그 점을 주의하셔야 할 겁니다. 자기 위에 다른 사람이 서 있는 것을 참을 수 없어 하는 사람이기도 하죠. 의심이 많기 때문에 늘 사람을 감시하려 하는 성향이 있습니다. 그리고 한 명 더."

한 명 더라고 말하는 제하의 목소리는 제민에 대해서 설명할 때와 똑같았다. 그러나 듣고 있는 설아에게는 전혀 다른 느낌으로 다가왔다.

"제민의 약혼녀 이름은 지아영입니다. 3선 의원인 지진태의 딸이지요. 부잣집의 외동딸이 어떤지 알고 싶다면 아영을 보면 됩니다. 애교 많고 예쁘지만 어리광이 심해서 전혀 도움이 안 되는 사람이죠."

제하가 너무나 냉정하게 말해서 당황했다. 그래도 한때 사귀 었던 여자다. 아영에 대해서 말하는 제하가 지나칠 정도로 차가 워서 어떤 얼굴로 들어야 할지 알 수 없었다.

"아영이 원하는 것은 제민이 아니라 유성그룹의 안주인입니 다. 아영의 아버지인 지 의원 역시 유성그룹의 돈을 원하고 있 죠. 하지만 나는 절대로 그걸 내주지 않을 겁니다. 대충 돌아가 는 상황을 이해하셨습니까?"

"네."

"현재 이사진은 정확히 반반입니다. 내 쪽 사람들과 제민 쪽 사람들로 나눠져 있죠. 결국 의부님의 심중에 따라서 움직이게 될 겁니다."

"의부님의 생각은 어떠신데요?"

"나를 많이 아끼긴 하시지만 친혈육을 쉽게 버리진 못하시 겠죠."

맞는 말이다. 제하의 능력이 뛰어나다고 할지라도 친혈육을 외면하기란 쉽지 않다. 그래서 천륜이라는 말이 있는 거니까. 제하의 말을 곱씹던 설아는 질문을 던졌다.

"그런데 내가 칠순 잔치? 잔치라고 해도 되죠? 거기에서 뭘 해야 하나요? 솔직히 말해서 전 민 이사님이……."

"제하."

"죄송해요. 제하 아니, 제하 씨. 나는 제하 씨가 바라는 게 뭔지 모르겠어요. 3선 국회의원의 딸과 맞상대하기에는 내가 부족할 것 같은데."

"내가 바라는 건."

제하가 빙그레 웃었다. 제하가 웃는 모습을 보고 있자니 자신이 왜 이런 말도 안 되는 일에 끼어들었는지 알 것 같다. 제하의 웃는 모습에 마음이 흔들렸기 때문이다.

환하게, 무방비 상태로 웃고 있는 제하가 굳건한 경계심을 풀어 버렸다.

"설아 씨가 아주 못되게 굴어 주는 겁니다."

"못되게?"

"네. 상대방이 바짝 달아오를 정도로."

"제가 못돼 보이나요? 그런 부탁을 하시게?"

"아뇨. 그런 부탁을 할 만큼 아름답죠."

순간 얼굴이 확 달아올랐다. 농담인 걸까? 아니면 진담인 걸까? 제하는 어떤 말도 하지 않고 앞에 놓인 파스타를 집어 먹었다. 파스타를 먹으면서 제하는 한마디를 덧붙였다.

"내가 만들었지만 확실히 맛있네."

제하는 파스타로 주제를 돌렸지만 설아는 여전히 아름답다는 말에 붙잡혀 있었다. 방금 전 제하의 말이 진담인지 농담인지 궁금하지만 자신의 외모에 대해서 말하고 싶지 않다. 외모에 관한 이야기를 하다 보면 서로가 남녀 관계라는 사실을 인식하게 될 테니까. 그래서 설아는 갤러리로 주제를 돌렸다.

"그런데 제하 씨. 미술 관련 쪽 일도 하세요?"

"미술요?"

"네, 그림요."

그저 화제를 돌리기 위해서 던진 질문이었다. 어떤 대답을 바라고 던진 질문이 아니었다. 그런데 그림이라는 말을 듣자마자 제하의 분위기가 싹 변했다.

"아닙니다. 전혀 상관없어요. 그런데 왜 내가 그림 쪽 일을 한다고 생각했습니까? 내가 그림을 그리게 생겼습니까?"

"아뇨. 집에 갤러리가 있으니까……. 그림을 좋아하시나…… 싶었거든요. 그리고 황당하게 들릴지 몰라도 제 친구와 제하 씨가 조금 닮았어요. 그 애 아버지가 화가였거든요. 그런데 그게 중요한 게 아니라……."

"화가? 화가 누구?"

"유명한 화가인데. 서준수라고. 하지만 관심이 없으면 모르실지도……."

설아가 준수의 이름을 말하는 순간 제하의 얼굴에 차가운 얼음이 서렸다. 그러나 냉랭한 표정은 금방 사라지고 제하는 조금 씁쓸한 웃음을 지었다.

"서준수……. 아는 화가군요."

"아세요?"

"네. 알고 있습니다. 하지만 개인적인 친분은 없습니다. 그런데 그 친구분. 나와 닮았다고 했습니까? 어디가 닮았죠?"

"네?"

"방금 친구와 닮았다고 하지 않으셨습니까? 나와 닮은 사람이 있다는 게 신기해서."

"아……. 그게, 외모가 닮은 건 아니에요. 사실 그 친구와 제하 씨를 비교하면, 음…… 뭐라고 해야 할지 모르겠는데. 굳이 따지면 사람이라는 점만 같을 거예요."

"닮았다는 겁니까, 아니라는 겁니까?"

"……닮지 않았어요. 그게…….."

설아는 어색하게 웃었다.

"눈이 닮긴 했지만."

"눈?"

설아의 말에 제하는 손으로 눈두덩을 슬쩍 어루만졌다.

"그게 어떤 때는 똑같다는 기분이 들어서……. 아, 진짜 내가 무슨 이야기를 하는 거야? 죄송해요. 이야기를 다른 곳으로 흘러가게 해 버렸네요. 정리해 보죠. 그러니까 조만간 있을 칠순 행사에서 내가 지아영 씨에게 최대한 못되게 굴어 주기를 바라신다는 거죠?"

"……그 친구는…….."

"네?"

"지금 그 친구는 어디에 있습니까?"

"미국에요. 유학 갔어요."

"연락하면서 지내십니까?"

제하의 질문을 듣는 순간 가슴 한구석이 콱 틀어 막혔다. 입술을 살짝 깨문 설아는 말을 잇지 못했다. 시간이 조금 흐른 뒤에야 숨을 크게 들이마신 설아는 어색한 웃음을 지었다.

"아뇨. 지금은 연락이 안…… 돼요."

"지금은?"

"그 친구가 미국으로 유학을 가면서 소식이…… 끊어졌어요. 미국 생활이 재미있나 봐요. 나에게는 단 한 명의 친구였지만 그 친구에게 나는 단 한 명의 친구가 아니었던 거죠. 그런데 저 갤러리에도 서준수 화가의 그림이 있나요?"

"아뇨!"

제하는 조금 빠르게, 그리고 격하게 반응했다.

"없습니다. 그 화가 그림은 구하기가 힘들어서."

"아, 맞다. 가족들만 소유하고 있다고 들었어요. 그럼 저 갤러리에는 어떤 그림들이 있어요?"

"저곳은 갤러리가 아니라 금고라고 생각하면 됩니다. 그런데 혹시 갤러리 근처에 가신 적 있습니까? 안의 그림을 보셨던 겁니까?"

"아뇨! 아니에요! 그런 거 아니에요."

제하의 목소리에서 경계심을 읽은 설아는 손을 저으면서 강하게 부정했다.

"근처에도 가지 않았어요. 그냥 김 여사님이 갤러리라고 해서……."

"김 여사님. 아아……. 그랬군요. 다시 한번 확실히 해 두죠.

유설아 씨, 저 건물 근처에는 절대로 가면 안 됩니다. 다시 말하지만 나는 돈이 걸린 문제에 있어서 매우 민감한 사람이고. 아직 설아 씨를 그리 신용하고 있는 것은 아니니까요."

제하가 옆에 있던 술병을 들어서 투명한 유리잔에 부었다. 방금 전까지 파스타만 먹던 제하가 술을 마시자 조금 불안해졌다. 제하가 술을 마신다는 사실이 아니라 깊게 가라앉은 제하의 눈동자 때문이었다.

"그러니 이제 갤러리에 대한 이야기는 하지 말았으면 합니다."

"알겠어요."

"그나저나."

말을 하면서 술을 마시는 제하의 목울대가 위아래로 움직였다. 미묘하게 움직이는 목울대를 보고 있자니, 남자의 몸이 얼마나 매력적인지 알 수 있었다. 여자와는 판이하게 다른 몸의 움직임에 시선을 빼앗겼다. 홀린 듯이 상대방을 바라보던 설아는 제하가 술잔을 내려놓는 탁 하는 소리에 시선을 돌렸다.

"지금부터 조금 지저분한 이야기를 해야 할 텐데 준비가 되셨는지 모르겠습니다."

"지저분한 이야기요?"

"네. 최영락과 오현종에 대한 이야기입니다."

두 사람의 이름을 듣자마자 몸이 딱딱하게 굳어져 갔다. 아까 제하가 왜 술잔을 내밀었는지 알겠다. 설아는 떨리는 손을 억지로 움직여서 술잔을 쥐었다. 제하는 설아의 손안에서 파르르 떨리는 술잔에 짙은 호박 빛 술을 부었다.

"오현종부터 말하죠. 오현종이 작은 레스토랑을 경영하고 있는 건 아시죠?"

"몰랐어요."

"대단한 레스토랑은 아니고 구색 맞추기용이라고 생각하면 됩니다. 부모의 재산에 기대서 살고 있다는 것보다는 레스토랑 오너가 보기 좋아서 하는 거니까. 전체적으로는 적자지만 부모의 재력으로 충분히 커버가 가능한 상황입니다. 아니, 상황이었다로 해야겠군요. 최근 그 레스토랑에 진상 고객들이 들러붙었거든요."

"진상 고객요?"

"원래 레스토랑이든 뭐든 음식점은 진상 고객이 가장 짜증나는 법이죠. 음식에서 이물질이 나왔다는 이유로 경찰에 신고를 하면 구청 위생과로 넘어가게 됩니다. 그럼 종업원 위생증과 식재료들을 조사하게 되죠. 오현종은 레스토랑 사업을 놀이로 생각했는지 위생증 없이 고용한 아르바이트생이 두 명이나 있더군요. 또 유통 기한이 지난 식재료들도 꽤 있었고. 심지어 원산지 표시까지 틀리게 해 놓은 것도 있었습니다."

제하가 말하는 동안 설아는 한 모금, 한 모금씩 술을 마셨다. 처음에는 화끈거리던 술이 물처럼 밍밍해졌다. 그러나 가슴속의 뜨거움은 더욱 커져만 갔다.

"덕분에 레스토랑은 현재 20일 영업 정지를 받았습니다. 아, 걱정하지 말아요. 끝이 아니라 시작이니까. 최영락은 더 쉽더군요. 겉으로는 멀쩡한 회사원이지만 속으로는 도박을 좋아하는 피라미 정도? 사채에 손을 대고 있기에 손을 좀 써 뒀습니다. 그리고 김나경. 결혼 준비를 하느라 조금 무리하게 돈을 끌어 썼더군요. 아마도 시댁에서 커버해 줄 거라고 생각하고 카드를 한계치까지 사용한 것 같은데. 문제는 최영락도 돈줄이 마르고 있다는 겁니다. 지금까지 최영락이 도박에서 진 빚의 대부분을 오현종이 갚아 주고 있었거든요. 레스토랑이 영업 정지를 당하자 오현종의 부친이 꽤 화를 냈습니다. 덕분에 오현종에서부터 김나경까지 서서히 돈에 허덕이고 있는 중입니다. 뭐, 이쯤만 말해도 대충 돌아가는 상황을 아실 것 같으니까. 질문을 드리죠. 끝을 어디로 정하고 계신 겁니까?"

"끝이라뇨?"

"그 세 명의 끝을 어떻게 할 건지, 결정하셔야죠. 사회에서 격리? 죽음? 아니면 금전적인 손실만 입히고 그만둘까요?"

제하의 질문에 설아는 두 눈만 깜박였다.

"제가 결정하는 건가요?"

"당연히 설아 씨가 결정해야죠."

제하의 말에 심장 한쪽이 덜컹 내려앉는 느낌이다. 그 세 명은 마땅히 대가를 치러야 한다. 대가를 치르게 하기 위해서 제하와 손을 잡았다. 그럼에도 불구하고 누군가의 인생을 쥐고 흔드는 일에 대한 중압감이 무겁게 느껴졌다.

"생각을 조금만 더 해 봐도…… 되나요?"

"물론 됩니다. 천천히 생각하세요. 그리고 알아낸 사실이 있는데 오현종의 레스토랑에서 일하다가 그만둔 여자 아르바이트

생들이 꽤 되더군요. 일이 생겨서 그만둔 것도 있겠지만 불미스러운 일을 겪어서 그만둔 사람도 있을 겁니다."

"……."

제하의 말에 설아는 두 손을 꽉 움켜쥐었다.

"확실……한가요?"

"확실합니다. 그날 클럽에서 오현종이 벌인 일은 결코 풋내기의 솜씨가 아니었습니다. 약물은 사용하던 놈이 계속 쓰는 겁니다."

혼자만이 아니었다. 자신은 운이 좋아서 제하에게 구조를 받았지만 다른 여자들은? 그 여자들은 어떻게 되었을까. 설아는 두 손을 꽉 움켜쥐었다. 손톱이 손바닥을 파고들었으나 아픔조차 느껴지지 않았다. 세상 어딘가에서 이런 일이 벌어지고 있다는 것을 알고 있지만 그 당사자가 자신이 될 줄은 몰랐다.

"유설아 씨. 내가 어쭙잖은 충고를 하자면 상대를 제거할 때는, 상대방이 나와 같은 인간이라는 생각을 하면 안 됩니다. 상대방에게도 찬란한 미래가 있고 보살펴야 하는 가족이 있다는 연민이나 동정을 품으면, 돌아오는 것은 뼈저린 후회입니다. 상대방을 무생물로 생각하세요. 그리고 나는 그런 일을 당할 만한 사람인가, 그 사람이 나에게 한 짓이 정당했는가에 집중해요. 어설픈 용서는 상대방에게 자신감만 불어넣어 줄 뿐입니다. 나는."

"……."

"용서할 수가 없습니다. 그 여자가 나에게 한 짓을. 그래서 똑같이 되갚아 줄 겁니다. 이게 바로 내 인생을 위해서, 내가 스스로 해야 할 일입니다."

넓은 연회장에는 우아한 왈츠 음악이 흐르고 화려한 복장을 한 사람들은 웃으면서 한담을 나누고 있었다. 제하와 함께 연회장의 입구로 들어선 설아는 숨을 들이마셨다. 긴장 때문인지 사람들의 얼굴이 제대로 보이지 않았다. 눈을 뜨고 있는데도 시야가 어지럽다. 설아는 제하와 팔짱을 끼고 있는 손에 조금 더 힘을 줬다.

처음 접하는 낯선 세계. 이곳에서 의지할 수 있는 유일한 사람은 오직 한 명, 제하다.

"괜찮아요?"

제하의 질문에 설아는 어색하게 고개를 끄덕였다.

"괜찮다고 해야겠죠?"

"네. 괜찮아야 할 겁니다."

설아 쪽으로 고개를 숙인 제하가 나지막한 목소리로 속삭였다.

"이제부터 시작이거든요."

가까이 다가온 제하의 숨결이 귓불을 스쳤다. 순간 오싹한 감각이 등줄기를 타고 찌르르 흘러내렸다. 뺨이 붉어지고 몸이 움츠러든다. 저도 모르게 설아는 입술을 살짝 깨물었다. 긴장 때문인지 평소보다 몇 십 배는 더 민감한 기분이다.

"그리고 지금에서야 말하는 거지만."

허리 뒤로 제하의 손이 스르륵 다가왔다. 깜짝 놀란 설아는 몸에 힘을 빳빳하게 줬다.

"오늘은 이런 자세를 꽤 자주 해야 할 것 같으니, 양해 바랍니다."

알겠다고 말하고 싶지만 지금 입을 열면 이상하게 갈라진 목소리가 나올 것 같다. 설아는 말없이 천천히 고개를 끄덕였다. 설아가 허락하자 제하의 손이 점점 더 강하게 허리에 감겨 들어왔다. 제하의 손이 움직일 때마다 몸의 긴장이 더해졌다. 겉으로 드러내지 않기 위해서 최대한 노력하고 있지만 몸의 긴장을 숨길 수가 없었다.

"문제…… 있습니까?"

귓가에서 제하의 목소리가 들렸다. 제하의 숨결이 목을 스칠 때마다 온몸에 짜릿한 전기가 흘렀다. 입술을 살짝 깨문 설아는 제하에게서 몸을 조금 떼면서 주제를 돌렸다.

"그런데……."

"네?"

"오늘…… 제가 어떻게 행동하면 되죠?"

"재수 없게. 최대한 못되고 짜증 나게 굴어요. 남자에게는 웃음을 흘리고 여자에게는 냉담하게. 그게 내가 원하는 겁니다."

"네?"

못된 여자가 되어 달라는 말에 놀라서 고개를 돌린 설아는 제하의 얼굴과 마주했다. 옆으로 길게 뻗은 제하의 눈을 마주하자, 순간 아득해졌다. 칠흑 같은 눈동자에 사로잡혔다. 고개를 돌려야 할지, 아니면 뒤로 물러나야 할지도 모르겠다. 영원과도 같은 순간이 지나고 설아는 붉어진 뺨을 숙였다.

"의부님의 칠순 행사⋯⋯잖아요. 그런데 못되게 굴라구요?"

"칠순 행사니까 그렇게 행동해 달라는 겁니다."

"⋯⋯."

"기본적으로는 친절하고 상냥한 태도를 유지하세요. 다만 막 나가도 되겠다 싶은 여자가 등장하면 있는 힘껏 공격하시면 됩니다. 과장되게 해도 좋고 연극 조로 해도 좋습니다. 그냥 짜증 나게만 만드세요."

흔들림 없는 제하의 목소리를 듣고 있자니 조금 기분이 이상해졌다. 방금 얼굴이 거의 딱 붙은 상황에서 제하는 아무 동요도 없었다. 자신만 상대방과의 거리에 흔들렸을 뿐이다. 설아는 크게 숨을 들이마셨다.

"알겠어요."

굳이 제하가 설명하지 않아도, 자신이 모질게 굴어야 하는 그 여자가 누구인지 알 것 같다. 아마도 제하의 옛 여자인 지아영일 것이다. 그리고 지금 같은 기분이라면 아영에게 제대로 한 방 먹일 수 있을 것 같다.

"그리고 오늘 친구 비슷한 사람이 오기로 했는데, 크게 신경 쓰실 건 없습니다."

"친구요?"

"어이. 민 이사."

머리가 반쯤 벗어진 남자가 제하에게 말을 건넸다. 남자를 본 제하는 설아의 허리에서 손을 뗐다. 남자와 악수를 한 뒤 제하는 설아를 소개시켰다.

"최 사장님, 여기는 제 약혼녀 유설아입니다."

"약혼녀?"

두꺼비처럼 생긴 최 사장은 제하의 약혼녀라는 말에 깜짝 놀랐다.

"그동안 민 이사가 여자를 쳐다보지도 않더니 이렇게 예쁜 약혼녀가 있어서 그랬군. 아이고, 반갑소이다. 나는 서풍의 최만식이라고 합니다."

"유설아예요."

만식과 악수를 하면서 설아는 환하게 웃었다.

"허허. 민 이사가 여자를 보는 눈이 있긴 있군. 이런 미인을 택하다니."

"네. 제가 눈이 좀 높죠."

"과찬이세요."

"과찬이 아니라 사실입니다. 아, 저기 서 사장이 왔군. 잠시만 내가 서 사장하고 할 말이 있어서."

설아의 외모를 칭찬하던 만식은 이내 다른 사람과 인사하러 사라졌다. 최 사장을 선두로 설아는 밀려드는 사람들과 인사하느라 정신없었다. 그때마다 제하의 손도 설아의 허리에서 어깨로, 어깨에서 허리로 바삐 움직였다.

"여, 제하."

계속 웃느라 입 주변에서 경련이 일어날 때쯤 웬 남자가 다가왔다. 환하게 웃으면서 다가오는 남자는 다른 사람들과는 확연히 구분되는 분위기를 가지고 있었다. 판에 박힌 비싼 명품들 사이로 난데없이 육식 동물이 등장했다.

제하가 흑표범이라면 남자는 나무 위를 뛰어다니는 재규어였다.

검은 점이 박혀 있는 털을 한가로이 핥으면서 나무 아래의 먹이들을 바라보는 재규어.

남자와 웃으면서 인사하는 제하를 보고 있자니, 제하 역시 육식 동물이라는 느낌이 강하게 들었다. 고만고만한 사람들 사이에서 두 명만이 머리에서 발끝까지 다른 종족이었다. 제하가 말한 친구 비슷한 사람은 이 남자다. 제하가 왜 친구라는 말 대신 친구 비슷한 존재라고 표현했는지 알 것 같다. 이 남자는 누군가의 친구가 되기에는 너무 강렬한 존재다.

"스즈키 준입니다."

늘씬한 몸을 슈트로 감싼 남자가 손을 내밀었다. 스즈키 준? 이름을 들어봐서는 일본인인데 그런 느낌이 전혀 없다. 준은 설아를 보면서 빙그레 웃었다.

"아버지는 일본인이고 어머니가 한국인이죠. 많이들 궁금해하셔서."

"유설아예요."

"반갑습니다. 마침내 제하의 여자를 만나다니! 얼떨떨하군요. 오늘 들어서자마자 몇몇 사람들이 제하의 여자에 대해서 말하기에 설마설마하면서 왔는데. 실제로 존재하셨군요. 제하의 여자는 환상 속의 세계에서 사는 줄 알았는데."

"그만하지."

"어라? 천하의 민제하가 누구더러 그만하라는 말은 처음 들어 본 것 같은데."

"지금 들어 본 게 처음이라면 3분 뒤에 또 들을 거니까, 농담은 그만해."

"하여튼 너는 재미가 없어. 농담이야말로 인간관계의 윤활유라는 걸 알 때도 되지 않았어? 어릴 때부터 회장님 뒤만 따라다니면서 일만 하더니. 민 회장님도 인생의 즐거움은 농담이라는 걸 가르쳐야 하셨는데 일만 가르쳤으니. 쯧쯧. 재미없는 인간이 되었어."

"민 이사님."

제하가 준에게 뭐라고 대꾸를 하기 전에 중년 남자가 다가왔다. 안경을 끼고 마른 남자는 제하에게 조심스레 뭔가를 속삭였다. 남자의 말을 모두 들은 제하는 설아 쪽으로 고개를 돌렸다.

"잠깐 가 봐야 할 것 같은데."

"괜찮아."

제하가 말을 끝내기도 전에 준이 손을 저었다.

"갔다 와. 그동안 내가 설아 씨와 함께 있을 테니까."

준이 함께 있겠다고 했지만 제하는 쉬이 자리를 떠나지 못했다.

"괜찮아요."

설아까지 괜찮다고 말하자 제하는 그제야 자리를 떠났다. 제하가 사라지자 준은 호기심 어린 시선으로 설아를 훑었다. 남자가 여자를 바라보는 무례한 시선이 아닌, 신기함에 가득 찬 시선이었다.

"의외네요."

"왜요? 제가 제하 씨와 사귀는 게 이상해요?"

"그게 아니라 제하가 여자와 사귈 줄은 몰랐거든요. 심지어 결혼이라니. 예전에 너무 심하게 당해서……. 두 번 다시 여자는 쳐다보지도 않을 줄 알았는데."

말하다 말고 준은 멈칫했다. 자신의 실수를 깨달은 준은 빙그레 웃었다.

"죄송합니다."

환하게 웃으면서 사과하는 준. 매력적인 준의 웃음을 보고도 계속 화를 낼 수 있는 여자는 그리 많지 않을 것이다. 설아 역시 웃으면서 고개를 저었다.

"아뇨. 괜찮아요. 지나간 일이잖아요."

말로는 지나간 일이라고 했으나 마음속 어딘가에 준의 말이 콕하고 박힌 느낌이다. 너무 심하게 당해서 두 번 다시 여자는 쳐다보지도 않을 줄 알았다? 그 말은 제하가 자신을 버리고 조카에게 간 여자를, 지아영을 단순히 일적인 관계가 아니라 진심으로 사랑했다는 뜻이다. 두 번 다시 다른 여자는 쳐다보지 못할 정도로 깊게.

제하가 했던 말이 떠올랐다.

용서할 수 없다, 똑같이 되갚아 주겠다던 말.

어쩌면……. 설아는 입술을 꼭 깨물었다. 어쩌면 제하는 지금도 아영을 사랑하고 있는 게 아닐까? 가슴이 조금 답답해졌다. 차가운 물과 얼음을 먹고 싶다. 제하의 야심은 받아 줄 수 있지만 그의 감정과 애증까지 이해하고 싶지 않다. 이해하기 싫다.

어떤 여자였을까?

제하와 제민. 두 남자 사이를 오가는 지아영은 어떻게 생겼을까? 뭘 좋아할까? 얼마나 똑똑하고 잘난 걸까? 다른 생각에 빠져 있는 설아를 향해서 준은 말을 이었다.

"지나간 일이라. 쿨하시네요. 하긴 제하와 살려면 쿨한 성격이어야 할 것 같기도 하군요. 겉보기에는 멀쩡해 보여도 제하는 편식쟁이에 굉장히 예민하거든요. 그런데 편식쟁이, 맞죠? 한국어로."

제하가 편식에 예민한 성격이라고? 전혀 몰랐다. 하긴 제하에 대해서 알고 있는 것보다 모르는 것이 몇 천 배는 더 많을 것이다. 이 연극이 끝날 때쯤이면 제하에 대해서 조금이나마 더 알게 될까?

"제하, 치킨을 안 먹는 거 알아요?"

"네?"

"몰랐구나! 한국 하면 치맥이잖아요. 맞죠? 그런데 지금까지 제하가 치킨을 먹는 걸 한 번도 본 적이 없어요. 또 피자나 라면 같은 인스턴트 음식도 안 먹어요. 그래서 밥 먹으러 가면 식당을 고르기가 힘들죠."

"그래요? 밀가루 음식을 잘 안 먹는다고 듣긴 들었는데."

"안 먹는 게 아니라 입에도 대지 않죠."

"얼마 전에 같이 파스타를 먹었는데⋯⋯."

"녀석. 설아 씨와 맞추느라 억지로 먹었나 보네. 원래 음식에 있어서는 굉장히 엄격한데."

설아와 시선을 맞춘 준은 씩 하고 웃었다.

"사랑이 식성까지 고치는군요. 밀가루 음식까지 먹고. 아영이가 파스타 먹으러 가자고 그렇게 사정을 해도 안 가더니."

아영. 준의 입에서 예상했던 여자의 이름이 나왔다. 자연스레 아영을 거론하는 준. 오른손 검지로 왼손을 살짝 어루만진 설아는 최대한 담담한 어조로 물었다.

"제하 씨가 아영이라는 그 여자분과 오랫동안 사귀었나 봐요. 스즈키 상도 알고 있는 걸 보니."

"아까."

준은 여전히 미소를 머금은 채로 말했다.

"지나간 일이니까 괜찮다고 하지 않으셨어요? 쿨한 분이시니까."

"네. 괜찮아요. 하지만 궁금한 건 궁금한 거니까요."

"궁금하다라⋯⋯. 한 2년 정도 사귀었나? 그런데 그 관계를 어떻게 설명해야 할지 모르겠군요."

말하다 말고 준은 지나가던 웨이트리스가 들고 있는 쟁반에서 물 잔을 두 개 쥐었다.

"마실래요?"

"네."

준이 내미는 물 잔을 잡기 위해 몸을 살짝 비튼 설아는 근처의 사람들이 황급히 고개를 돌리는 모습을 보았다. 미처 몰랐는데 이제 보니 주위 사람들이 자신과 준을 남몰래 지켜보고 있었다. 사람들의 시선을 인지하자 등 뒤가 따끔거리는 기분이 들었다. 그때 발랄한 여자의 목소리가 들렸다.

"준!"

고개를 돌려보니 머리에서 발끝까지 최고급으로 감싼 여자가 우아한 걸음걸이로 다가왔다. 160센티미터 정도의 키를 가지고 있지만 비율이 좋아서 전체적으로 늘씬하게 보이는 미인이었다. 얼굴 가득 애교 섞인 웃음을 띤 여자는 준의 팔을 손으로 휘감았다.

"준. 이런 곳에서 뭘 하고 있어요? 할아버지가 보고 싶어 하실 텐데. 같이 가요."

준에게 팔짱을 낀 채 웃는 여자는 설아를 완벽하게 무시했다. 눈앞에 설아가 아예 없는 것처럼 굴었다. 만일 설아가 준의 일행이었다면 참기 힘들 정도로 무례한 행동이었다. 그러나 준에게 아양을 부리는 여자의 얼굴은 해맑았다. 준은 자연스럽게 여자의 손을 밀어내면서 고개를 저었다.

"지금은 곤란한데……. 일행이 있어서."

"일행?"

뒤늦게 설아를 발견한, 엄밀히 말해서 발견한 척한 여자는 깜짝 놀란 얼굴로 사과를 했다.

"어머! 죄송해요. 두 사람이 일행이신 줄 몰랐어요. 나는 또 저번처럼 그런 일인 줄 알았죠."

"저번의 그 일?"

"그래요. 그때 그 일. 웬 여자가 준을 졸졸 따라왔었잖아요. 주제도 모르고."

오늘 제하가 말했던 여자는 바로 이 사람이다! 틀림없다. 이 여자가 바로 제하의 옛 여자인 지아영이다. 만난 지 5분도 채 지나지 않았지만 제하의 여자였던 아영이 어떤 타입인지 알 수 있었다.

아영은 제하의 말처럼 적을 만드는 사람이다. 설아도 사회성이 그리 뛰어난 편이 아니지만 아영은 제로에 가까웠다. 그러나 설아와 달리 아영에게 삶과 세상은 매우 친절했을 것이다. 타고난 애교와 외모 그리고 부유함이 아영을 다른 사람과 차별화시켰다.

"준과 같이 오셨으면 일본분? 일어를 쓸까요?"

"아뇨. 괜찮아요."

설아는 아영을 향해서 환하게 웃었다.

"저는 한국인이에요."

설아가 한국인임을 밝히자 아영의 눈빛이 조금 사나워졌다. 아영은 준의 어깨를 살짝 치면서 웃었다.

"설마 준, 한국에도 여자 친구를 만든 거예요?"

"아뇨. 틀리셨어요."

"네?"

"저는 준의 일행이 아니라, 민제하 씨의 약혼녀예요."

"뭐?"

설아의 말에 주위에 있는 사람들까지 돌아볼 정도로 아영은 큰 소리를 냈다. 믿을 수 없다는 눈으로 설아를 아래위로 훑어본 아영은 곧 헛웃음을 터트렸다.

"아, 나는 진짜 이런 장난이 너무 싫더라."

아영은 준을 노려봤다. 아영의 매서운 시선에 준은 어깨를 으쓱거렸다.

"왜 나를 봅니까?"

"준밖에 이런 짜증 나는 장난을 칠 사람이 없으니까요. 이봐요, 준. 내가 당신 장난에 빠지기를 바란다면 그럴싸한 걸 가지고 와요. 제하의 약혼녀라니. 그런 게 가당키나 해요?"

"왜요? 왜 제하 씨의 약혼녀가 가당치도 않은 일이죠?"

설아의 질문에 아영은 짜증스러운 얼굴이 되었다.

"왜요는 뭐가 왜요야? 말이 안 되니까 그렇지."

"저기, 두 분. 나는 또 목이 마른데. 두 분도 뭔가 마실 겁니까? 설아 씨?"

"저는 물요."

"그럼 아영은?"

"나도 물."

"그럼 금방 가지고 오죠."

준은 아영과 설아의 대결 구도에서 슬그머니 빠져나갔다. 준이 사라지자 설아를 향한 아영의 시선은 노골적인 경멸로 가득했다. 설아는 그런 아영의 시선을 피하지 않은 채, 똑바로 마주했다. 확실히 아영은 예쁜 사람이다. 좋은 집안에서 사랑을 듬뿍 받으면서 자란 티도 났다. 문제는 사랑을 듬뿍 받은 티만 났다.

결정적으로 아영은 제하와 어울리지 않았다.

아영의 어떤 면이 제하를 사로잡았던 걸까? 아영은 자기 감정을 숨길 줄도 모르고 세상에서 적을 만들어 내는 철부지다. 제하가 이런 여자를 사랑했다는 사실을 받아들이기가 힘들었다.

아영은 자신을 살피는 설아에게 대놓고 적의를 드러냈다.

"준은 항상 장난이 너무 지나쳐. 이제 그만해요. 이런 장난 재미없으니까."

"왜 장난이라고 생각하세요? 사실인데."

아영은 차가운 눈으로 설아를 노려봤다.

"제하가 그럴 리 없잖아."

"내가 뭘?"

허리 옆쪽으로 손이 쓰윽 다가오더니 제하의 목소리가 들렸다. 제하는 은밀하지만 확실한 힘으로 설아의 허리를 감싸 쥐었다. 남자의 육체가 주는 묵직한 온도감이 그대로 느껴졌다. 제하를 본 아영의 얼굴이 환하게 밝아졌다.

"제하!"

제하가 설아의 허리에 왼손을 감고 있음에도 불구하고 아영은 친근하게 웃으면서 다가왔다. 그러고는 제하의 오른손을 쥐었다.

"보고 싶었어요, 제하. 요즘에는 왜 본가에도 안 오고 그래요."

"바빠서."

"아무리 일이 바빠도 할아버지를 보러 와야죠."

"요즘은 일도 일이지만 나와 함께 있는 시간이 점점 길어져서 그래요. 앞으로는 내가 아버님을 자주 뵈러 가라고 말할 테니까 걱정하지 마세요."

설아는 제하를 자기 쪽으로 강하게 당기면서 말했다. 설아가 상큼하게 웃을수록 아영의 얼굴은 점점 더 딱딱해졌다. 마침내 아영의 얼굴에서 웃음이라는 가면이 후드득 소리를 내면서 떨어져 내렸다.

"요즘은 장난을 너무 지나치게 쳐, 다들."

"아까부터 말했잖아요, 장난이 아니라고."

"제하!"

입술을 살짝 깨문 채, 아영은 제하를 향해서 두 눈을 깜박였다.

"정말이야?"

마치 자신이 피해자인 양, 사랑에 버림받은 가련한 여인처럼 행동하는 아영을 보고 있자니 본격적으로 투지가 불타오르기 시작했다. 그래. 누가 이기나 해 보자!

제하의 팔에 몸을 기댄 설아는 대놓고 어리광을 부렸다.

"자기야. 나 배고파."

설아가 제하에게 '자기야'라고 말하자, 아영의 두 눈에서 불꽃이 번쩍였다.

"아까 같이 먹으러 가기로 했잖아."

설아의 어리광에 제하는 잠시 주춤했지만 이내 환하게 웃었다.

"그럴까? 뭐 먹고 싶어?"

"글쎄? 자기는?"

지켜보는 아영의 붉은 입술이 이지러졌다. 그러나 제하는 아영 쪽은 쳐다보지도 않았다. 그런 제하를 바라보던 아영의 숨소리가 점점 거칠어졌다.

"여기에도 킹크랩이나 초밥이 있을까?"

"아마도 있을 거야. 없으면 조금 있다가 먹으러 가자."

"응."

설아는 제하를 똑바로 바라본 채 웃으면서 말했다. 아영 앞에서 연기를 시작할 때는 손발이 오그라들 것 같았다. 어색해서 미칠 것 같았는데 제하와 대화를 주고받을수록 마음이 편해졌다.

"나는 초밥이 먹고 싶어. 참치 회하고 같이."

"초밥?"

"어제부터 먹고 싶었거든. 아. 안 되겠다. 요즘 나, 살이 너무 많이 쪘는데. 되도록 탄수화물을 줄여야지. 초밥 말고 다른 걸 먹자."

살이 쪘다는 말을 하자마자 허리를 감싸고 있는 제하의 손에 강하게 힘이 들어갔다. 그러고는 확 잡아당겼다. 미처 대응하기도 전에 설아는 제하의 품에 거의 안긴 상태가 되었다. 숨을 쉬면 가슴과 가슴이 맞닿을 정도의 거리다. 아무리 연기 중이라지만 너무 가깝다.

'제하 씨?'

설아가 당황한 눈으로 바라봤으나 제하는 태연했다. 몸을 완전히 밀착시킨 자세로 제하는 설아를 내려다보면서 웃었다.

"살 안 쪘어."

다정한 목소리.

"하나도."

하재를 닮은 제하의 목소리를 듣고 있다. 부드럽고 따뜻한 제하의 눈동자를 바라보고 있다.

"그리고 살쪄도 상관없어."

말하면서 제하가 몸을 숙였다. 제하의 향이 점점 짙어질수록 설아의 숨소리가 커져 갔다.

"또."

가까이 다가온 제하가 속삭였다. 온몸의 신경은 제하의 숨결로 향했다. 따뜻하면서도 보드라운 숨결이 뺨을 스친다.

"너도 신경 쓰지 않았잖아."

들리지 않는다. 제하의 말이 잘 들리지 않았다. 귀를 스치는 남자의 숨결에 순간 온몸에 소름이 오소소 돋아났다. 침을 꿀꺽 삼킨 설아는 약간 떨리는 목소리로 물었다.

"네?"

"……."

"못…… 들었……."

"초밥 먹으러 가자고 말했어. 맛있게 하는 집을 알거든."

“…….”

“그리고 또 뭐 먹고 싶어?”

현실 같다. 이렇게 다정한 제하를 보고 있노라니, 연기가 아니라 모두 현실인 것만 같다. 숨 쉴 때마다 몸에 맞닿아 있는 제하의 탄탄한 육체가 느껴졌다.

그런 둘을 지켜보던 아영이 투덜거렸다.

“못 먹어서 죽은 걸신이 들렸나. 하아. 그럼 나는 제민이 찾으러 갈게. 할아버지가 제민 씨를 워낙 아끼잖아. 그럼 제하도 좋은 시간 보내. 가지고 놀기엔 딱 좋아 보인다.”

표정을 갈무리한 아영은 손으로 머리카락을 넘긴 뒤 사라졌다. 또각또각 구둣발 소리가 사라지자 몸에서 힘이 쫙 풀렸다. 살짝 고개를 숙인 설아는 깊이 숨을 들이마셨다. 그러나 제하는 여전히 손에서 힘을 풀지 않은 상태였다.

“저…….”

놓아 달라고 말하려 했으나 잔뜩 굳은 목소리가 입 밖으로 나가지 않았다.

“…….”

다시 고개를 올린 설아는 제하와 눈이 마주쳤다. 깊은 눈동자가 설아를 똑바로 바라보고 있었다. 어디선가 본 듯한 눈동자. 검은 눈동자 너머로 일렁거리는 남자의 감정이 보였다.

숨 쉴 때마다 닿는 제하의 육체. 동시에 싸하면서도 투명한 제하의 향.

어디서였을까? 이와 비슷한 느낌을 받은 적이 있었는데. 누구? 누구였지?

말없이 설아를 내려다보던 제하가 손에서 힘을 빼면서 물었다.

"초밥 먹으러 갈까요?"

"아뇨. 그건 그냥……."

드디어 제하에게서 풀려난 설아는 뒤로 한 발자국 물러났다. 제하는 자신에게서 멀어지는 설아를 뚫어져라 바라봤다.

"아쉽네요. 나는 데이트를 하고 싶었는데. 설아 씨는 연기에만 집중하는군요. 그보다 괜찮아요?"

"네. 괜찮아요. 그런데."

"혹시 잘한 거냐고 묻는 거라면 매우 잘했습니다. 내가 원한 것보다 훨씬 더."

다행이다. 제하에게 조금이나마 도움이 되었다니 다행이다. 설아는 멀어져 가는 아영의 뒷모습을 바라봤다. 아영은 외모와 애교는 살랑거리는 봄바람이지만 내면은 지독스러울 정도로 이기적인 철부지다.

왜 제하는 저런 아영을 사랑했던 걸까? 게다가 지금까지 잊지 못하는 이유도 모르겠다. 설아의 눈빛을 알아차린 제하가 슬쩍 미소를 지었다.

"준은 어땠습니까?"

"네? 아아……."

그제야 설아는 아까 마실 것을 가지러 간 준이 보이지 않는다는 사실을 깨달았다.

"친구라고 말하지 않았던 이유를 알 것 같은 사람이었어요."

아까 준은 일부러 아영의 이름을 자신에게 흘렸다. 또 아영에게는 고의로 자신과 친근한 척했다. 왜 그랬는지는 알 수 없지만 모두 의도적이라는 점만은 명백했다.

"설아 씨가 마음에 들었나 봅니다."

"네?"

"원래 약간 그런 타입이거든요. 마음에 들면 괴롭히고 싫으면 철저하게 예의 바른. 아영에게는 그 누구보다 예의 발랐죠."

"그래요?"

"아까 보시다시피 아영은 외모는 좋지만 성격은 형편없거든요. 이기적이고 철없고 짜증 나죠. 사방에 적을 만들고는 그 적을 감당하지 못해서 아버지에게 달려가서 징징거리곤 하죠. 아버지인 지진태 의원은 딸이라면 뭐든지 받아 주는 사람이거든요."

아영에 대해서 냉정한 평가를 내리는 제하를 향해 설아는 두 눈을 깜박였다. 한때 열렬히 사랑했던 사람이 아닌, 전혀 상관없는 타인에 대해서 말하는 투다.

"그런데…… 왜?"

"왜 사귀었냐구요?"

"……네."

"설아 씨는 남자를 사랑해 본 적이 있습니까?"

"……."

"사랑이 사람을 바보로 만든다는 세상의 흔한 말, 경험해 본 적 있어요?"

"아뇨."

"……없었군요, 그런 적이."

착각일까? 설아가 사랑해 본 적이 없다는 말에 제하는 급격히 기분이 상한 것처럼 보였다. 잠시 허공을 바라보던 제하는 천천히 입을 열었다.

"나는 있습니다. 답이 되었을까요?"

그래, 답이 되었다. 제하의 말은, 누군가에게 설명하는 대답이 아니라 벗어날 수 없는 감정의 굴레에 사로잡힌 남자의 한마디였다. 도저히 거부할 수 없는 사랑이기에 스스로에게 분노하고 있는 사람의 대답이기도 했다.

"네. 답이 되었어요."

가슴 어딘가에 구멍이 난 것 같다. 제하처럼 똑똑하고 냉철한 사람이 아영 같은 여자를 사랑한다는 사실을 인정하는 게 이런 느낌일 줄 몰랐다. 안타까우면서도 짜증 나고 이해하려고 하다가도 화가 난다. 좋은 집에서 태어나서 안하무인의 성격으로 자라난 아영은 제하와 제민, 모두에게서 사랑을 받고 있다. 유설아를 사랑해 주는 사람은 한 명도 없는데.

크게 숨을 들이마신 설아는 제하를 보면서 웃었다.

"제하 씨의 계획, 앞으로 잘되길 바라요. 자, 그럼 이제부터 뭘 해야 하죠?"

"방금 전과 똑같이."

설아 쪽으로 몸을 완전히 기댄 제하가 속삭였다.

"사람들에게 인사해야죠. 지겹지만 꼭 해야 하는 일이니까."

제하의 입김이 목과 귀를 스쳤다. 제하가 사랑하는 여자가 아영임을 알고 있음에도 불구하고 몸은 솔직한 반응을 보였다. 몸이 떨리고 뺨이 달아오른다.

그러나 정신은 그 어느 때보다도 차가워졌다.

잊지 말자, 유설아. 지금 민제하가 네 남자인 척한다고 해서 착각하지 마. 일이 끝나면 남남이 될 사이야. 명심해. 제하가 사랑하는 사람은 아영이야.

상황을 정리한 설아는 생긋거리며 웃었다.

"알겠어요. 그럼 인사하러 갈까요?"

주인공인 민수호는 등장하지도 않았지만 사람들은 계속 밀려왔다. 그리고 그 사람들을 상대하는 사람은 제하, 혼자였다. 조카라는 제민도 없고 아까 사라진 아영도 나타나지 않았다. 언제쯤 이 일이 끝나는 걸까? 웃으면서 사람들을 상대하기가 지친다는 생각이 드는 순간 익숙한 얼굴이 등장했다.

바로 나경과 영락이었다. 두 사람을 발견한 순간 설아는 빳빳하게 굳었다. 어떻게 나경과 영락이 이 자리에 올 수 있는 거지? 그때 제하가 말했다.

"일부러 불렀습니다."

일부러? 왜?

"이제부터 설아 씨는 최대한 행복하게 보였으면 좋겠습니다. 우리 결혼이 사실인 것처럼. 저들이 설아 씨의 행운을 부러워하게."

"……."

"무슨 뜻인지 설명해 드려요?"

"아뇨."

설명하지 않아도 알 수 있었다. 지금 제하는 자신이 과거와는 다른 위치라는 것을 보여 주려 하는 중이다. 힘없고 약하던 유설아에서, 유성그룹 민제하의 약혼녀 유설아로 변했다는 사실을 상대방에게 인지시키려 하고 있다. 이제 곧 저들은, 자신들이 저지른 짓을 후회하며 어떤 보복을 당할지 몰라서 두려워할 것이다.

"그런데 혹시……, 오늘 결정을 내려야 하는 건가요?"

"아닙니다. 천천히 결정하셔도 됩니다. 오늘은 맛보기일 뿐입니다."

점점 거리가 점점 가까워지고 있다. 호텔의 화려함에 마음을 빼앗긴 나경의 시선은 이리저리 바삐 움직이고 있지만 곧 자신을 발견할 것이다. 그때 나경의 얼굴을 놓치고 싶지 않았기에 설아는 허리를 꼿꼿이 세웠다.

"어?"

영락이 먼저 설아를 발견했다. 제하의 옆에 서 있는 설아를 본 영락은 입을 떡 벌린 채 걸음을 멈췄다. 영락이 서자 손을 잡고 가던 나경이 인상을 쓰면서 고개를 돌렸다. 그 순간 제하의 옆에 서 있는 설아를 발견한 나경의 두 눈이 휘둥그레졌다. 경악하는 두 명을 보고 있자니 지금의 상황을 연출한 제하에게 고마워졌다. 둘의 표정을 구경하는 것만으로도 그동안의 울분이 사라지는 기분이다. 제하가 주변에 있는 사람에게 손짓을 했다.

"저 두 분 들어오라고 해."

"알겠습니다."

남자가 나경과 영락에게 다가가는 사이, 제하는 설아의 손을 꼭 쥐었다.

"괜찮겠어요?"

"네. 이런 일은 몇 번을 되풀이해도 괜찮을 것 같아요."

"마음에 드는군요. 전에 말했듯이 상대방이 나와 같은 인간이라는 사실을 잠시 잊도록 해요. 뒷감당은 생각하지 말아요. 이 자리에서 저 인간들의 머리카락을 다 뽑는다고 해도 상관없습니다. 내가 책임질 테니까."

제하의 말에 나경의 머리카락을 쥐어뜯는 상상을 한 설아가 피식 웃었다.

"그런 행동은 하지 않을 테니까 안심하세요."

"해도 됩니다. 내가 옆에 있잖아요."

옆에 있다는 제하의 말을 듣는 순간, 가슴속에서 뜨거운 무엇인가가 꿈틀거렸다. 누군가에게 든든하게 보호받는다는 기분이 이런 걸까? 일찍이 접해 보지 못한 감각 때문인지 기분이 이상하다.

"고마워요. 내가 제하 씨를 도와드리는 것보다 훨씬 더 많이 도와주시는 것 같네요."

"그런 생각 하지 마세요."

설아 쪽으로 몸을 숙인 제하가 부드럽지만 단호하게 말했다.

"나는 지금 설아 씨를 도와주려는 게 아니라, 투자를 하는 것뿐입니다. 그러니 마음을 편히 가지고 돈의 힘을 즐기세요. 설아 씨가 무슨 말을 하더라도 상대방은 꼼짝하지 못할 겁니다. 일부러 그럴 상황을 만들어서 초대장을 보낸 거니까."

부담을 가지지 말라는 제하가 고맙다. 설아는 웃는 얼굴로 나경과 영락을 지켜봤다. 제하가 보낸 사람에게 이끌려서 오는 나경은 도살장에 끌려 들어가는 동물의 얼굴을 하고 있었다. 차마 설아와 시선을 마주하지 못하는 나경의 고개는 불안하게 좌우로 흔들거렸다. 나경의 옆에 있는 영락은 현실을 부정하는 표정이었다.

"아…… 안녕."

나경은 떨리는 목소리로 인사했다.

"설아야, 여기서 볼 줄은 몰랐어."

설아는 나경과 영락을 차가운 눈으로 훑었다. 침묵을 참지 못한 영락이 나경의 어깨를 툭 하니 쳤다.

"어떻게 온 건지 물어봐."

"그냥 본인이 물어보면 되지, 굳이 다른 사람에게 물어보라고 시킬 필요 없어요. 그나저나 댁들은 여기 무슨 일이에요?"

"우리야 초대를 받고 온 거고. 그쪽은?"

"유성그룹의 행사에서 유성그룹 사람에게 왜 왔냐고 묻는 일은 처음 보는군."

영락과 설아 사이로 제하가 끼어들었다. 뒤늦게 제하를 알아차린 영락은 눈에 띄게 당황했다.

"어…… 어…… 어떻게……."

"어머. 아직 소식 못 들었나 보네. 우리 과에서는 나경이가 소식통이었는데."

"소식?"

나경은 어리둥절한 얼굴로 설아의 말을 되뇌었다.

"내가 제하 씨와 약혼한 거 몰랐어?"

"약혼?"

나경은 얼떨떨한 얼굴로 약혼이라는 말을 되뇌었다. 잠시 후에야 설아와 제하가 약혼했다는 사실을 깨달은 나경의 입에서 거의 비명과도 같은 외침이 흘러나왔다.

"뭐? 어…… 어떻게!"

"내가 설아 씨와 약혼했다는 게 그렇게 놀랄 일인가?"

제하가 한마디 쏘아붙이자 나경은 얼른 손으로 입을 막았다.

"그러게. 나도 이렇게까지 놀랄 일은 아니라고 생각하는데."

"아…… 아니. 그게 아니라…… 놀라서……."

"왜? 뭐가 그렇게 놀랄 일이야? 혹시 내가 어떻게 제하 씨와 약혼했는지 궁금해? 방법이라도 전수해 달라고 달라붙을 거니?"

설아는 생글거리는 얼굴로 빈정거렸다. 설아의 말에 나경의 뺨이 확 달아올랐다. 붉게 달아오른 나경을 지켜보던 설아는 손을 가볍게 휘저었다.

"그만 가 봐. 안에서 즐겨야지. 보니까 네가 좋아하는 배우들도 있더라."

"……그 ……그래."

"최영락 씨도 가 보세요. 인맥이나 연줄을 굉장히 중요하게 생각하잖아요. 이런 기회를 놓치면 안 되죠."

설아가 자신의 이름을 거론하자 놀란 영락은 땀을 뻘뻘 흘렸다.

"물론 인사를 주고받는다고 해서 달라지는 건 없겠지만."

설아가 독설을 퍼붓는 동안 나경과 영락은 시선을 내리깐 채 어쩔 줄 몰라 했다. 권력의 힘이 어떤 것인지, 명쾌하게 깨달았다. 제하의 팔에 몸을 기댄 채, 설아는 나경과 영락을 내려다보며 환하게 웃었다.

"안으로 들어가서 즐겨. 조만간 아무것도 즐기지 못하게 될 거니까."

"서…… 설아야! 그게……."

나경이 한 발 다가오자 제하가 중간에 끼어들었다.

"이제 그만 가시죠. 우리는 다른 분들을 맞이해야 해서."

제하가 나서자 나경과 영락이 아무 말도 하지 못한 채 뒤로 물러났다. 나경과 영락은 거의 울상이 된 채 자리를 떠났다. 등 뒤에서 둘의 시선이 느껴졌기에 설아는 최대한 허리를 꼿꼿이 폈다.

"잘했어요."

제하의 손이 허리쪽으로 조금 더 깊숙이 들어왔다.

"아주."

제하의 부드러운 목소리가 머리를 쓰다듬으면서 칭찬을 해 주는 기분이다.

잘했어요. 참 잘했어요. 아주 잘했어요.

"이사님."

아까 봤던 남자가 제하에게 다가왔다. 잠시 남자와 이야기하던 제하는 몸을 돌렸다.

"내가 지금 잠시 가 봐야 할 것 같은데."

"다녀오세요. 그동안 화장을 좀 고쳐야겠어요."

"멀리 가지 말아요. 곧 올 테니까."

떠나는 제하의 뒷모습을 바라보던 설아는 아래층의 화장실로 향했다. 행사가 벌어지고 있는 연회장과 다른 층에 있는 화장실에는 아무도 없었다.

정신이 멍하다. 반나절도 안 되는 시간 동안 너무 많은 일이 벌어졌다.

하아……. 잘 해낸 걸까? 제하는 잘했다고 했지만…….

모르겠다. 목이 탄다. 크게 숨을 들이마신 설아는 찬물을 틀어서 손을 씻었다. 한 가지는 명확하다. 제하가 있는 이상, 그 누구도 두려워할 필요가 없다는 것.

손을 씻은 설아는 고개를 들었다.

커다란 거울에 여자가 보였다. 디자이너 브랜드 옷에 값비싼 목걸이와 귀걸이를 하고 있는 여자. 크고 검은 눈동자가 반짝거리고 뺨은 약간 상기되어 있다.

막 사랑에 빠진 여인.

여인을 향해서 사랑이 봄바람처럼 산들거리며 다가오고 있다. 어디선가 아련한 목소리가 들리는 것 같았다.

거울아, 거울아. 내가 사랑하는 사람을 보여 다오.

빙글빙글. 거울 속의 세상이 어지럽게 돌아간다.

흥분으로 인해 환상을 보고 있는 것인지, 아니면 실제로 세상이 움직이는 건지 구분이 되지 않는다. 흐릿한 백열등의 불빛이 내리쬐는 거울 속에 누군가의 모습이 떠올랐다. 큰 키에 다부진 몸매, 천천히 움직이는 자세에서 오만한 섹시함이 느껴졌다.

제하…….

그만! 정신을 차린 설아는 거울에서 몸을 확 뗐다. 동시에 흐릿하던 환상도 사라졌다.

도대체 지금 무슨 생각을 하고 있는 거지? 이성을 되찾은 설아는 다시 찬물을 틀었다. 열에 들떠 있던 손에 차가운 물이 닿자 정신이 든다. 숨을 깊이 들이마신 설아는 떨리는 손으로 화장을 고쳤다. 화장을 모두 고친 설아는 다시 숨을 크게 들이마셨다.

이상한 일에 끼어들어서인지, 자신도 이상해졌나 보다. 남자에게 관심을 가지고 마음이 흔들리다니. 그것도 민제하에게!

밖으로 나온 설아는 초조한 얼굴로 제자리를 맴돌고 있는 나경과 마주쳤다.

"아버님께서 부르신다고 하지 않았어?"

"응. 그랬죠. 그렇게 해서 제하 씨를 불러낸 거죠."

기다리고 있던 아영은 제하의 팔을 휘감았다.

"제민은 위층에 있어요. 할아버지도 함께 있고. 같이 가요. 칠순인데 가족들끼리 사진이라도 찍어야 하잖아."

아영의 손이 제하의 팔을 휘감아 들어왔다. 다른 사람이 하면 끈적거리는 불쾌감을 줄 수 있는 행동이지만 아영은 특유의 애교로 그런 감각을 무마시켰다. 주변에 보는 눈이 많았지만 아영은 제하에게 몸을 바싹 밀착시킨 채 떼지 않았다.

"가족사진이라면 설아도 함께 가야지. 잠시만."

제하가 설아를 거론하자 엘리베이터를 타려던 아영은 짧은 한숨을 쉬었다. 김빠졌다는 표정이 된 아영은 제하 쪽으로 몸을 빙글 돌렸다.

"정말 이럴 거야?"

"뭐가?"

"난 이럴 때의 제하 씨가 싫더라. 일단 타자."

제하를 엘리베이터 안쪽으로 끌어당긴 아영은 입술을 삐죽이 내밀었다. 팅 하는 가벼운 기계음이 들리고 엘리베이터 문이 닫혔다. 아영은 제민과 수호가 있는 16층이 아니라 스카이라운지 바로 아래층인 28층을 눌렀다.

"제하 씨는 준하고 너무 많이 시간을 보낸 게 문제야. 준은 내가 싫어하는 장난만 치잖아. 하여튼 마음에 안 들어."

스물여덟 살임에도 불구하고 아영의 말투와 행동은 10대 소녀와 비슷했다. 제하는 그런 아영을 거리감 있는 눈으로 바라봤다.

"그런데 제하 씨. 그런 여자는 어디서 구한 거야?"

"어디서 구한 거 같아?"

"업소 여자는 아닌 것 같던데. 하긴 모르지. 겉보기와 달리 업계 베테랑일 수도 있는 거니까. 나름 볼만하더라."

제하는 사근사근한 목소리로 말하는 아영을 바라봤다. 처음 만났을 때부터 아영은 철부지였다. 아영은 어떤 짓을 해도 모두들 자신을 예뻐하고 사랑스러워하는 것이 마땅하다고 믿는 사람이기도 하다.

제하는 그의 팔에 매달려서 나른한 웃음을 짓는 아영의 그림자에서 제민을 떠올렸다. 예민한 성격의 제민에게 있어서 아영은 일종의 트로피다. 자신이 민제하를 이겼다는 상징적인 트로피.

"하루용치고는 괜찮아 보였어. 하지만 하루가 이틀이 되는 건 싫어. 나는 여자들이 자기 주제도 모르고 날뛰는 건 싫단 말이야."

"언제쯤 되면……."

"응?"

"제민이 너와 헤어질까?"

제하의 말에 아영은 만족스러운 미소를 지었다.

"왜? 헤어지길 바라?"

"응."

"그럼 제하 씨가 유성그룹을 가지면 돼. 아버지가 원하는 건 유성그룹의 후계자야. 알잖아."

"그랬지. 제민이 유성그룹을 가질 가능성이 나보다 높다는 이유로, 지 의원이 너와 그 녀석을 묶었으니까."

"나는 제하 씨가 더 좋아. 그리고 요즘 제민은 문제가 많아. 내가 다른 남자와 만나지 않을까 걱정이라도 되는 건지, 두 눈을 번뜩이고 있어. 웃기지도 않아, 정말……."

"웃기지도 않은 게 아니라, 네가 다른 남자와 함께 있는 게 세간에 알려지면 제민으로서는 곤란해지는 거 알잖아."

"아무리 그렇다고 사람까지 붙이는 건, 아니잖아?"

사람을 붙였다? 제하가 사람을 붙였다는 말에 잠시 머뭇거리자, 아영은 환하게 웃었다.

"왜? 제하 씨도 신경 쓰여? 내가 누구와 만나는지?"

"조금은."

"그럼 만나지 말라고 말해."

두 팔을 제하의 어깨에 두른 채, 아영은 환하게 웃었다.

"그럼 그 사람하고 끊을게."

"내가 말만 하면 헤어진다고?"

"응. 사실 시간이 지날수록 조금씩 실망스러워지고 있었거든. 아무래도 배역이 그럴싸해서 멋져 보였던가 봐. 사람이 영 별로야."

"손 내려."

"응?"

"손 내리라고."

말하면서 제하는 아영의 손을 밀어냈다. 제하의 행동에 아영은 입술을 뽀로통하게 내밀었다.

"뭐야? 왜 이래?"

"왜 이러냐니? 너는 곧 제민과 결혼할 거잖아."

"그게 문제가 돼?"

아영은 환하게 웃으면서 제하의 허리에 두 손을 감은 채 애교 섞인 콧소리를 냈다.

"우리 좋았잖아. 그리고 앞으로도 쭉 좋을 수 있어. 말했잖아. 나는 아직 제하 씨 좋아해. 제하 씨도 날 좋아했잖아."

"……."

"내가 제민과 결혼하는 건 아버지 때문이야. 아버지는 제하 씨가 유성그룹을 물려받을 거라고는 생각 안 해. 아무리 민 회장님이 제하 씨를 아껴도 그건 사용하기 좋아서일 뿐이래. 결국 사람은 마지막 순간에는 자기 혈육에게 모든 것을 다 주게 되어 있는 거잖아. 제하 씨는 민 회장님에게 쓰이다가 버려질 거야."

"사용하기 좋아서? 버려져?"

"아빠 말에 상처 입지는 마. 어차피 제민은 그룹 운영 못 해. 나중에 제하 씨가 다 차지하면 되잖아. 내가 도와줄게."

제하는 아영을 내려다보면서 차갑게 말했다.

"제민과 결혼하는 너는 필요 없어."

"질투하는 거야?"

"제민이 쓰레기를 줍는 걸 질투할 필요는 없는데."

조금 뒤늦게 제하가 자신을 쓰레기에 비유했다는 사실을 이해한 아영의 두 눈이 기괴하게 치켜떠졌다.

"뭐?"

"유성그룹은 네가 도와주지 않아도 충분히 가질 수 있어. 그건 이미 내 거나 다름없으니까. 그런 점에서 넌 효용 가치가 없어."

아영의 손을 풀어 낸 제하는 엘리베이터에서 내렸다. 그러고는 옆쪽에 있는 엘리베이터의 버튼을 눌렀다. 그런 제하를 보던 아영은 피식 웃었다.

"아빠가 제민을 택해서 많이 서운했나 보다. 아빠는 옛날 사람이라서 그래. 하지만 난 달라."

"이해를 못 하는구나."

팅 하는 소리와 함께 제하의 앞쪽에 있던 엘리베이터의 문이 열렸다. 제하는 엘리베이터에 같이 타려는 아영의 어깨를 살짝 밀어냈다.

"처음부터 너는 도구였을 뿐이야. 그런데 이제는 쓸모없는 도구가 되었으니 버리겠다는 거고. 그렇게 이해가 안 돼?"

도구라는 말에 아영의 얼굴이 무서울 정도로 일그러졌다. 엘리베이터에 타려는 제하의 팔을 거칠게 잡아당긴 아영은 낮은 목소리로 경고했다.

"적당히 해. 이런 무례한 말을 계속 참아 줄 만큼 마음이 넓지 않아."

"참아 줄 필요 없어. 사실을 말하는 거니까."

"제하 씨. 질투도 상대방을 봐 가면서 하는 거야. 아까 말했잖아. 내가 사랑하는 건 제하 씨야.”

“풋.”

사랑을 들먹이는 아영의 말에 제하는 비웃음을 흘렸다.

“방금 말은 정말 당황스러웠어. 지아영이 사랑을 운운하다니. 그것도 나에게.”

“적당히 하라고 했어!”

“충분히 적당히 하고 있는 중이야. 제대로 하는 걸 보고 싶어?”

“작작 해!”

아영이 바락 고함을 질렀다. 좁은 복도에 아영의 목소리가 휘몰아쳤다.

“자꾸 이러면 두 번 다시 안 봐!”

“그럼 고맙지. 사실 그동안 너를 참아 내느라 꽤 힘들었거든.”

아영을 밀어낸 제하는 엘리베이터에 탔다. 그러고는 아영을 향해서 손 인사를 했다.

“인사는 미리 해 둘게. 바이 바이.”

엘리베이터의 문이 닫혔다. 홀로 남겨진 아영은 소리를 질렀다. 붉은 카펫이 깔린 좁은 복도에 아영의 악에 받친 괴성이 울려 퍼졌다.

“이야기 좀 하자.”

손을 쥐어짜면서 화장실 앞을 맴돌던 나경이 다가왔다. 초조한 나경 옆에는 데면데면한 얼굴의 영락이 서 있었다.

"설아야. 그러니까, 우리…… 오해가 있었잖아."

"오해?"

팔짱을 낀 채로 설아는 나경을 보면서 피식 웃었다.

"어떤 오해? 네가 나를 오현종에게 팔아넘긴 오해? 아니면 원장에게 말해서 나를 자르게 한 오해?"

"그건……. 그건…… 말이야."

"그래. 너도 나름대로의 변명 거리가 있겠지. 하지만 나는 그따위 변명을 들어줄 생각이 없어."

"설아야!"

참 이상한 일이다. 진짜 자신은 숨겨 둔 채 나쁜 캐릭터를 연기하고 있다고 생각했다. 그런데 어느새 연기하는 캐릭터가 자기 자신이 되었다. 지금은 세상 그 누구보다도 표독스러워질 수 있을 것 같다.

"아무 일도 아니었잖아! 그냥 현종 씨가 장난친 거였어. 그런데 네가 너무 심각하게 일을 받아들여서 꼬인 거잖아!"

"장난?"

"실제로 무슨 일이라도 벌어졌어? 아니잖아!"

나경은 거의 울먹이면서 말했다. 그때 영락이 끼어들었다.

"솔직히 말해서 그때 그 일로 민 이사를 만난 것 같은데, 우리에게 감사 인사라도 해야 하는 거 아닙니까?"

"……뭐?"

너무 어이가 없어서 할 말을 잃었다.

"그렇잖습니까. 따지고 보면 우리가 중매를 선 거나 다름없
는데!"

"중매?"

"가만있어, 오빠."

"가만있기는 뭘 가만있어! 나경이, 너도 할 말은 해야지!"

"할 말이 있기라도 한 거야?"

설아가 비꼬았지만 영락은 알아듣지를 못했다. 나경은 비웃
는 설아의 눈치를 보면서 움찔거렸다. 하지만 영락은 여전히
분위기 파악을 하지 못한 채 입을 열었다.

"그 일은 장난이었던 겁니다. 알잖습니까."

"오빠, 잠깐만. 설아야, 네가 기분이 상할 수도 있었겠지만,
전후 관계는 제대로 따져야지. 오빠들이 조금 심한 장난을 치
긴 했어. 나도 알아. 하지만 그 덕분에 민 이사와 알게 되어서
약혼한 것도 사실이잖아. 그러니까 그 일을 없던 걸로 해도 네
가 손해 보는 건 없잖아."

처음 나경이 이 일에 개입되어 있다고 했을 때 믿지 못했었
다. 아무리 사람 보는 눈이 없다고 할지라도, 설아가 알고 있는
나경은 이런 짓을 저지를 만한 사람이 아니었다. 뉴스에서 성
범죄를 보도할 때면 항상 가해자를 비난하던 사람이 바로 나경
이었다. 하지만 장난이라면 이야기가 달라진다.

"장난?"

설아가 어이없는 목소리로 장난이라고 말하자 나경은 얼른
말을 받았다.

"그래. 장난이었잖아. 맞지, 오빠?"

"장난 좀 쳤습니다. 그 점은 죄송합니다. 사과하죠."

영락이 퉁명스러운 목소리로 사과했다.

"그런데 말입니다. 좀 짓궂기는 했지만 겨우 장난이잖습니까. 그런 일로 경찰하고 민 이사를 귀찮게 하면 곤란하죠."

이제야 확실히 알겠다. 저들에게 있어서 이 모든 일은 그저 장난에 불과했다. 그렇기에 아무런 죄책감도 가지지 않는 것이다. 지금까지 저들은 얼마나 많은 일을 장난에 불과하다면서 상대방의 아픔을 외면했을까?

"장난이었단 말이죠? 그 모든 게?"

"아무 일도 없었잖습니까!"

"그래, 설아야. 아무 일도 없었잖아. 게다가 그 덕분에 너, 민 이사 같은 사람과 만나게 되었으니까, 오히려 고마워해야지."

왜 제하가 상대를 나와 같은 인간이라고 생각하지 말라고 했는지 알겠다.

당한 만큼 갚아 준다.

그건 생각처럼 쉬운 일이 아니다. 남들과 비교했을 때, 자신이 특별히 더 착해서 한 발 뒤로 물러나려는 것이 아니다. 내가 가하는 보복이 상대방의 인생을 완전히 끝장낼 것을 알기 때문에 주저하게 되는 것이다.

타인의 인생을 결정할 수 있다는 것은, 엄청난 특권인 동시에 두려움이다. 그래서 제하는 상대방을 사람이 아닌 존재로 생각하라는 충고를 했던 것이다.

"하아."

설아는 팔짱을 낀 채 숨을 크게 들이마셨다. 그런 설아의 행동을 긍정적으로 해석한 나경과 영락의 얼굴에 희망이 서렸다. 설아는 나경과 영락을 보면서 피식 웃었다.

"좋아요. 장난이라니까 나도 크게 생각하지 않을게."

"정말? 정말 다 잊을 거야?"

"똑바로 들어. 잊는다고 안 했어. 크게 생각하지 않겠다고 했지. 최영락 씨."

설아는 영락 쪽으로 몸을 틀었다.

"최영락 씨. 좋은 대학 나와서 좋은 직장 가졌죠. 잘생긴 외모에 학벌도 좋고 부모님들도 모두 교육자 집안. 참 멋진 신랑감이죠. 그러니 이제 슬슬 도박은 끊어야 하지 않겠어요?"

설아가 도박을 거론하자 영락의 얼굴이 새하얘졌다.

"도박을 계속하기엔 무리일 듯싶어서 충고해요. 오현종 씨의 돈줄도 막혀 가고 있잖아요."

설아의 폭로에 영락은 당황해하며 한 발 뒤로 물러났다. 그와 동시에 나경의 입에서 비명이 터져 나왔다.

"도박?"

"……."

"오빠! 지금 이게 다 무슨 소리야? 도박이라니?! 설마! 이번에 그 집 전세 놓친 거 혹시 도박 때문이야?"

"아냐!"

영락은 버럭 고함을 질렀다. 그러더니 설아를 향해서 살기등

등한 얼굴로 걸어왔다.

"야! 뭔 헛소리야?"

"헛소리가 아닐 텐데요?"

"오빠! 도박! 끊은 거였잖아! 끊었다고 했잖아."

"둘 다 조용히 좀 해 봐!"

영락이 소리를 질렀다. 그러나 나경도 만만찮았다.

"내 말부터 들어! 그 돈! 전셋돈 어떻게 된 거냐니까! 그 돈 우리 엄마 적금이란 말이야!"

"몇 푼 되지도 않는 돈으로 그만 징징거려!"

"오빠!"

영락은 매달리는 나경을 거친 손으로 밀쳐냈다. 높은 굽의 신발을 신고 있던 나경은 영락의 손짓에 반대쪽으로 확 밀려 나갔다. 꺅 하는 비명 소리가 들렸지만 영락은 나경을 쳐다보지도 않았다. 영락은 살기 어린 눈으로 설아를 노려봤다.

"야! 내가 너에게 뭔 짓이라도 했어? 했냐고! 아무 짓도 안 했잖아! 현종이가 한 거잖아! 그런데 왜 나한테 지랄이야, 지랄이!"

다가오는 영락을 피하는 대신 설아는 CCTV의 위치를 확인했다. 이 각도라면 영락이 자신을 때리는 광경이 잘 찍힐 것이다. CCTV만이 아니다. 자신에게는 제하가 있다. 제하가 선물로 준 옷과 보석을 걸치고 있을 뿐인데, 세상에서 가장 강력한 갑옷과 방패를 입고 있는 것 같다. 설아는 영락을 피하는 대신 팔짱을 낀 채로 노려봤다.

"그렇게 억울하면 댁도 장난이라고 생각하든지."

"뭐? 장난?"

"그래. 장난. 당신들 인생을 엉망으로 만드는 것도 꽤 재미있는 장난이거든."

"이게 진짜! 아직 뜨거운 맛을 못 봐서!"

영락의 주먹이 바람을 가르는 소리가 들렸다. 이제 곧 얼굴과 뺨에 거칠고 둔탁한 충격이 가해질 것이다. 혀를 깨물지 않도록 이를 단단히 고정한 설아는 두 눈을 질끈 감았다. 그러나 아무리 기다려도 충격이 느껴지지 않았다. 살며시 두 눈을 뜬 설아는 그녀의 앞에 서 있는 제하를 발견했다.

"지금…… 이게…….."

분노를 억누르고 있는 제하의 얼굴이 새하얗게 질려 있었다. 제하의 격노와 마주한 영락은 어버버거리면서 뒤로 물러났다.

"지금 이게 무슨 짓이야!"

제하가 버럭 고함을 지르자 영락은 변명을 늘어놓았다.

"그…… 그게. 그게 아니라…….."

"당장 꺼져!"

제하의 기세에 눌린 영락은 바닥에 엎드린 채 울고 있던 나경을 쳐다보지도 않은 채, 서둘러 사라졌다. 아파서 일어날 수 없다던 나경도 꽁지가 빠져라 도망치는 영락을 울면서 따라갔다.

요란한 토네이도가 휩쓸고 지나간 느낌이다. 숨을 가다듬은 설아는 천천히 입을 열었다.

"그냥 때리게 두지 그랬어요. CCTV 있는 거 보고 서 있었던 건데."

"······설마 맞으려고 했던 겁니까?"

"합법적인 방법도 가지고 있는 게 좋겠다 싶어서요."

설아의 말을 들은 제하의 얼굴이 이상하게 일그러졌다. 창백해진 제하는 두 눈을 감았다가 천천히 떴다. 제하의 검은 눈동자가 설아를 향해서 곧장 다가왔다. 사람을 삼켜 버릴 것 같은 짙은 눈동자. 제하가 떨리는 목소리로 말했다.

"두 번 다시 이런 짓 하지 말아요. 두 번 다시!"

"······."

화내고 있다. 지금 제하는 자신에게 화를 내고 있는 중이다. 왜? 의도적으로 영락에게 맞으려고 했기 때문에? 살짝 고개를 숙인 설아는 작은 목소리로 중얼거렸다.

"······죄송해요. 난······."

"됐습니다."

제하가 손을 잡았다. 그 순간 제하와 맞잡은 손에서 뭔가가 일렁거렸다. 뜨겁고도 달콤한 감정이 체온을 타고 올라왔다. 놀란 설아가 손을 빼려고 했으나 제하는 더욱 강한 힘을 줬다.

"사람은······."

한마디 한마디, 감정을 억누른 제하의 목소리. 나지막한 목소리에 담겨 있는 힘이 설아를 휘감았다.

"절대로 맞는 일에 익숙해져서는 안 되는 겁니다."

제하의 말이 끝나는 순간 심장이 미친 듯이 뛰기 시작했다. 서늘하면서도 뜨거운 제하의 손에서 느껴지는 감각이 설아를 과거의 한 지점으로 이끌었다.

그날, 붕괴하는 낙원을 앞에 둔 채 하재와 자신은 아무것도 할 수 없었다.

절망이, 도저히 벗어날 수 없는 절망이, 그들 주위에 안개처럼 서렸다. 모든 것이 사라지려 하던 바로 그 순간 하재가 말했었다.

'익숙해지지 마. 너처럼 아름다운 사람은 폭력에 익숙해져서는 안 돼.'

무슨 말을 하는 거냐고. 나는 그렇게 예쁘지 않다고 말하려 했으나 아무 말도 할 수 없었던 그날. 애써 묻어 뒀던 기억들이 갑자기 파도처럼 밀어닥쳤다. 눈물이 뚝 하고 떨어졌다. 화장이 지워진다는 생각조차 할 수 없었다.

하재야. 너는 내가 보고 싶지 않니? 너는 내가 그립지 않니? 그날 우리의 약속은 정말 아무것도 아니었니?

설아의 눈물을 본 제하가 걸음을 멈췄다. 뒤늦게 자신이 너무 지나친 힘을 줬다는 사실을 깨달은 제하가 얼른 손을 풀었지만 설아는 눈물을 멈출 수 없었다. 괜찮냐고 묻는 제하의 목소리가 들리지 않는다. 귓가를 맴도는 것은 그날의 바람 소리뿐이다.

하재야. 하재야. 너는 왜 나를 만나러 오지 않는 거야?

5. 회상 2

날씨는 화창했지만 반의 분위기는 어두웠다. 조만간 교육청에서 폭력 가해 학생에 대한 조사가 나올 것이라는 말이 들리자 제원은 하재에게 화를 터트렸다.

"야! 이 오덕 뚱땡이 새끼야! 내가 널 괴롭혔냐? 괴롭혔냐고! 이⋯⋯."

온갖 욕설을 내뱉으면서 하재의 머리를 툭툭 치는 제원의 두 눈에는 광기가 번들거렸다.

"내⋯⋯ 내가 아냐⋯⋯."

하재는 최대한 몸을 움츠린 채 고개를 숙였으나 오히려 제원의 화를 부채질할 뿐이었다.

"네가 아니면 누군데? 응? 누구야? 누가 나를 고자질한 건데!"

제원의 손이 움직일 때마다 퍽퍽 소리가 났다. 그 소리와 동시에 하재의 머리도 같이 이리저리 흔들렸다. 반 뒤에서 소란이 벌어지고 있었지만 관심을 기울이는 사람은 없었다. 무관심한 아이들 사이에서 오직 설아만이 하재가 맞을 때마다 움찔거렸다.

저번에는 다른 아이들도 반쯤 장난이었기 때문에 하재를 빼낼 수 있었지만 지금은 제원이 무서워서 움직일 수가 없다. 어떻게 해야 하지? 그때 갑자기 뒤에서 큰 소리가 났다. 우당탕 하는 소리에 아이들은 고개를 뒤로 돌렸다. 제원이 시뻘겋게 달아오른 얼굴로 바닥에 쓰러진 하재를 걷어찼다.

"이 새끼가 누구한테 약을 팔아! 모르긴 뭘 몰라!"

"야! 김제원!"

날카로운 목소리가 시끄러운 교실을 관통했다. 지준표였다. 얼마 전에 아버지가 시의원이 된 준표가 나서자 제원도 뒤로 물러났다. 공부를 잘하지만 조용한 하재와 달리, 조금이라도 손해를 본다 싶으면 길길이 날뛰는 준표를 상대하기 좋아하는 아이는 없었다. 더구나 준표의 집은 재단과 연결되어 있는 부자였다.

"적당히 해! 시끄러워서 공부가 안 되잖아!"

"야! 별로 시끄럽지도 않거든."

"나는 시끄러워! 그러니까 자리에 앉아!"

준표가 버럭 소리를 지르는 순간 교실 문이 드르륵 열렸다. 야간 자율 학습을 감독하던 담임은 반의 험악한 분위기에 눈살을 찌푸렸다.

"무슨 일이야? 김제원. 너 또 사고 쳤냐?"

"아뇨. 아닌데요."

"그럼 이게 다 뭐야. 준표야, 말해 봐. 무슨 일 있어?"

"공부하는데 시끄러워서요."

"아…… . 정말 너희들 오늘따라 왜 이래. 자! 다들 자리에 앉
아!"

무심한 목소리로 아이들을 비난한 담임이 교탁에 섰다. 그
때 뒤쪽에서 우당탕 하는 소리가 들렸다.

"서하재? 너 왜 그래?"

담임의 말에 아이들은 일제히 뒤로 고개를 돌렸다. 하재가
서 있었다. 아니, 하재는 제대로 서려고 노력하고 있었다. 그러
나 기울어진 오른쪽 어깨 때문에 제대로 설 수가 없었다.

"하재야?"

담임의 말에 고개를 든 하재의 얼굴은 새파랗게 질려 있었
다. 얼굴 여기저기 붉은 자국이 가득한 하재는 입술을 꽉 깨물
면서 통증을 참아 내고 있었다.

"너 왜 이래. 팔이…… ."

하재에게 다가가는 담임의 목소리도 점점 줄어들었다.

"누가 이랬어? 누가 팼니?"

"아…… 아니…… . 넘어졌어요."

순간 담임의 얼굴이 미묘하게 변했다. 하재의 말을 듣는 순
간, 담임은 방금 전 무슨 일이 있었는지 대충 알아차렸다. 그러
나 진실을 알아차린 동시에 진실을 외면했다. 시시각각으로 미
묘하게 변해 가는 담임의 얼굴에서 설아는 어른의 비겁함을 마

주했다.

"넘어지다니……. 쯧쯧. 조심하지 그랬니."

"네……."

"성훈아."

몸을 돌린 담임은 반장인 성훈을 불렀다.

"야자 마치면 애들 보내. 나는 하재와 병원에 가 봐야겠다. 크게 넘어진 것 같은데."

"네."

담임과 하재가 교실을 나가자, 반에는 묘한 분위기가 감돌았다. 은밀하고도 불편한 분위기. 그것은 바로 공범자들끼리의 결속력이었다. 한 명이 입을 다물고 참기만 하면 모두가 편해진다. 모두가 입을 다물고 무언의 약속을 하는 가운데에서 설아는 두 눈을 깜박였다. 사실을 말하지 못하는 비겁한 자신이 너무나 부끄러워서 참을 수가 없다. 입술을 잘근잘근 물어뜯던 설아는 눈물을 참기 위해서 계속 두 눈을 깜박거렸다.

다음 날 남몰래 하재의 물건을 챙긴 설아는 하재의 오피스텔로 향했다. 하재의 집 앞에 선 설아는 한숨부터 내쉬었다. 초인종을 눌러야 하는데 손이 앞으로 나가지 않는다. 하재의 어머니를 만나면 어쩌지? 한참 고민하다가 초인종을 눌렀다. 경쾌한 초인종 소리가 들리자마자 문이 벌컥 열렸다.

"어……. 설아?"

삼각 붕대로 오른팔을 감싼 하재는 놀란 얼굴로 설아의 이름을 더듬거렸다.

"네 책하고 물건들, 아무래도 챙겨 와야 할 거 같아서. 그런데 휴대전화는 못 찾겠더라. 가지고 갔어?"

"아…… . 난 휴, 휴대전화 없어."

"휴대전화가 없어? 이렇게 좋은 집에 살고 카드도 막 쓰면서 왜 휴대전화가 없어?"

"아…… . 엄마가 휴…… 휴대전화를 쓰는 걸 시, 싫어하셔서. 어머니가 전화를 걸었을 때, 내…… 내가 집에 있는 게 좋으시대."

"그렇구나. 이건 오늘 수업 필기한 거야. 나는 성적이 나쁘지만 넌 다르잖아. 최대한 깨끗하게 정리해 왔어. 자."

"고마워."

연신 고맙다고 말하는 하재의 귀가 빨갛게 달아올랐다.

"아…… . 혹시 안에 들어왔다가 가…… 갈래? 뭐 마실래?"

하재의 말이 떨어지기가 무섭게 설아는 두 걸음 정도 뒤로 물러났다. 설아의 표정이 변하자 하재는 손을 흔들었다. 덕분에 필기구와 노트가 바닥으로 툭 떨어졌다.

"아…… 아냐. 들어오기 싫으면 아, 안 와도 돼…… . 난…… ."

목까지 시뻘겋게 달아오른 하재는 억울하다는 듯이 눈을 깜박거렸다. 촉촉하게 물기까지 맺힌 눈동자로 하재는 열심히 변명했다.

"나, 애들이 말하는 것처럼 그런 이상한 애 아냐. 그냥 고마워서. 누가 우리 집까지 온 게 처음이니까. 정말이야. 고마워서 그런 거야. 또 난 팔도 다쳐서 못 움직여."

"방금……."

"응?"

"너, 말을 안 더듬었어. 말을 안 더듬을 때도 있네?"

"어? 그랬어? 어쨌든 저…… 정말 아냐. 그냥 고마워서 그……
그냥."

팔짱을 낀 채 하재를 노려보던 설아는 앞으로 한 걸음 다가
갔다.

"너, 정말 이상한 짓 할 거 아니지?"

"아냐! 아냐, 진짜 아냐. 내가 그런 놈이면 벼락 맞아서 죽어
도 돼."

"만일 이상한 짓 하면 가만두지 않을 거야."

"어……. 엉. 응."

"그럼 비켜. 노트하고 다 떨어졌잖아. 주워 줄게. 그리고 문
완전히 닫지 마. 열어 둬. 아버지가 그래야 된다고 했어."

"응."

떨어진 물건들을 주워 든 설아는 천천히 집 안으로 들어갔
다. 하재의 집은 드라마에서나 나오는 집처럼 멋졌다. 한쪽 벽
면이 모두 창이었고 창문과 맞닿아 있는 계단은 아래와 위쪽으
로 향해 있었다. 설아는 동그래진 두 눈으로 오피스텔을 구경
했다.

"서하재. 여기가 정말 너희 집이야? 그리고 저 계단은 위층
으로도 가고 아래층으로도 가는 거야?"

"응."

"와……. 난 이런 집은 처음 봐. 여긴 도대체 얼마나 해?"

"모, 몰라. 엄마 건물이라서…….."

"와……. 진짜 멋지다."

태어나서 처음으로 이런 세계를 접한 설아는 그저 감탄사만 되풀이했다. 세상 어딘가에는 이런 곳에서 사는 사람도 있을 거라고 생각했지만 그 사람이 하재일 줄은 몰랐다.

"너 정말 좋은 데서 사는구나. 알고 보면 재벌 3세쯤 되는 거야?"

"아냐, 아냐. 그냥 외가도 부, 부유한데……. 아, 아버지 유산이 있어서…….."

아버지 유산이라는 말을 흘려들은 설아는 화려한 내부를 구경하느라 정신없었다.

"나는 3층이 연결된 오피스텔은 처음 봤어."

"여, 여기만 그래. 애초에 이렇게 만들어진…… 고, 곳이라서…… 다, 다른 사람들은 그냥 한 층만 사용해……. 그런데 뭐…… 뭐 마실래? 콜라? 사, 사이다? 아니면 오렌지주스?"

"오렌지주스. 아냐, 됐어. 내가 알아서 마실게. 너는 팔 다쳤잖아. 저기 저 컵을 쓰면 돼?"

설아가 다가오자 하재는 후다닥 옆으로 피했다. 조심하는 하재를 보자, 아까 의심했던 일이 조금 미안해졌다. 하재는 착한 남자애다. 아버지가 말한, 세상에 몇 없는 착한 남자애. 그래도 항상 조심하고 경계를 늦추지 말아야 한다.

늘 조신하면서 얌전하게. 엄마와는 다르게.

"너도 마실래? 아냐, 너는 물을 마시는 게 낫겠다. 그런데 냉장고에 물은 없고 탄산음료만 왜 이렇게 많아? 여드름에 탄산음료가 나쁜 거 몰라? 다 버려."

"응……."

"그리고 노트 말이야. 깔끔하게 쓴다고 썼지만 선생님이 무슨 말 하는지 한마디도 못 알아듣겠더라. 특히 수학 선생님. 이차방정식의 판별식이 어쩌고 하는데, 진짜 무슨 외계어도 아니고. 일단 칠판에 쓰는 건 다 써 왔어. 네가 알아서 봐."

"고마워."

여전히 하재는 뺨을 붉힌 채, 고맙다는 말만 되풀이했다. 그런 하재를 보니까, 오기를 잘했다는 생각이 들었다. 오렌지주스를 다 마신 설아는 조심스레 입을 열었다.

"저기, 하재야. 나도 학교생활이 수월한 건 아니지만 너처럼 당하고 살지는 않아. 왜 제원에게 맞고만 있어? 받아쳐. 넌 걔들보다 덩치도 크잖아. 키는 좀 작지만."

"무, 문제를 일으키고 싶지…… 않아."

"조용히 살고 싶은 건 알겠는데. 계속 당할 수는 없잖아."

"이, 일이…… 커, 커지면 어…… 엄마가 학교에 오실 수도 있잖아."

하재가 어머니를 입에 올리는 순간, 서걱거리는 차가움이 느껴졌다. 그제야 설아는 집에서 다른 이의 기척이 전혀 느껴지지 않는다는 사실을 깨달았다. 예쁘고 우아하던 어머니는 하재와 함께 살지 않는다. 그렇기에 지금처럼 팔을 다친 상황에서조차 하재는 홀로 있다. 설아는 재빨리 하재의 팔로 대화를 돌렸다.

"그런데 팔은 괜찮아?"

"아……. 응? 응. 괜찮아. 그, 그냥 탈골되고 근육을 좀 다친 거야. 바, 반깁스는 2주 정도만 하면 된대……."

"그래도 아플 테니까 조심해. 학교에 나올 때까지 노트는 내가 정리해서 가져다줄게. 무슨 말인지 몰라서 별 도움은 안 되겠지만. 어제 너 못 도와준 값이라고 쳐. 그리고 다음번에 이런 일이 벌어지면……, 그때는 꼭 도와줄게."

교실에서 도와주지 못한 일이 마음에 걸렸던 설아가 도와주겠다는 말을 하는 순간, 하재가 고개를 번쩍 들었다.

"안 돼. 끼어들지 마!"

하재의 목소리가 달라졌다. 지금까지처럼 어눌하던 목소리가 아니라 단호하고 힘 있는 목소리. 순박하던 눈망울이 강한 의지로 반짝였다.

"내가 제원에게 맞아도 절대로 끼어들지 마. 너는 그런 일에 끼어들면 안 돼."

"……."

하재가 너무나 단호하게 말해서 아무 말도 할 수 없었다.

"난 뚱뚱해서 맞아도 안 아파."

"나도 아버지에게 많이 맞아 봐서 괜찮아."

"그래도 안 돼!"

지나칠 정도로 강경한 하재의 태도에 더 이상 말할 수 없었다. 머쓱해진 설아는 머리카락을 쓸어 넘기면서 대화 주제를 바꿨다.

"알았어. 네 말대로 할게. 그런데 여기 오다가 너희 엄마를 만날 수도 있잖아. 그때는 뭐라고 해? 그냥 반 친구라고 하면 돼?"

"아니."

이상하게 일그러진 얼굴로 하재는 고개를 저었다. 그리움과 미움이 교차되는 가운데 하재는 어색하게 웃었다.

"어, 엄마는 마, 많이 바쁘셔……. 그래서 로비까지는 오셔도 오…… 오피스텔에는 한 번도 오신 적이 없어. 전할 게 있어도 로비에 맡기셔. 아마 앞으로도 지…… 집에는 들르지 않으실 거야."

하재의 어머니가 집에 오지 않는다는 말은 사실이었다. 거의 매일 하재의 집으로 갔지만 다른 사람은 보지 못했다. 6월 초의 날씨에도 불구하고 하재의 집은 덥지도 습하지도 않았다. 먼지 하나 없이 깨끗한 집은 동화 속의 공간처럼 반짝반짝 빛났다.

"이건 수학 노트. 물리. 수학하고 물리는 한마디도 모르겠더라. 그나마 영어는 조금 공부했다고 뭔지는 알겠던데. 일단 수학은 선생님이 쓰는 거랑, 말하는 거 몽땅 죄다 다 적었어."

"고, 고마워……."

"그리고 이건《얼음과 불의 노래》해석한 거."

"그, 그래? 벌써 이…… 이만큼이나 했어?"

"이제 겨우 시작 부분이야. 그런데 도대체 스타크 가문은 애들이 왜 그렇게 많은 거야? 네가 스토리를 말해 주지 않았다면 무슨 말인지 한마디도 몰랐을 거야."

"예전에는…… 중세 시대는 사람들이 많이 주, 죽었으니까. 그런데 설아야. 너…… 넌 누가 가장 좋아? 스타크 가문…… 중에서?"

"스타크 가문? 흠."

잠시 고민하던 설아는 고개를 저었다.

"없어. 스타크 가문은 재미없잖아. 매일 겨울이 온다는 말이나 하고. 너는 누가 좋아? 뚱보 샘?"

아, 실수했다. 뚱뚱한 하재에게 뚱보 샘을 좋아하냐는 질문을 하다니. 하지만 하재는 아무렇지도 않은 얼굴로 담담하게 답했다.

"아니. 나…… 나는 지금도 뚱보라서 뚱보 샘이 벼, 별로 좋지는 않아. 나는…… 티…… 티리온이 좋아."

"티리온? 난쟁이 티리온? 왜?"

"그렇게 살기는 히…… 힘들거든……."

"뭐가? 뭐가 힘들어?"

"그런 추악한 모습으로…… 그렇게 고고한 자존심과…… 타인을 비웃는 능력을 유지하기는…… 힘들어. 이런 내가 누굴 비…… 비웃는다고 생각해 봐. 토…… 통할 것 같아?"

"살은 빼면 돼!"

저도 모르게 큰 소리가 나왔다.

난쟁이 티리온이라니! 하재는 티리온보다 백배는 더 멋진 사람이다!

"어떻게 난쟁이 티리온을 좋아할 수 있어? 너도 살 빼면! 누구지? 그 스타크 가문의 장자. 아냐! 그 사자 가문의 기사. 그 사람처럼 될 수 있어!"

"제이미 라니스터?"

"그래!"

설아의 말에 하재는 고개를 절레절레 저었다.

"내…… 내가 열 번을 다시 죽었다가 깨어나도 절대로 제…… 제이미 라니스터처럼 생길 수는 없어. 그 사람은 어…… 《얼음과 불의 노래》에서 가장 잘생긴 나…… 남자야."

"소설 속의 사람인데 어떻게 현실과 비교를 해? 그리고 넌 그런 말도 몰라? 살찐 사람은 긁지 않은 복권이라는 거? 너도 봐. 여기 이렇게 얼굴 살이 빠지면!"

설아의 손이 뺨에 닿자 하재는 소스라치게 놀라면서 몸을 뒤로 젖혔다. 지나칠 정도로 당황해하는 하재의 태도에 설아는 깜짝 놀랐다.

"야. 너무 그렇게 놀라지 마. 무안하잖아……."

"미…… 미안해."

고개를 숙이는 하재의 얼굴은 불이라도 난 것처럼 붉어졌다. 지금까지와는 비교할 수 없을 정도로 시뻘겋게 달아올랐다. 설아는 손으로 코끝을 살짝 긁적이면서 덧붙였다.

"어쨌든 너도 살을 빼면 달라질지 몰라. 키는 자랄 거고, 또 피부도 치료하면 좋아질 거야. 내가 나중에 여드름에 좋은 약하고 화장품 알아서 올게."

"고…… 고마워."

"너도 날 도와주잖아. 그런데 여기 해석한 거. 맞나 봐 줘. 이
틀 내내 해서 겨우 한 장 해석했어. 네가 미리 소설 내용을 말해
주지 않았으면 그것도 못 했을 거야."

"자, 잠시만. 채…… 책 가지고 올게."

서둘러서 아래층에 있는 서재에서 원서를 가지고 온 하재는
꼼꼼하게 설아의 해석을 살폈다. 잠시 후 하재는 고개를 끄덕
였다.

"대충 맞는 거 같아. 틀린 부분도 있지만 너무 완벽하면 선생
님도 이상하다고 생각하실 거야. 이 정도가 딱 좋을 것 같아."

하재의 말이 끝나자 설아는 활짝 웃었다.

참 신기한 일이다. 하재가 딱 좋다고 말하니까 모든 일이 다
제자리로 맞아 들어가는 기분이 들었다. 아마도 말을 더듬지 않
을 때 하재의 목소리가 어른 같아서 그럴지도 모르겠다. 괜찮다
고 말하는 하재의 다정스러운 목소리를 듣고 있노라면, 정말 앞
으로 모든 일이 다 괜찮아질 것 같다.

"그런데 너는 공부 못 해서 어떻게 하지? 노트 필기한 걸 봐
도 오른손을 못 쓰니까 문제를 못 풀잖아."

"괜찮아. 난, 워…… 원래…… 양손 다 써. 그…… 그래서
괘…… 괜찮아. 그런데 배, 배 안 고파? 뭐, 시킬까? 피…… 피
자? 치킨? 아니면 중국 요……리?"

"먹고 싶은 거 시켜도 돼?"

"다…… 다 시켜도 돼."

설아가 먹을 기미를 보이자 하재는 좋아하면서 음식 전단지

를 잔뜩 들고 왔다.

"뭐 먹을래? 여…… 여긴 고구마 피자가 맛있고 여긴 야……
양……념 치킨이 맛있어."

피자나 햄버거, 중국 음식을 매우 좋아한다. 그렇지만 너무
많은 전단지와 광고물이 한꺼번에 밀려들자 거북한 기분이 들
었다. 하재가 뚱뚱한 데는 다 이유가 있었다. 이런 것만 먹으면
살이 찌는 건 당연하다.

"배…… 배달 음식 싫으면 먹으러 갈래? 카…… 카드를…… 사
용할 수 있는 곳이면 다 갈 수 이…… 있……어. 엄마는 내가 잘
먹는 걸 좋아하시거든."

"음……. 뭘 골라야 할지 모르겠어. 집에 밥 있어? 그냥 밥 먹
자. 나물이 있으면 비빔밥 해서 먹어도 되잖아."

"아……. 바…… 밥이 없는데."

하재가 밥이 없다는 말을 하는 것과 동시에 설아는 주방 싱
크대 위에 밥솥이 없다는 사실을 깨달았다. 그뿐만이 아니었다.
주방에 당연히 있어야 하는 기구들도 하나도 없었다.

"어? 가스레인지가 없네? 오븐 같은 걸로 요리하는 거야?"

"아…… 아냐. 그냥 없어."

"없어? 없으면 뭘로 밥을 해 먹어?"

"그……그냥……. 시켜 먹어."

"삼시 세끼 모두?"

"그…… 급식이 있잖아."

"급식은 하루에 두 번 이잖아. 또 집에서 해 먹고 싶을 때도

있고! 너희 엄마는 매일 시켜 먹어도 괜찮대?"

"……어 ……엄마는."

하재는 평소보다 조금 더 불안한 목소리로 말했다.

"내…… 내가 호…… 혼자 산다고 해서 혼자서 머…… 먹을 음식을 만드는 게, 시…… 싫으시대. 그렇지만 맛…… 맛있는 건 먹어야 하는 거니까. 시…… 시켜서 먹으래. 치킨이나 피…… 피자 같은 걸로."

"뭐?"

설아가 되물었으나 하재는 더 이상의 말을 하지 않았다. 입을 꽉 다물고 있는 하재를 보자 어린 마음에도 알 수 있었다. 하재에게 있어서 어머니는 캐물어서는 안 되는 존재라는 것을.

엄청나게 좋은 곳이지만 하재 혼자 살게 하고, VVIP용 카드를 주지만 먹을 수 있는 음식을 제한하는 어머니. 이상하다. 너무 이상해서 이상하다는 말조차 입 밖으로 꺼낼 수가 없다.

"오늘은 괜찮아. 갑자기 배가 고프지 않아졌어. 대신 다음에 올 때 도시락을 싸 올게. 양배추 좋아해? 난 양배추쌈 좋아하는데."

"양…… 양배추쌈?"

"응. 양배추는 피부에 좋고, 다이어트에도 좋고. 완전 좋은 음식이야. 애들이 뭘 몰라서 맛없다고 생각하는데 아냐, 진짜 맛있는 음식이야. 사실 난 요리하는 거 진짜 싫거든. 내가 만든 건, 내가 먹어도 맛이 없어. 그래도 양배추쌈은 잘 찌니까 너도 좋아할 거야."

도시락이라는 말을 들은 하재의 두 눈이 기쁨으로 반짝였다.

"난…… 다…… 다 좋아. 사실 도…… 도시락…… 처음이야. 그래서 다…… 다 좋아. 그럼 이제 공부하자."

"그만."

설아는 소파 위로 누웠다.

"공부하라는 소리는 듣기 싫어. 아버지도 항상 날더러 공부해라, 공부해라, 지겹도록 그 말만 해. 내가 머리는 좋은데 공부를 안 해서 못하는 거래. 그런데 내 생각에는 나는 애초에 머리가 나빠서 못하는 거거든."

"아…… 아냐. 그렇지 않아!"

"됐어. 위로 안 해도 돼. 내가 머리가 나쁜 건 사실이니까. 너처럼 머리가 좋은 사람은 이해하지 못해. 난 책만 보면 눈이 빠질 거 같아."

설아는 두 손을 위로 쭉 올리면서 기지개를 켰다.

"그런데 하재야. 너는 왜 항상 그 체육복만 입고 있어?"

별 뜻 없이 던진 질문이었다. 그러나 설아의 질문을 들은 하재의 얼굴이 새빨개졌다. 뺨을 붉힌 하재를 꽤 많이 봤지만 지금처럼 새빨갛다 못해 보라색으로 물드는 하재를 본 것은 처음이다. 당황한 설아는 자리에서 벌떡 일어났다.

"아……. 그…… 그게."

말실수를 했다. 하재라고 해서 학교 체육복이나 낡아 빠진 트레이닝복만 입고 싶은 건 아닐 거다. 큰 몸에 맞는 옷을 구하기 힘들어서다. 부끄러워하는 하재 앞에서 설아는 머리카락만

배배 꼬았다. 어떻게 하지? 어떻게 해야 하지? 잠시 고민하던 설아는 어색한 웃음을 지었다.

"저……, 하재야. 우리 옷 사러 갈까? 옷은…… 카드로도 살 수 있잖아."

"아……. 그…… 그게."

창백해진 얼굴로 하재가 말했다.

"오…… 옷은 엄마가 사…… 사 줘. 엄마는 내…… 내가 따로 나가서 옷…… 옷을 사는 게 싫으시대."

엄마라는 말을 듣는 순간 명품으로 쫙 빼입은 날씬한 여자가 떠올랐다. 돈이 없는 것도 아닐 텐데 하재의 어머니는 왜 아들의 옷으로는 저런 늘어진 트레이닝복을 사 주는 걸까? 그러나 더 이상 물을 수가 없었다. 조금이라도 더 물으면 하재의 눈에서 금방이라도 눈물이 떨어질 것 같다.

"나는 수학이 너무 어려워."

이렇게 불쑥 수학으로 주제를 돌려 봤자, 큰 도움이 될 것 같지 않지만 아무 말 없이 가만히 있는 것보다는 나을 것이다.

"하재야. 내 공부를 도와줘. 그러면 나는 네 다이어트를 도와 줄게."

속이 훤히 보이는 제안이었지만 하재가 받아 주기를 바랐다. 하재는 좋은 아이다. 다른 사람을 배려할 줄 아는 속 깊은 아이이기도 하다. 뚱뚱하고 여드름이 났다는 이유로 제원이나 보미 같은 사람에게 놀림을 당하는 것이 속상했다. 설아가 제안을 했지만 하재는 대답을 하지 않은 채 통통한 손가락만 꼬물거렸다.

"그…… 그…… 그게……."

"왜? 다이어트 하기 싫어?"

"아…… 아니……, 그게 아니라……. 그게……."

"그게 아니라 뭔데?"

"아…… 아냐. 그…… 그래. 하자……, 다이어트."

하겠다는 하재의 말에 설아는 뛸 듯이 기뻐했다.

"그래! 잘 생각했어, 하재야. 너도 살을 빼면 완전히 달라질 거야. 봐! 전에도 말했잖아. 여기 이쪽 살이 빠지면……."

뺨을 만지기 위해서 설아가 손을 뻗자, 하재는 소스라치게 놀라면서 뒤로 물러났다. 같은 실수를 했다는 것을 떠올린 설아는 혀를 살짝 내밀면서 환하게 웃었다.

"미안해. 어쨌든 너도 살이 빠지면 잘생겨질 거야! 그리고 이제 탄산이나 피자, 치킨은 끊어! 알겠지! 절대로 먹으면 안 돼! 약속해! 꼭 지켜야 해!"

"어……. 응……."

설아가 자신만만하게 다이어트 방법을 말해 주는 동안 하재의 얼굴은 점점 더 어두워졌다. 그러나 다른 아이들이 살을 뺀 하재의 진가를 알아줄 날을 상상하는 설아의 눈에는 아무것도 보이지 않았다.

며칠 뒤 양배추쌈과 반찬들이 가득 담긴 도시락 가방을 든 채, 엘리베이터에 탄 설아는 흥겨운 콧노래를 불렀다. 설아가 막 닫힘 버튼을 누르려는 순간 피자 배달원이 탔다. 연신 시계를 보면서 늦었다고 혼잣말을 하는 피자 배달원이 향한 곳은 하재의 집이었다. 피자 배달원에게서 피자를 받는 하재의 얼굴을 보는 순간 화가 머리끝까지 치밀었다.

"서하재! 피자를 왜 시킨 거야?"

곧장 달려간 설아는 하재에게 따졌다. 설아의 비난에 하재는 당황해서 어쩔 줄 몰라 했다.

"내가 말했지. 피자하고 콜라 먹지 말라고! 그러니까 살이 안 빠지는 거야! 평생 여드름 낫기 싫어?"

"이봐요, 학생? 계산은 해야지."

배달원이 끼어들었으나 설아의 귀에는 들리지 않았다.

"너! 계속 그렇게 뚱보로 살 거야? 그게 좋아?"

화가 난 설아의 말에 하재는 고개를 푹 숙였다. 왼손으로 삼각 붕대를 만지작거리는 하재의 모습을 보고 있자니 마음이 불편해졌다. 그래도 이런 건 애초에 바로잡아야 한다. 다이어트에서 가장 중요한 것은 처음 한 달간의 굳건한 의지다. 마음을 다잡은 설아는 하재에게 날카롭게 말했다.

"내가 머리가 나쁜 것만큼이나 너는 의지가 없구나."

말없이 고개를 숙이고 있는 하재의 모습에 기분이 더 상했다. 차라리 변명이라도 하면 좋으련만.

"짜증 나."

그때였다. 하재가 갑자기 밑으로 쑥 내려가더니 쿵 하는 소리가 들렸다. 갑작스러운 상황에 놀란 설아는 뒷걸음질을 쳤다. 지금 무슨 일이 벌어진 거지? 하재는? 하재는 어디에 있는 거지? 시선의 끝자락에 쓰러진 하재가 보였다.

"하재야!"

얼른 달려가서 흔들었지만 하재는 일어나지 않았다. 떨리는 손으로 가방을 연 설아는 휴대전화를 찾았다. 그런데 아무리 찾아도 휴대전화가 잡히지 않았다. 가방 안이 무한대로 넓어진 것 같다.

"학생!"

누군가가 학생이라고 불렀지만 설아에게는 쓰러진 하재만 보였다.

"학생! 내가 전화했어!"

"……."

"학생! 내가 119로 전화했다니까!"

눈물로 가득 찬 눈으로 돌아보니 피자 배달원이었다. 피자 배달원은 당황한 얼굴로 계속 뭐라고 말했다. 그러나 제대로 들리지 않았다. 쓰러진 채 색색거리는 숨만 내뱉는 하재를 붙잡은 설아는 눈물만 뚝뚝 흘렸다.

얼마 후 도착한 구급대원들과 함께 병원으로 간 설아는 의사로부터 뜻밖의 말을 들었다.

"네? 영……양실조요?"

"이 상태를 보니까 며칠 동안 아무것도 먹지 못하고 굶은 거 같아. 이런 식으로 무식하게 다이어트 하면 몸에 무리만 와요."

의사는 기계적인 태도로 설명했다.

"원 푸드 다이어트를 하거나 무작정 굶는다고 살 안 빠져. 다이어트를 하려면 제대로, 체계적으로 해야지. 그나저나 보호자가 왜 아직 안 오는 거지? 김 간호사님, 여기 이 학생 보호자는 아직 안 왔어요?"

설아는 자리를 뜨려는 의사를 붙잡았다.

"그럴 리가 없어요. 아까도 피…… 피자를 시켰는걸요?"

"다른 사람이 먹을 건가 보지. 어쨌든 지금으로서는 영양실조야. 여기 이 학생이 일어나면 나를 불러요."

의사는 설아의 말을 대수롭지 않게 받아들이고는 자리를 떠났다. 복잡하고 소란한 응급실에서 설아는 하재의 옆을 지켰다. 하재는 왜 굶은 거지? 그런 식으로 급격히 살을 빼는 것은 나쁘다고 누누이 말했었다. 그런데 왜 굶은 거지?

모르겠다. 하재를 둘러싸고 있는 모든 것들이 이해되지 않는다. 그중 가장 이해가 안 되는 사람은 하재의 어머니다.

하재가 잠들어 있다는 사실을 확인한 설아는 병원 편의점에서 생수와 얼음을 샀다. 사람들이 별로 다니지 않는 복도로 간 설아는 얼음을 입안으로 밀어 넣은 뒤에 냉수를 들이켰다. 머리가 어지러울 만큼 섬뜩한 냉기가 식도를 타고 몸 안으로 흘렀다. 어쩌면……. 얼음을 삼키면서 생각했다. 어쩌면 하재도 혼자서는 감당하기 힘든 뭔가가 가슴속에서 계속 꿈틀거려서 치킨과 피자를 먹는 건 아닐까?

응급실에서 수액을 맞던 하재는 두 시간쯤 지나서야 자리에서 일어났다. 멍한 눈으로 일어난 하재는 설아를 보고는 어리둥절한 표정이 되었다. 이내 모든 것을 알아차린 하재는 입술을 깨문 채 병원 천장을 바라봤다.

"여기 병원이야."

"아…… 알아……. 이제 일어설 수…… 있을 것 가…… 같아……. 나…… 나가자."

"안 돼. 선생님이 오셔서 검사를 더 해야 한대."

"아…… 아냐. 나 벌써 정신 돌아왔는데."

"다시 쓰러지고 싶으면 네 마음대로 해."

설아의 싸늘한 말에 일어나려던 하재는 다시 자리에 누웠다. 하재가 깨어났다는 말에 곧장 달려온 의사는 이것저것 검사하더니, 영양 섭취에 신경 쓰라는 말을 한 뒤 떠났다.

"이…… 이제 갈까?"

"수액을 다 맞아야 해."

설아가 단호하게 말하자 하재는 고개를 슬며시 돌렸다. 엉거주춤한 자세로 시선을 반대쪽으로 돌리는 하재에게 묻고 싶은 것이 많다. 그러나 하재는 답할 수 없을 것이다. 아무것도.

무거운 정적이 설아와 하재를 짓누르기 시작했다. 얇은 커튼으로 세상과 격리된 공간에서 둘은 숨조차 크게 쉬지 못한 채, 정적이 누르는 무게를 고스란히 받아 냈다.

수액을 다 맞은 뒤 하재는 육중한 몸을 일으켰다. 카드로도 병원비를 계산할 수 있냐면서 나지막이 묻는 하재의 어깨는 축 처져 있었다. 택시를 타고 집에 도착한 뒤로도 정적은 설아와 하재의 어깨 위로 그림자처럼 달라붙어 있었다.

다음 날 하재를 만나기 위해서 오피스텔로 찾아왔지만 엘리베이터 버튼을 누를 수가 없었다. 어제의 침묵이 오늘도 이어질까 두려워서 차마 올라갈 수가 없었다. 설아는 한숨을 쉬면서 로비 구석 쪽에 있는 작은 의자로 향했다.

"병원이라니?"

날카로운 여자의 목소리에 설아는 어깨를 움찔거렸다. 나지막한 목소리였지만 그 안에 담겨 있는 감정은 선명했다. 돌아보니 하재와 하재의 어머니였다. 두 사람을 보고 깜짝 놀란 설아는 커다란 나무 화분 뒤쪽에 위치한 사각지대로 최대한 몸을 구겨 넣었다.

"깜짝 놀라서 공항에서 달려왔잖아."

"죄…… 죄송해요."

"당연히 죄송해야지! 너 때문에 준성이와 준희가 공항에서 되돌아왔잖아. 하재야, 너는 형이고 오빠잖아. 그러면 동생들을 아낄 줄 알아야지. 걔들이 이번 여행을 얼마나 기다리고 있었는지 알면서 이런 짓을 저질러?"

"죄…… 죄송해요. 미…… 미안하다고 전화를……."

"전화 같은 거 하지 마라. 네 아버지가 좋아하지 않을 거야."

차디찬 목소리에 하재는 고개를 푹 숙였다. 하재의 어머니는 팔짱을 낀 채 그런 하재를 노려봤다.

"영양실조라고 하던데. 어떻게 된 거니? 내가 너 먹으라고 일주일에 두 번은 꼭 음식을 시켜 주잖아. 왜 그걸 안 먹었어?"

영양실조라는 말에 설아는 하재에게 줄 죽과 음식이 들어 있는 가방을 더욱 꼭 쥐었다.

"그…… 그게요, 어머니. 사…… 살이."

"살?"

하재가 살이라는 말을 꺼내자 하재의 어머니는 어이없다는 목소리로 짜증을 냈다.

"하재야! 너는 살이 찐 게 아니라 그냥 덩치가 큰 거야. 그러니까 더 먹어도 돼! 준성이와 준희는 못 먹게 해서 화를 내는데, 왜 너는 먹으라고 해도 사고를 치니?"

"죄…… 죄송해요. 어머니."

"하아."

긴 한숨과 함께 짧은 정적이 이어졌다. 고개를 숙이고 있는 하재를 무서운 눈으로 노려보던 하재의 어머니가 고개를 들었다. 그러고는 환하게 웃으면서 부드러운 목소리로 말했다. 사랑을 듬뿍 담은 목소리. 하지만 그 목소리는 아들을 사랑하는 어머니의 목소리가 아니라 마녀가 사람을 유혹하는 목소리였다.

붉은 사과를 내밀면서 먹어 보라고 유혹하는 마녀의 목소리.

"하재야. 엄마는 너를 너무 사랑해. 그래서 네가 하고 싶다는 건 다 해 주고 싶은 거야. 엄마 마음 알지?"

하재에게 내밀어진 붉은 사과는 바로 너를 사랑한다는 어머니였다.

"그래서 너를 자유롭게 살게 하는 거고 먹고 싶은 것도 마음껏 먹게 해 주는 거야. 그런데 왜 엄마 마음을 슬프게 해? 원래 어릴 때는 많이 먹어도 돼. 나이 들면 다 빠지게 되어 있어. 엄마가 몇 번이나 말하지 않았니?"

"하…… 하지만 사…… 살이…… 너무 쪄서. 그…… 그래서……."

"하재야!"

애정 어린 목소리가 날카로워졌다.

"너를 사랑한다고 말하고 있잖아! 너는 엄마를 사랑하지 않니?"

너를 사랑해! 엄마는 너를 사랑해. 그러니까 엄마가 시키는 대로 해야 해.

붉은 사과는 하재의 입을 틀어막은 채, 그의 생명을 앗아 가고 있다. 백설 공주에게는 왕자가 있었다. 그러나 하재에게는 일곱 난쟁이도, 진실 된 입맞춤을 해 줄 왕자님도 없다.

"아…… 아뇨."

"그럼 이제 굶어서 병원을 가거나 하는 일은 없는 거지?"

"네."

"그래도 모르니까 앞으로 네 카드 내역을 더 꼼꼼히 살펴봐야겠다. 무엇을 얼마나 잘 먹는지. 다이어트 같은 걸 왜 하니? 다들 없어서 못 먹는데."

사랑한다는 달콤한 속삭임으로 하재를 살찌우는 마녀가 원하는 것은 무엇일까? 어린 설아의 눈으로도 하재의 어머니가 결코 하재의 사랑을 바라는 것이 아니라는 사실쯤은 알 수 있었다.

"그럼 엄마는 가 볼게. 준성이와 준희가 어서 빨리 프랑스에 가자고 난리야. 그래도 엄마는 너를 사랑하니까 비행기를 취소하고 달려온 거야. 엄마 마음 알지?"

"네."

하재의 목소리에는 힘이 하나도 없었다.

"그리고 이거 가져가려무나. 네 생각이 나서 잔뜩 샀지 뭐니. 옷 잘 입고. 잘 먹고. 알았지?"

"네."

잠시 후 하재의 어머니는 뭐라고 말한 뒤에 자리를 떠났다. 그 뒤 하재도 엘리베이터로 향했다. 홀로 남은 설아는 입술을 깨물었다.

끔찍한 내용의 드라마를 본 기분이다. 질척거리고 기분 나쁜 감정들로 가득 찬, 짜증 나는 드라마. 설아는 답답한 가슴을 손으로 꾹 억눌렀다. 빨리 편의점에 가서 얼음을 사야겠다. 막 회전문에 손을 대려는 순간 뒤에서 하재의 목소리가 들렸다.

"설아야!"

돌아보니 숨을 헐떡이는 하재가 보였다.

"와…… 왔구나……. 기…… 기다렸어……. 혹시나 해서 내…… 내려왔는데……."

환하게 웃으면서 다가오는 하재에게 지금 도착한 게 아니라 돌아가려던 중이라는 말은 차마 할 수가 없었다.

"이…… 이제 붕대 풀었어."

"아, 그렇네."

"벼…… 병원에 갔다 왔어……. 아…… 아무렇지도 않아. 막 이렇게 움직일 수도 있어. 오…… 올라가서…… 뭐, 마…… 마실래?"

"아……. 나는……."

오늘은 그냥 돌아가겠다고 말하려 했다. 그러나 두 눈을 반짝이는 하재를 외면할 수 없었다.

"그래. 올라가자."

오늘따라 엘리베이터는 유난히 느리게 느껴졌다. 하재도 같은 생각을 했는지 어색하게 웃으면서 계속 말을 건넸다.

"팔은 꽤…… 괜찮대. 그리고 몸도 조…… 좋아졌어. 수액을 맞으니까 좋더라. 그래서 다들 주사 맞나 봐."

"응."

"그…… 그런데 수…… 숙제는 어디까지 했어?"

"모르겠어. 어려워서."

"그…… 그래? 내가 좀 해석해 뒀는데. 그…… 그거 보면서 하면 더…… 더 쉬울 거야……."

엘리베이터 문이 열리고 하재는 서둘러서 오피스텔 문을 열었다.

"무…… 물이라도 좀 마실래? 오…… 오늘 덥지? 새…… 생수 있어."

혹시라도 설아가 들어오지 않고 돌아가 버릴까 봐 하재는 허둥지둥했다.

"응. 그래. 생수 줘."

"자…… 잠시만 기다려. 금방…… 가지고 올게."

불편하다. 이제 하재와 관련된 모든 것이 너무나 불편하다. 한숨을 쉬면서 안으로 들어가던 설아는 바닥 쪽에 놓여 있는 쇼핑백과 부딪쳤다. 살짝 부딪쳤는데 쇼핑백은 와르르 무너져 내렸다. 생각 없이 쇼핑백 안에서 흘러내린 옷들을 주워 들던 설아는 지독한 증오와 마주했다.

사근사근한 웃음으로 위장하고 있지만 상대방을 증오하다 못해 산산이 도륙내고 싶어 하는 격렬한 감정. 이것은 단순한 증오를 뛰어넘는, 살의에 가까운 감정이다. 쇼핑백 안에는 하재와 어울리는 옷이 하나도 없었다. 모두 비싼 브랜드에 최신 유행 옷들이었지만 하재의 사이즈는 하나도 없었다.

가격표조차 떼지 않은 형형색색의 옷들은 마치 허공을 너울거리는 유령 같았다.

하재를 꽁꽁 옭아맨 채, 하재의 뚱뚱한 몸을 조롱하는 유령.

기억난다. 수학여행과 소풍 때는 사복을 입을 수 있다는 학교 방침으로 1학기 소풍 때 아이들은 경쟁적으로 값비싸고 좋은 옷으로 입고 왔었다. 그러나 하재만 홀로 교복을 입고 왔었다. 뚱뚱한 몸 때문에 헐렁한 회색 교복 바지와 짙은 남색 교복 재킷을 입은 하재는 마치 부대 자루를 둘러쓴 코끼리 같았다. 누가 먼저 꺼낸 말인지 몰라도 그때부터 반 애들은 부대 자루 코끼리라면서 하재를 놀려 댔다.

그러나 아이들의 조롱도, 이 옷들 사이로 숨겨진 섬뜩한 증오에 비하면 아무것도 아니다.

"자……, 여…… 여기 물."

물을 든 채 다가오는 하재는 커다란 티셔츠와 트레이닝복을 입고 있었다. 늘 입는 옷. 색상과 기본 디자인은 조금 다르지만 전체적으로 크게 다르지 않은 옷들이다. 오래되어서 색이 조금 바랜 티셔츠를 입은 하재는 설아의 손에 들려 있는 옷을 보고는 표정이 싹 변했다.

후다닥 달려온 하재는 옷들을 쇼핑백에 넣으면서 일그러진 웃음을 지었다. 따뜻하던 하재의 눈이 싸늘하게 식어 가고 입가에는 어색한 미소가 감돌았다.

"엄마가 보내 준 옷이야. 그런데 우리 엄마는 내가 원빈쯤 되는지 아나 봐. 매번 이런 옷만 보내 준다니까."

아냐, 서하재.

네 엄마는 네 몸을 조롱하려고 이런 옷을 보내 주는 거야.

너는 백 년이 지나도 입지도 못할, 모델들이나 입는 옷을 주면서 비웃고 있는 거야.

알고 있어. 하지만 말하지 마. 입 밖으로 꺼내지 마. 절대로 입 밖으로 꺼내지 마!

하재의 마음속 깊은 상처가 소리를 내면서 울부짖고 있다.

결코 아물지 않을 상처의 아픔은 너무나 선명해서, 붉게 물들어 가는 노을의 비명처럼 느껴졌다. 마주친 시선 사이로 수많은 이야기가 오갔지만 아무 말도 할 수 없었다. 그리고 알았다. 아마 그들은 평생 오늘의 일에 대해서는 어떠한 말도 꺼내지 못할 것을.

6. 거짓말

어떤 얼굴로 제하를 봐야 할지 모르겠다. 제하는 하재와 비슷한 말을 한 것뿐이다. 그것뿐인데 갑자기 눈물이 터져 나왔다.

하아…….. 걸음을 멈춘 설아는 한숨을 내쉬었다.

덕분에 제하는 의부의 칠순 행사에 끝까지 참석하지 못하고 집으로 돌아와야 했다. 의부에게 잘 보여야 하는 자리였을 텐데. 하아…….. 또다시 한숨을 쉬던 설아는 갤러리 쪽으로 한 발 내디뎠다.

그때였다. 뒤에서 제하의 목소리가 들렸다.

"거기까지."

"……?"

"거기까지입니다, 유설아 씨."

뒤에서 성큼성큼 걸어온 제하는 설아와 갤러리 사이를 막아

섰다. 키가 큰 제하가 바로 앞에 서니 커다란 벽으로 가로막힌 기분이 들었다.

"내가 갤러리는 출입 금지라고 했을 텐데요."

제하의 서늘한 목소리에 설아는 주춤거렸다.

"아……. 네. 네, 알고 있어요. 드…… 들어갈 생각은 없었어요. 계신가 해서."

"날 보러 왔습니까?"

"네."

"그럼 전화를 하시지 그러셨어요."

"아!"

제하의 말에 뒤늦게 전화가 떠올랐다. 사과를 해야 한다는 생각에 사로잡혀서 다른 생각을 전혀 하지 못했다. 머리카락을 뒤로 넘긴 설아는 한숨을 쉬었다.

"어제부터 너무 엉망이네요. 죄송해요."

"뭐가 말입니까?"

"갑자기 울어서……. 중요한 행사에 참석하지 못하게 되어서……."

"……그걸 말하러 온 겁니까?"

"네. 사과하러 왔어요. 저 때문에 끝까지 계시지 못한 거니까. 죄송해서……."

"괜찮습니다. 그런 자리를 싫어하는 편이라서. 그리고 말을 들어 보니 의부도 칠순 행사에 10분 정도만 있다가 집으로 돌아가셨다고 하니까 신경 쓰지 마세요. 어차피 조만간 다른 모임이 있을 겁니다. 그 자리가 훨씬 중요하니까. 거기서만 조심해 주시면 됩니다."

제하는 괜찮다고 말했지만 정말 괜찮은 것은 아닐 것이다. 고맙다. 자신의 마음까지 신경 써 주는 제하가 정말 고맙다. 이제는 복수를 위해서가 아니라, 제하가 원한다면 무슨 일이라도 다 해 주고 싶어졌다.

"고마워요."

"고맙다고 말하지 않으셔도 됩니다. 어차피 거래니까. 다만 곧 있을 모임에서 잘 해 주세요."

"걱정하지 마세요. 그 자리에서 정말 열심히 잘할게요."

"열심히?"

"네! 시키시는 건 뭐든지 다 할게요!"

설아의 말에 제하가 피식 웃었다. 얼굴 가득 웃음기가 서린 제하는 몸을 앞으로 살짝 숙였다.

"내가 뭘 시킬 줄 알고 그런 말을 하십니까?"

"나쁜 걸 시키지는 않으실 테니까요."

"모르죠. 사람에 따라서 나쁜 짓이 좋은 일이 될 수도 있는 거니까. 예를 들어서."

제하가 한 발 다가왔다.

바람을 타고 제하의 향이 다가왔다. 어디선가 접한 적이 있는 그리운 향이 점점 짙어져 간다.

"내가 정말 결혼을 하자고 하면 어떻게 할 겁니까?"

"네?"

"가짜가 아니라 진짜. 정말 서류에 사인하고 다른 부부들처럼 살자고 한다면?"

"농담이…… 과하신데요."

"농담이 아니라고 한다면? 내가 결혼을 강요하면 어떻게 할 겁니까? 서로 사랑을 하고 아이를 낳고 한집에서 같이 살자고 한다면?"

"그런 드라마 싫다고 하셨잖아요."

"네. 싫어합니다. 하지만 앞일은 모르는 거죠. 내가 어떤 요구를 할지. 과연 내 요구를 유설아 씨가 모두 감당할 수 있을까요?"

"하지만 제하 씨는 나에게 그런 요구를 하지 않으실 거잖아요."

"말했잖습니까. 모른다고. 사람은 어떻게 변할지."

제하는 자신의 앞에 있는 설아를 바라봤다. 두 눈 가득히 호의를 띠고 있는 눈동자. 결코 자신이 그녀에게 해코지를 하지 않을 것이라고 믿는 신뢰에 찬 눈동자.

이 눈동자는 언제쯤이면 변하게 될까?

"한때 나도 그리 말한 적이 있었지요. 뭐든지 할 수 있다고. 비록 그 결과는 끔찍했지만."

제하가 한 발 다가왔다. 위험하다. 본능적으로 알 수 있었다. 지금의 제하는 그 어느 때보다 위험한 존재다. 설아는 흘깃 뒤쪽을 바라봤다. 도망치고 싶다. 하지만 도망칠 수 없다. 지금은 도망칠 때가 아니라 제하와 마주할 때다.

"충고."

설아는 제하를 향해서 말했다.

"감사히 받을게요. 고맙습니다."

설아의 차분한 말을 듣자 제하의 표정이 변했다. 원래대로 친절하면서 예의 바른 얼굴이 된 제하가 미소를 지었다.

"충고를 잘 받아서 다행입니다. 앞으로는 절대로 뭐든지 다 하겠다는 말은 하지 마세요."

"네. 하지 않을게요. 이제 그 문제에 대해서는 그만 말씀하셔도 될 것 같아요."

"네. 알겠습니다. 그런데 하나 물어보고 싶은 게 있는데."

제하의 목소리가 조심스러워졌다.

"혹시 어제 내가 손목을 세게 잡았습니까? 아니면 달리 실수한 거라도?"

"아…… 아뇨. 그런 거 아니에요."

아니라고 말하는데 코가 시큰해졌다. 설아는 크게 숨을 들이마시면서 어설프게 웃었다.

"그냥 예전에…… 친구가 했던 말이 떠올라서요."

"말? 어떤 말인지 물어봐도 됩니까?"

"……."

"개인적인 일이라는 건 알지만 공식적인 자리에서 이런 일이 또 생기면 곤란합니다."

"그게……."

밝은 햇살 아래에서 제하에게 하재의 이야기를 하기가 좀 껄끄럽다. 제하에게 하재의 이야기를 하고 싶지 않았다.

설아가 주저하자 제하는 주제를 슬쩍 돌렸다.

"햇살이 눈부시군요. 이런 날은 김 여사님이 만든 식혜가 최고인데. 내가 집에 들어가서 식혜를 마셔도 될까요?"

제하는 자신의 집으로 들어가는 데도 굳이 허락을 맡고 있다. 이런 점에서 제하는 믿을 수 있는 사람이다.

"당연하죠. 같이 가요."

설아는 제하의 뒤를 종종걸음으로 따라갔다. 눈치 빠른 영순은 자세한 것을 묻는 대신 재빨리 시원한 식혜와 간식거리를 내놓았다.

정원이 보이는 거실에 자리를 잡은 제하는 천천히 식혜를 마셨다. 그 모습을 보고 있자니 아무래도 오늘 하재에 대한 설명 없이 지나가는 것은 불가능하다는 것을 알 수 있었다. 식혜를 조금 마신 설아는 최대한 담담한 어조로 입을 열었다.

"갑자기 친구가 떠올랐어요."

"친구?"

"네. 전에 미국에 갔다고 했던……. 갑자기 그 친구가 떠올라서. 사실 저도 왜 울었는지 이해가 안 가요. 아마 그 친구가 보고 싶었나 봐요."

"연락이 끊어진 지 오래되었는데도 아직 그립습니까?"

제하의 질문에 설아는 고개를 들고 정원을 바라봤다. 환한 햇살이 내리쬐는 정원은 평화로웠다. 세상 모두가 행복하고 즐거운 가운데, 설아는 천천히 고개를 끄덕였다.

"네. 보고 싶고 그리워요."

설아가 네라고 말하는 순간 제하의 얼굴빛이 변했다. 그러나 정원을 바라보고 있던 설아는 미처 제하의 변화를 알아차리지 못했다. 그런 설아를 바라보던 제하의 시선이 점점 냉혹해졌다.

"그 친구가 누군지는 모르겠지만 설아 씨가 잘못한 게 많나 봅니다. 떠올리자마자 눈물을 흘리는 것 보면."

"네. 많이 잘못했어요."

"잘못?"

제하의 목소리가 달라졌다. 지금까지와는 사뭇 다른, 함정을 드리운 표범의 날카로운 시선 같은 목소리였다.

"어떤 잘못을 했던 겁니까?"

이상함을 느낀 설아가 고개를 돌렸다. 그 순간 제하는 친절하고 예의 바른 원래의 모습으로 돌아갔다.

"그냥……."

"그냥?"

"보시다시피 제가 그리 영특하거나 재빠른 사람은 아니잖아요. 어릴 때는 철이 없어서 더 심했어요. 함부로 말을 툭툭 내뱉곤 했는데, 그 친구를 만났을 때가 바로 그런 시기였어요. 부드럽게 할 수 있는 말도 모질게 하고. 생각 없이 내뱉었죠. 철 없는 내 행동과 말 때문에 많이 상처 입었을 거예요. 단 한 번도 저에게 그런 티를 내진 않았지만. 그런 아이거든요. 뭐든지 다 속으로 삭이기만 했어요."

"그럼 말실수가 친구에게 저지른 잘못 전부인 겁니까? 그 이외에는 없어요?"

"더 있었겠죠. 미처 인식하지 못했지만 많이 있었을 거예요.
그때는 너무 철이 없어서 상대방을 배려하는 법도 몰랐거든요."

말하다 보니 이상했다. 하재의 이야기를 하기 싫었는데 어느
새 술술 털어놓고 있는 중이다. 설아가 빤히 바라보자 제하가
어깨를 으쓱거렸다.

"왜 그렇게 보십니까?"

"이상해서요. 저는 원래 다른 사람에게 그 친구에 대한 이야
기는 하지 않거든요. 그런데 왜 제하 씨 앞에만 오면 다 털어놓
게 되는 걸까요?"

"아, 그건 말입니다. 내가 원래 그런 쪽으로 재능이 있습니다."

"……."

"농담이라고 생각하겠지만 정말입니다. 다들 내 앞에서는 이
야기를 잘 하곤 하죠. 그런데 그 친구는 미국에 갔었다고 했죠?"

미국이라고 말하는 제하의 눈이 가늘어졌다.

"네. 집이 잘살았거든요. 그리고 공부도 잘했고."

"그런데 왜 그 뒤로 연락을 안 했어요? 메일이나 편지, 여러
가지 수단이 있잖아요."

"그 친구가 미국으로 떠나던 시기에 제가 사고가 났어요. 심
하게 다쳐서 병원에 오랫동안 입원해야 했어요. 또 어느 정도
몸이 회복되었을 때는 지방으로 이사를 가서 하재가 연락을 하
지 못했던 게 아닌가 싶어요."

"사고? 어떤 사고였습니까?"

"교통사고였어요. 아직 후유증이 남아 있을 만큼 크게 났었어요."

"아직도요?"

설아의 말에 놀란 제하가 몸을 앞으로 숙였다.

"아……. 그렇게 대단한 거 아니에요. 그냥 오래 걸으면 다리가 당기고 아픈 정도예요. 잘 뛰지도 못하고. 그래서 오래 걷기나 조깅은 못 해요. 하지만 어릴 때는 그런 것보다 등 쪽에 남은 상처가 더 큰 문제였어요."

"등에…… 상처가 남았던 겁니까?"

묻는 제하의 목소리가 떨리고 있었다. 격한 감정을 간신히 억누르는 목소리.

"네?"

순간 설아는 고개를 갸웃거렸다. 방금 제하는 '상처가 있냐'고가 아니라 '상처가 남았던 거냐'고 물었다. 왜? 왜 그렇게 물은 거지? 마치 등의 상처가 생겼던 사건을 아는 사람처럼.

설아는 제하를 뚫어져라 바라봤다. 설아의 시선을 마주한 제하는 어깨를 으쓱거렸다. 곧 제하의 목소리가 원래대로 돌아갔다. 예의 바르고 정중하지만 선을 긋는 목소리.

"등에 상처가 있다는 말씀까지 하셨는데……."

"네, 그랬죠. 상처가 있어요."

제하의 표정은 평소와 똑같았지만 뭔가 모르게 위화감이 든다. 그런데 위화감의 정체를 모르겠다. 설아는 식혜를 한 모금마셨다. 식혜는 시원하고 달달했다. 하지만 이상한 느낌은 사라지지 않았다. 뭘까? 왜 갑자기 제하가 그런 이상한 말을 한 걸까?

"상처가 많이 심하신 겁니까?"

"아……. 처음에는 심했는데 계속 수술을 해서 괜찮아졌어요."

"수술까지 해야 했습니까?"

"네."

지금도다. 질문하는 제하의 목소리가 또 떨리고 있다.

"다리와 허리 재활 훈련 뒤에 성형 수술을 받았어요. 아, 맞다. 그래서 등이 파인 옷을 입을 때는 조심해야 해요. 말한다는 걸 깜빡했어요."

"얼마나…… 상처가…… 깊었던 겁니까?"

주먹을 꽉 쥔 제하의 목소리는 눈에 띌 정도로 흔들렸다. 이상하다. 너무 이상하다. 제하의 모든 행동이 너무나 이상했지만 설아는 계속 말을 이었다.

"지금은 많이 좋아졌어요. 몇 번이나 성형 수술을 했거든요. 옅은 선이 남아 있는 정도예요."

성형이라는 말을 꺼내면서 설아는 어색하게 웃었다.

"고등학교 때 수술을 했어요. 힘들게 잡아 놓은 예약이라서 미룰 수가 없었거든요. 그런데 학교로 돌아오니까 제가 등의 상처를 성형한 게 아니라 얼굴을 고친 아이로 되어 있더라구요. 하나하나 설명하기도 그렇고, 또 얼굴 성형이 나쁜 게 아니니까 어떻게 설명을 해야 하나라는 고민을 하다 보니, 어느새 해명할 기회조차 없어졌어요. 대학 때 등의 상처를 마지막으로 수술했었는데 고등학교 때와 마찬가지로 성형 미인으로 소문이

나더군요. 그래서 그 친구를 더 그리워하게 된 게 아닌가 싶어요. 그 친구였다면 애써 해명할 필요도 없고. 실제로 내가 머리에서 발끝까지 모두 수술을 했다고 해도 전혀 개의치 않아 했을 거예요."

"그렇게 좋은 친구였다면 먼저 연락을 해 보지 그러셨습니까?"

"……해 보려 했는데 찾아낼 방법이 없었어요. 저에게 남은 게 아무것도 없었거든요. 전화번호도 모르고 학교에는 그 친구와 친한 아이도 없었고. 결국 그 친구가 저를 찾을 때까지 기다려야 했어요. 하지만……."

설아는 어색한 웃음을 지었다.

"그 친구는 저를 한 번도 찾지 않았어요. 아마도 미국에서 좋은 친구들을 많이 만났나 봐요. 한국에 있는 철없고 배려심 부족한 제가 생각나지 않을 만큼. 그런데 하재 이야기를 너무 길게 늘어놓았네요. 어쨌든 어제는 정말 죄송해요. 갑자기 그 친구가 생각나는 바람에 큰 실례를 했어요."

"그 문제는 이미 괜찮다고 했으니까 신경 쓰지 마세요. 그런데 내가 그 친구와 많이 닮았나 봅니다. 자꾸 착각을 하는 걸 보면."

"네?"

당황하지 않으려 했지만 얼굴에 감정이 그대로 드러났다. 모델처럼 잘생긴 제하와 뚱뚱한 하재? 닮은 구석을 찾으려야 찾을 수 없다. 물론 눈빛이나 목소리를 닮았다고 할 수도 있겠지만.

"왜 그렇게 놀라십니까? 전에도 닮았다고 한 것 같은데."

"얼굴이 아니라 눈빛이 닮았다는 뜻이었는데. 그 친구는 제하 씨처럼 잘생긴 사람이 아니거든요. 제하 씨는 평생을 미남으로 살아온 사람이잖아요. 제하 씨와 그 친구의 삶은 전혀 다를 거라고 생각해요."

갑자기 또 눈물이 주르륵 흘러내렸다.

"어머. 나, 진짜 왜 이러지?"

설아는 서둘러서 눈물을 닦았다.

"죄송해요. 하재 생각만 하면 자꾸 눈물이 나요. 보고 싶어서."

제하는 휴지를 찾는 설아를 차가운 눈으로 바라봤다. 주먹을 꽉 쥔 제하의 손에 핏줄이 튀어 올라왔다. 부들부들 떨리는 주먹을 간신히 무릎 위로 올려놓은 제하는 숨을 크게 들이마셨다.

"그럴 수도 있죠. 간절히 보고 싶은 사람이 있으면……. 감정이 복받칠 때도 있겠죠."

"죄송해요."

설아는 연이어서 사과했다.

"TV에서 어느 연예인이 요즘은 바람만 불어도 눈물이 난다고 했는데. 제가 그런 상황이네요."

"흠."

흠이라는 소리를 낸 뒤 제하는 말이 없었다. 잠시 정원을 바라보던 제하는 식혜를 마셨다. 눈물을 닦은 설아도 식혜를 마셨다. 식혜는 시원하고 달달했지만 아무런 맛도 느껴지지 않았다. 제하 때문인 걸까? 어쩌면 그럴지도 모르겠다. 식혜에서 아무런 맛을 느끼지 못하는 것도, 처음에는 말하기 싫었던 하재의 이야기를 술술 털어놓게 되는 것도 모두 제하 때문이다.

말없이 정원을 가만히 바라보던 제하가 입을 열었다.

"그런데 어제 일 때문에 나에게 미안하다면 내 부탁을 하나만 들어주시죠."

"부탁요?"

"네. 사실 여기 거실 옆쪽 복도 건너편에 내 헬스장이 있습니다. 어차피 게스트 룸과는 마주치지 않는 위치에 있고 밖과 연결된 문도 있으니까 그쪽으로 오가면서 운동을 하려고 하는데. 괜찮을까요?"

"당연히 괜찮죠."

이곳은 제하의 집이다. 운동하러 오겠다는 제하를 막을 권리가 없다. 게다가 게스트 룸은 문만 닫으면 다른 곳과는 완전히 격리되는 구조다. 설아가 순순히 응하자 제하는 미소를 지었다. 시원한 제하의 웃음에 설아도 미소로 화답했다. 그러나 설아의 미소는 이어진 제하의 질문에 바람처럼 사라졌다.

"결정은 내리셨습니까?"

제하의 갑작스러운 질문에 설아는 숨을 크게 들이마셨다. 잠시 후 설아는 차분한 목소리로 말을 이었다.

"네. 결정 내렸어요. 오현종은 법적으로 처벌을 받았으면 좋겠어요. 그렇게 할 수 있어요? 당한 여자들이 한두 명이 아닐 거라고 하셨죠. 그 여자들이 원하는 건 정당한 처벌일 거라고 생각해요. 공식적으로 오현종의 기록에 성 범죄자라는 글자가 남기를 원해요. 단순히 기록만 남는 게 아니라, 사회에서 매장당했으면 좋겠어요. 어디까지나 성 범죄자로서. 그렇게 해 주실 수 있으세요?"

"가능합니다."

"최영락은 파산시켰으면 좋겠어요. 노름빚을 더 이상 늘릴 필요도 없이 지금 그 돈으로. 또 나경은 영락과 결혼하도록 놔 두세요. 영락이 도박한다는 사실을 알게 되었겠지만 그래도 결혼할 거예요. 나경은 결혼이야말로 인생이 완성되는 거라는 생각을 하는 사람이니까요. 절대로 파혼하지 않을 거예요. 나경이 결혼하고 난 뒤, 영락의 빚을 터트려 주면 좋겠어요."

"그게 최고의 복수입니까?"

"아뇨. 최선의 복수예요. 상대방을 인간으로 생각하지 말라고 하셨지만……. 나는 모르겠어요. 그렇게 하기가 쉽지 않아요. 마음 같아서는 죽이고 싶어요. 참을 수 없을 정도로 화가 나고 분노가 치미는데. 그렇다고 정말 그렇게 하면 안 될 것 같아서……. 모르겠어요. 내 결정이 옳은 건지, 틀린 건지."

"옳고 그름을 따지려고 하지 마세요. 생각하고 고민해 봤자 돌아오는 것은 없어요. 나 역시 10년이 넘는 시간 동안 한 가지 생각만 했지만 돌아오는 것은 없었습니다. 그보다 자신을 믿으세요. 잘못한 것은 저쪽입니다. 죄책감 따위를 느끼지 마세요. 나라면 설아 씨가 요구한 것보다 몇 십 배, 몇 백 배는 더 심하게 되갚았을 겁니다."

"……."

"어쨌든 요구하신 대로 일처리를 하죠. 그리고 한 가지만 더 부탁드리죠. 가끔 집에 와서 김 여사가 해 주는 밥을 먹어 줘야 할 것 같습니다. 눈치가 빠른 분이시라 내가 계속 갤러리에만 있으면 꼬치꼬치 캐물을 것 같아서 말입니다. 나는 그런대로 잘 둘러댈 수 있지만 설아 씨는 아닐 것 같거든요."

"네. 그러세요. 그럼 우리 오늘 이야기는 대충 끝난 건가요?"

"대충은."

인사를 한 뒤 제하는 갤러리로 돌아갔다. 설아는 정원을 가로질러 갤러리로 돌아가는 제하의 뒷모습을 멍하니 바라봤다.

오늘 제하에게서 받은 이질감은 도대체 뭘까? 혹시 자신이 제하와 아는 사이일까? 기억을 더듬던 설아는 고개를 흔들었다. 말도 안 되는 생각이다. 과거에 제하를 만났다면 반드시 기억하고 있을 것이다. 제하는 그리 쉽게 망각할 수 있는 존재가 아니다.

그렇다면 오늘의 싸한 느낌은 뭐지? 생각을 하던 설아는 고개를 흔들었다. 괜히 의심하지 말자. 지금까지 제하는 자신에게 잘 대해 주고 있다. 예의 바르고 친절하게.

또 제하가 없다면 그들에게 앙갚음을 해 주는 것도 불가능하다.

'내가 말했었지. 반드시 갚아 주겠다고. 이제 얼마 남지 않았어. 너희가 장난으로 했던 짓에 대한 대가를 받게 해 줄게.'

제하의 말이 옳다. 나쁜 건 저쪽이다. 자신이 그들의 인생에 대해서 고민할 필요 없다. 나경과 영락은 대가를 치를 뿐이다.

그런데 제하는 왜 유성그룹을 가지고 싶어 하는 걸까? 돈?

권력? 여자? 혹시 아영 때문에? 싫다! 아영을 떠올리자마자 기분이 나빠졌다.

제하의 여자 문제에 간섭할 권리가 없다는 것은 알지만 아영만은 결사반대다.

왜 아영인 걸까? 왜 아영이어야 하는 거지?

제하가 아영을 사랑했다는 사실도, 아직까지 잊지 못한다는 사실도, 모두 받아들이고 싶지 않다. 제하는 아영보다 훨씬 좋은 여자를 만나야 하는 남자다.

카톡.

카톡 소리가 들렸다. 며칠 전에 연락했던 남자다. 답이 없어서 이대로 없는 일이 되나 싶었는데 그게 아니었나 보다. 답장이 늦어서 미안하다는 말과 함께 미안하다는 이모티콘이 연이어서 들어왔다.

만나고 싶지 않지만 아버지가 마음에 걸렸다. 어쩔 수 없이 설아는 만날 시간과 날짜를 정해 달라는 메시지를 남겼다.

방을 나가기 전에 한 번 더 옷매무새를 확인했다. 옅은 회색의 쉬폰 원피스와 얇은 흰색 카디건, 깔끔한 디자인의 숄더백을 들고 있는 자신의 모습은 어디를 봐도 얌전해 보였다. 이 정도라면 상대방에게도 실례가 되지 않을 것이다. 또 아버지에게도 나쁜 말이 전해지지 않을 것이고. 카디건을 손에 쥔 채로 설아는 게스트 룸의 문을 열었다.

"어디 나가요?"

거실을 청소하던 영순이 물었다.

"약속이 있어서요."

"저녁까지 돌아올 수 있어요?"

"저녁이라……. 지금이 1시니까 7시까지는 충분히 돌아올 수 있을 거 같아요."

"잘됐네요. 오늘은 저녁으로 회덮밥을 만들려고 했는데."

"회……덮밥요?"

회덮밥이 집에서 먹을 수 있는 요리였던가? 설아의 의문에 영순은 의기양양한 얼굴로 웃었다.

"내가 회를 잘 떠요. 아침에 싱싱한 놈으로 사 왔으니까 늦지 말고 와요."

"네."

영순에게 인사를 하고 난 뒤 현관문을 연 설아는 눈부실 정도로 찬란한 햇살과 마주쳤다. 여름이 가까워 올수록 태양의 열기는 점점 더 뜨거워지고 있다. 초록 잔디 위로 줄지어 있는 포석 위로 발을 올렸다.

"나가세요?"

제하도 막 갤러리 쪽에서 나오고 있었다. 오늘따라 화사하게 차려입은 설아를 본 제하는 의외라는 표정을 지었다.

"누구 만납니까?"

"아……."

"혹시 남자입니까?"

제하의 질문에 당황한 설아는 답을 하지 못했다. 그런 설아를 보던 제하의 두 눈이 살짝 가늘어졌다.

"정말 남자인가 보군요. 남자 친구가 있다는 말을 들은 기억이 없는데."

"아…… 아뇨!"

뒤늦게 아니라는 말을 꺼냈지만 첫 단추부터 잘못 끼웠다는 생각을 버릴 수가 없다.

"그냥 약속이 있어요."

"괜찮습니다, 남자를 만나셔도. 어차피 우리가 남녀 사이가 될 일은 없을 테니까. 다만 당분간은 그 남자분을 자주 만날 수 없다는 것만 인지하시면 됩니다."

태양은 뜨거운데 등 뒤가 서늘하다. 설아가 주춤거리자 제하는 표정을 풀었다.

"나는 괜찮다는 뜻으로 말한 건데. 그렇게 경계하실 필요 없습니다. 자, 가죠. 약속 장소까지 태워 줄 테니까."

"아뇨. 괜찮아요."

"타고 가시죠."

타고 가라는 제하의 목소리에서 강한 압박감이 느껴졌다.

"누굴 만나는지는 모르겠지만 그런 신발로는 얼마 걷지도 못할 겁니다. 오래 걸으면 다리가 불편하다면서요. 지하철역까지만 태워 드릴게요."

지금 제하는 호의를 베풀고 있다. 안다. 그런데 쉬이 받아들이기가 힘들었다. 이토록 서늘한 제하의 호의는 불편하다. 그러나 거절하면 앞으로 더 불편해질 것이다.

"그럼 지하철역까지만 부탁드릴게요."

제하의 차에 올라탄 설아는 안전벨트를 맸다. 똑바로 앞을 바라본 채, 되도록 제하 쪽을 돌아보지 않으려 노력했다. 제하의 얼굴을 보기가 껄끄럽다. 아까 제하가 차가운 목소리로 타라고 했기 때문인지 아니면 남자를 만나러 가기 때문인지 모르겠다. 그냥 지금의 상황들이 못내 어색하다.

운전하는 제하에게서는 아무런 동요도 느낄 수 없었다. 평상시와 똑같은 제하의 옆모습을 훔쳐보고 있자니 자신이 지나치게 과민하게 생각한 건 아닐까 하는 의문마저 들었다. 이럴 때마다 다른 사람과의 관계를 맺는 데 있어서 서툰 자신이 싫어진다.

사고가 나기 전까지는 그나마 지금보다는 나았다. 그러나 오랜 병원 생활과 그 이후로 계속되는 수술들이 다른 사람과의 벽을 점점 견고하게 만들었다. 특히 전신 성형을 했다는 소문들이 다른 이와 더욱 거리를 두게 만들었다. 자신을 보고 성괴라면서 뒤에서 수군거리는 목소리들과 시선들. 덕분에 본래의 자신은 껍질 속으로 깊게 들어가 있는 기분이다.

차는 계속 막혔다. 오늘따라 서울에 있는 모든 차들이 한꺼번에 도로에 나오기라도 한 건지, 계속 정체되었다.

"설아 씨는."

"네?"

"오랫동안 기억을 간직하는 편입니까?"

제하가 불쑥 던진 질문에 설아는 의아함을 드러냈다.

"무슨······ 뜻이죠?"

"첫 키스. 첫사랑. 첫 만남. 그런 것에 큰 의미를 두는 사람들이 있잖습니까. 설아 씨도 그런 타입인지 궁금해서."

제하가 궁금하다고 말하는 순간 차가 좌회전을 했다. 그 때문에 몸이 제하 쪽으로 휙 기울었다. 설아는 재빨리 창문 위쪽의 손잡이를 거머쥐었다. 원심력의 흐름을 거스르기 위해서 힘을 주는 설아를 향해서 제하는 다시 질문을 던졌다.

"설아 씨는 첫사랑을 오래 기억하는 편입니까?"

"너무 개인적인 질문인 것 같은데요."

"나는 오래 기억하는 타입이거든요."

제하의 말에 아영의 얼굴이 떠올랐다. 사랑스럽고 예쁘게 생긴 아영. 미모만큼이나 제멋대로인 아영을 떠올리자 불쾌해졌다.

"네. 그렇게 보이세요."

"그렇게 보인다?"

"아직까지 사랑하고 계신 거죠? 그 첫사랑."

지금도 아영을 사랑하고 있냐는 질문을 살짝 돌려서 던진 말에 제하의 얼굴은 티가 날 정도로 딱딱하게 굳어져 갔다. 그 이후 제하는 아무 말도 하지 않았다. 지하철역이 보이는 위치에서 제하는 차를 세웠다.

"감사합니다."

침묵을 지키고 있는 제하에게 인사를 한 뒤 안전벨트를 풀었다. 그때 갑자기 제하가 팔목을 잡았다. 깜짝 놀랄 정도로 싸늘한 손의 냉기가 팔을 타고 올라왔다.

"아닙니다."

뒤에서 빵빵거리는 소리가 들려왔다. 그러나 제하는 꼼짝도 하지 않았다. 설아와 시선을 마주한 제하의 검은 두 눈이 일렁거렸다.

사랑의 열병에 빠진 남자의 눈이 자신을 바라본다. 그리고 그 남자의 입은 거짓을 말한다.

"나는, 그 여자가 나에게 한 짓을 잊지 못합니다. 만일 내가 사랑에 빠진 것처럼 보인다면 그건 아마도 곧 다가올 복수의 날 때문일 겁니다. 그 여자의 거짓말 때문에 나는 너무 많은 대가를 치렀어요."

"……."

"사랑하지 않습니다."

거짓말이다. 사랑한다.

7. 회상 3

"자, 여기 도시락."

"고…… 고마워……."

"고맙기는 뭘. 밥하고 간단한 반찬인데. 오늘은 양배추쌈이 아냐. 일주일 내내 양배추만 먹었더니 지겨워져서. 하재야, 혹시 호박 좋아해?"

"어……. 응."

"다행이다. 난 호박을 못 먹거든."

"모…… 못 먹어?"

그날 이후로 설아와 하재는 옷에 대한 이야기는 절대로 하지 않았다. 그 일을 입 밖으로 내면 간신히 쌓아 올린 남루한 성이 그대로 무너져 내릴 것만 같았기에, 둘 다 모르는 척했다. 대신 하재는 물을 많이 마시기 시작했고 배달 음식을 줄이려고 노력했다. 그러나 학교 급식 외에 하재가 따로 먹을 음식이 없었기에 설아는 올 때마다 도시락을 싸 왔다.

"응. 호박을 먹으면 두드러기가 돋아나. 기침도 하고."

"호…… 호박 알…… 알레르기야?"

"나는 그런 것 같은데, 아버지는 아니래."

"아…… 아냐?"

도시락의 반찬들을 냉장고에 넣던 설아는 어깨를 으쓱거렸다.

"그냥 어리광이래. 음식 귀한 줄 모르고 자라서 부리는 어리광. 덕분에 할머니가 버릇을 고쳐야 한다고 호박을 많이 보내주셔. 며칠 전에도 엄청 보내 주셨는데 이번에는 네가 있어서 다행이야."

"나…… 난 호박을 좋아해!"

"자, 다 됐다. 밥도 충분히 가져왔으니까 며칠은 문제없을 거야. 전자레인지가 있으면 밥을 데워 먹을 수 있는데. 찬밥만 먹어야 해서 조금 아쉽다."

"괘…… 괜찮아. 맛있어."

"그나저나 나는 엄청 걱정했었거든. 네가 내 공부를 봐준다고 성적이 떨어졌을까 봐."

"네…… 공부를 봐…… 봐주는 건…… 재……재미있어."

"너는 별게 다 재미있다. 어쨌든 네 덕분에 전교 석차가 60등이나 뛰었어. 덕분에 아버지도 아주 좋아하셔."

"다…… 다행이다."

둘 다 학교에서는 서로 이야기를 하지 않는다. 학교에서는 최대한 모르는 척하는 것이 둘만의 암묵적인 규칙이었다. 대신 거의 매일 하재의 집에 들렀다. 주말에는 하루 종일 같이 있으면서 공부했다.

하재는 여전히 반에서 왕따였으며 설아 역시 반에서 겉돌고 있었다. 대놓고 괴롭히는 아이들은 없었지만 은근한 따돌림은 그 나름대로 피곤했다. 특히 급식을 먹을 때면 혼자라는 사실이 여실히 티가 나서 더 힘들었다. 그런데 어느 순간부터 대각선 라인에 하재가 앉게 되자 마음이 편해졌다.

"그런데 하재야. 오늘은 놀 거지?"

"노…… 놀아?"

"기말시험도 끝났잖아. 우리 오늘은 그냥 푹 쉬자."

"그……그럼. 영…… 영화 볼래?"

"영화?"

"응. 아…… 아래층에…… 영화를 볼 수 있거든…….."

그동안 하재의 집에 많이 왔지만 아래층이나 위층에 올라간 적은 없다. 하재는 설아를 데리고 아래층으로 내려갔다. 아래층은 벽면 끝까지 책들이 빼곡히 들어차 있었다. 한쪽 벽면은 비어 있었는데 그 앞에는 프로젝터가 놓여 있었다.

"와……. 멋지다. 무슨 외국의 도서관 같아. 그러니까 너는 여기 한 층을 영화관 겸 도서관으로 쓰는 거야? 위층에는 뭐가 있어? 수족관 같은 게 있어?"

"아…… 아냐. 그림이 있어."

"그림?"

"응. 아…… 아버지 그림. 그…… 그러니까 지금 새아버지가 아니라…… 진짜 아빠."

진짜 아빠라는 말에 전에 하재 어머니가 했던 말이 떠올랐다. 네 아버지는 전화 받는 걸 싫어할 거라던 말. 그 아버지는 준성이와 준희의 친아버지인 걸까? 아마도 준희와 준성은 하재와 달리 부모의 품에서 안락하게 지내고 있을 것이다. 그 아이들은 매주 배달되는 정크 푸드를 먹지 않아도 되고 휴가 기간에는 프랑스로 여행을 갈 것이다.

쓰디쓴 것이 가슴속에서 치밀어 올라오면서 한 가지 질문이 떠올랐다. 그 여자는 하재의 친어머니가 맞을까? 그러나 하재에게 물어볼 수 없었다. 만일 친어머니가 맞다면? 그 못된 여자를 친어머니라고 대답할 하재의 눈을 보고 싶지 않았다.

"네…… 친아버지는 어디 계셔?"

"돌아가셨어……. 내가 아주 어릴 때……. 보…… 보러 갈래?"

"뭘?"

"아…… 아버지 그림. 여기 있는 건, 모…… 모작이지만. 그래도 진품과 똑같다고…… 어…… 엄마가 그랬어. 볼래?"

설아에게 아버지의 그림을 보여 준다는 것에 들뜬 하재는 서둘러서 위층으로 올라갔다. 위층은 하얀 벽에 그림들이 걸려 있는 화랑처럼 꾸며진 공간이었다. 하재는 하얀 벽들을 지나서 가장 안쪽에 있는 그림으로 설아를 이끌고 갔다. 그림에 무지한 설아의 눈으로도 안쪽에 걸려 있는 작품이 가장 뛰어나다는 것을 알 수 있었다.

하얀 설원 위로 쓰러진 남자들이 보였다. 가슴에 구멍이 난 남자들은 피 흘리며 죽어 가고 있었다. 남자들 위로 여자가 서 있었다. 눈보다도 더 하얀 피부, 그림의 한쪽에서 시작되고 있는 밤의 어둠보다 더 검은 머리카락, 죽어 가는 남자들의 피보다 더 붉은 입술.

환한 미소를 지으며 웃고 있는 여자의 손에는 붉은 사과가 들려 있었다.

설아는 홀린 듯이 그림 쪽으로 한 발 다가갔다.

무서운 배경을 뒤로한 채 서 있는 여자는 사랑스럽고 아름다웠다. 그런데 계속 보고 있자니 알 수 없는 기묘한 감각이 들었다. 여인에 대해서 폭풍처럼 휘몰아치는 화가의 격렬한 애정이 그대로 느껴져서 거부감이 들었다.

"제목은 〈백설 공주를 위하여〉야."

"백설…… 공주를 위하여?"

설아가 아는 백설 공주는 아름다운 공주다. 사랑받는 행복한 공주. 그림 속의 백설 공주도 아름답지만 너무 과할 정도로 사랑받고 있었다. 그림 속 사람들이 자신의 심장을 빼내서 공주에게 바칠 정도로. 이상한 느낌에 설아는 저도 모르게 고개를 돌렸다.

"나도 오래 못 봐."

하재는 고개를 돌린 설아에게 말했다.

"미안해……. 뭔지 모르게 기분이 나빠."

"괜찮아. 아버지가 노린 것도 이런 거였을 거라고 생각해. 너무나 아름답고 사랑스럽지만 그래서 오히려 오래 볼 수 없는 거. 어쩌면 사랑도 저런 건지 몰라."

"그런데."

억지로 고개를 돌린 설아는 그림 속의 여자를 유심히 바라봤다. 어디선가 본 듯한 얼굴이다. 어디서 봤지? 틀림없이 어디선가 본 듯한 얼굴인데.

"엄마야."

"엄마?"

"응. 아버지가 그린 그림 중에는 어머니가 모델인 작품들이 많아. 그리고 이건 그중에서 가장 뛰어난 작품이고. 처음 공개되었을 때 최고의 역작이라는 평가도 많이 받았어. 그래서 엄마도 이 그림을 가장 좋아해. 만일 고모가 소유권을 가지고 있지 않았다면 진작 엄마가 가져갔을 거야."

"그림에도 소유권이 있어?"

"응. 이건 모작이야. 아까 말했잖아."

어느새 하재는 말을 하나도 더듬지 않은 채, 그림에 대해서 자세하게 설명했다.

"고모와 내가 이 그림의 소유자야. 하지만 내가 성인이 되기 전까지는 그림에 대한 소유권을 주장할 수 없기 때문에 진품은 미국에 있는 고모가 가지고 있어. 하지만 나도 소유권자이기 때문에 모작을 둔 거야. 이 작품의 모작도 이거 하나밖에 없어. 외부로 공개된 적이 거의 없거든."

"이런 건 얼마쯤 해?"

"고흐만큼 비싸지는 않아. 하지만 계속 비싸지겠지. 아버지도 죽었으니까. 얼마 전 아버지 작품 중에서 이만한 크기의 그림이 20억쯤 했어."

믿을 수 없는 가격에 설아는 입을 떡 벌렸다. 그림 하나에 20억? 새삼 하재의 부가 현실로 다가왔다.

"이 그림은 다들 아버지 작품 중에서 최고라고 하니까, 두 배 이상 될 거야."

"와. 정말 다른 세상 이야기다."

"하지만 이건 팔지 못하는 작품이니까 가격을 말해 봤자 소용없어."

"왜? 너무 비싸서 사는 사람이 없는 거야?"

"아니. 그게 아니라."

하재는 수줍게 웃었다.

"이건 아버지가 팔지 못하게 정해 둔 거야. 나나 고모도 소유만 할 수 있는 거고, 팔 수 없어. 기증도 안 돼."

"……잘 모르겠지만 일단 네 거라는 거지?"

"응."

하재는 환하게 웃었다.

"엄마도 절대로 손대지 못하는 내 거야. 내려가자. 영화 봐야지."

하재의 손에 이끌려 내려가던 설아는 고개를 돌려서 그림을 봤다.

〈백설 공주를 위하여〉. 하재의 어머니가 가장 좋아하는 그림. 지나칠 정도로 사랑을 받는 여인. 모르겠다. 어쩌면 지나친 사랑을 받는 것이 그리 좋을 것 같지 않다는 느낌이 들었다.

그러나 순간의 생각은 금방 사라지고 아래층으로 내려간 설아는 영화를 고르는 데 집중했다.

"공포 영화가 좋아. 공포 영화를 보자. 아주 무서운 걸로. 저기 커튼을 다 쳐 놓고."

"아…… 안 무서울까?"

"당연히 무섭겠지. 공포 영화는 무서우려고 보는 거잖아. 그런데 공포 영화 없어?"

"아…… 아니. 있어……. 몇 개밖에 없지만……. 샤…… 〈샤이닝〉이 있어. 그런데 넌 공포 영화가 조…… 좋아?"

"응. 공포 영화를 보면 다행이라는 생각이 들잖아. 나도 바보지만, 저 사람들은 더 바보라서 저런 위험한 곳에 갔구나. 나는 저런 바보 같은 짓을 하지 않아서 다행이다. 현실로 돌아오면 아버지가 있으니까 더 다행이잖아. 너도 있고. 그런데 〈샤이닝〉은 어떤 영화야? 귀신 나와?"

"소설이 원작인데……. 재…… 재미있어."

"그럼 그거 보자."

스티븐 킹의 〈샤이닝〉은 설아의 예상과는 조금 다른 영화였다. 보통 공포 영화는 이쯤에서 뭔가 튀어나오겠다 싶은 생각이 들기 마련이다. 그럼 잔뜩 긴장하고 있다가 깜짝 놀라 주면 되는데, 〈샤이닝〉에는 그런 것이 없었다. 대신 슬그머니 다가오는 공포가 있었다. 도망칠 수 없는 공포가 영화에서 안개처럼 흘러나왔다.

주위에 자욱하게 깔린 공포는 조금씩 사람을 휘어 감았다. 공포는 영화 속에서 남편이 몇 달 동안 썼던 소설을 보여 주는 순간 절정으로 치달았다.

일만 하고 놀지 않으면 바보가 된다.

카메라가 하얀 종이에 쓰여진 똑같은 문장을 비추는 순간 설아는 몸을 잔뜩 움츠렸다.

옆에 있던 하재도 겁이 나는지 연신 물을 마시면서 몸을 이리저리 움직였다. 두 사람 모두 숨소리조차 크게 내지 못하고 잔뜩 긴장하는 동안 영화에서 남자 주인공이 도끼로 문을 부수기 시작했다. 광기에 사로잡힌 남자가 부서진 화장실 문틈으로 얼굴을 내미는 순간 설아는 비명을 질렀다.

"꺅!"

하재가 서둘러서 불을 켰으나 설아의 떨림은 멈추지 않았다.

"서…… 설아야……. 괜찮아?"

"……."

"그…… 그렇게 무서웠어? 내…… 내가 영화를…….."

"아…… 아냐."

두 눈을 꼭 감은 설아는 두 손을 강하게 깍지 꼈다. 영화 자체는 무섭지 않았다. 무서운 건 맞지만 비명을 지를 정도는 아니었다. 그런데 왜 비명을 질렀을까? 몸의 떨림도 여전히 사라지지 않고 있다.

"여…… 여기……, 물."

물을 마신 설아는 숨을 크게 들이마셨다. 환하게 불이 켜진 뒤에 보니 그리 무서운 장면도 아니다. 하지만 방금 전에는 너무 무서웠다. 영화 속의 남자 주인공이 화면 밖으로 튀어나와서 자신을 잡으러 올 것 같은 지독한 공포였다.

"컨……디션이 나빴나 봐. 그렇게 무서운 장면도 아니었는데. 오늘은 더 못 보겠어. 그만 가 볼게. 전에 가지고 왔던 반찬통은 싱크대 위에 있지?"

"응. 그런데 서…… 설아. 할 말이 있어. 내…… 내가 그동안 생각을 좀 해 봤는데 음…… 음식을 돈으로 바꿀 수 없을까?"

"돈으로?"

좋은 집에서 살고 VVIP 카드를 마음껏 사용할 수 있다지만 실질적으로 하재는 설아보다 더 가난했다. 하재가 카드를 사용하면 그 내역서는 곧장 하재의 어머니인 예성에게로 향했다. 하재가 산 물건이 예성의 마음에 들지 않으면 전화가 걸려 왔다.

예성이 마음에 들어 하지 않는 물건들은 정상적인 식재료나 옷이었다. 어떤 때의 예성은 하재에게 인스턴트 음식들만 먹이겠다고 작정한 사람 같았다.

"응!"

계획을 설명하는 하재의 두 눈이 반짝거렸다.

"지금 어…… 어머니가 매주 음식을 주문해서 보…… 보내고 있잖아. 그 음식들을 배달하는 가게를 찾아가서 음…… 음식을 보내지 말고 음식 가…… 값의 반을 나에게 현금으로 달라고 하는 거야."

"현금으로?"

"응. 음식점에서는 실…… 실제로 음식을 배달하지 않는 대신 음식 값을 나…… 나와 반반으로 나…… 나누는 거야."

"괜찮은 생각인데……. 받아들일까?"

"모두는 아…… 아니더라도 몇몇 군데는 받아들이지 않을까? 자…… 자기들도 이득이잖아. 2만 원짜리 피자를 배…… 배달시켰다고 거…… 거짓말을 하고 만 원을 버는 건데. 이렇게 하면 내…… 내가 계산해 봤는데. 일주일에…… 최소한…… 3만 원은 벌 수 있어……. 그럼 한…… 한 달에…… 12만 원이야."

한 달에 12만 원. 꿈같은 액수다. 설아는 침을 꿀꺽 삼켰다. 이 계획이 잘 풀린다면 아버지 눈치를 보면서 음식을 빼돌리지 않아도 된다. 그리고 하재도 몸에 맞는 옷을 살 수 있을 것이다. 옷에 생각이 미친 설아는 손뼉을 쳤다.

"맞아! 하재야, 네 옷!"

"응?"

"네 옷. 그거 못…… 안 입는 거, 그거 팔면 안 돼? 모두 새 거잖아."

"파…… 팔 수 있을까?"

"당연히 팔 수 있지. 엄청 비싼 거잖아. 그거 중고 시장에 내놓자. 그럼 더 많이 벌 수 있어!"

드디어 예성의 눈을 피해서 돈을 마련할 길을 찾았다는 기쁨에 설아는 하재를 와락 껴안았다. 설아의 갑작스러운 행동에 놀란 하재의 얼굴이 삽시간에 벌겋게 달아올랐다. 두 손을 어쩔 줄 모르고 우왕좌왕하던 하재는 그의 품에 안긴 설아의 어깨를 조심스레 감싸 안았다.

마치 그의 손이 끔찍한 병균이라도 가지고 있는 것처럼, 조심스럽게.

그해 여름 설아와 하재는 총 227만 3천 원을 모았다. 하재의 어머니인 예성이 사 준 옷은 재산 확장에 큰 도움이 되었다. 들킬까 봐 한 번에 많이 팔지는 못하고 조금씩 팔았지만 비싼 옷인 만큼 돈을 벌기는 쉬웠다.

그리고 모두 23편의 영화를 봤다. 어떤 날은 하루 종일 할리우드의 고전 영화만 본 날도 있었다. 설아가 가장 좋아한 영화는 〈로마의 휴일〉이었고 하재가 좋아하는 영화는 〈벤허〉였다. 설아가 좋아하는 배우는 그레이스 켈리였고 하재는 비비안 리를 좋아했다. 하루 종일 고전 영화를 본 날이면 가끔 비비안 리와 그레이스 켈리 중에서 누가 더 아름다운가로 설전을 벌이기도 했다.

그해 여름 설아가 푼 문제집은 모두 두 권이었고 하재는 23권을 풀었다. 마침내 설아는 판별식 D가 무엇을 의미하는지 알게 되었고 자신의 머리가 구제할 수 없을 정도로 멍청하다는 생각에서 서서히 벗어나게 되었다.

여름은 길었고 하루하루가 행복으로 가득 찼다.

하재와 설아는 그들의 여름이 영원히 끝나지 않을 것이라고 믿었다.

하지만 언제나 나쁜 일은 생기게 마련이고 한번 생기기 시작한 나쁜 일은 더욱 나쁜 일들을 몰아서 오는 법이라는 것을, 행복은 순식간이지만 불행은 영원히 지속되는 법이라는 것을 그때는 몰랐다.

8. 거울아, 거울아

　카페에 도착했지만 약속한 남자처럼 보이는 사람은 없었다. 창가에 자리를 잡은 설아는 제하의 말을 곰곰이 되씹었다. 왜 제하는 그런 말을 한 걸까? 그것도 자신에게.

　지금까지 지켜봤던 제하는 기본적으로 냉정한 사람이다. 어떤 경우에도 흔들림 없는 굳건한 사람이기도 하다. 이성적인 제하가 그토록 격한 감정을 보이다니. 오늘 무엇인가가 제하를 흔든 것 같은데, 그게 뭔지 모르겠다.

　혹시 자신이 제하를 좋아한다고 생각하는 걸까? 순간 얼굴이 화끈 달아올랐다. 그래서 사랑에 대한 말을 한 걸까? 자신이 아영을 질투한다고 생각해서? 달아오른 얼굴이 더욱 붉어졌다. 어떻게 하지? 제하의 오해를 어떻게 풀어 줘야 하는 거지? 고민하는 순간 한 가지 의문이 더 들었다. 과연 그게 정말 제하의 오해일 뿐일까 하는 의문.

"유설아 씨?"

생각에 빠져 있던 설아는 남자의 목소리에 고개를 들었다. 키가 크고 호남형으로 잘생긴 남자가 바로 앞에서 웃고 있었다.

"제가 좀 늦었죠. 죄송합니다. 일찍 온다고 왔는데 차가 막혀서. 흔한 변명 같지만 오늘따라 유달리 차가 막혔거든요."

"괜찮아요. 저도 막 왔어요."

"톡에 대한 답도 늦어서 죄송한데, 이번까지 늦어서 정말 죄송합니다."

남자는 자리에 앉자마자 한 번 더 사과했다. 남자의 사과에서 진솔한 느낌이 왔다. 단순히 늦은 것을 변명으로 때우려는 것이 아니라 실제로 일이 많고 차가 막혀서 늦은 것이 분명했다. 남자는 테이블 너머로 손을 내밀면서 이름을 말했다.

"송지철입니다."

"유설아예요."

맞잡은 남자의 손은 두꺼웠고 따뜻했으며 안정감 있었다.

"몇 번이나 톡을 주고받았는데, 이렇게 이름을 나누니까 좀 어색하군요."

"그렇네요."

사실 상대방의 이름조차 정확히 몰랐다. 톡으로 대화를 하는 순간조차 모든 신경은 제하를 향해 있었다. 그런데 막상 앞에서 웃고 있는 지철을 보자, 자신의 무심함이 조금 미안해졌다.

"일단 제 소개부터 하죠. 나이는 설아 씨보다 한 살 많고 공무원입니다."

"이야기 들었어요."

"그런데 별로 안 놀라시네요."

"네? 놀라야 하나요?"

서른한 살에 공무원이라는 말, 어디에서 놀라야 하는 건지 알 수 없는 설아는 두 눈을 깜박였다.

"보통 사람들은 제 직업을 들으면 놀라거든요."

"공무원이 놀랄 직업은 아닌 것 같은데……."

"공무원은 공무원이지만 좀 다른 공무원이라고 해야 하나? 서울지검에서 일하고 있습니다."

지철의 말을 단번에 알아듣지 못했다. 서울지검이라는 단어를 몇 번이나 되풀이한 뒤에야 이해했다.

"설마 검사……세요?"

"네. 검사입니다. 아직 햇병아리지만."

마침내 지철의 예상처럼 놀란 얼굴이 되었다. 얼굴만이 아니라 진짜 많이 놀랐다. 개인적으로 검사라는 직업군을 만난 적도 없지만 지철의 부모님이 아들이 검사라는 사실을 말하지 않았다는 사실에도 놀랐다. 만일 지철의 부모 측에서 아들이 검사라고 말했다면 틀림없이 아버지도 자신에게 그 사실을 전했을 것이다. 그리고 지금보다 열 배 이상으로 닦달했을 것이고. 설아의 의문을 알아차린 지철이 설명을 시작했다.

"원래 부모님이 자식 자랑을 하시는 분들이 아닌 데다가 제가 검사가 되는 것을 많이 반대하셨어요. 외가 쪽에 검사 친척이 계셨는데 청탁 문제로 옷을 벗어야 했죠. 집안도 풍비박산이 나고. 몇몇은 목숨까지 잃었다고 들었습니다. 그 뒤로 어머니는 청탁 문제에 있어서는 아주 날카로우세요. 그 청탁이 그냥 돈과 관련된 문제가 아니라 친척이 사정을 해서 어쩔 수 없이 해 줬던 건데. 일이 점점 커져서 최악의 경우까지 된 거죠. 때문에 아들이 검사라는 말도 밖에서 잘 안 하십니다."

"그렇구나."

"달리 생각하면 아들이 검사라고 자랑하지 않는, 갑질 없는 시부모님이 될 가능성이 농후하다고 볼 수 있죠."

지철의 재치 있는 말에 설아는 웃음을 터트렸다.

"그나저나 어머니나 아버지도 너무하시네. 나는 엄청 잘 보이고 싶었는데 공무원이라는 말만 하셨다니."

"검사라고 밝히셨으면 제가 부담되어서 못 나왔을 거 같아요."

"부담 가지실 필요 없어요."

지철은 웃으면서 설아 쪽으로 조금 더 다가왔다.

"검사라고 해서 다를 건 없어요. 그냥 공무원일 뿐이에요. 영화나 드라마에 나오는 검사들은 많이 과장되어 있거나 저 위의 상층부죠. 저는 그저 하루하루 쌓여 가는 서류 더미를 뒤적이면서 살고 있는 소시민일 뿐입니다. 그런데 이런 말을 현직 검사가 하는 건 좀…… 그렇죠?"

"네. 확실히요."

"다행이다. 웃으시네. 사실 걱정을 많이 했었거든요."

"……?"

"오늘 시간이 재미없으면 어쩌나 하는 걱정. 제가 답도 늦게 했고 메시지를 주고받는 것도 그리 좋아하는 것 같지 않으셔서."

"아……."

톡 하는 내내 대화를 나누기 싫다고 생각했었지만 그걸 상대방이 고스란히 느끼고 있었다니. 뺨이 살짝 붉어졌다.

"싫었던 건 아니지만 그동안 일이 많았어요. 이사도 해야 했고, 직장 문제가 겹쳐서."

"번역 쪽 일을 하신다고 들었는데. 어때요?"

"박봉이고 힘들죠. 검사는 어떤가요?"

"글쎄요. 아까도 말했지만 저 같은 햇병아리들은 산더미처럼 밀려드는 서류를 해결하느라 정신없죠. 그리고 범죄자들에게 밀리지 않기 위해서 노력도 해야 하고. 범죄자들은 기가 쎄거든요. 대부분 자기만의 논리에 취해서 말도 안 통하고……. 이런, 우중충한 이야기만 늘어놓았네요. 죄송합니다."

"아뇨. 재미있어요. 평소 전혀 접해 볼 일 없는 직업군이라서 그런지, 신기해요."

"그런 의미에서 또 보면 어떨까요? 그때도 제 이야기가 신기한지 아닌지 알아보면 더 즐겁지 않을까요?"

지철의 말에 설아는 웃으면서 되물었다.

"지금 애프터 신청하시는 거예요?"

"그렇게 보셔도 되구요."

"저는 시간이 되지만 검사님께서는 어떤가요?"

"원래 공무원은 주 5일 근무를 칼같이 지켜서 공무원인 겁니다. 다음 주말에 어떻습니까?"

"다음 주말요? 음······. 괜찮을 것 같아요. 혹시 문제 생기면 연락 주세요."

"그럼 이제 느긋하게 시간을 즐기죠. 전 다음에 만나지 못할 사람과는 재미있게 시간을 보내는 법을 배우지 못해서. 겉보기보다 까칠한 면이 있거든요."

까칠한 면이 있다고 했지만 지철과의 시간은 즐거웠다. 어느새 집을 나설 때의 망설임은 완전히 사라졌다. 지철이 저녁을 사 주겠다고 했지만 오늘 저녁은 집에서 먹자던 영순의 말을 떠올린 설아는 고개를 저었다.

"미리 저녁 약속을 해 뒀어요. 그리고 이야기를 들어 보니 재판 때문에 많이 바쁘신 것 같은데, 오늘은 여기서 헤어지죠."

"재판이 있긴 하지만 제가 늦게 온 데다가······."

"아니에요."

설아는 환한 미소를 지었다.

"재판에 이기신 뒤에 봐요. 그때는 이긴 기념으로 제가 저녁을 살게요."

"설아 씨가 사게 할 순 없죠. 내가 살게요."

지철은 지하철역까지 데려다주겠다고 우겼지만 설아는 극구 말렸다. 지하철을 탄 설아는 시간을 살폈다. 6시. 조금 아슬아슬하지만 7시까지는 집에 도착할 수 있을 것 같다. 빠른 걸음으로 환승하러 가던 설아는 민강의 전화를 받았다.

— 어떠냐? 오늘 만난다는 이야기는 들었다.

전화를 받자마자 지철과의 만남부터 묻는 민강의 목소리를 듣자 가슴 한구석이 꽉 틀어 막혔다. 숨을 크게 들이마신 설아는 웃는 목소리로 답했다.

"괜찮았어요."

— 지금 같이 있냐?

"아뇨. 30분쯤 전에 헤어졌어요."

— 집에 데려다준다고 안 하든?

"데려다준다고 했는데, 괜찮다고 했어요. 집까지 데려다주고 돌아가면 시간이 너무 걸릴 것 같아서."

— 그래, 그래. 잘했다. 여자라고 응석만 부리면 안 되지. 여자는 현명해야 해. 사람은 괜찮지?

"네. 유쾌한 사람이던데요."

— 그렇다니까! 내가 공무원이라는 말에 혹해서 만나 보라고 다그쳤던 게 아냐. 집안이 좋아. 진국 중의 진국이야. 내가 괜히 만나라고 난리를 쳤겠냐. 누누이 말하지만 자식이 잘못되기를 바라는 부모 없다. 다 자식이 잘되라고 하는 거야.

"그런데 아버지. 혹시…… 지철 씨 직업이 뭔지 아세요?"

— 뭐긴 뭐야? 공무원이지. 거, 공무원이 별로라는 거 다 옛말이다. 이제는 공무원이 최고야! 노후 보장되지, 연금 나오지. 물론 박봉이긴 하지만 여자도 맞벌이하면서 벌면 충분히 살아!

"네."

역시 아버지는 지철의 정확한 직업에 대해서 모르고 있다. 만일 지철이 검사인 것을 알게 되면? 그때는 무슨 수를 써서라도 자신과 지철을 결혼시키려고 할 것이다. 설아는 멍한 눈동자로 도착하는 지하철을 탔다. 퇴근 시간과 겹쳐서인지 지하철은 혼잡의 극치였다. 사람들로 부대끼는 지하철에서 설아는 지철을 떠올렸다.

좋은 사람이다. 유쾌한 성격에 허세도 없다. 게다가 자신에 비해서 월등히 좋은 조건을 가지고 있다. 월등히가 아니라 비교할 수 없을 정도로 좋은 조건이라고 해야 옳겠지만. 또 지철의 집안 역시 아들의 직업을 자랑하지 않는 성품의 사람들이다. 시집살이가 많이 없어졌다지만 그래도 아들부심이 대단한 한국에서 보기 드문 부모임이 확실하다.

지하철 문이 열리고 사람들이 내리고 올라탈 때마다 몸은 이리저리 밀려 갔다. 설아는 밀려드는 사람들 사이로 기계적으로 움직였다. 아버지가 강조하지 않아도 지철이 좋은 사람이라는 것을 안다. 그러나 호감 이상의 감정은 들지 않았다.

지금까지 설아에게 있어서 하재는 하나의 이정표였다. 접근하는 어떤 남자도 하재보다 예의 바르지 않았고 하재보다 성실하지 않았고 하재보다 멋지지 않았다.

하재를 떠올리자 또다시 가슴 한구석이 묵직해졌다. 코끝이 시큰해진다.

하재는 태어나서 처음 가진 친구이자 동지였다.

비록 떨리듯이 스쳐 지나간 입맞춤이 전부였지만, 그때의 입맞춤이 그들이 할 수 있는 전부이기도 했다. 그 이후 하재만큼 마음을 떨리게 하는 남자를 만난 적 없다. 비록 제하라고 할지라도, 하재만큼은 아니다. 그 누구도 하재를 대신할 수 없을 것이다.

하재를 남자로 사랑했냐고 묻는다면 그건 아니다.

하재는 그냥 하재니까.

얼마 전까지는 하재를 떠올리면 그리워서 눈물이 났다. 그러나 이제는 혼자만 하재를 그리워하는 것 같아서 화가 난다. 이미 새로운 생활에 적응해 버린 하재에게 있어서 그들이 함께 했던 시간은 그저 알싸한 추억의 한 페이지에 불과한 걸까?

이 모든 그리움과 가슴을 가득 메운 슬픔은 혼자만의 것이 된 걸까.

하재가 자신을 잊었다는 걸 인정해야 할까? 그들의 시간은 철부지 시간에 불과한데. 혼자만 그 시간들에 의미를 두고 기다리고 있는 중이다.

지금 와서 되돌아 생각해 보면. 그건…….

아냐. 이러지 말자, 유설아. 하재와의 시간은 1분 1초가 소중했다. 하재도 그 시간들을 잊어버린 건 아닐 거다. 사정이 있을 것이다. 어쩌면 그 끔찍한 엄마에게 붙잡혀 있을지도 모르고.

고개를 들어 올린 설아는 깊이 숨을 들이마셨다.

지금 해야 할 것은 결정이다.

하재를 추억으로 두고 앞을 향해서 걸어 나갈 것인가.

아니면 여전히 하재와의 시간을 미래에까지 연결시켜서 홀로 기다릴 것인가.

모르겠다. 머리가 너무 복잡해서 결정 내릴 수가 없다. 답답한 가슴을 손으로 살며시 두드리던 설아는 창문으로 스치는 역의 이름을 읽었다. 연신내 역이라는 글자를 발견하는 순간 지하철을 잘못 탔음을 깨달았다. 이런 바보! 제하의 집이 아니라 그전에 살던 집으로 가는 지하철을 탔다. 서둘러서 내렸지만 되돌아가려면 꽤 시간이 걸릴 것 같다. 오늘 번역해야 할 것도 많은데 이런 데서 시간을 낭비하다니!

발바닥이 화끈거린다. 신발 굽은 5센티미터에 불과했지만 서둘러서 걷다 보니 발이 심하게 아파 왔다. 게다가 엎친 데 덮친 격으로 지하철에서 제하의 집까지는 전반적으로 오르막길이었다. 걸어도 걸어도 끝이 보이지 않았다. 게다가 사고로 불편한 다리는 오늘따라 더 말을 듣지 않았다.

아픈 다리를 질질 끌면서 집에 도착한 시간은 10시였다. 초인종을 눌렀지만 안에서는 아무런 대답이 없었다. 불 꺼진 집 안에 사람의 흔적은 보이지 않았다. 당연히 영순은 퇴근했겠지만 제하까지 없을 줄 몰랐다. 잠시 고민하던 설아는 휴대전화를 들었다. 하지만 오늘 헤어질 때 제하의 말과 행동이 마음에 걸려서 선뜻 전화를 걸기가 힘들었다. 잠시 고민하던 설아는 마침내 결심을 하고 제하에게 전화를 걸었다. 그러나 제하는 전화를 받지 않았다.

전화가 요란하게 울렸지만 제하는 손끝 하나 움직이지 않았다. 어두운 방 안에서 제하의 시선은 현관문에 설치된 CCTV와 연결된 모니터를 향해 있었다.

오랫동안 궁금했었다. 만일 다시 만나게 되면 어떤 얼굴을 하게 될지.

보자마자 욕설을 내뱉으면서 저주를 퍼부을 것인지. 아니면 전혀 모르는 타인으로 대할 것인지.

지독한 감정의 찌꺼기 속에서 허우적거린 지, 13년의 세월이 지났다. 그 세월 동안 얼마나 증오하고 원망하며 미워했던가. 차갑고 어두운 그곳에서 매일 다짐했다. 하루가 시작할 때마다, 하루가 끝날 때마다, 매 시간, 1분 1초마다 설아의 이름을 외웠고 저주했었다.

그가 당한 것을 고스란히 되갚아 주리라 맹세했다.

시끄럽게 울리던 전화가 끊어졌다. 그러나 제하는 모니터에서 시선을 돌리지 않았다. 이제 더 이상 설아와 자신이 어떤 얼굴로 마주하게 될지에 대해서 궁금하지 않다. 철저한 타인으로 대했으니까. 대신 다른 것이 궁금해졌다.

어디까지 버틸 수 있을까.

서하재로 살았던, 지독하게 외로워서 외로운 줄도 몰랐던 그 시절. 삶에서 유일한 빛은, 설아 단 한 명이었다.

지금까지도 설아를 처음 만났을 때의 충격을 기억한다. 어릴 때부터 삶이 친절하지 않았기에 늘 고개를 숙이고 살았었다. 어제도 오늘과 다르지 않고 내일도 오늘과 다르지 않을, 그런 우중충한 날들이 계속되었다. 그런 날들 중 하루, 교실로 들어오는 설아를 보는 순간 하재는 눈을 뗄 수 없었다.

설아는 단순히 예쁘장한 소녀가 아니라 치명적일 정도의 아름다움을 지니고 있는 존재였다. 그러나 그를 제외한 사람들 중에서 그 사실을 이해하는 이는 없었다. 어쩌면 그때는 어렸기 때문에 설아의 아름다움을 무심히 넘길 수 있었을지도 모른다. 너무나도 강력해서 오히려 사람들에게 거부감을 느끼게 만드는 아름다움은 그리 쉬이 만날 수 있는 것이 아니다.

제하는 모니터 화면에 보이는 설아의 얼굴선을 천천히 어루만졌다.

지금도 설아는 여전히 아름답다.

집 앞 대문에서 초조하게 주위를 둘러보고 있지만 그런 상황에서조차 타인을 유혹할 만큼.

풍부하고 감성적인 검은 눈동자, 새하얀 피부, 검고 긴 머리카락. 디즈니의 애니메이션에 나오는 백설 공주가 아니라, 칠흑처럼 검은 머리카락과 눈처럼 하얀 피부 그리고 핏빛보다 더 붉은 입술을 가진 동화 속의 백설 공주.

설아. 13년 동안 계속 궁금했었어. 치명적인 아름다움만큼이나 차디찬 심장을 가진 너는 나를 배신했고 나를 버렸고 나를 죽였지. 그 대가로 네가 얻은 것은 무엇일까?

아니, 질문이 틀렸다. 마침내 반격의 시간이 왔는데도 불구하고 이런 곳에 틀어박혀서 남몰래 설아의 얼굴이나 훔쳐보고 있는 자기 자신에 대한 질문을 해야 한다. 도대체 이런 곳에서 뭘 하고 있는 걸까? 드디어 상대방의 목숨을 끊어 버릴 수 있는 기회가 왔다. 그러니 파멸로 이끌어야 한다.

그런데 아무것도 하지 않고 있다. 설아를 훔쳐보면서 사라져 버린 낙원의 기억을 그리워할 뿐이다. 또 휴대전화가 울린다. 벌써 네 번째다. 두 시간 동안 네 번의 전화.

그러나 제하는 꼼짝도 하지 않은 채 모니터만 바라봤다.

말해 줘. 단 한 번이라도 나를 기다린 적 있었어? 너도 나처럼 재회를 기다렸을까? 아니, 너는 아니겠지. 너는 나를 버렸으니까.

끊어졌던 휴대전화가 다시 울리기 시작했다. 설아가 아니라 비서의 전화였다. 여전히 모니터에 시선을 고정한 채, 제하는 전화를 받았다.

— 이사님. 알아냈습니다.

"누구야?"

— 서울 지검의 송지철 검사였습니다.

"송지철 검사?"

— 네. 자세한 프로필과 사진은 메일로 보내겠습니다.

"알았어."

전화를 끊은 제하는 주먹을 꽉 쥐었다. 주먹이 부들부들 떨린다. 무엇을 바란 걸까? 설아가 민제하를 사랑하기를 바랐던 걸까? 서하재를 잊어버리고? 아니, 그런 미래를 바라지는 않았다. 그렇다고 다른 남자를 사랑하기를 바란 것도 아니다.

제하는 책상 위에 놓여 있던 휴대전화를 집어 던졌다. 요란한 소리를 내면서 박살 나는 휴대전화를 봐도 마음이 풀리지 않는다.

"왜!"

왜! 왜 너는 나를 팔아넘긴 거지? 왜 너는 피해자인 척하는 거지? 왜 너는 지금까지 나를 기다리는 척하는 거지? 왜 다른 남자를 만나는 거야!

온몸이 터져라 외쳐도 돌아오는 것은 차디찬 적막이다. 어떠한 답도 들을 수 없었다. 한참 동안 그 자리에 선 채로 창밖을 바라보던 제하는 몸을 돌렸다. 술이 필요하다. 예전에는 한 모금만 마셔도 그대로 쓰러졌는데 이제는 술을 마시지 않으면 잠을 이룰 수 없는 날들이 늘어나고 있다. 물도 섞지 않은 채, 스트레이트로 위스키를 잔에 따른 제하는 다시 모니터를 바라봤다.

그때였다. 설아가 고개를 돌렸다.

정확히 카메라가 있는 방향으로. 카메라의 존재를 알아차린 것이 아니라 단순히 목이 아파서 고개를 뒤로 젖힌 행동에 불과했지만, 찰나의 순간 제하는 모니터 속의 설아와 눈이 마주쳤다.

화질이 나쁜 CCTV였지만 선명한 검은 눈동자와 마주치자 알아차렸다.

아아, 그는 질 것이다.

13년에 걸쳐서 쌓아 올렸던 증오의 성이 무너져 내리는 소리가 들렸다. 또다시 13년이 흐를지라도, 아니 백 년의 세월이 흐를지라도. 여전히 그는 패자일 것이다.

그래. 유설아, 네가 이겼다. 이번에도 네가 이겼다.

제하는 크게 숨을 들이마셨다.

나는 너를 사랑한다. 배신당하고 버림받아서 만신창이가 된 그 순간에서조차 너를 사랑했었고 마침내 너를 파멸시킬 수 있는 기회가 왔는데도…… 아무것도 할 수 없어. 증오의 성은 무너졌고 나는 늘 그렇듯이 네가 내미는 붉은 독 사과를 먹겠지.

12시가 넘었다. 전화를 걸어도 답이 없다. 혹시 제하는 전화를 받을 수 없는 밖에 있는 게 아닐까? 내일 영순이 올 때까지 이대로 기다려야 하나? 아프다 못해서 터져 나갈 것 같은 신발을 벗어 던진 지 오래다. 제하와의 통화를 포기한 설아는 자리에 주저앉아서 어두운 밤하늘을 올려다봤다.

별은 보이지 않지만 하늘을 올려다보는 건 항상 기분이 좋다. 그나마 카디건을 가지고 와서 다행이다. 약간 쌀쌀해진 밤 공기에 카디건을 걸치던 설아는 대문 안쪽에서 들리는 인기척에 고개를 돌렸다.

제하였다.

"집에 계셨어요?"

답이 없다. 대문을 열어 주는 제하의 얼굴은 창백했다.

"아…….."

잔뜩 쉰 목소리. 대문의 센서 등 아래에 보이는 제하의 얼굴은 땀투성이였다. 그런 제하를 보자 방금 전까지의 온갖 감정들이 눈 녹듯이 사르르 사라졌다.

"어디 아파요?"

설아가 걱정스러운 목소리로 다가가자, 제하는 그만큼 뒤로 물러났다.

"죄송합니다. 몸이 안 좋아서……."

"약을 사 올까요?"

"약…… 약……국은 이미 문 닫았을 거고……. 그…… 그리고……."

마치 홀린 듯이 제하가 말을 더듬었다. 순간 제하의 얼굴 위로 뺨을 붉힌 하재의 얼굴이 겹쳐졌다. 말을 더듬던 제하는 이마 위로 흐트러진 머리카락을 넘기면서 숨을 가다듬었다.

"약을 먹을 정도는 아닙니다."

제하는 아무것도 아니라고 했지만 설아는 꼼짝도 하지 않은 채 가만히 서 있었다.

벌써 세 번째다.

제하에게서 하재를 느낀 것은.

설아는 제하의 얼굴을 뚫어져라 바라봤다. 얼토당토않은 생각이라는 것은 잘 알고 있다. 결코 있을 수도 없는, 말도 안 되는 일이다. 그런데 왜 이다지도 하재의 존재가 강하게 느껴지는 것일까?

"그냥 몸이 좀 안 좋아서……. 그런데 많이…… 기다리신 겁니까?"

"……."

"설아 씨?"

"아…… 아뇨."

설아는 고개를 저었다.

"금방…… 왔어요."

"그렇군요. 저는 이만."

몸을 돌린 제하는 비틀거리면서 갤러리 쪽으로 걸어갔다. 힘이 하나도 없어 보이는 제하의 등을 보자 영순의 말이 떠올랐다. 갤러리 쪽은 사람이 살 만한 공간이 없다는 말.

"제하 씨! 오늘은 원래 방에서 주무세요. 저 때문에 괜히 불편한 곳에서 지내실 필요 없어요."

"……왜……."

깊은 목소리. 잔뜩 쉰 듯한 목소리가 울먹이면서 묻는다. 한마디에 불과한 질문에 너무나도 많은 의문이 담겨져 있다. 왜?

그러나 그 뜻을 알 수 없는 설아는 제하의 이름을 되뇌었다.

"제……하 씨?"

"아닙니다."

다시 들린 제하의 목소리는 평소와 똑같았다. 딱딱하고 정중한 제하의 말투, 그대로였다.

"괜찮습니다. 주무세요."

제하는 그대로 몸을 돌려 갤러리 쪽으로 걸어갔다. 이상한 일이지만 제하의 모습 뒤로 커다랗고 허름한 티셔츠를 입은 하재의 모습이 겹쳐졌다.

밤새 잠을 이루지 못했다. 뭔가가 계속 어른거리는데 그게 뭔지 알 수가 없다. 계속 뒤척이다가 선잠에 빠진 설아는 악몽을 꿨다. 끝없이 이어진 회색 안개. 아무리 헤매도 길을 찾을 수 없다. 뭘 찾는지도 모르는 채 계속 돌아다니기만 했다.

눈을 떠 보니 7시였다. 겨우 네 시간 정도 잔 셈이다. 눈이 뻑뻑하고 몸 여기저기가 아프다. 겨우 정신을 차려서 씻은 설아는 일부러 천천히 머리카락을 말렸다. 아직 15분 정도 더 있어야 이 집에는 제하와 자신 외에 다른 사람이 존재하게 된다. 제하는 당연히 갤러리에 있겠지만 그래도 영순이 집에 같이 있어야 안심이 될 것 같다.

제하가 불편하다. 무례하게 구는 것도 아닌데 거북한 마음이 점점 커지고 있다. 머리를 다 말리고 난 뒤에야 설아는 주방으로 향했다. 주방에서는 영순이 부산하게 움직이고 있었다.

"일어났어요?"

"아침 도와드릴까요?"

"아유. 됐어요, 됐어. 이게 내 직업인데 다른 사람을 시키면 안 되지. 그보다 어제 회덮밥을 못 드셔서 어떻게 해요? 이사님은 잘 드셨는데."

"네?"

어제 제하가 회덮밥을 먹었다는 말에 설아는 민감하게 반응했다. 그런 설아의 반응을 알아차리지 못한 영순은 자신의 음식 솜씨를 자랑하면서 말했다.

"원래 이사님이 회덮밥을 좋아해요. 같이 먹었으면 좋았을 건데. 이사님도 꽤 기다리다가 먹었거든."

"……오래 기다렸나요?"

"뭐…… 아주 오래 기다리지는 않았지만. 그래도 다음에는 같이 먹어요. 사실 어제는 이사님이 계속 기다려서, 내가 좀 민망했거든."

"……몸이 아프거나 하진 않았어요?"

"누구?"

누구라고 묻는 영순의 얼굴에서 어제저녁까지 제하의 몸이 괜찮았다는 것을 알 수 있었다. 그렇다면 밤에 급격히 나빠졌다는 건데. 아니, 그보다 제하가 같이 밥을 먹으려고 자신을 기다렸다는 사실이 마음 쓰였다. 게다가 자신이 전화를 걸었던 시간 내내, 제하가 집 안에 있었다는 사실도.

설아가 다른 생각에 빠져 있는 동안 영순은 수다를 떨면서 바삐 손을 움직였다.

"오늘은 메추리알간장조림하고 멸치볶음을 좀 만들려고. 매끼 새 반찬을 만들어도 밑반찬이 있어야지. 한 상을 푸짐하게 차려 놓고 먹어야 먹는 기분도 들고. 멸치를 어떻게 먹는 걸 좋아해요? 간장졸임? 아니면 고추장?"

"고추장이 좋아요."

"그렇지! 멸치는 고추장이지. 바삭바삭하게 튀겨서 고추장에 졸여야 제맛이지. 참, 아까 보니까 이사님이 헬스장에서 운동하고 있는 거 같던데. 아침 같이 먹자고 전해 줄래요?"

"네?"

어제 그렇게 몸이 안 좋았는데 아침부터 운동 중이라고?

"원래 이사님은 하루도 안 빼 놓고 운동하는 사람인데, 최근에는 너무 쉰다 싶었어. 나야 숨쉬기 운동이 전부이지만. 아, 헬스장은 저기 저쪽으로 가서 오른쪽이야. 알죠?"

알고 있다. 헬스장의 위치는 잘 알고 있다. 하지만 가고 싶지 않다. 설아의 미적거림을 알아차리지 못한 영순은 계속 수다를 늘어놓았다.

"그나저나 최근 이사님이 내 밥을 너무 오랫동안 안 드셨어. 사람은 밥심으로 사는 건데. 운동이고 뭐고 다 소용없어요. 밥이 보약이야."

영순은 아침부터 제하에게 자신의 밥을 먹일 생각에 신이 난 상태였다. 그런 영순에게 차마 제하를 부르러 가기 싫다는 말을 할 수 없었다. 어쩔 수 없이 설아는 헬스장으로 향했다.

발걸음이 무겁다. 애초에 공간을 잘못 나눴다. 처음부터 제하가 이 집을 쓰고 자신이 갤러리 쪽에서 살면 되는 건데. 갤러리에 비싼 그림이 많아서 타인인 자신을 믿을 수 없다고 하면 이사를 오지 않겠다고 말하는 건데. 아니, 애초에 이사를 온 것부터가 실수였다. 왜 조금 더 신중하게 생각하지 못했던 걸까? 성급하고 어리석은 결정으로 고생한 적이 한두 번이던가. 그 실수로부터 배웠다고 생각했는데 또다시 실수를 저질렀다.

복도를 돈 설아는 불투명한 유리와 투명한 유리를 교차해서 벽처럼 꾸민 헬스장과 마주했다. 헬스장 안에서는 검은 민소매 티셔츠를 입은 제하가 등을 돌린 채, 아령을 들고 있었다. 아령을 잡느라 쭉 뻗은 팔의 근육에 힘이 들어갔다. 힘을 줄 때마다 성난 핏줄이 투둑거리며 일어난다.

잔근육 하나하나까지 살아 있는 남자의 팔. 그 순간 귓가에서 속삭이는 목소리가 들렸다.

거울아, 거울아.

세상에서 가장 아름다운 이는 누구?

"조심해야 합니다."

제하는 다시 한번 말했다.

"나에게는 엄청나게 중요한 분이니까."

그 말과 함께 높은 철문이 열렸다. 문이 열리자 안에서 검은 양복을 입은 경호원들이 우르르 나왔다. 차에 탄 사람이 제하임을 확인한 경호원들은 인사를 한 뒤 뒤로 물러났다.

"오늘 모임에는 적들밖에 없어요. 그러니 꼬투리를 잡히지 말아요. 그리고 민 회장님에게는 최대한 정중하고 예의 바르게, 다른 사람들에게는 최대한 짜증 나게. 할 수 있겠어요?"

"노력해 볼게요."

설아의 말에 제하는 고개를 저었다.

"오늘은 노력한다는 말로는 부족해요. 확실하게 해야 합니다."

"알겠어요. 걱정하지 말아요."

몇 번이나 당부를 하고 난 뒤에야 제하는 겨우 안심한 얼굴이 되었다. 차가 주차장에 서자 설아는 차 문손잡이를 잡았다. 그러자 제하가 팔을 뻗어서 말렸다.

"아까 말했을 텐데요. 오늘은 모든 면에서 조심해 달라고."

"……?"

"그러니 내가 차 문을 열어 줄 때까지 기다려요."

"제하 씨가 차 문을 열어 줄 때까지 기다리는 게, 모든 면에서 조심하는 건가요?"

"아뇨."

아니라는 말과 함께 차에서 내린 제하는 설아의 차 문을 열었다.

"그냥 내가 차 문을 열어 주고 싶어서."

정말 종잡을 수 없는 사람이다. 민제하를 알면 알수록 느끼는 것이지만, 가늠할 수가 없다. 이쪽인가 싶으면 저쪽에 있고, 저쪽인가 싶으면 어느새 하늘을 날고 있다.

"자, 가죠."

설아는 제하가 내미는 손을 잡았다. 따뜻하다. 제하의 손은 그 어느 때보다도 부드러웠다. 며칠 전 있었던 서걱거림은 거짓인 것 같은 부드러움이었다.

넓은 정원에 자리 잡은 3층집은 저택이라고 해도 믿을 정도로 크고 웅장했다. 계단이 없는 완만한 경사 길을 올라가던 설아는 주걱턱을 가진 남자와 만났다. 호리호리한 몸매의 남자는 제하를 보자마자 인상을 찡그렸다.

"민제하. 네가 오늘 올 줄은 몰랐는데."

"왜 몰랐을까? 틀림없이 내 식사까지 준비되어 있을 텐데."

"눈치 없이 가족끼리의 만남에 끼어들지 않을 거라고 생각했기 때문이겠지."

"가족이라서 온 거야, 조카. 그나저나 삼촌에게 반말을 하는 버릇은 여전하구나. 예의 없는 짓거리라고 말했을 텐데."

"짓거리?"

제민이 한 발 앞으로 다가왔다.

"짓거리는 네가 한 거지. 너는 서울의 클럽, 나는 제로스 호텔. 그게 약속이었잖아!"

"그건 제로스가 3년 연속 적자를 보기 전의 이야기지. 관광지의 노른자에 있는 호텔이 적자를 보는 이유를 이사회에서는 궁금해하고 있어."

"이사회? 지금 이사회라고 했어? 네가 뒤에서 손쓰고 있는 이사회가 궁금해한다고 내가 눈 하나 깜짝할 거 같아?"

"깜짝하지 않아도 지금의 방만한 경영과 적폐를 해소해야지."

"방만한 경영? 네놈이 아직 정신을 차리지 못한 것 같은데."

"네놈이 아니라 삼촌이겠지."

제하의 지적에 제민의 얼굴이 험상궂어졌다.

"할아버지께서……."

"그래. 네 할아버지께서, 내 의부께서 나를 내치시면 우리는 남남이 되겠지. 하지만 그전까지는 깍듯이 존대해. 그게 예의야."

"그렇게까지 존댓말이 듣고 싶으시다면 삼촌이라고 불러 드리지. 삼촌, 이번에 결혼한다는 말을 들었는데 설마 이게 그 여자는 아니겠지?"

"언제나 설마가 사실이 되는 법이지. 그리고."

제민에게 한 발 더 가까이 다가간 제하는 거칠게 으르렁거렸다. 단순한 연극이 아니라 진심으로 제민에게 화가 난 어조였다.

"내 사람에게 함부로 대하지 마. 후회하게 될 테니까."

"역시 할아버지가 없는 곳에서는 성격을 드러내는구나. 하긴 감옥을 뒹굴던 놈이 올바를 리가 없지."

감옥? 제하를 뒤따라가던 설아는 감옥이라는 말에 두 눈을 동그랗게 떴다. 감옥이라니? 제하가 감옥에 있었다고? 감옥이라는 말을 듣자마자 제하가 지금까지와는 사뭇 다르게 느껴졌다. 그런 설아의 변모를 느꼈는지 제하가 뒤돌아봤다. 시선을 마주하지 못하고 고개를 옆으로 돌리는 설아를 본 제하는 상처 입은 눈이 되었다. 그러나 그것도 잠깐. 이내 평정을 되찾은 제하는 제민에게 반격을 가했다.

"네 말대로라면 아버님도 감옥에 갔으니 올바를 리 없다는 건가? 내가 아버님을 만난 곳이 어딘지 모르는 것도 아닐 테고."

"……."

"걱정하지 마. 내가 유성그룹을 가지게 되면 너는 감옥에 갔다 온 나에게 아양 떨게 될 테니까. 본래 돈이라는 게 그런 능력이 있거든."

독설로 제민의 입을 틀어막은 제하가 몸을 빙글 돌렸다. 설아에게 손을 뻗은 제하는 조금 화난 어조로 말했다.

"자, 가죠."

차가운 제하의 손을 잡은 순간, 예전에 제하가 했던 말이 떠올랐다. 군대가 아닌 다른 곳에서 규칙을 배웠다던 말. 그곳이 감옥일 줄은 몰랐다. 두 눈 가득 분노를 띠고 있는 제민을 지나서 설아와 제하는 저택 안으로 들어섰다. 현관에서 기다리고 있던 비서가 정중한 얼굴로 맞이했다.

"어서 오십시오. 지금 다들 거실에 계십니다."

"아버님은?"

"회장님도 거실에 계십니다. 오셨다고 말씀드리겠습니다."

비서가 거실로 향했다. 신발을 벗은 설아는 옷매무새를 바로 했다. 그사이 옆에 서 있던 제하가 작은 목소리로 말했다.

"놀랐습니까?"

"……네?"

"내가 감옥에 있었다는 이야기."

"네."

한 치의 망설임도 없이 답했다. 그동안 제하와 지내면서 배운 것이 있다면 솔직한 게 정답이라는 점이다. 제하가 계획하고 있는 거대한 음모의 소용돌이에서 자신이 할 수 있는 것은 없다. 동시에 이 소용돌이에서 유일하게 의지할 수 있는 사람은, 아이러니하게도 자신을 이곳으로 끌어들인 제하밖에 없다.

"죄명이 뭔지 알려 드릴까요?"

"폭행?"

"폭행? 설아 씨에게 있어서 나와 어울리는 범죄가 폭행이었나 보군요."

"그럼?"

설아의 질문에 제하가 답하기 전에 거실 쪽에서 휠체어를 탄

노인이 다가왔다. 할아버지라고 하기에는 지나칠 정도로 날카로운 눈을 가지고 있는 노인은 제하를 보자마자 자리에서 벌떡 일어났다.

"제하, 이놈. 이게 몇 달 만이냐!"

"회장님!"

"회장님은 무슨."

노인은 인사하는 제하의 등을 가볍게 두드렸다.

"아비를 회장이라고 부르는 아들놈이 어디 있냐?"

아버지? 이 사람이 그 민수호? 제하의 의부? 예상과 다른 모습과 광경에 설아는 잠시 주춤거렸다. 제하와 의부의 사이가 이렇게 좋을 줄 몰랐다.

"그런데 여기는 누구?"

노인이 설아를 가리키자 제하가 답했다.

"제 약혼녀입니다."

"약혼녀?"

제하의 말에 노인은 두 눈을 가늘게 뜬 채 설아를 바라봤다. 위아래로 설아를 찬찬히 훑어보던 노인이 빙그레 웃으면서 손을 내밀었다.

"민수호라고 하오."

"아…… 안녕하세요."

"삼촌, 오셨어요?"

제민이었다. 아까 만나서 서로 독설을 퍼부었는데도 제민은 오늘 처음 만나는 척 굴고 있었다. 수호 옆에 제민이 나란히 서자, 두 사람이 혈육임이 여실히 드러났다. 제민은 민수호와 얼굴이 똑같았다. 수호보다 50년 정도 젊어 보이는 얼굴을 가진 제민은 제하에게 깍듯이 악수를 청했다.

"이제야 삼촌 얼굴을 제대로 보는군요. 할아버지 칠순 때 그렇게 사라지시는 게 어디 있어요?"

"그러게 말이다. 간만에 네 얼굴을 보는구나 싶어서 기다렸는데, 인사도 없이 휙 떠나다니."

"일이 그렇게 되었습니다."

"그런데 여긴?"

제민이 설아를 바라봤다. 제민의 연기력이 얼마나 뛰어난지, 상이라도 주고 싶어졌다. 그러나 그런 사실을 지적하는 대신 설아는 여성스러운 미소를 지으며 제민에게 인사했다.

"안녕하세요. 유설아라고 합니다. 제하 씨의 약혼녀예요."

"와. 삼촌, 축하드려요. 그나저나 가족도 모르는 약혼녀가 있을 줄은 몰랐네요. 보통 약혼녀는 가족에게 결혼을 허락받은 뒤에야 성립하는 게 아닌가요? 이렇게 본인이 스스로를 약혼녀라고 하는 경우도 있군요."

가시가 돋친 말에도 불구하고 설아는 방실거리며 웃었다.

"맞네. 어쩜 좋아요? 제하 씨, 내가 또 실수를 했어요."

설아는 환하게 웃었다. 그동안 삶의 경험에서 터득한 진리가 몇 가지 있는데, 그중 하나는 미인에게는 모두가 약하다는 점이다. 두 번째는 머리가 멍청한 미인에게 사람들은 매우 너그럽다는 점이다.

"아버님, 조카님. 제가 실수를 해도 너그러이 봐주세요. 저도 똑똑하게 태어나고 싶었는데 어머니께서 그냥 얼굴만 예쁘게 만들어 주셨지 뭐예요."

"허허."

설아의 말에 수호는 웃음을 지었고 제민은 짜증을 드러냈다.

"얼굴이 그렇게 예쁘니까 어머님이 성공적으로 자식을 만드셨군. 자, 다들 들어가자. 오늘 서 여사가 소고깃국을 아주 맛있게 끓었어."

자리에 앉은 수호가 휠체어를 돌리자 제민이 서둘러서 그 뒤를 따라갔다. 뒤에 남은 제하는 설아의 손을 꼭 쥐었다. 그러고는 귓가에 속삭였다.

"잘했어요."

제하의 칭찬을 받자 기분이 좋아졌다. 이곳이 적지라고 할지라도 제하가 있는 이상 이길 수 있을 것이다. 그런 확신은 커다란 식탁에 앉아 있는 아영을 발견하기 전까지 계속되었다.

처음 보는 남자 두 명 사이에 앉아 있던 아영은 설아가 들어오자 노골적으로 불쾌한 얼굴이 되었다. 아영의 옆에 있던 남자들 역시 못마땅한 얼굴이 되었다. 남자 중 한 명은 나이가 지긋이 든 중년이었고 다른 남자는 설아와 비슷한 나이였다. 노련한 인상을 가진 중년 남자가 자리에서 일어났다.

"민 이사, 오랜만이군. 얼마 만이지?"

"한 4개월쯤 된 것 같습니다, 지진태 의원님."

지 의원에게 다가간 제하는 깍듯이 인사했다.

"지 의원님께서는 그동안 별고 없으셨습니까?"

"나야, 무슨 일이 생길 게 있겠나. 국민을 생각하지도 않고 자기네들 이익을 위해서 아귀다툼을 하는 놈들과 싸우느라 정신없지. 늘 그래."

"그래도 지 의원님 같은 분이 계시니까 대한민국이 제대로 돌아가는 거지요. 이번에 원내 대표에 나서신다는 소문은 들었습니다."

"원내 대표는 무슨. 아직 시기상조지, 시기상조야. 그저 사람들이 우 하니 떠받드는 것뿐이니 너무 관심 두지 말게."

별거 아니라는 식으로 말했지만 원내 대표를 거론하는 지 의원의 얼굴에는 웃음꽃이 만발했다. 동시에 지 의원은 연신 자신이 대단하다는 사실을 수호에게 강조하려고 노력했다. 지 의원이 겸손을 가장한 자기 자랑을 펼치는 동안 설아는 아영의 옆에 있는 남자의 얼굴을 남몰래 살폈다.

어딘지 모르게 익숙한 얼굴이다. 어디서 봤더라? 느낌이 좋은 사람은 아니다. 설아가 상대방을 몰래 살피고 있는 것만큼이나, 상대방도 다른 이들을 흘깃거리며 바라봤다. 그 모습은 쥐구멍에서 고개를 내미는 쥐를 떠올리게 했다. 설아가 옆의 남자를 보고 있다는 사실을 알아차린 아영이 고개를 살짝 젖히면서 인사를 했다.

"어머, 같이 오셨네. 안녕하세요."

"안녕하세요, 아영 씨."

설아는 최대한 발랄한 어조로 인사했다.

"자, 자, 이제 인사는 그만하고 자리에 앉자. 밥부터 먹어야지."

수호가 한마디 하자, 사람들은 자리에 앉았다. 정갈한 음식들이 준비되었지만 입맛이 없다. 그러나 나이 든 사람들은 음식을 맛있게 먹는 사람을 좋아하는 법이다. 아영이 음식을 깨작거리는 것을 본 설아는 최대한 맛있게 음식을 먹기 시작했다.

"음식이 입에 맞나?"

"네. 다 맛있어요."

수호의 질문에 설아는 환하게 웃었다.

"설아 양의 입에 맞는다니 다행이군. 우리 집 서 여사가 좋아하겠어."

"설아?"

아영의 옆에서 아무 말 없던 남자가 설아의 이름에 반응했다. 그 순간 제하가 날카로운 시선으로 그 남자를 노려봤다. 아니, 노려봤다고 설아가 생각했을 뿐이다. 제하는 웃으면서 남자에게 말을 건네고 있었다.

"아, 우리 설아와 지 회계사는 처음 만나는군요. 이쪽은 저와 곧 결혼할 유설아입니다. 그리고 저쪽은 아영 씨의 오빠인 지준표."

지준표? 준표의 이름을 들은 설아는 눈썹을 찡그렸다. 어디선가 들은 이름이다. 또 어디선가 본 얼굴이기도 하다.

"지 회계사는 뛰어난 실력자야. 나중에 사업하고 싶으면 소개해 줄게."

제하의 은근한 목소리. 목소리는 부드럽고 상대방의 실력을 칭찬하는 말투지만 알 수 있었다. 제하는 지준표를 매우 싫어한다. 혐오하고 있다는 것이 더 정확한 표현일 것이다. 설아는 수호 쪽으로 몸을 살짝 숙였다.

"아버님. 아버님이 보시기엔 제가 사업할 사람으로 보이세요?"

"허허."

수호는 살갑게 구는 설아가 싫지 않은지 웃기만 했다.

"어때? 사업을 해 보고 싶으냐? 어떤 일이 좋으냐? 말해 보렴."

"글쎄요. 생각해 본 적이 없는데."

"일단은 가볍게 시작하는 게 좋겠지."

수호가 설아에게 관심을 보이자 지 의원이 끼어들었다. 혹시라도 수호가 설아에게 사업체를 넘길까 싶어서 조바심이 나는 얼굴이었다.

"아직 젊어 보이는데, 왜 사서 고생을 하려고 하는지 모르겠군. 사업이라는 게 겉보기만 그럴싸하지, 고생길이야."

"젊을 때 고생은 사서 한다는 말도 있잖습니까."

제하가 말하자 지 의원의 얼굴이 살짝 구겨졌다. 그러나 지 의원은 이내 허허거리며 웃었다.

"아무리 고생을 사서 한다지만 젊고 예쁜 아가씨가 굳이 그런 고생을 할 필요는 없는 법이지."

"아버님. 그러면 제가 고생할 필요가 없는 사업체를……."

고생할 필요가 없는 사업체를 달라고 말하려던 설아는 저도 모르게 큰 소리를 냈다. 이제야 준표를 어디서 봤는지 기억났다.

"지……준표? 성진고등학교?"

설아가 성진고등학교라는 말을 꺼내자 준표는 뜨거운 불에라도 닿은 것처럼 꿈틀거렸다. 준표의 당혹감을 알아차리지 못한 아영은 입술을 삐죽이 내밀었다.

"뭐야? 오빠, 아는 사이였어?"

"응?"

준표의 입에서 지나치게 높은 목소리가 나왔다. 끝이 갈라진 목소리는 그가 설아를 알고 있다는 사실에 대한 고백이었다.

"두 분, 아는 사이였습니까?"

찰칵. 덫이 닫히는 소리가 들린다. 이유는 알 수 없지만 오늘 제하가 노리고 있는 진짜 상대는 준표다. 그리고 방금 제하는 준표가 들어온 함정의 덫을 닫았다. 제하의 질문에 준표는 크게 당황했다. 어찌나 당황해하는지, 그 모습을 보고 있자니 자신의 존재가 준표에게 있어서 엄청난 약점이라는 느낌마저 들었다.

"아…… 아니……. 그…… 그게 아니라."

"자네는 왜 그리 놀라나? 설아 양에게 무슨 죄라도 지었나?"

"죄라니요!"

수호의 질문에 지 의원이 나섰다. 수호는 준표가 말하기도 전에 끼어드는 지 의원의 태도가 마음에 들지 않는 눈치였으나, 상대방은 별로 개의치 않아 했다.

"이놈이 원래 숫기가 없는 편입니다. 벌써 서른이 되었는데 여자 앞이라고 하면 얼굴부터 붉히니."

"오빠가 순수해서 그래요. 세상 남자들이 다 제멋대로라고
해도 우리 오빠는 다르거든요."

아영과 지 의원이 준표의 편을 들고 있는 와중에 제하가 끼어
들었다.

"그래도 숫기가 없으시다면 일하실 때 힘드시겠습니다. 여
자분들과도 미팅할 일이 많을 텐데."

"허허! 그건 일이지 않나. 비즈니스! 이런 사적인 자리와는
다르지."

"비즈니스라. 그렇군요. 그러면 제 여자에 대해서도 그냥 비
즈니스로 대해 주시면 좋겠습니다. 제가 겉보기보다 꽤 소유욕
이 있는 놈이라서."

줄곧 웃고 있던 지 의원의 얼굴에 금이 갔다. 살벌한 식탁에
서 수호만이 흥겨운 얼굴로 식사를 하고 있었다. 잠시 숨을 고
르면서 평정을 찾은 지 의원이 너스레를 떨었다.

"이거 참. 자식놈이 숫기가 없어서 불필요한 오해를 받는군.
그런데 아가씨, 성진고등학교를 나왔나?"

"네."

"허허. 그랬군. 내 아들하고 아는 사이였나?"

"한 반이었어요. 공부를 잘해서 기억하고 있어요. 아쉽게도
매번 2등을 했었지만."

설아가 2등이라고 하는 순간 준표가 고개를 홱 치켜들었다.
궁지에 몰린 쥐가 사실은 자신이 쥐가 아니라 호랑이라고 소리

를 지르는 것 같은 행동이었다. 그러나 아영의 오빠인 준표의 자존심을 지켜 줄 생각은 없다.

1등은 언제나 하재였다. 하재는 똑똑한 정도가 아니라 최고였다. 머리 나쁘고 공부에 관심 없는 자신의 공부를 도와주면서도 하재는 언제나 1등이었다. 다만 하재의 1등을 반긴 사람은 별로 없었다. 심지어 담임조차도 하재의 1등을 그다지 좋아하지 않았다.

그때는 별생각이 없었는데 지금은 다른 시각으로 과거를 보게 된다.

학원에서 일하는 동안 깨달은 사실 중 하나는, 학원에서 공부를 잘하는 학생은 돈이 된다는 점이다. 학교에서 공부를 잘하는 학생은 담임의 자부심이다. 그런데 왜 담임은 하재를 그렇게 꺼려 했을까? 하재가 뚱뚱하고 가난해 보여서? 어쩌면 그런 이유보다 담임에게는 잘나가는 정치인을 아버지로 둔 준표가 1등을 하는 게 더 중요했던 게 아닐까?

더구나 당시 준표의 아버지인 지 의원은 재단과 관련 있는 사람이었고 준표가 1등을 하기를 간절히 원했다. 담임으로서는 준표가 1등을 하지 못하는 이유에 대해서 지 의원에게 말하기 난처했을 것이다. 자식의 능력을 과신하는 아버지에게 당신의 아들은 능력이 부족하다는 말을 할 수 없었을 테니까.

학교란 참 이상한 곳이다. 학생들에게 공부를 가르치는 곳인 동시에 세상의 잔혹함을 가르쳐 주는 곳이기도 하다. 공부를 잘하면 유리하지만 하재 같은 경우에는 전교 1등을 해도 늘 준표에게 밀렸다.

"허허……. 2등이라……. 아니지, 그건 틀렸어. 내 아들은 항상 1등만 하는 놈인데. 그래서 대학도 가장 좋은 곳으로 가고 한번 만에 회계사 시험에 통과했지."

"하재라고……."

설아가 하재의 이름을 꺼내는 순간 준표의 표정은 사납게 변했다. 당혹스러울 정도로 날카로운 눈빛이었다. 그때 제하가 설아의 손을 꼭 쥐었다.

"지 회계사님 학력이야 모르는 사람도 있겠습니까. 원체 똑똑한 분이라서 시험에 통과하자마자 오성그룹에 입사했는데. 그런데 아버님, 오늘 할 말이 있습니다."

제하가 수호를 아버님이라고 부르자 사람들은 일제히 긴장했다.

"설아와 결혼 날짜를 잡았습니다. 아무래도 제민이보다는 제가 먼저 해야 모양새가 좋을 것 같아서 세 달 뒤로 정했습니다."

"……!"

결혼 발표 소식에 가장 놀란 사람은 설아였다. 세 달? 지금 이게 다 무슨 소리인가? 하지만 놀라는 티를 낼 수 없었다. 제하가 이유 없이 이런 말을 하지 않았을 것이라는 생각도 있지만 아영이 발작적으로 "안 돼"라고 외쳤기 때문이다.

"안 돼요! 우리 결혼식이 넉 달 뒤라구요!"

"상관없잖습니까, 지아영 씨. 날이 겹치는 것도 아닌데."

"그래도 결혼은 우리가 먼저 준비한 거야!"

아영이 노골적으로 으르렁거렸다.

"내가 이미 웨딩 플래너와 반년 전부터 준비한 건데! 이런 식으로 주인공 자리를 꿰차다니! 말도 안 돼! 제민 씨도 뭐라고 말 좀 해 봐!"

"나도 웬만하면 뒤로 미루고 싶은데 아무래도 설아 씨 집에서 급히 하는 게 좋다고 해서."

"그럼 우리 집은 내가 결혼하는 게 싫어서 미루고 있는 것 같아요?"

"그렇다고 아영 씨가 제민과 동거하는 건 아니잖아?"

"뭐요?"

"지금 설아가 내 집에서 같이 살고 있는데 아직 법적으로는 남남이니……. 이런 미묘한 관계가 곤란해서 빨리 결혼하려는 건데, 왜 이렇게까지 발끈하는지 모르겠습니다."

말하면서 제하는 어깨를 으쓱거렸다.

"아버님이 늦게 결혼하라고 하시면 그렇게 하겠습니다. 대신 미묘한 동거 관계는 계속되겠지요."

"허허. 뭐 그리 동거라는 말을 자꾸 사용하시는가."

또 지 의원이 끼어들었다.

"일단 우리 아영이와 제민이가 결혼하고 난 뒤에 결혼하면 되지. 동거가 싫다면 그동안 설아……. 설아라고 했었지? 설아 양은 다른 곳에서 지내면 되고."

"그게 싫어서요."

설아가 제하에게 몸을 기대면서 웃었다.

"다른 곳에서 따로 지내고 싶지 않아요. 그래서 제하 씨에게 빨리 결혼하자고 조르고 있는 중이에요."

제하가 자신에게 원한 게 이런 것이었을 것이다. 아영처럼 철없는 여자. 제하는 결혼 날짜를 두고 여자들끼리 기싸움을 벌이기를 원하고 있다. 옛 여자에 대한 복수일까? 아니면 유성그룹에 대한 야망일까? 둘 중 어느 쪽인지 모르지만 자신은 할 일만 제대로 해내면 된다. 생각하지 말자. 생각을 시작하면 제하라는 남자에 대해서도 생각해야 한다.

"아버님."

설아는 수호에게 어리광을 부렸다.

"저는 빨리 이이와 살고 싶어요. 하지만 저희 집은 엄해서 동거 사실을 알게 되시면 난리 나요."

"그럼 애초에 동거를 하지 말든가."

"어머."

설아는 빈정거리는 아영을 향해서 환하게 웃었다.

"아영 씨는 남자를 좋아해 본 적이 없는가 보다. 난 제하 씨가 너무 좋아서 주체가 안 되던데."

"……하!"

아영이 짜증을 냈지만 설아는 계속 웃었다.

처음 제하가 제안했을 때 그런 생각을 했었다. 결코 제하가 원하는 만큼의 멋진 연기를 할 수 없을 것이라고. 그러나 지금은 신들린 연기자나 다름없다. 제하와의 약속을 지키기 위해서인지 아니면 아영이 싫은 건지, 둘 중 어느 쪽인지 알 수 없지만 어쨌든 못된 여자 연기에 물이 올랐다.

설아는 수호를 향해 웃으면서 말했다.

"아버님. 원래 윗사람이 먼저 결혼하는 게 맞잖아요."

"윗사람은 누가 윗사람이야!"

줄곧 가만히 있던 제민이 버럭 소리를 질렀다. 그러자 수호의 얼굴에서 웃음이 사라졌다.

"거……참. 결혼하는 문제로 이렇게 난리법석 떨 것까지 없다. 누가 먼저 하든, 무슨 상관이냐!"

"할아버지!"

"됐습니다. 제민이 저렇게 나오니 그냥 제가 나중에 결혼하겠습니다. 윗사람이 양보하는 맛도 있어야지요."

제하는 깔끔하게 제민을 물리쳤다. 동시에 양자지만 자신이 제민보다 윗사람이라는 사실을 강조했으며 제민의 신경질적인 면까지 드러냈다.

잠시 후 사람들은 식사를 마쳤다. 후식을 먹는 사람들을 제외한 제하와 지 의원은 담배를 피우러 간다면서 집 밖으로 나갔다. 그동안 제하가 담배 피우는 것을 단 한 번도 본 적이 없기에 의아했지만 그 문제에 대해서 생각할 여유가 없었다. 손에 커피를 든 아영이 다가오고 있었다. 설아와 시선을 마주한 아영은 코웃음을 쳤다.

"이런 데서 보게 될 줄은 몰랐는데."

"그래요? 난 알았는데."

2차전 시작인 건가? 설아는 아영을 향해서 웃었다. 최대한 화사하게.

"결혼, 누가 하자고 한 거야?"

"거야? 지금 반말한 거예요? 나는 숙모 될 사람인데."

"숙모는 무슨. 실제로 결혼식장에 들어가 봐야 안다는 말 몰라? 언제 어떻게 옆에 있는 사람이 바뀔지 모르는데."

아영은 한 발 다가왔다.

"주제를 좀 알아. 이곳이 얼굴 하나 믿고 들어올 수 있는 곳인 줄 알아?"

정말이지 이해가 가지 않는다. 제하는 왜 이런 여자를 사랑하는 걸까? 아무리 사람의 마음이 머리를 따라서 움직이는 것이 아니라고 해도, 제하가 아영을 사랑했다는 사실이 믿기지 않는다. 더구나 아영에게 대가를 치르게 하기 위해서 자신과 연극을 하고 있다는 것도.

제하와 아영에 대해서 생각하던 설아는 피식 웃었다. 하긴 그중 가장 이상한 건 이런 일에 끼어든 자신이다. 설아가 웃자 아영이 발끈했다.

"이런 세상은 댁의 얼굴이 조금 반반하다고 해서 끼어들 수 있는 곳이 아냐. 정신 차려."

"별로 정신 차릴 건 없다고 생각하는데."

설아는 아영 쪽으로 한 발 다가갔다.

"반반한 얼굴로 어디까지 갈 수 있는지 알고 싶기도 하고. 누구는 그저 그런 얼굴에 집안이 조금 특별하다는 이유로 막무가내로 나서는데, 나라고 그러지 못할 이유가 뭘까 싶기도 하고."

"뭐?"

아영이 발끈하는 가운데 설아는 뒤쪽을 보면서 웃었다.

"어머. 아버님!"

"아버님?"

아영은 서둘러서 몸을 돌렸으나 뒤에는 아무도 없었다.

"쫄기는."

설아는 빈정거리며 웃었다. 방금 전까지는 연극이 반쯤 섞여 있었다면 지금은 진심으로 아영의 성질을 긁고 싶었다. 이따위 여자를 사랑해서 이 모든 일들을 꾸미고 있는 제하도 한 대 때리고 싶어졌다.

"야! 너 지금 뭐 하는 짓이야?"

"야라고 하지 말고 제대로 숙모라고 말해요. 집에서 못 배웠나 봐."

"숙모 같은 소리 하네. 너, 아직 제하와 결혼한 거 아니잖아. 그리고 그 결혼! 무슨 짓을 해서라도 방해할 테니까! 네가 내 숙모가 될 일은 없어."

"방해? 어떻게? 내가 보기엔 지아영 씨도 아직 결혼 전이니까 집안일에 왈가왈부할 자격은 없잖아요."

"야!"

버럭 고함을 지르던 아영은 밖을 흘깃 내다봤다. 정원을 걸어가고 있는 제하와 아버지인 진태를 본 아영은 빠른 속도로 평정을 되찾았다.

"하긴 주제도 모르고 설치는 게 그리 오래가지는 않겠지. 내가 예전에 제하랑 사귀었던 거 알고 지껄이는 거야?"

"아아……. 한때 사귀었다는 말을 들은 것 같긴 한데. 그게 나와 무슨 상관이야?"

"이거 참, 하룻강아지 범 무서운 줄 모른다고 해야 하나."

"괜찮아요. 어차피 하룻강아지는 범이 무서운 걸 계속 모를 거니까."

"이제 완연한 여름이군."

제하는 웃는 진태 쪽으로 고개를 돌렸다. 진태는 특유의 사람 좋은 웃음을 띤 채 기지개를 쭉 켰다.

"요즘은 나이가 들어서 그런지, 몸 여기저기가 뻐근해. 젊을 때부터 몸 관리를 잘해야 하는 건데. 나는 너무 막 굴렸어. 자네는 운동도 열심히 하고 좋은 거 많이 챙겨 먹게나."

"조언 감사히 받겠습니다."

"그런 점에서 이제 그만하는 게 어떤가?"

진태는 담배에 불을 붙였다.

"나는 말일세. 아들은 엄하게, 딸은 너그러이 키우라는 말을 좋아해. 실제로 자식들을 그리 길렀거든. 아들은 엄하게 키워야 큰일을 하고 딸은 너그러이 키워야 애교스럽지. 아영이가 지나친 면은 있지만 사랑스럽다는 사실만은 부정하지 못할 거야. 자네도 그런 점에 빠져서 아영이와 사귀었던 걸 테니까."

"……."

"나는 내 딸이 행복하게 살기를 바라네. 다시 말해서 사위가 될 제민이 유성그룹을 물려받아야 한다는 뜻이야. 적당히 하게, 적당히. 아무리 능력 있다고 해도 친손자 대신 양자에게 재산을 물려줄 사람은 없어. 그런데 자네가 포기하지 않고 자꾸 덤벼드니 여러 사람이 피곤해지는 거 아니겠나."

"싸우지도 않고 포기할 수는 없죠."

"싸워 봤자 얻는 게 없잖나. 사람은 결국에는 친혈육을 찾아가게 되어 있어. 그게 세상 이치고 순리야. 요즘 조 이사와 최 이사 패거리하고 계속 붙어 다니는 것 같던데. 그렇다고 달라지는 건 없어."

"의원님은 아직 유성그룹을 잘 모르시는군요. 다른 그룹들처럼 단순한 회사라고 생각하시면 곤란합니다. 10년 전까지 유성그룹은 음지에 숨어 있었고 회장님 역시 경영학을 공부해서 회사를 창립하신 게 아닙니다. 그룹 사람들에게 회장님 손자라는 이유로 물러서라고 하면 물러서겠습니까?"

"……자네……."

"네. 저 역시 음지 쪽 사람이지요. 그렇다고 의원님이 손을 쓰실 수 있을 정도로 막돼먹은 인간은 아니니까, 헛된 마음은 접으시라는 충고를 드리고 싶습니다."

"헛된 마음은 자네가 가지고 있는 것 같은데? 몇 번 말해야 알아듣겠나? 음지이건 양지이건, 사람은 똑같아. 결국에는 혈육에게 물려주는 거야. 사람이 왜 기를 쓰고 돈을 벌고 명예를 얻으려고 하는지 아나? 자식에게 물려주기 위해서야! 이게 세상의 법도고 자연의 이치야!"

"맞는 말씀입니다. 그런데 어떤 사람들은 그토록 소중한 자식을 죽이기도 하고 어떤 자식은 부모를 버리기도 하지요."

패륜적인 범죄를 입에 담으면서 제하는 진태에게 한 발 한 발 다가왔다.

"이 세상에는 자식을 끔찍이 사랑하는 사람도 있지만. 자식을 죽이는 자도, 자식에게 죽임을 당하는 자도 존재합니다."

"……."

"또 자연에는 말입니다. 참으로 많은 다양한 죽음과 생이 있습니다. 그러니 의원님께서 아는 게 전부라고 생각하지는 마시지요. 그럼 이만 가 보겠습니다. 생각해 보니 저는 이미 담배를 끊은지라."

진태는 유유히 걸어가는 제하를 분노에 가득 찬 눈으로 노려봤다.

잠시 후 아들인 준표가 다가왔다. 큰 키를 가진 준표는 약간 구부정한 자세로 걷는 버릇이 있었다. 진태는 곁으로 온 아들인 준표에게 제하의 흉을 봤다.

"아주 욕심이 덕지덕지 붙은 놈이야."

"그래서 제가 말했었잖아요. 저놈은 순순히 물러나지 않을 거라고."

"아무래도 손을 써야겠다. 제민이나 유성그룹은 다치지 않는 선에서."

진태의 말에 준표는 머뭇거렸다. 혹시라도 아버지가 자신에게 이 일을 맡기면 어쩌나 하는 우려가 가득한 눈빛이었다. 그런 아들의 눈빛을 알아차리지 못한 진태는 제하가 사라진 방향만 노려봤다.

"저⋯⋯. 그런데 아버지⋯⋯ 전에 말씀드렸던⋯⋯."

"이놈아. 도대체 너는 무슨 돈이 그렇게 필요한 거냐. 네 월급도 꽤 되잖아."

"그렇지만 아무래도 다른 사람들과 만나려다 보면⋯⋯. 로펌 사람들과도 만나야 하고. 접대도 해야 하고⋯⋯."

"알겠다. 사내놈이 큰일을 하려면 돈이 필요한 법이지. 그나저나 민 이사, 저놈을 어떻게 잡아야 하겠냐?"

"그⋯⋯ 글쎄요."

머리를 긁적이다가 준표는 자신 없는 목소리로 말했다.

"여자 쪽을 노리는 게 어떨까요?"

"여자?"

"네."

그냥 던진 말에 진태가 관심을 보이자 준표의 목소리에 점점 생기가 돌기 시작했다.

"민 이사보다 여자 쪽을 건드리는 게 훨씬 쉽고 편할 겁니다. 제하가 별로 득이 없는 여자와 결혼하겠다고 나선 데에는 그만한 이유가 있겠죠. 그러니 그 점을 노리는 게 좋을 것 같습니다."

"흐음⋯⋯."

"어차피 민 회장 마음만 사로잡으면 되는 일이니까. 여자 문제로 민 회장 눈 밖에 벗어나게 하면 되잖아요."

준표의 믿음직한 말에 진태는 고개를 끄덕였다. 어릴 때부터 영특해서 줄곧 1등만 했던 아들이다. 한때 방황해서 일반 고등학교를 갔지만 그곳에서도 계속 1등을 도맡았다. 중간에 약간의 문제가 있었지만 쉽게 해결했다. 본격적으로 정치 생활을 하게 되었을 때 자식을 일반 고등학교로 보냈다는 사실이 플러스 요인이 되었다. 진태는 준표의 등을 두드렸다.

"역시 자식밖에 믿을 사람이 없구나. 내가 그때 너를 믿어 주길 잘했어."

"……감사합니다, 아버지."

진태의 손길에 준표는 어색하게 웃었다. 그런 준표의 머뭇거림을 알아차리지 못한 진태는 제민과 아영의 결혼에 대해서 말했다.

"아영과 제민의 결혼식을 당겨야겠다. 아니면 혼인 신고라도 먼저 해 놓든지. 그런데…… 유설아? 어디서 들은 이름 같은데. 너와 한 반이었다고? 몇 학년 때?"

"잘…… 기억은 안 나는데. 2학년 때였나? 아니, 3학년 때였나? 그럴 거예요."

"그래? 네가 그때 외고 시험만 잘 봤으면 그따위 학교에 가지 않아도 되었을 텐데. 그럼 저런 천박한 것과 동창이라는 말도 듣지 않았을 거고."

"……."

"됐다. 이제 와서 말해 봤자 무슨 소용 있겠냐. 결과적으로 네가 일반고 다닌 덕분에 지지자들을 더 끌어모을 수 있었으니 잘된 거지. 자, 들어가자."

진태는 불안한 눈빛으로 고개를 숙이고 있는 준표의 어깨를 두드린 뒤에, 집 안으로 향했다.

집으로 돌아오는 동안 제하는 말이 없었다. 잘했다는 말도, 수고했다는 말도 없었다. 칭찬을 기대한 것은 아니지만 침묵을 지키는 제하를 보고 있자니 마음 한구석이 불편하다. 그리고 아영을 상대하느라 잠깐 잊고 있었던 말이 자꾸 떠올랐다.

감옥.

감옥이라는 단어가 제하와의 거리를 자꾸만 멀게 만들고 있다. 같은 차 안에 타고 있지만 제하와의 거리는 그 어느 때보다도 멀었다. 부드럽게 달리던 차가 주차장에 도착했다. 설아가 안전벨트를 풀자, 제하가 입을 뗐다.

"오늘은 클럽에서 해야 할 일이 있어서 다시 나가 봐야 합니다."

"네, 그럼."

차 문을 열고 나가던 설아의 뒤로 제하가 툭 하니, 스쳐 지나가는 바람처럼 말했다.

"내 죄목은 살인 미수와 성폭행이었습니다."

살인 미수, 성폭행?

순간 차가운 번개가 머리에서 발끝까지 내리쳤다.

제하의 입에서 성폭행과 살인 미수라는 단어가 나오는 순간 세상이 달라졌다. 자신의 앞에 있는 남자가 더 이상 사람처럼 보이지 않는다. 충격으로 인해 경직된 설아를 향해서 제하는 피식 웃었다.

"너무 놀라니까 당황스럽네. 농담이었어요."

농담이라는 말을 듣자, 잔뜩 부풀어 올랐던 풍선이 푸시시 꺼지는 기분이다. 하지만 풍선 안에 들어 있던 공기는 완전히 사라지지 않았다. 얼굴빛이 변한 설아는 뒤로 한 발 물러났다.

"왜 그런 농담을……."

"사실은 농담이 아니라 진짜입니다."

"됐어요. 그런 농담은 그만하세요. 재미있지도 않아요."

"나도 감옥에서 재미없다고 생각했었죠. 그토록 사랑했던 여자가 나를 배신하고 성폭행범에 살인 미수범으로 만들 줄은 몰랐거든요."

아영? 아영이 제하를 배신하고 살인 미수범으로 만들었다고? 설아는 두 손을 꼭 쥐었다. 머리가 복잡하다. 제하의 말이 사실인지 거짓인지 모르겠다.

"무죄였다고, 모함일 뿐이라고 말해도 믿지 않겠죠?"

"아뇨!"

머리가 생각을 하기도 전에 입이 먼저 움직였다.

"믿어요, 무죄!"

제하의 눈이 이상하게 일그러졌다. 아주 오랫동안 응어리져 있던 차가운 감정이 조금 옅어진 것 같은, 그런 눈이었다. 불빛에 드리워진 음영 때문인지, 제하의 입술이 파르르 떨리는 것처럼 보였다.

"믿는……다구요?"

"네. 제하 씨가 그럴 리가 없으니까요."

"나를 그리 잘 아는 것도 아니잖습니까."

"맞아요. 잘 몰라요. 모르지만 그럴 사람이 아니라는 것쯤은
알아요."

이상하다. 왜 이렇게 자신이 흥분하고 있는 걸까? 이성적으
로 차분히 생각해 볼 문제인데도, 무조건적으로 제하의 편을 들
고 있다. 그럴 리 없다고. 그건 말이 안 되는 소리라고 주장하고
있다. 제하가 천천히 고개를 돌렸다.

"믿어 주니 고맙군요. 이만 가 봐야겠습니다. 그런데 그 말
을……."

"……?"

"13년 전에 해 줬더라면 좋았을 것을."

"네?"

제하의 뒷말을 제대로 듣지 못한 설아가 반문했으나 이미 차
는 출발한 뒤였다. 홀로 남은 설아는 얼떨떨한 얼굴로 멀어져
가는 제하의 차만 바라봤다.

제하는 백미러에 비치는 설아에게서 시선을 돌렸다. 방금
본 설아의 얼굴과 눈빛은 거짓이 아니다. 그의 무죄를 믿는다
던 목소리도 거짓이 아니다. 속에서 뜨거운 것이 치밀어 올라
왔다. 여기저기 가시가 나 있는, 떠올리기만 해도 몸 안쪽이 갈
기갈기 찢겨 나가는 것 같은 끔찍한 과거의 기억이 그의 내부
에 밀어닥쳤다.

왜 지금 할 수 있는 말을 설아는 13년 전에 해 주지 않았던 걸까. 13년 전 너는 왜 그런 말을 했던 걸까. 왜 너는!

한적한 곳에 차를 세운 제하는 비서에게 전화를 걸었다.

"서 비서, 늦은 밤에 미안해. 아냐, 아냐. 제민 쪽에 일이 생긴 건 아냐. 다만 전에 조사해 달라고 했던 일. 그래, 유설아에 대한 일. 그 일에 대해서 다시 조사해 줘. 그래. 사고가 났던 당시의 일에 대해서 지금보다 훨씬 더 자세히."

9. 결혼 준비

"힘드시죠?"

웨딩 플래너는 설아를 이해한다는 얼굴로 차를 내밀었다.

"남의 결혼식은 마냥 즐거운데 자기 결혼식은 본인이 하나하나 준비해야 하기 때문에 힘들어요. 겉보기에는 주인공 같지만 사실은 내가 일꾼인 게 결혼식이죠. 그런데 하객 수는 어느 정도가 될까요?"

"네? 아……."

하객 수라는 현실적인 질문에 설아가 머뭇거리자 제하가 얼른 나섰다.

"대략 백 명쯤 될 거 같습니다."

"흠. 조금 적네요. 소박하게 하시네요. 하긴 요즘은 스타들도 간소하게 하니까. 여기 팸플릿 있어요. 식사부터, 선택하실 게 많아요. 웨딩드레스도 고르셔야 하고, 하객 접대와 또 결혼 답례품을 뭐로 할지도."

그러나 설아가 팸플릿을 제대로 펴 보기도 전에 제하가 팸플릿을 웨딩 플래너에게 돌려줬다.

"최고급으로. 무조건."

"그래도 한번 보셔야……."

"괜찮습니다. 무조건 최고급으로 해 주십시오."

제하의 거듭된 요구에 웨딩 플래너는 얼떨떨한 얼굴이 되었다. 설아의 어깨에 팔을 두른 제하는 웨딩 플래너를 향해서 환하게 웃었다.

"돈 문제는 신경 쓰지 마세요."

제하와 시선을 마주한 플래너는 뺨을 살짝 붉힌 채, 시선을 내리깔았다. 그리고 설아 역시 뺨을 붉혔다. 어깨에 감겨 있는 제하의 손이 신경 쓰인다. 등 뒤에 닿는 제하의 몸에서 온기가 느껴졌다. 온몸이 제하의 열기에 녹아 들어가는 것 같다. 제하가 가만히 있는 설아의 귀에 대고 속삭였다.

"더 추가하고 싶은 거 있어, 자기?"

자기? 제하의 말에 설아의 두 눈이 동그래졌다. 이걸 뭐라고 받아쳐야 할지 모르겠다. 무방비한 상황에서 갑자기 훅 들어온 자기라는 단어에 말문이 막혔다. 그러나 웨딩 플래너는 부럽다는 얼굴로 설아를 바라보며 웃었다.

"신랑분께서 굉장히 스트레이트하시다."

웨딩 플래너의 스트레이트가 무슨 뜻인지는 정확히 알 수 없지만 한 가지는 확실했다. 앞으로도 계속 제하는 다른 사람들 앞에서 이런 식으로 행동할 것이다. 설아의 손을 잡은 제하는 빙그레 웃었다.

"제가 오랫동안 따라다니다 겨우 결혼하는 거라서. 그러니까 식사와 다른 준비들 모두 최고급으로 해 주십시오."

"네!"

호텔에서 결혼식을 하는 이들도 드물어지고 있는 상황이다. 그런데 무조건 최고급을 원하는 고객이라니! 웨딩 플래너는 진심으로 네라고 말하면서 웃었다. 웨딩 플래너가 서류를 작성하러 자리를 떠나자 설아는 조심스레 제하의 손에서 빠져나왔다.

"조금 과해요."

"과해요? 이게?"

제하가 설아 쪽으로 몸을 숙였다.

"우리는 이제 곧 결혼하는 사이인데 이 정도의 스킨십이 과한 건 아니죠."

"스킨십이 아니라 결혼식 말이에요. 팸플릿 안 보셨어요?"

설아는 뒤로 돌려져 있는 팸플릿을 폈다.

"이 금액으로 백 명이나 하면 총 금액이……. 아니지. 계약금만 날리는 거니까. 하지만 계약금도 만만찮아요. 아무리 돈이 많아도 그렇지. 이 돈을 그냥 버리는 게 말이 돼요?"

"허……."

설아의 비난에 제하는 황당한 얼굴이 되었다. 그러나 이내 평정을 되찾았다.

"과하다는 게 돈이었습니까?"

"그럼 뭐겠어요? 아무리 다른 사람들을 속이기 위해서라지만 너무 과한 금액이잖아요."

"괜찮아요."

설아의 손을 살며시 붙잡은 제하는 몸을 숙인 채, 속삭였다.

"이건 투자 비용이니까. 원래 고소득에는 고리스크가 따르는 법입니다."

"그래도……."

"괜찮다니까요. 생각하는 것보다 훨씬 부자라고 말했잖아요."

싸한 향. 가까이 다가온 제하의 입김이 뺨에 스쳤다. 따뜻한 온기가 뒤섞인 제하의 향이 다가오자 뺨에 솜털이 오소소 돋아났다. 등줄기를 따라서 짜릿한 감각이 스쳐 지나갔다. 설아는 몸의 감각을 애써 무시한 채, 앞만 바라봤다.

"돈을 쓰는 데 두려워하지 마세요. 투자니까."

"알겠어요. 그런데 우리 위치가……."

제하에게 지금 위치가 너무 가깝다고 말하려는 순간 웨딩 플래너가 돌아왔다. 밀착해 있는 그들을 본 웨딩 플래너는 알 것 같다는 미소를 지으면서 자리에 앉았다.

"식사를 최고급으로 원하셨는데 저희 호텔에서는 스테이크와 갈비 라인이 있어요. 둘 중 어느 것을 선택하시겠어요? 보통 스테이크를 선택하시는데 아무래도 결혼식에는 연세가 지긋한 분들도 오시니까 갈비를 생각해 보시는 것도 괜찮을 것 같아요. 갈비는 부드러워서 이가 안 좋은 분들도 즐기실 수 있거든요.

자, 여기 표를 보고 뺄 건 빼고 추가하고 싶은 건 넣어 주세요. 그리고 웨딩드레스에 대한 문제인데. 아, 그전에 마사지 예약을 해 둘까요?"

"네?"

"마사지요."

웨딩 플래너의 말은 빠르면서도 간결했다. 결혼식에서 신부는 그 누구보다도 아름다워야 한다는 것. 그러기 위해서는 준비해야 할 것들이 엄청나게 많다는 것. 자기가 주인공인 이벤트에서 일꾼 노릇을 해야 한다던 웨딩 플래너의 말은 지나칠 정도로 겸손한 표현이었다. 일꾼이 아니라, 거의 노예나 다름없었다.

한 시간가량 웨딩 플래너와 상담한 뒤 설아는 녹초가 되었다.

"괜찮아요?"

제하의 질문에 설아는 천천히 고개를 저었다. 괜찮지 않다. 이대로 쓰러져서 자고 싶은 마음뿐이다. 온몸이 물먹은 스펀지처럼 축 처졌다. 제하는 웨딩 플래너의 사무실 앞쪽에 있는 라운지 커피숍을 가리켰다.

"조금 쉬었다가 가죠. 상의할 것도 많으니까."

또 상의할 것이 있다니! 진짜로 결혼할 것도 아닌데 해야 할 일이 너무 많다. 녹초가 된 설아는 주문한 커피가 나오자마자 단번에 들이켰다.

"많이 힘들어요?"

"이제 좀 괜찮아졌어요."

커피를 마시자 정신이 좀 드는 것 같다. 설아는 흘러내린 머리카락을 이마 뒤로 넘기면서 커피를 한 잔 더 주문했다.

"오늘 결정하고 준비해야 할 일들이 예상보다 많군요. 시간이 조금 빠듯하겠는데……."

"그럼 일어나요. 커피는 더 안 마실게요."

시간이 없다는 말에 설아는 자리에서 일어나려 했다. 그러나 제하가 말렸다.

"괜찮습니다. 조금 더 앉아서 쉬어요. 많이 지쳐 보여서……."

"아뇨. 일어나죠."

"무리하지 말아요. 어차피 저녁 약속이니까. 결혼반지를 오늘이 아니라 다음에 사러 가면 시간이 될 겁니다. 그런데 설아 씨는 결혼에 대해서 별 관심이 없으시군요. 어떤 여자분들은 결혼식을 좋아해서 매일 결혼식만 했으면 좋겠다고 한다던데."

결혼을 매일 한다? 말만 들어도 피곤하다.

"결혼도 이벤트니까 즐기는 사람도 있겠죠. 하지만 전 재미없어요. 어때요? 제하 씨는 즐기고 계신가요?"

"글쎄요."

제하가 말끝을 살짝 흐렸다.

"내가 상상했던 결혼은 이런 게 아니었던지라."

상상했던 결혼? 가슴이 따끔거렸다. 제하의 말이 날카롭고 뜨거운 가시가 되어서 가슴을 찌른다. 제하가 상상했던 결혼은 무엇일까? 하얀 면사포를 쓴 아영이 옆에 있는 결혼식? 설아의 검은 눈동자가 싸늘해졌다.

"많이 다른가 보네요."

목소리도 차가워졌다. 지금 자신의 태도가 눈에 띄게 차가워지고 있음을 알아차렸지만 커피를 마시는 것 이외에 딱히 다른 행동을 할 수 없었다. 직원이 새로 가져온 커피를 모두 마신 설아는 퉁명스레 말했다.

"진짜 결혼할 게 아닌데, 이렇게까지 해야 하나요? 마사지에 웨딩 사진 촬영도 실외, 실내. 거기에다가 드레스까지. 너무 복잡하고 피곤한 일이에요."

"일단 다른 사람들이 하는 것처럼은 해야죠. 그래야 의심받지 않을 테니까."

"그래도 이건 너무 돈 낭비예요."

"말했잖습니까."

둥근 테이블을 사이에 두고 앉아 있던 제하가 거리를 좁히면서 가까이 다가왔다.

"투자를 할 때는 아낌없이 해야 하는 법입니다."

"어머!"

그때였다. 과장된 연극 조의 말투가 들려온 것은.

아영이었다. 딱 붙는 검은 원피스를 입은 아영이 몸을 살랑살랑 흔들면서 다가왔다.

"뭐야? 제하 씨, 이런 곳에서 만날 줄은 몰랐는데."

아영은 의도적으로 설아를 무시했다. 설아에게는 인사도 하지 않은 채 다가온 아영은 제하에게 몸을 찰싹 붙였다.

"이런 곳에서 제하 씨를 만나니까 반가워."

"지아영 씨의 반가움은 제하 씨에게만 통용되는 건가 봐요.

바로 앞에 있는 나에게는 인사도 안 하고. 앞으로 숙모와 질부가 될 사이인데."

"못 본 거거든요."

"이제라도 봤으니까 인사해요."

인사하라고 말했음에도 불구하고 아영은 고개를 **빳빳**이 든 채 가만히 있었다.

"제하 씨도 정도껏 했으면 좋겠어. 어디서 저런 걸 주워 왔는지 몰라도."

"주워 와?"

제하의 목소리가 날카로워졌지만 아영은 신경 쓰지 않았다.

"그럼 뭐야? 내가 제하 씨 대신 제민을 선택해서 이러는 거잖아. 하지만 제하 씨가 무슨 짓을 하더라도 나는 제민과 결혼할 수밖에 없어. 아버지는 돈이 필요하고, 유성그룹은 신분 세탁을 위해서 아버지가 필요하니까. 어쩔 수 없는 일이라는 걸 잘 알잖아. 그런데 왜 이렇게 질척거려?"

아영이 말하는 동안 제하의 눈이 검어졌다. 무슨 생각을 하는지 알 수 없는 제하의 검은 눈동자가 아영을 노려봤다. 그러나 아영은 태연하게 제하의 시선을 받아쳤다.

"일부러 이 호텔로 온 거지? 내가 여기 웨딩 플래너와 일하고 있으니까. 잘해 봐. 어디까지 할 건지 몰라도 흉내라도 내고 싶어 하는 것 같으니까 말리진 않을게."

자리에서 일어난 아영은 뒤도 돌아보지 않고 떠났다.

잠시 후 제하가 설아에게 말을 건넸다.

"아무래도 제대로 공격한 것 같군요. 보통 남자 앞에서는 저런 폭언을 하지 않는데."

설아는 아영이 사라진 방향을 바라보고 있는 제하를 바라봤다.

이 호텔을 선택한 이유가 아영 때문일 줄은 몰랐다. 상대방이 다른 남자를 선택했음에도 불구하고 제하는 계속해서 아영의 주위를 맴돌고 있는 중이다. 기분이 나쁘다. 아영을 잊지 못하는 제하를 볼 때마다 불쾌해진다. 이런 설아의 마음을 알 리없는 제하가 자리에서 일어났다.

"일어나죠. 이제 슬슬 출발해야 식사 시간에 맞을 것 같으니까."

도착한 곳은 수호의 집이었다. 그런데 며칠 전과는 조금 다른 분위기였다. 어쩌면 제하의 얼굴이 편해 보였기 때문일지도 모르겠다. 정원을 지나서 현관문을 열자 활짝 웃는 얼굴의 수호가 기다리고 있었다.

"제하야, 이놈."

두 팔 벌려서 제하를 환영하는 수호 역시 며칠 전의 그 사람이 아니었다. 제하와 인사를 한 뒤 수호는 설아에게 손을 내밀었다.

"얘야, 어서 오너라. 가족들끼리는 자주 밥을 먹고 그래야 하는 거지. 아, 아니지. 요즘은 같이 밥 먹는 거 싫어한다고 했던가?"

"아…… 아뇨."

설아가 손사래를 치자 수호는 웃기만 했다.

"됐다, 됐어. 나도 눈치 없는 진상 시애비가 될 마음은 없다. 자, 어서 들어가자."

조금 긴장했지만 식사 시간은 전과 비교할 수 없을 정도로 즐거웠다. 정갈한 음식은 맛있었고 수호는 유쾌한 대화 상대였다. 지난번의 근엄한 모습은 어디 있나 싶을 정도였다. 수호는 시시때때로 제하를 구박하면서 예전 이야기를 늘어놓았다.

"내 자식들 중에서 저놈이 머리가 제일 좋아서 지금까지 유성이 버티고 있는 셈이지."

"아버지 말이 사실입니다. 내가 머리가 많이 좋은 편이에요."

"처음부터 나빠 보이지는 않았어요."

"허허. 그래, 그래. 나도 딱 알아봤지. 그 난장판 속에서도 의젓했었거든."

"의젓하지는 않았지요, 아버님. 겁에 질려서 어쩔 줄 몰라 하는 초짜는 의젓할 수 없죠."

"그랬나?"

수호는 허허거리며 웃었다. 그러나 설아는 환하게 웃을 수가 없었다. 방금 수호는 제하와 만난 곳에 대해서 말했다. 난장판. 아마도 수호가 말한 난장판은 감옥일 것이다.

"어쨌든 설아 양은 이놈을 놓치지 마. 놓치면 후회해."

전에 왔을 때는 알아차리지 못했지만 수호에게는 재능이 있었다. 평범한 이야기를 유쾌하게 하는 재능. 제하가 매우 이상한 일을 상대방에게 자연스레 받아들이게 하는 재능이 있는 것처럼.

식사를 마친 뒤, 설아는 도우미와 함께 후식을 준비하기 위해서 주방으로 향했다. 그 모습을 바라보던 수호가 낮은 목소리로 말했다.

"내가 저 아이와 함께 밥 먹으러 오겠다던 네 말을 듣고 깜짝 놀랐다는 말을 굳이 해야 하는 게냐?"

"아뇨."

"흠."

설아와 있을 때의 밝은 얼굴은 사라진 채, 수호는 깊이 숨을 들이마셨다.

"나가자. 밤공기를 마시고 싶구나."

밤의 정원은 시원했다. 불어오는 초여름 바람에 실려 있는 더위가 계절을 알려 줬다.

"이제 슬슬 벌레들이 우는 소리가 들리는구나. 나이가 드니까 사소한 것들이 그리워져. 어릴 때는 벌레 우는 소리라면 지긋지긋했는데."

"……."

"어찌할 셈이냐?"

수호는 단도직입적으로 제하에게 물었다.

"너의 지난 세월은 되갚음이었을 텐데?"

"……아버지는 제가 어떻게 하길 바라십니까?"

"나?"

수호는 집 쪽을 바라봤다. 거실 유리창 너머로 보이는 설아의 얼굴에는 웃음이 서려 있었다. 예쁜 아이다. 남자라면 당연히 눈길이 갈 만큼 아름다운 여자이기도 하다. 누군가를 배신할 인간으로는 보이지 않았다. 그러나 열 길 물속은 알아도 한 길 사람 속은 모르는 법. 어제까지 형제라면서 뜨거운 피눈물을 흘려도 오늘은 갈라지는 것이 사람이다.

수호는 설아에게서 단 한시도 눈을 떼지 못하는 제하를 바라봤다. 이 문제에 있어서 그의 대답은 필요 없다. 제하는 결코 저 아이를 포기하지 못한다. 어떤 일을 겪더라도, 심지어 13년 전의 일을 다시 겪더라도 제하의 마음은 변하지 않을 것이다.

설아에게 시선을 고정하고 있는 제하를 보고 있자니, 처음 만났을 때가 떠올랐다.

당시 서하재는 겁에 질린 아이였다. 파도처럼 밀려왔다가 사라질, 어리고 순진한. 세상에게 버림받은 상처를 이겨 내지 못한 채, 눈물을 흘리는 아이에 불과했다. 밤마다 훌쩍이는 하재를 보면서 금방 부서질 것이며 오래 버티지 못하리라 생각했다.

다른 아이들도 하재를 가지고 놀기 좋은 장난감으로 생각했다. 소년방의 아이들은 그의 눈을 피해서 늘 하재를 패곤 했다. 하재가 고통스러워할수록 아이들은 즐거워했다. 그건 일종의 오락이었다. 하재가 폭행당하고 있다는 것을 알았지만 수호는 딱히 선을 넘을 생각은 없었다. 세상에 대한 삐뚤어진 시선과 자신의 인생은 끝났다는 절망감으로 가득한 아이들에게는 희생양이 필요했다. 그리고 그게 하재였을 뿐이었다. 큰 소란이 벌어지는 것은 싫었기에 되도록 아이들의 폭력을 중재했지만 완벽하게 막을 수는 없었다.

그러던 중 하재가 항소를 포기한 날, 큰 사건이 벌어졌다. 외부 작업을 나갔던 아이들끼리 큰 싸움이 벌어져서 교도관이 세 명이나 투입되었다. 당연히 하재가 일방적으로 맞았을 것이라고 생각했는데 놀랍게도 가해자는 하재였다. 폭행 사건을 일으킨 대가로 두 달 동안 독방에 감금을 당한 뒤 소년방으로 돌아온 하재는 전과는 다른 아이로 변해 있었다.

살다 보면 전혀 그럴 것 같지 않은 사람이 갑자기 변할 때가 있다.

항소를 포기했던 그날, 하재는 각성하고, 제하로 바뀌었다.

얼마 전까지만 해도 저항조차 제대로 하지 못한 채 울먹이던 하재에게서 당한 만큼 갚아 주겠다는 악바리 근성이 뿜어져 나왔다. 아이들은 서서히 하재를 피하기 시작했고, 수호는 그런 하재의 후견인이 되었다.

출소한 뒤에 수호는 하재를 자신의 밑에 뒀다. 처음에는 비서로 시작했으나, 이내 하재는 스스로의 힘으로 점차 높은 위치로 올라섰다. 어떤 일을 맡겨도 완벽하게 해내던 하재는 몇 년 지나지 않아서 수호의 양자가 되었다.

그런데 제하로 완벽하게 탈바꿈했다고 생각했던 하재가 흔들리고 있다. 여인의 웃음 한 번, 여인의 미소 한 번에 무너지고 있다.

"또 배신당하지 않을 자신이 있는 게냐?"

수호의 질문에 제하는 꿈틀거렸다.

"아니, 질문이 틀렸구나. 또 배신을 당해도 일어날 수 있겠냐고 물어봐야겠지. 이미 너는 배신을 당할지라도 포기할 수 없는 것처럼 보이니까."

"그렇다고 생각하십니까?"

"굳이 답하지 않아도 네가 알겠지."

증오했다. 제하는 유리창 너머에서 흐릿한 안개처럼 움직이고 있는 설아를 바라보며, 자신의 감정을 되뇌었다. 절대로 용서하지 않겠다고 맹세했었다. 무슨 짓을 해서라도 상대방의 인생을 박살 내겠다는 맹세를 수천 번도 더 했었다.

당한 만큼 복수하겠다고. 설아의 인생을 지옥으로 만들어 버리겠다고 다짐했었다.

그러나 설아의 검은 눈동자를 마주한 순간 알아차렸다. 자신은 영원히 패배자일 수밖에 없다는 사실을. 자신은 백설 공주의 발아래 엎드린 채 애정을 갈구하며 그 시선을 한 번이라도 더 받기 위해서 온갖 수를 쓰는 비천한 존재일 뿐이다.

그래. 또다시 배신을 당할지라도, 또다시 지옥으로 떨어질지라도.

절대로 설아를 포기하지 못한다.

제하는 크게 숨을 들이마셨다.

"결혼할 겁니다."

"……."

"아직 본인은 모르고 있지만 반드시 결혼할 겁니다."

"결혼이라……."

"실망하셨어요? 결국 여자에게 졌다고?"

"아니. 처음부터 너와 복수는 어울리지도 않았어. 사내란 결혼할 때가 되면 어른이 된다는 말이 사실이라는 생각이 드는구나. 그러니 유성그룹은 네가 맡아야겠다."

"싫습니다."

제하는 단호히 고개를 저었다.

"제민에게 물려주세요. 친손자잖습니까."

"이놈아!"

수호는 제하의 뒤통수를 때렸다.

"나, 아직 노망나지 않았다. 설마 내 친손자가 누구인지 모르겠냐? 내가 키웠어. 기저귀를 간 적은 없지만 어쨌든 키운 건 나야! 다만 그놈은 무능해. 너도 알고 있잖아."

"그렇다고 저에게 떠넘길 생각은 하지 마세요. 제민이 가만있지 않을 겁니다."

"그래. 그게 문제지. 참…… 큰 문제야."

수호는 한숨을 내쉬었다.

"능력은 없는데 속이 좁고 편협해. 또 폭력에 대해서 지나치게 너그러워. 자기가 영화에 나오는 주인공인 줄 알아. 요즘 곳곳에 카메라를 설치해 두는 거 알고 있냐? 뒤에서 어떤 일이 벌어지고 있는지, 사람들이 자기에게 거짓말을 하지 않는지 그런 사소한 것들까지 죄다 알고 싶어 해. 대충 모르는 척 넘어가는 배포를 가지면 좋으련만."

"꼼꼼한 성격이라고 생각하세요."

"다른 쪽이라면 괜찮을지 몰라도 유성에 꼼꼼한 성격을 가진 리더는 필요 없다. 거친 사람들을 다루려면 카리스마가 필요해."

"그렇죠."

"사돈 남 말 하듯이 하는구나."

"아버지는 저에게 아버지지만 제민은 타인입니다. 제민에게도 그게 좋구요. 만일 유성을 저에게 물려주신다면 제민은 결코 그 결정을 받아들이지 못할 겁니다. 그리고 남은 인생을 걸고 저를 박살 내려고 하겠죠. 정말 그러기를 바라시는 건 아니시죠?"

사태를 정확히 판단한 제하의 말에 수호는 한숨을 내쉬었다.

"전에 말씀드렸듯이 중요한 회사는 묶어 두고 겉보기에 그럴싸한 것들을 제민에게 주세요. 그게 제민에게 훨씬 나을 겁니다."

"그래도 너를 미워하고 싫어하겠지."

"어떻게 해도 제민은 저를 좋아하지 않을 겁니다. 그런데 지 의원 일은 어떻게 되었습니까?"

"나는 집안과 회사 일을 걱정하느라 밤잠을 설치는데, 네놈은 그저 지 의원 놈밖에 관심이 없구나."

"오랫동안 별러 왔던 거, 잘 아시잖습니까."

"그래. 알지. 잘 알지."

말하면서 수호는 그들을 향해서 다가오는 설아를 바라봤다.

"아버님, 제하 씨. 들어오세요."

환한 얼굴로 그들을 부르는 설아. 저리 고운 모습으로 친구를 배신하고 연인을 파멸의 길에 이르게 한 여인이 있으니, 10년이 넘는 세월 동안 복수를 다짐한 제하 같은 남자도 있는 것이겠지.

"그만 들어가자. 슬슬 밤공기가 차가워지는구나. 서류는 서재에 있다."

"읽어 보셨습니까?"

"읽어 봤지만 별거 없었어. 겨우 며칠 이슈로 떠돌다가 사라질 것들뿐이야. 일본 쪽에서 뭔가 꾸미고 있는 것 같긴 한데, 우리 쪽에서 알아보기가 쉽지는 않아. 하나 코퍼레이션 쪽에서 가담해 준다면 꼬리를 잡기가 쉽겠지만. 그놈의 스즈키 가문은 무슨 생각을 하는지. 아비나 아들이나 도통 머릿속을 알 수가 없어."

수호의 말에 제하는 아무 말 없이 앞만 바라봤다. 하나 코퍼레이션과 손잡는다면 일은 훨씬 쉬워질 것이다. 준이 그의 아버지를 설득시킬 수 있다면 좋을 텐데. 준의 아버지는 하나 코퍼레이션에서 손을 뗀 지 시간이 꽤 흘렀지만 여전히 막강한 입김을 자랑하고 있다.

"다만 준표, 그놈은 이상해. 상당히 많은 돈을 지 의원에게서 받고 있는데 어디에 쓰는지 알 수가 없어. 조금 더 자세히 알아볼 수 있었는데……. 중간에 제민이 방해해서."

"……."

"너와 지 의원의 일이 끝날 때까지 아영과 결혼시키지 않으려고 애를 쓰고 있다만……. 내 손자지만 죽도록 패 버리고 싶을 때가 한두 번이 아냐. 제 삼촌이 만나던 여자인 줄 알면서 아영에게 넘어가서 적대감을 드러내는 멍청이라니. 그놈은 왜 그 모양일까. 얼굴을 보면 내 피를 이어받은 건 분명한데. 내 핏줄에서 그런 멍청한 놈이 나왔다니……. 하아……. 들어가자."

집으로 들어가는 수호의 어깨가 애처로울 정도로 축 처졌지만 제하는 외면했다. 유성그룹의 일은 민씨 가문에게 맡기는 것이 가장 좋다. 애초에 그의 몫이 아니다. 그러니 적당한 때에 발을 빼야 한다. 물론 수호는 마지막 순간까지 그를 붙잡아서 제민과 유성그룹의 미래를 책임지게 만들려고 하겠지만.

저녁 식사가 즐거워서인지 집으로 가는 내내 설아의 얼굴에는 미소가 감돌았다. 제하 역시 기분이 좋아 보였다.

"그런데 아버님은 저번과는 전혀 다른 분처럼 보이셨어요."

"이쪽이 본모습이세요. 저번에는 지 의원 때문에 근엄한 척하셨던 거고. 원래는 유머 감각도 좋으시고 유쾌한 성격이시죠."

"아……."

다행이다. 오늘 본 수호와 제하 사이가 전과는 다른 느낌이라서 더욱 다행이라는 생각이 들었다. 전에 만났을 때는 수호가 제하와 제민을 저울질하고 있다는 느낌이 강했었다. 그러나 오늘의 수호에게서는 진심으로 제하를 아끼고 있는 아버지의 모습이 보였다. 혈육이라는 이유만으로 제민에게 무작정 모든 것을 퍼 주지 않을 것 같아서 더 안심이 되었다.

"아버님도 설아 씨가 마음에 드신 것 같았습니다. 그런데."

제하가 말을 하려는데 설아의 휴대전화가 울렸다. 액정에 뜬 이름을 확인한 설아는 저도 모르게 침을 꿀꺽 삼켰다. 지철이다. 제하의 시선이 느껴졌다. 잠시 주저하던 설아는 휴대전화의 전원을 껐다.

"왜요? 내가 있어서 받기 껄끄러우신 겁니까?"

"아…… 아뇨. 그게 아니라."

"그게 아니면 전화를 거세요. 나는 입 다물고 있을 테니까. 물론 이야기도 귀담아 듣지 않을 겁니다."

"아니에요. 그냥 메시지를 보내면 되는 일……."

그때였다. 갑자기 차가 끼이익 하는 소리를 내면서 섰다. 앞으로 덜컹 몸이 쏠렸다. 제하가 재빨리 설아의 앞쪽으로 손을 뻗었으나 충격을 완전히 제어할 수는 없었다.

"괜찮아?"

몸에 가해진 충격으로 인해 설아는 거칠게 숨을 들이마셨다. 아파하는 설아의 모습에 새파랗게 질린 제하는 다급하게 물었다.

"다쳤어?"

"아…… 아니."

조금 시간이 지난 뒤에야 정신이 들었다. 몸 앞쪽이 뻐근하게 아프다. 설아는 걱정하는 제하에게 고개를 흔들었다.

"괘…… 괜찮아요."

그때 앞에서 웬 남자의 목소리가 들렸다.

"야! 내려!"

쾅!

"내리라니까!"

차를 걷어차는 쾅쾅 소리가 남자의 목소리와 함께 울려 퍼졌다. 밖에서 요란하게 소란이 일었지만 제하의 관심은 설아에게 향해 있었다.

"정말 괜찮은 거 맞아?"

"아…… . 네, 네. 괜찮은 것 같은데. 아!"

몸을 움직이자 오른 손목에서 지독한 통증이 밀려왔다. 설아가 얼굴을 찡그리자 제하의 얼굴 표정이 싹 변했다. 안전벨트를 푼 제하는 설아에게 여기에 있으라는 말을 남긴 채, 밖으로 나갔다.

앞쪽에 호리호리하게 생긴 남자가 멈춰 선 차의 운전석 쪽으로 있는 대로 소리를 지르고 있었다. 두 눈이 광기로 번들거리는 남자의 얼굴은 벌겋게 달아올랐다.

"내리라니까! 야! 이년아! 내려!"

"무슨 일입니까?"

제하의 정중한 질문에 남자는 손을 흔들었다.

"형씨는 갈 길이나 가! 야! 내려! 평생 여기 숨어 있을 수 있다고 생각해? 내리라니까!"

남자는 고함을 지르면서 차 문을 발로 쾅쾅 내리 찼다. 그때마다 차 안의 여자는 움찔거리며 울었다.

"네년이 도망을 치면 어디까지 갈 수 있을 것 같아? 사람을 뭘로 보고!"

"네. 맞습니다. 그 부근입니다."

차 안의 여자를 위협하던 남자는 차분한 목소리로 누군가를 부르는 제하를 돌아봤다. 제하의 손에 들린 휴대전화를 발견한 남자는 서둘러서 뛰어왔다.

"야! 너, 이 새끼! 뭐하는 거야?"

"사고가 났으면 해야 하는 거."

"이 자식이!"

이 자식이라는 말을 하면서 남자는 손을 휘둘렀다. 그러나 남자의 주먹은 제하의 얼굴이 아니라 허공을 갈랐다. 제하가 살짝 비키는 바람에 헛손질을 한 남자는 그대로 앞으로 고꾸라졌다. 헛 하는 소리와 함께 남자가 넘어지자 앞쪽의 차에서 창문이 내려갔다. 여자의 다급한 목소리가 들렸다.

"경찰! 경찰 불러 줘요!"

"야! 이년아! 정신 차려!"

"이미 불렀습니다."

"뭐?"

경찰을 불렀다는 말에 남자는 거의 미친 듯이 날뛰었다. 그러나 건장한 남자인 제하에게는 덤벼들지 않았다. 아까 주먹을 날렸다가 실패한 일 때문인지, 남자는 제하에게서 조금 떨어진 곳에서 욕설만 내뱉었다.

"괜한 일에 끼어들지 말고 꺼져! 남의 집안일에 끼어들어 봤자!"

"그 집안일, 그 괜한 일. 좀 끼어들어야겠어."

"뭐?"

"내 일행이 다쳤거든. 네 녀석이 갑자기 서는 바람에."

"이 자식이 허파에 바람이 들었나! 배에 시원하게 구멍이라도 내 줘야 정신을 차리겠어?"

"네가? 감히?"

제하는 남자를 보면서 피식거렸다. 남자가 가지고 있는 유일한 장점은 바로 자신보다 강한 사람을 알아보는 재능이었다. 제하가 자신보다 월등히 강하다는 사실을 재빨리 알아차린 남자는 앞쪽 차에 있는 여자를 손가락질하며 바락바락 고함을 질렀다.

"저년이! 일을 쳤어!"

"나와 관련 없어."

제하는 남자를 향해 한 발 더 다가갔다.

"중요한 건 내 사람이 다쳤고 그 책임은 네가 질 것이라는 데 있지. 그러니 지금부터 최대한 빨리 도망치는 게 좋을 거야. 나는 경찰이 아니라서 법률적인 문제를 따지지 않거든. 네놈이 오늘 일에 대해서 평생 후회하게 만들어 줄 테니까."

제하가 입을 열 때마다 남자의 기세는 꺾여 들었다. 주위를 두리번거리던 남자는 재빨리 자기 차에 타고서 번개처럼 사라졌다.

잠시 후 모든 일이 끝난 뒤에 제하는 앞차에서 덜덜 떨고 있는 여자에게 다가갔다. 눈물로 범벅이 된 여자는 연신 고개를 숙이면서 제하에게 고맙다고 말했다.

"이런 충고 많이 들으셨겠지만, 더 조심하는 게 좋을 것 같습니다."

"……."

"상대방을 붙잡기 위해서 일부러 사고를 일으키는 남자입니다. 경찰에 신고는 하셨죠?"

"네……. 그런데…… 아직…… `아무런 피해를 입지 않았다고…….`"

여자의 울먹거림은 본격적인 울음으로 변했다. 그 모습을 보던 제하가 한숨을 쉬었다.

"차로 들이박은 물리적인 위해를 가했으니 경찰도 조금 달라질 겁니다. 정 안 된다 싶으면 서대문 경찰서의 표창인 형사님을 찾아가세요. 그분이 이런 일에는 베테랑이십니다. 관할 구역의 문제가 있을지도 모르지만 최대한 도와주실 겁니다."

"네. 네. 감사합니다. 감사합니다."

대충 상황을 정리한 후 차로 돌아온 제하는 설아를 살폈다.

"아까 팔 다친 것 같던데 괜찮습니까?"

"네. 괜찮아요. 그런데 그 사람들은?"

"잘 해결되었습니다. 여자분은 경찰에 신고하겠다고 했고 남자에게는 겁을 좀 줬으니까 다시 나타나지 못할 겁니다."

"그래도 위험한 상황 아니에요?"

"위험하지만 남자에게는 충분히 경고했으니까……. 원래 저런 자들은 선택적 분노 조절 장애를 겪기 때문에 자기보다 강한 사람이 나타났다는 것을 알면 꼬리를 말고 도망치죠."

"선택적 분노 조절 장애요?"

"자기보다 강한 사람 앞에서는 얌전하지만 약한 사람 앞에서는 폭군으로 변하는 병이죠."

평소의 제하와 조금 다른 모습이었다. 시니컬한 말투. 이런 제하는 처음이다.

"그런데 누구였습니까?"

"네?"

"전화."

"아……."

지금까지 전화를 잊고 있었다. 차 바닥에 떨어져 있는 전화기를 집어 든 설아는 슬쩍 제하의 눈치를 살폈다. 휴대전화의 전원을 켜기가 조금 껄끄럽다. 혹시라도 전원을 켜자마자 지철이 전화를 걸어오면 어쩌나 하는 걱정과 함께 제하에게 지철 때문에 전원을 껐다는 사실을 알리고 싶지 않았다.

"전화, 거세요."

"아뇨. 괜찮아요."

설아는 단호히 고개를 저었다.

"집에서 걸어도 되는 전화예요. 그리고 개인적인 전화라서 다른 사람이 있는 앞에서 하고 싶지 않아요."

"편하신 대로."

제하는 아무렇지도 않은 듯 말했지만, 편하신 대로라고 말하는 목소리에서 까끌거리는 감정의 편린이 느껴졌다. 그 뒤로 제하는 집에 도착할 때까지 아무 말이 없었다. 차에서 내린 제하가 정중하게 편히 쉬라는 말을 했지만 불편했다.

게스트 룸에 들어선 설아는 고개를 뒤로 젖혔다. 수호의 집에서 나올 때만 해도 괜찮았는데 지철의 전화가 모든 것을 망쳤다.

망쳤다? 도대체 왜 이러나. 망쳤다니. 지철이 망친 것은 아무 것도 없다. 제하와 자신은 계약 관계일 뿐이다. 그런데 제하와의 시간을 놓쳤다고 우울해하는 건, 문제가 있다. 또 오늘 낮에 아영을 만났을 때도 그렇게까지 적의를 불태울 필요는 없었다. 아니, 그 이전에 아영을 볼 때마다 유달리 신경이 곤두서는 것도…….

그만하자. 설아는 고개를 저었다.

더 이상 깊게 생각하지 말자. 제하는 충분히 여자의 마음을 흔들 수 있을 정도로 매력 있는 남자이지만 흔들려서는 안 된다. 흔들릴 이유도 없고. 그러니 못난 생각과 욕심은 여기서 접어 두자. 자신에게는 지철도 과분한 상대다.

아주, 엄청나게 과분한 상대.

한숨을 쉬면서 설아는 전원을 켰다. 휴대전화가 제대로 작동하자마자 아버지에게서 전화가 왔다.

— 설아냐? 왜 그렇게 전화를 안 받아! 전원이 계속 꺼져 있던데!

"충전하는 걸 깜박했어요."

— 깜박할 게 따로 있지! 얼마나 걱정했는 줄 아냐?

"죄송해요."

— 내가 당장 서울로 올라가려는 걸, 이 여사가 말려서 참았다.

이 여사는 최근 아버지와 사귀고 있는 이순지다. 순지가 말려서 참았다는 말에 설아는 시계를 바라봤다. 10시가 넘은 시

간. 이 시간까지 두 사람이 함께 있는 거라면 슬슬 순지를 새어
머니로 받아들여야 하는 걸까?

— 그래. 아무 일도 없었다니 안심이다. 그런데 지철이와는
어떻게 되어 가고 있는 거야.

"아버지……. 그 문제는."

— 그래, 그래. 젊은 사람들 일에 늙은이가 끼어들면 안 되는
것쯤은 잘 알고 있지만, 그래도 궁금해서. 저쪽에서는 네가 상
당히 마음에 드는 거 같던데. 그런데 설아야.

민강의 목소리가 은근해졌다.

— 이번 주말에 집에 좀 내려올 수 있냐?

"주말에요?"

— 그래. 그게……. 이번에…… 말이 나와서 말인데. 이 여사
하고 합치기로 했다.

"정말요? 잘하셨어요, 아버지!"

— 가족들끼리 다 모여서 밥이라도 한 끼 해야 할 거 같아서.
이번에 이 여사 아들인 정호가 휴가를 나온다니까, 너도 와야지.

경주로 내려오라는 말에 잠시 주저했다. 제하와의 스케줄이
어떻게 될지 모른다.

"아……. 그게……."

이번 주말은 조금 곤란할지도 모른다는 말을 하려다가 설아
는 순순히 민강의 말에 응했다. 최근 제하는 불편해졌다가 편해
지고 그러다 다시 불편해지고 있다. 아무리 일적인 관계라고 하
지만 남녀가 오랫동안 같이 있으면 감정이 흐를 수 있다. 그러

니 며칠만이라도 제하와 떨어져서 냉정을 되찾을 필요가 있다.

"네. 이번 주말에 내려갈게요. 몇 시까지 가면 돼요?"

— 일요일 6시에 식사하기로 했으니 3시쯤 집에 오면 될 게다.

"네."

민강과 약속한 설아는 지철과 제하에게 연락을 했다. 지철에게서는 곧장 답이 왔으나 제하에게서는 아무런 답이 오지 않았다.

아침 일찍 KTX를 탄 설아는 자리에 앉자마자 두 눈을 감았다. 반쯤 졸린 눈으로 설아는 빠른 속도로 흘러가는 창문 너머의 경치를 바라봤다. 처음 경주로 내려갔을 때는 모든 게 낯설었다. 완전히 회복되지 않은 몸으로 접한 경주는 회색빛 도시였다.

교통사고 덕분에 1년이 늦은 데다가 성형 수술로 얼굴 전체를 다 고쳤다는 소문 때문에 은근한 따돌림을 당했던지라 학교에 대한 기억도 별로 없다. 어쩌면 하재가 없는 학교는 별다른 의미가 없었기 때문일지도 모르겠다. 다만 서울과는 다른 물가 때문인지 경주에서의 삶은 과거와 비교할 수 없을 정도로 윤택했다.

"아버지, 저 왔어요."

3층 건물의 위층을 가정집으로 개조한 집에 들어서자 거실 소파에서 기다리고 있던 민강이 고개를 들었다.

"왔냐? 이건 뭐냐? 빵?"

"네. 중간에 내려서 빵 좀 사 가지고 왔어요. 이 여사님이 여기 빵 좋아하잖아요."

"그렇지."

빵을 보면서 민강은 흐뭇한 미소를 지었다.

"그나저나 좀 자주 내려와라. 번역 일이 바빠 봤자 얼마나 바빠."

"학원 일도 있어서요."

"정식 교사도 아닌데. 그까짓 거 하다가 그만두면 되지. 내려와서 깨끗한 공기를 마셔야 건강도 좋아져. 나는 이제 서울에 올라가면 탁한 공기 때문에 폐가 상하는 것 같다. 이것 봐라. 얼굴이 아주 반쪽이 되었어. 온 김에 든든하니 먹고 가. 매끼니마다 야채 챙겨 먹고. 점심은 아직 안 먹었지?"

"네."

"그럴 줄 알고 내가 너 좋아하는 삼계탕 해 뒀다. 먹자."

민강은 설아를 주방으로 이끌었다. 그러더니 서둘러서 삼계탕을 식탁 위에 올려놓았다.

"아주 어리고 실한 닭으로 푹 끓였으니까, 많이 먹어. 그리고 다이어트, 그런 거 할 필요 없다. 넌 지금이 딱 보기 좋아. 자, 여기."

민강은 먹기 좋게 삼계탕의 살들을 찢어서 설아에게 내밀었다. 민강이 건넨 살코기를 그릇에 받던 설아는 하얗게 샌 민강의 귀밑머리를 발견했다. 여기저기 흰머리가 잔뜩 늘어난 민강을 보니 안쓰럽다. 억압적이고 가부장적인 성격의 민강이 원망스러울 때도 많았다.

하지만 세상에 완벽한 부모가 어디 있으랴.

민강은 혼자 몸으로 어린 딸을 키우기 위해서 최선을 다했다. 과거에 사고로 사경을 헤매다가 눈을 떴을 때, 혹시라도 딸이 잘못될까 봐 며칠 동안 자지도 먹지도 못한 채 병상을 지키고 있던 민강의 초췌한 모습이 아직까지도 선명하다.

"아버지, 염색하셔야겠어요."

"응. 그렇지? 자꾸 새치가 늘어. 이제는 새치가 아니고 아예 흰머리지."

"민강 씨. 설아는……. 어머."

막 현관문을 들어선 순지가 설아와 민강을 발견하고는 웃었다. 순지는 근처에서 작은 식당을 운영하고 있다.

"벌써 먹고 있었네. 내가 여기 깍두기를 담아 왔는데. 이거 좀 같이 먹어요, 설아 양."

수더분한 인상의 순지는 웃으면서 머리카락을 뒤로 넘겼다. 민강은 순지와 설아를 바라보면서 흐뭇하게 웃었다.

"뭐, 이런 걸 담아 왔어. 힘들게."

"어차피 식당 깍두기 담으면서 조금 더 담은 거예요."

"그래도 힘들잖아. 식당 일이라는 게 힘을 얼마나 쓰는 건데."

"괜찮아요. 설아 양, 이거 같이 먹어요."

"네. 그런데 이렇게 많이 먹으면 오늘 저녁을 못 먹을 거 같은데."

"에이. 점심 배가 따로 있고 저녁 배가 따로 있는 거지. 어차피 삼계탕의 닭이 작아서 금방 꺼질 거야. 그나저나 우리가 합치는 거……."

순지가 말을 흐리자 설아는 환하게 웃었다.

"찬성이에요, 어머니."

"어머."

설아가 어머니라고 말하자 순지의 얼굴이 붉어졌다.

"아버지가 저 키우느라 고생 많이 하셨잖아요. 그러니까 이제 행복하셔야지요."

"고생은 무슨. 부모가 자식 키우는 게 어떻게 고생이야? 당연한 일이지."

퉁명스럽게 말하지만 재혼을 축하하는 설아를 바라보는 민강의 얼굴은 흐뭇했다.

"결혼식은 조촐하게 하기로 했어요. 아무래도 재혼이니까."

"재혼이라도 할 건 다 해야지!"

"난 싫어요, 결혼식에 돈 쓰는 거. 다 헛짓이에요. 사람이 사는 데 돈을 써야지, 결혼식 같은 데다가 돈을 다 쓰면 어떻게 해."

순지의 말에 민강은 흐뭇한 미소를 지었다.

"봐라, 설아야. 네 새어머니가 이렇게 현명한 사람이다. 돈을 어디에 써야 하는지 알고 있어."

"또 설아 양이 결혼하면 돈이 들어갈 텐데. 우리 결혼식은 조촐한 게 좋아요."

"아, 그래. 맞다. 설아야, 내일 아침에 시간 되면 나와 같이 지철이네 집에 좀 가자."

"네?"

"그렇게 걱정할 거 없다. 그냥 얼굴을 한번 보여 주는 거니까. 이렇게 저렇게 서로 얼굴을 익히면서 친해지는 거지."

"아…… 아버지."

아직 몇 숟가락 먹지도 못한 삼계탕이 차갑게 식어 가고 있다. 주저하던 설아는 아버지에게 웃으면서 말했다.

"아직 결혼할 때는 아닌 거 같아요."

"뭐?"

민강의 눈썹이 씰룩거렸다.

"결혼할 때라니! 그렇게 따지면 너는 한참 늦었어! 서른이 된 여자를 어디다가 써!"

"……."

"스물일곱에 결혼해서 1년쯤 신혼 즐기다가 스물여덟에 애 낳고. 남편하고 알콩달콩 사는 거! 그게 여자로서는 제일 행복한 거야! 네가 지철이와 결혼하면 사돈집이 근처니까 나도 손주들 얼굴을 자주 볼 수 있고. 좋은 게 좋은 거잖아!"

"……."

"이제 너를 시집보내면 내 할 일은 다 하는 셈이다. 나도 네 새어머니와 여행이나 다니면서 쉬어야지. 설아야, 여자는 남자를 잘 만나서 사랑받으면서 살아야 해. 그게 제일 행복한 거야. 여자 인생에서 남편을 잘 만나서 애 낳고 사는 것 이상은 없어!"

민강의 생각은 변함없다. 여자에게 있어서 가장 큰 행복은 조신하게 지내다가 시집을 잘 가서 시부모님 봉양을 잘하고 남편 뒷바라지를 하는 것. 어떤 말을 해도 민강의 생각은 달라지지 않는다.

"하지만 아버지……. 약속도 없이……."

"괜찮아, 괜찮아! 그쪽도 너를 제대로 보고 싶어 해. 어른들에게 예쁨받으려면 미리미리 얼굴 도장도 찍고 그래야지."

"이제 겨우 한 번 만났어요! 그리고 아직 결혼 생각이……."

설아가 자신의 생각을 제대로 말하기도 전에 불호령이 떨어졌다.

"너! 지금 서른이야! 그래도 저쪽 집에서 너를 예쁘게 봤으니까 지철이와 만나게 해 줬던 거지! 내가 평생 사는 것도 아니고! 네가 제대로 사는 걸 봐야, 눈을 감아도 눈을 감을 거 아니냐! 내가 없으면 이 세상에 너 혼자야! 혼자!"

민강의 얼굴이 시뻘겋게 달아올랐다.

"세상에서 혼자라는 게 어떤 뜻인지 알기나 해? TV에 나오는 여자들이 인생을 즐기고 어쩌고 하니까, 너도 그럴 수 있을 거 같아? 그런 건 다 잘난 애들이나 하는 거야! 부모 두 명이 떡하니 있고 잘난 부모들이 잘 키운 잘난 애들! 내가 혼자 몸으로 너를 키우느라 얼마나 힘들었는 줄 알아? 혼자 딸을 키운다고 입방아 찧는 것들을 한두 번 만난 줄 알아? 세상은 부모가 번듯하게 있어야 대우해 주는 거야! 내가 없으면 너 혼자인데! 그럼 너 혼자서 어떻게 살아?"

사랑이, 부모의 사랑이 거대한 짐이 되어서 온몸을 짓누른다. 민강이 무엇을 두려워하는지 알고 있다. 그가 죽으면 혼자가 될 딸을 걱정하는 것이다. 눈에 넣어도 아프지 않은 딸을 위해서 그는 백방으로 노력하고 있는 중이다.

그런데 왜 아버지의 사랑이 이다지도 버거울까? 남자 혼자의 몸으로 딸을 번듯하게 길러 냈다는 민강의 자부심이, 설아에게는 한없이 무거울 뿐이다.

"아이, 참. 그만해요. 그리고 요즘은 다들 늦게 결혼해요. 또 송 사장님네는 생각도 없는데 우리끼리 김칫국부터 마시면 안 되지."

순지가 끼어들었다.

"김칫국이라니? 우리 설아가 어디가 어때서? 얼굴 예쁘지! 성격 좋지! 순하고 어른 공경 잘하지! 우리 설아도 빠지지 않아!"

"알아요, 알아. 설아 양 싫다고 할 사람 없어요. 그래도 너무 고개 숙이고 들어갈 필요도 없는 거잖아요. 설아 양이 어디가 부족해서? 아버지가 경주 시내 번화가에 건물도 있고 또 여기 이 건물도 있는 알부자잖아요. 또 저렇게 예쁜데. 여자는 적당히 튕겨야 매력이 있는 거예요."

순지가 극구 말리자 민강도 입을 다물었다. 그러나 못마땅한 기색은 여전했다.

"젊은 사람들끼리 친해져야지. 늙은 사람들이 나서면 될 일도 안 돼. 그렇지, 설아 양?"

"……."

설아는 아무 말도 하지 못한 채 고개만 끄덕였다.

"어머, 그사이에 삼계탕 다 식었겠다. 밥 먹을 때는 밥만 먹어야 하는 건데. 그 삼계탕 말이지, 아버지께서 설아 양 온다고 며칠 전부터 엄청 준비한 거야. 닭도 영계로 부드러운 걸 고른다고 시장을 몇 번이나 도셨는지 몰라. 많이 먹어요."

"네."

순지는 좋은 사람이다. 혼자 있는 아버지의 돈이나 노리고 온 사람이 아니라는 것쯤은 예전부터 알고 있던 사실이다. 그런데 자신을 사랑하는 아버지와 사람 좋은 순지와 함께 있는 것이 왜 이다지도 불편한 걸까?

"그런데."

순지가 끼어들자 부루퉁한 얼굴로 있던 민강이 입을 열었다.

"도대체 지철이는 어디서 일하고 있다더냐? 공무원이라는 말은 들었는데 그 이상은 알려 주지를 않으니……."

"아……. 그게……."

말하기가 난처하다. 만일 지철이 검사라는 사실을 알게 되면 민강은 지금보다 열 배는 더 심하게 굴 것이다.

"만나 봤다며! 그런데 뭐 하는지도 몰라?"

"아이. 왜 그래요. 공무원이면 하는 일이 다 똑같지."

"똑같기는 어떻게 똑같아. 어디서 근무하느냐에 따라서 앞으로 살 곳이 결정되는 거지. 이쪽으로 내려올 수 있는 분야면 좋잖아."

"아버지. 아직 결정 난 건 아무것도 없어요!"

"허어! 너를 거절할 사람은 없다니까! 네가 어디가 어때서!"

"또, 또 이런다. 이제 보면 이 사람은 완전히 딸 바보라니까. 이제 그만해요. 설아 양이 밥을 못 먹겠어요. 정성 들여 만들었는데 하나도 못 먹으면 아깝잖아요."

"알았어."

순지의 애교 섞인 말에 민강은 허허거리며 웃었다. 그러나 설아의 마음은 그 어느 때보다도 무거웠다. 억지로 삼계탕을 먹은 뒤 저녁에는 순지의 아들인 정호를 만나러 갔다. 군인 특유의 어색함과 딱딱함은 있었지만 정호는 좋은 사람이었다. 민강과도 말이 잘 통해서 앞으로도 잘 지낼 것 같았다.

모두가 평온하고 행복한데, 설아 혼자서만 어색한 웃음을 지으며 억지로 밥을 씹어 삼켰다.

"경주에서 곧장 올라왔다구요? 그럼 피곤하실 텐데."

설아는 걱정스러운 얼굴의 지철에게 손을 저었다.

"요즘은 KTX가 있잖아요. 두 시간쯤 있으면 서울이라서 피곤하지 않아요. 그보다 사건은 잘 끝내셨어요?"

"대충 끝났습니다. 그런데 대개 사건들은 단독으로 진행되지 않고 같이 진행되는 게 많아서 하나가 끝나도 해결해야 할 다른 사건들이 산더미처럼 있죠."

"혹시 바쁘신데 제가 시간을 뺏은 거예요?"

"이래서 바쁘다는 말을 하고 싶지 않았는데. 전에 말했잖아요. 공무원은 주 5일 근무를 할 수 있어서 공무원이라고. 그러니까 주말에는 영화를 봐야죠. 다른 것보다 영화가 취향에 맞으셔야 할 텐데."

지철은 영화가 설아의 취향에 맞을지에 대해서 걱정했지만 불필요한 우려였다. 막대한 예산을 들인 액션 영화는 시종일관 경쾌했다. 복잡한 머리를 식히기에는 완벽했다. 영화는 재미있었고 지철과의 대화도 유쾌했다. 처음 만났을 때도 느꼈지만 지철과 있으면 편했다. 비슷한 시기에 같은 도시에서 고등학교를 다녔다는 동질감 때문인지 대화 거리가 떨어지지 않았다.

"시간이 정말 빠르긴 빠르네요. 고등학교를 졸업했을 때가 엊그제 같은데. 어느새 벌써 서른한 살이라니."

"그러게요. 어릴 때 어른들이 시간은 쏜살같이 흘러간다고 말해도 믿지 않았는데."

"쏜살보다 더 빨리 흘러가는 것 같지 않아요?"

"맞아요. 그때는 내가 서른이 넘을 거라고는 상상도 못 했는데. 아니지. 서른이 되면 뭔가 엄청난 것을 이뤘을 거라고 생각했는데, 달라진 게 별로 없군요."

"지철 씨 같은 분도 그런 생각 하세요?"

"네?"

"멋지시잖아요. 똑똑하고 잘생겼고, 집안도 좋고. 그런데도 이룬 게 없다고 생각하실 줄은 몰랐어요."

"와……. 이거, 좀 많이 부끄러운데."

지철은 붉어진 얼굴로 머리를 긁적였다.

"공부를 잘한 것밖에 없는데. 너무 과대평가를 하시네요. 그리고 누구나 똑같은 게 아닐까 싶습니다. 어릴 때 꿈꾸던 미래처럼 살아갈 수 있는 사람이 몇 되겠어요. 다들 조금씩 빛이 바스라지는 자신에게 적응하면서 사는 거겠죠."

"……그렇겠죠."

"이렇게 씁쓸한 이야기를 하고 싶지 않았는데. 조금 달달한 이야기를 하죠. 이번에 경주에 가셨으면 르르 빙수점에서 새로 나온 딸기 빙수 드셔 보셨어요? 그거 경주에 있는 친구가 말해 주길 요즘 핫하다던데."

"네? 무슨 빙수요?"

"르르 빙수 모르세요? 다섯 번째 선택. 그 집 옆쪽에 가면 좁은 골목길이 하나 있잖아요. 그 골목으로 가면 끝에 르르 빙수점이 있는데, 그곳 빙수가 최고였어요."

"다섯 번째 선택? 거기가 어디예요?"

"와. 다섯 번째 선택을 모르다니. 친구들과 별로 놀러 다니지 않으셨구나."

지철의 말에 설아는 미소를 지었다.

"들켰네요. 제가 친구가 별로 없었어요. 한 살이 더 많았거든요. 지금 같으면 별것 아닌 건데, 그때는 그 한 살이 엄청나게 크게 느껴질 수밖에 없었으니까. 또…… 아시는지 모르겠지만 저에 대해서 좀 소문도 돌았고."

"아아……."

설아의 말에 지철은 알겠다는 듯 고개를 끄덕였다.

"신경 쓰지 마세요. 그런 남자 놈들이 있어요. 찌질하다고 해야 하나? 괜히 여자를 깎아내리는 거. 자신이 올라가지 못하니까 여자를 밑으로 끌어내려서 만족감을 느끼는 남자들이 있어요. 범죄자들 대부분이 그런 성향인데. 신경 쓰지 마세요. 찌질한 사내놈들이 예쁜 여자를 향해서 자기들끼리 없는 말 지어내서 퍼트리고 즐기는 거니까. 살인 미수 사건에 휘말려서 다쳤던 상처를 수술한 것 가지고 별의별 말을 지어내는 놈들을 상대할 필요 없잖아요."

처음에는 지철의 말이 고마웠다. 오랜 상처를 치료받는 느낌이었다. 그런데 살인 미수라는 말을 듣는 순간 설아는 두 눈을 찡그렸다.

"그게…… 무슨 말씀이세요?"

"네?"

"살인 미수 사건이라뇨? 지금 제 이야기 하는 거 맞아요?"

설아의 반문에 지철도 당황해했다.

"그렇게 들었는데……. 웬 미친놈이 차도 쪽으로 떠밀었다고."

"네?"

지철의 뜬금없는 이야기에 설아는 두 눈을 동그랗게 떴다.

"그게 무슨 말씀이세요?"

"전학 오기 전 학교에서 웬 불량 학생이 퇴학에 앙심을 품고 지나가던 설아 씨를 차도로 밀었다고 들었는데……. 같은 학교 학생이라는 이유만으로 해코지를 하려 했다고."

지철이 말할수록 설아는 더더욱 의아한 표정이 되었다.

"누가…… 누구를 밀어요?"

"그러니까 불량 학생이 설아 씨를……."

"아뇨! 그런 일은 없었어요!"

설아는 강하게 부정했다.

"그냥 교통사고였어요. 심하게 다쳐서 혼수상태까지 갔지
만……."

"이런……. 소문이 많이…… 잘못 난 것 같은데."

"그런데 그런 이야기를 어디서 들으셨어요?"

설아의 질문에 지철은 조금 난감한 얼굴이 되었다.

"글쎄요. 대부분 그렇게 알고 있는데……. 설아 씨 아버님이
그런 말을 했던 것 같기도 한데. 저희 아버님과 두 분이서 술자
리를 하다가 말하는 걸 언뜻 들은 것 같기도 하고. 아! 그렇다고
내가 그 소문을 낸 건 아닙니다. 절대로!"

지철은 자신이 소문을 낸 것이 아니라며 손을 저었다. 아마
지철의 말이 맞을 것이다. 겨우 두 번밖에 만나지 못했지만 지
철은 다른 사람에 대해서 함부로 말하는 타입이 아니다. 그렇다
면 아버지의 입에서 그런 말도 안 되는 이야기가 흘러나왔다는
건데. 왜? 설아의 얼굴이 굳자 지철은 서둘러서 화제를 돌렸다.

"내가 괜한 이야기를 했나 봅니다. 즐거운 이야기만 해야 하
는 건데."

"아니에요. 별로 기분 나쁜 이야기도 아니니까. 그냥 오해가
있었나 봐요. 말씀하신 것 같은 일은 없었어요. 학교에서 돌아

오는 길에 교통사고를 당했어요. 그 사고로 크게 다쳐서 몇 달 동안 병원에서 지내야 했죠. 퇴원하자마자 경주로 이사를 온 뒤로는 재활 훈련도 해야 했고. 그래서 학교도 1년 휴학했던 거예요. 하지만 그뿐이에요. 살인 미수 같은 끔찍한 일을 당한 적 없어요. 그 사고 때문에 1학년 2학기를 제대로 다니지 못해서 다시 1학년부터 시작해야 했죠. 또…….”

말을 하려다 말고 설아는 주춤거렸다.

“등의 상처 때문에 수술을 하느라……. 그건 이미 아시는 것 같으니까…….”

“많이 힘드셨겠습니다. 그렇지만 단순한 사고라니까 오히려 다행입니다. 아, 그렇다고 사고가 잘 났다는 뜻은 아니고. 이쪽 일을 하면서 느낀 건데, 누군가의 악의에 휘말려서 다치게 되면 좀처럼 극복하기 힘들어서.”

설아는 지철의 말을 순순히 받아들였다. 좋은 사람이다. 다시 한번 더 지철이 좋은 사람임을 깨달았다. 느낌이 좋은, 반듯한 태도가 상대방의 긴장을 풀게 만들고 있다. 어쩌면 제하가 원하는 상대가 이런 사람일지 모르겠다.

자신처럼 여기저기 흠 있는 사람이 아니라 환하고 밝은 사람.

“그런데 사고는 왜 난 겁니까? 음주?”

지철의 질문에 설아는 조금 난감한 기색을 표했다.

“음……. 그게 기억이 없어요.”

“네?”

“의사 선생님이 말씀하셨는데, 사람이 너무 큰 고통과 충격을 받으면 자기방어 기제로 그 순간의 기억을 뇌에서 삭제할 수가 있대요. 제가 그런 케이스인 거죠. 저만 그런 게 아니라, 병원에서도 사고 당시를 기억하지 못하는 환자들이 꽤 많았어요."

"하긴 큰 사고였다면 그 순간이 흐릿할 수도 있겠군요."

"네. 저 같은 경우에는 어느 시점부터 통째로 기억이 없어요. 병실에서 깬 기억은 선명하게 나요. 깨 보니까 다들 죽는 줄 알았다면서 걱정하고 있더군요."

"후유증 같은 건 없으신가요? 아, 이거 괜한 호기심을 드러낸 느낌인데."

"아니에요. 다행히 큰 후유증 같은 건 없어요. 아직 등의 상처가 조금 남아 있고 피곤하면 다리가 당기는 정도. 그래서 오래 걷지 못해요."

"이런."

설아가 다리가 불편하다는 말을 하자 지철은 미안한 얼굴이 되었다.

"그럼 전에 지하철 타고 가셨을 때 많이 피곤하셨을 텐데. 집까지 데려다 드릴걸."

"아니에요. 지하철을 타지 못할 정도로 엉망은 아니니까 그런 말씀 하지 마세요."

사고로 시작된 이야기는 건강에 대한 이야기로 흘러갔다. 어떤 음식이 좋고 어떤 운동이 좋다는 이야기를 한참 하는 동안 시간은 꽤 많이 흘렀다. 헤어져야 할 시간이 다가왔지만 지철은 자리에서 일어나지 않고 미적거렸다.

"그런데 설아 씨. 우리 이대로 헤어지는 건 아쉽지 않아요?"

"……?"

"사귀자거나 결혼하자는 거 아닙니다. 그런 부담은 가지지 마세요. 같은 고향 사람끼리……. 아, 참. 설아 씨는 고향이 서울이지. 뭐, 어쨌든 이것도 인연이니까. 심심할 때 만나서 밥이나 먹는 건 어때요? 어디까지나 서로 달리 만나는 사람이 없다면."

"……."

"그렇다고 찌질하게 만나 주세요. 제발 만나 주세요라면서 달라붙지 않을 테니까, 안심하세요. 맛집을 발견했는데 혼자 먹으러 가기 난처할 때 같이 가는 밥 동지 정도로 어때요?"

"네. 좋아요. 그렇게 하죠."

말하는 순간 알 수 있었다. 이건 틀림없이 옳은 선택이다. 지금까지 수많았던 잘못된 선택 중에서 유일하게 옳은 선택일 것이다. 설아의 승낙에 지철은 환하게 웃었다.

"그럼 그렇게 하는 겁니다."

"네."

설아는 웃으면서 지철이 내미는 손을 잡았다.

집으로 돌아가는 길에서 설아는 지철의 말을 떠올렸다. 누군가가 의도적으로 자신을 해치려 했다는 말. 영화나 드라마에나 나올 법한 이야기가 자신의 이야기인 양 떠돌아다니고 있을 줄 몰랐다. 설아는 지하철 창문에 비치는 자신을 바라봤다.

어쩌면 고등학교 시절 단 한 명의 친구도 없었던 건, 그런 소문까지 더해졌기 때문이었을지도 모르겠다. 살해당할 뻔한 아이. 죄가 없을지라도 사람들은 살해당할 뻔한 사람을 꺼려 하기 마련이다.

사고에 대해서는 지금도 기억이 나지 않는다. 정신을 차려보니 병원에 있었다. 얼마나 울었는지 얼굴이 퉁퉁 부은 민강의 얼굴이 가장 먼저 보였다. 일주일간 혼수상태였다고 들었다. 그 뒤로는 지독한 통증과 재활 훈련의 연속이었다. 부서진 왼쪽 어깨와 다리가 회복된 뒤 경주로 이사했다. 큰 사고였지만 그게 살인 미수 사건으로 둔갑했을 줄은 몰랐다. 왜 그런 말도 안 되는 이야기로 변한 걸까? 적당한 기회가 되면 아버지에게 물어봐야겠다.

집에 도착한 설아는 가방에서 열쇠를 꺼냈다. 손안에서 차가운 금속 질감이 느껴졌다. 지난번 대문 앞에서 몇 시간 동안 기다린 뒤에, 제하가 건네준 대문 열쇠다. 문을 열면서 갤러리 쪽을 쳐다봤다. 불이 꺼져 있다. 제하는 자고 있는 걸까? 아니면 없는 걸까? 어쨌든 오늘 하루는 제하와 마주치지 않아도 된다는 사실이 마음의 평온을 가져다줬다.

그러나 평안은 오래가지 않았다. 현관문을 열고 거실을 지나서 게스트 룸으로 가려던 설아는 거실 소파에서 잠들어 있는 제하를 발견했다. 환한 불빛에 눈을 찡그리는 제하를 보는 순간 설아는 서둘러서 불을 껐다.

왜? 왜 제하가 거실에? 시간이 지나자 눈이 어둠에 익숙해졌다. 거실 탁자 위에는 엄청나게 많은 서류가 흩어져 있었다. 아마도 자신이 경주로 내려간 사이, 영순이 제하를 다그쳤을 것이다. 집에서 밥 먹고 일하라고. 영순의 말을 거절하지 못한 제하가 거실에서 일하다가 잠들었을 것이고.

설아는 조심스레 한 발 한 발을 내디뎠다.

부디 제하가 깨지 않기를 바라며.

"경주는……."

잠에서 금방 깬, 쉰 목소리가 들렸다.

"잘 갔다 왔습니까?"

몸을 반쯤 일으킨 제하가 보였다.

"저 때문에 깨신 거예요?"

"아니……."

여전히 쉰 목소리다.

"어차피 중간에 일어나서…… 돌아갈 생각이었습니다. 며칠 더 있다가 올 줄 알았는데."

"그렇게 됐어요. 저 때문에 일어나시게 해서 죄송해요. 그러잖아도 갤러리에서 지내시는 게 불편하실 텐데."

"괜찮아요. 좁지는 않으니까."

몸을 일으킨 제하는 이마 쪽으로 흐트러진 머리카락을 뒤로 넘겼다.

"좁은 곳은 딱 질색이라서."

"좁은 곳을 싫어하세요?"

질문을 던지는 스스로가 바보 같다는 생각을 했다. 방금 좁은 곳을 싫어한다고 말했는데 다시 싫어하냐고 묻다니. 그러나 제하는 별다른 반응을 보이지 않고 순순히 고개를 끄덕였다.

"네. 아주 싫어합니다. 감옥에 있었던 사람들 거의 대부분 좁은 곳을 싫어할 겁니다. 감옥이나 소년원에서는 계속 앉아 있어야 하거든요. 정좌로. 아무것도 움직이지 않고 세상이 멈춘 것 같은 그런 시간이 계속되다 보면, 돌아 버릴 것 같죠. 그래서 난 움직이는 게 좋습니다. 특히 아름다운 존재가."

"……."

"그게 바로 유성그룹이 지금까지 재계 30위권에 머무르고 있는 이유죠. 또 유성그룹의 이사인 내가 클럽 대표인 이유이기도 하고."

"……."

"민 회장님, 그러니까 대충 짐작했겠지만 의부님과는 감옥에서 만났습니다. 소년원이 아닌 일반 감옥에는 소년수 방이라는 게 있습니다. 죄질이 나쁜 소년수들만 따로 모아두죠. 거기에서 의부님은 소년수들을 돌봐 주는 1급 모범수였습니다."

과거의 이야기를 하는 제하에게서 묘한 느낌이 든다. 마치 함정을 파고 기다리는 사냥꾼을 보는 기분이다. 왜 제하가 자신에게 함정을 파 두고 기다리고 있는 거지?

"그런데 안 물어봅니까?"

"뭘 물어봐야 하죠?"

"무슨 죄로 들어갔는지?"

"……실례가 될 것 같아서요."

"실례라고 할 건 없습니다. 의부님 같은 경우에는 폭력, 협박이었고. 그 이외에도 여죄가 많지만 일단 공식적으로 인정된 건 폭력과 협박이었죠. 나는 이미 말했었고."

"······."

성폭행. 살인 미수.

어디를 봐도 제하와는 어울리지 않는 죄목이다. 그러나 동시에 아영도 제하와는 어울리지 않는 여자다.

"너무 늦었군요. 그만 돌아가겠습니다. 아, 참."

서류를 챙기던 제하가 고개를 들었다.

"오현종의 가게는 완전히 망했습니다. 인테리어비와 가게 설치비 등을 생각하면 3억 정도 손해를 본 셈이죠. 슬슬 집안에서 압박이 들어갈 거고 그 돈을 마련하기 위해서 우리 쪽에 돈을 빌리게 될 겁니다."

"······."

"조만간 완전히 목을 묶어서 구경시켜 드리죠."

"나경은요?"

"결혼이 무산될 뻔했지만 다행히 남자가 도박판에서 크게 이긴 덕분에 순조롭게 진행되고 있습니다. 예정대로 다음 달에 결혼합니다. 청첩장이라도 구해 올까요?"

"아뇨. 결혼식보다는 신혼의 단꿈에 젖어 있을 때, 터트리는 게 더 좋을 것 같아요."

"좋은 생각입니다. 복수는."

제하는 환한 미소를 지었다.

"상대방이 가장 행복한 순간에 펼쳐야 제맛이죠."

"그럼 제하 씨는……."

설아는 침을 꿀꺽 삼켰다.

"아영 씨의 결혼식 날. 터트리실 건가요?"

"아영?"

제하는 조금 어리둥절한 눈으로 아영의 이름을 따라서 되뇌었다. 잠시 후에야 설아의 말을 이해한 제하는 아아, 하며 고개를 끄덕였다.

"아니요. 아영의 결혼식에 대해서는 흥미가 없습니다. 터트린다면 내 결혼식이겠죠."

"제하 씨의 결혼식이요?"

"네."

점점 제하의 말이 복잡해지고 있다. 그런데 한 가지만은 분명해지고 있다. 아영에 대한 제하의 태도. 그리고 과거 사랑했던 여인에 대한 제하의 말. 그 둘의 위화감이 점점 짙어지고 있다.

"그런데 유설아 씨. 내가 감옥에 갔다 왔다고 하니까 무서우십니까?"

"……솔직히 말해도 되죠?"

"네. 솔직히 말하세요."

"무서워요."

감옥에 갔다는 사실보다 사랑에 대한 제하의 집착이 두렵다. 배신을 당하고 상처 입고 쓰러졌지만 여전히 그 사람을 놓지 못하는 제하의 마음이 무섭다. 말투는 냉랭하지만 제하의 뜨거운 두 눈이 말해 주고 있다. 그는 과거의 사랑을 잊지 못하고 있다.

그래서 복수하겠다는 말로 상대방에 대한 사랑을 되새김질하고 있는 중이다.

싫다. 이런 제하는 싫다. 다른 여자를 잊지 못하는 제하가 싫다.

제하는 첫사랑이자 그를 배신한 여인과 결혼할 것이다. 그리고 그 결혼식은 결코 사랑의 결합이 아니라 또 다른 이야기의 시작일 것이다. 처음에는 그 여자가 아영이라고 생각했지만 이제는 그 여자가 누구인지 모르겠다.

기분이 묘해진다. 아니, 기분이 나빠지고 있다.

제하의 눈동자가, 자신의 온몸을, 먹이를 노리는 표범의 시선으로 바라보고 있다.

그런 제하의 시선을 온몸으로 받아 낸 설아는 천천히, 그러나 단호히 말했다.

"들어가 볼게요."

"쉬세요. 내일부터 또 바쁠 테니까."

자는 둥 마는 둥 선잠을 잤다. 날은 밝아 왔지만 몸은 피곤하다. 엉망인 상태로 일어난 설아는 게스트 룸에서 미적거렸다. 나가고 싶지 않다. 제하가 찾아와 있지는 않겠지만 혹시나 하는 생각 때문에 움직일 수가 없었다. 한참 시간이 지난 뒤, 조심스레 나간 거실에는 아무도 없었다. 영순만이 종종걸음으로 바쁘게 움직이고 있었다.

"이제 일어났어요? 어제 많이 피곤했나 봐. 늦게 일어났네."

"아…… . 네…… . 아무래도 집에 갔다가 오느라."

"이사님은 내가 출근하기도 전에 나가신 것 같던데. 여기 이거 이사님이 남기신 거."

영순은 거의 책 한 권 두께의 서류를 내밀었다.

"제하 씨가요?"

"그래. 오늘부터 해야 할 스케줄 목록이라고 하던데? 자, 자. 어서 식탁에 앉아요. 아직 밥도 못 먹었을 건데. 누누이 말하지만 사람은 밥심으로 사는 거야."

영순은 억지로 설아를 식탁 앞에 앉혔다.

"어허!"

설아가 서류를 보면서 밥을 먹으려 하자, 영순이 밀어냈다.

"밥 먹을 때는 밥만 먹어야지!"

덕분에 설아가 서류를 보게 된 것은 거의 30분이나 지난 뒤였다. 서류에는 앞으로 해야 할 일들이 빽빽하게 적혀 있었다. 시간 단위로 끊어진 스케줄을 찬찬히 읽던 설아는 찬물을 마셨다. 제하가 이 정도로 하드한 계획표를 들이밀 줄은 몰랐다. 심지어 벌써 웨딩 플래너와 만날 시간이다. 뒤늦게 스케줄을 확인한 설아는 급히 웨딩 플래너에게 전화를 걸었다.

"네. 유설아예요. 죄송해요. 많이 기다리셨죠. 신랑 측에서 저와 상의 없이 시간을 잡았나 봐요. 네. 네. 그럼 오늘 2시에 시간이 되시는 거죠? 네. 그때 갈게요. 죄송해요."

전화를 끊으면서 설아는 시간을 확인했다. 11시. 지금부터 서둘러서 준비하면 2시까지는 충분히 도착할 수 있을 것이다.

급히 나갈 준비를 하면서 조금 화가 났다. 스케줄을 하드하게 잡을 예정이었다면 미리 말이라도 해 줄 것이지. 아니면 메시지라도 남기든지. 아무 말도 없이 갑자기 아이돌 급으로 스케줄을 잡아 놓으면 어쩌라는 건가!

"어머, 신부님. 그래도 오늘 뵙게 되어서 다행이에요."

웨딩 플래너는 반가운 얼굴로 설아를 맞이했다.

"죄송해요. 너무 늦게 연락을 받아서."

"아니에요."

웨딩 플래너는 환하게 웃으면서 고개를 저었다. 최고급 웨딩을 계약한 VVIP 고객이다. 그만큼 더 대접을 해 주는 것이 당연하다.

"그런데 오늘 상의해야 할 일은 뭔가요?"

"그게 말이에요, 신부님. 여기 신부 부케 꽃들이 전반적으로 붉은 톤이잖아요. 그런데 신부님께서 고르신 웨딩드레스는 쿨 톤이거든요. 그래서 웨딩드레스와 부케 색을 같은 톤으로 할지, 아니면 다른 톤으로 해야 할지. 그걸 정해 주셔야 해요."

"……."

"방금 별거 아니라고 생각하셨죠?"

웨딩 플래너의 말에 뜨끔해진 설아는 고개를 살짝 들었다. 웨딩 플래너는 설아의 마음을 다 안다는 듯 환하게 웃었다.

"그런데요. 이런 사소한 것들이 모여서 결혼식을 엉망으로 만들어요. 결혼식을 몇 번이나 할 수 있다면 넘겨도 되지만, 아니잖아요. 결혼식은 한 번이니까. 저는 그날 신부님을 최고로 만들어 드리고 싶어요. 누구나 부러워하는 아름답고 행복한 신부로."

"……."

"그래서 말인데 시간이 조금 걸리겠지만 일단 웨딩드레스를 입어 보시겠어요? 색이 어떨지 판단을 해 보고 부케 꽃을 정해야겠어요. 보미 씨. 여기 신부님, 좀 봐 줘요."

보미? 오랫동안 잊고 있었던 이름을 들은 설아는 천천히 고개를 돌렸다. 그러곤 과거로부터 걸어 나오는 보미와 마주했다. 과거에 비해서 살이 많이 쪘고 얼굴은 어두웠지만 틀림없이 보미였다. 보미 역시 설아를 보고 깜짝 놀란 얼굴이 되었다.

"뭐 해요?"

설아와 보미의 관계를 알 리 없는 웨딩 플래너가 날카로운 목소리로 말했다.

"어서 신부님을 도와드리지 않고?"

"아……. 네."

드러난 감정을 간신히 삼킨 보미는 드레스를 들고 피팅 룸으로 왔다. 할 말이 많아 보이는 얼굴이었다. 그러나 상사의 앞이라서 입을 꾹 다문 채, 보미는 설아를 도왔다. 헬퍼 역할을 충실히 하던 보미가 유일하게 감정을 드러낸 것은 설아의 앞에서 무릎을 꿇을 때였다.

고개를 든 보미의 얼굴에는 복잡한 감정들이 뒤섞여 있었다. 감히 네까짓 것이 나에게 무릎을 꿇게 하다니. 내려다보니 좋아? 하지만 넌 여전히 학교에서 왕따였던 유설아에 불과하다는 생각과 감정 들이 마구잡이로 뒤섞인 채, 보미의 얼굴 위를 떠돌아다녔다.

보미를 내려다보고 있던 설아는 고개를 돌렸다. 이런 곳에서 보미를 만나게 될 줄은 몰랐지만 상관없다. 보미가 무슨 말을 하더라도, 어떤 짓을 하더라도 상처 입지 않을 것이다. 이제는 혼자가 아니라 제하가 뒤에서 지켜보고 있으니까.

"역시 쿨 톤이 어울리시네요. 그럴 것 같았어요. 보미 씨, 저기 저쪽에 있는 부케를 가져와요."

웨딩 플래너의 지시에 따라서 보미는 이리저리 움직였다. 그동안 설아의 옆에서 드레스를 살피던 웨딩 플래너는 수다를 늘어놓았다.

"그런데 신랑분이 유성그룹 분이시라면서요?"

"어떻게 아셨어요?"

"저희 쪽 분이 그렇게 말씀하시는 걸 들었어요. 덕분에 호텔 측에서 아주 기뻐하고 있어요. 우리 호텔에서 유성그룹 분들 모두의 웨딩을 맡게 되어서. 경사죠."

"아, 맞다. 지아영 씨도 여기 웨딩이죠?"

"네. 그분은 워낙 예쁜 분이시라서 별로 도와드릴 것도 없지만."

옆으로 다가온 웨딩 플래너는 설아의 귀에 나지막이 속삭였다.

"신부님은 더 도와드릴 것이 없네요. 어머, 보미 씨! 그걸 왜 가지고 와요? 반대쪽에 있는 걸 들고 와야죠. 죄송해요, 신부님. 저 직원이 입사한 지 얼마 되지 않아서 많이 미숙하네요. 다음에는 이런 일 없을 거예요."

오늘따라 유달리 실수가 많은 보미를 향해서 웨딩 플래너는 짜증스러운 태도를 취했다. 복잡하면서도 긴 피팅이 끝나자 설아는 웨딩 플래너에게 인사를 한 뒤 밖으로 나왔다. 곧바로 보미가 뒤따라 나왔다.

"잠깐만!"

보미의 목소리를 들었지만 설아는 무시한 채 계속 걸었다. 그러자 보미의 목소리가 조금 더 커졌다.

"유설아! 기다리라고 했잖아!"

"왜?"

설아가 왜라고 반문하자 보미가 주춤거렸다. 그러나 당혹스러움도 잠시, 보미는 이내 평정을 되찾더니 특유의 잘난 척하는 표정을 지었다. 시간을 고등학교 때로 되돌려서 잘나가던 자신과 왕따에 가까웠던 설아의 처지를 되새김질하는 듯한 얼굴이었다.

어릴 때는 보미가 짜증 나는 아이라고 생각했는데 나이가 들고 보니 확실히 알겠다. 보미는 중학교 2학년쯤에서 정신적 성장이 멈춘 사람이다. 현재의 다른 위치임에도 불구하고 고등학교 때 잘나갔던 자신의 과거가 여전히 상대방을 제압할 수 있다고 믿고 있다.

"유설아. 너, 시간 있지? 커피라도 마시자."

그럴 시간이 없다고 말하려다가 생각을 바꿨다. 자신이 교통사고를 당한 것은 1학년 2학기 기말고사 전쯤이다. 아마도 하재는 그 뒤에 미국으로 갔을 것이다. 같이 커피를 마시기는 싫지만 보미는 하재의 일을 물어볼 수 있는 사람이다. 몇 번이나 아버지에게 물어보려 했지만 하재의 이름만 나와도 집안이 발칵 뒤집혔다.

"그래. 가자."

호텔 라운지에 자리를 잡은 보미는 설아를 흘깃거렸다. 설아가 입고 있는 옷과 가방이 얼마쯤 되는지 계산하는 눈이었다. 직원이 커피를 가져오는 동안 입술을 실룩이면서 설아를 바라보던 보미가 입을 열었다.

"출세했네."

"그렇게 보여?"

"유성그룹을 잡았으면 출세한 거지. 얼굴 하나로 거기까지 가는구나. 대단하네."

"고마워."

설아가 꼬박꼬박 말을 받아치자 보미의 얼굴이 점점 어두워지기 시작했다.

"세상 재미있게 돌아간다. 멍청이 유설아가 남자 하나 잘 물었다고 기고만장한 꼴을 다 보네."

"그러게 말이야. 그렇게 잘난 척하던 이보미가 내 앞에서 무릎을 꿇은 채, 설설 기는 꼴까지 볼 줄은 몰랐어."

"야!"

보미의 입에서 큰 소리가 나자 주위의 사람들이 고개를 돌렸다.

"너, 지금 잘나간다고 눈에 뵈는 게 없나 본데."

"눈에 보이는 게 없는 정도까지는 아냐. 그런 걱정은 하지 않아도 돼."

"정말 끝까지 깐죽거리네."

적의를 드러내는 보미를 보면서 지금의 만남이 실수라는 사실을 깨달았다. 보미는 성격상 상대방을 괴롭히기 위해서 아는 것도 모르는 척할 사람이다. 자신이 궁금해하거나 괴로워하는 걸 보기 위해서라도 하재에 대해서 대답해 주지 않을 것이다. 실망스러운 마음에 한숨을 내쉰 설아는 가방을 챙겼다.

"커피 값은 내가 낼게. 비록 1년이었지만 그래도 같은 반이었으니까."

"커피 값? 그런데 내가 겨우 이깟 커피나 얻어 마시자고 나온 줄 알아?"

"그럼?"

"그나저나 네 신랑 될 사람은 알아?"

은근한 눈웃음. 키득거리는 입매. 마치 너의 큰 비밀을 다른 사람에게 털어놓을까, 말까 같은 조롱과 협박이 섞인 말투. 뭐지? 상대방의 태도가 너무나 불쾌한데 반박할 수가 없었다. 몸을 살짝 앞으로 기울인 보미가 이죽거렸다.

"하긴 뭐, 너는 피해자니까. 요즘은 피해자에게…… 뭐라더라? 2차 피해, 어쩌고 하면서 입도 뻥긋하지 말라고들 하던데. 그래도 남편 될 사람에게는 말해야지. 너는 하얀 웨딩드레스를 입을 수 있는 몸이 아니라고."

"무슨 말을 하는지 모르겠다."

"몰라? 왜 몰라? 너 성폭행당했잖아. 그 뚱땡이 서하재에게."

보미의 입에서 흘러나온 단어가 모래처럼 흩어진다. 설아는 산산이 흩어진 단어들을 가만히 바라봤다. 제각각의 모양을 한 채, 바람에 따라서 어지러이 흩어져 있는 단어들이 서서히 의미를 가진 채 움직이기 시작했다.

뚱땡이. 서하재. 성폭행. 의미를 알 수가 없다. 무슨 뜻이지? 이건 모두 무슨 뜻일까?

눈앞에서 키득거리고 있는 보미. 성폭행. 하재.

그 모든 것이 연결되지 않은 채, 제각각의 생명을 띤 채 마구잡이로 움직였다.

"남편 될 사람도 알아?"

설아는 타인의 불행을 즐거움으로 삼고 있는 보미를 가만히 바라봤다.

"알면서 결혼하는 거라면 그 남자도 대단하네. 그치?"

"무⋯⋯슨 말이야?"

잔뜩 쉰 목소리가 간신히 입 밖으로 나갔다.

"무슨 말이냐니? 어머. 숨기고 있었던 거야? 그런 거야? 그럼 나도 모르는 척해 줘야 하는 거네."

"그만 이죽거리고 묻는 말에나 답해."

"뭐?"

보미가 발끈했으나 설아는 물러나지 않았다.

"묻는 말에나 답하라니까."

"유설아. 요즘 잘나간다고 간뎅이가 부었나 보다. 벌써 유성 그룹이 네 것이 된 거 같아? 웃겨서. 난 간다."

"앉아!"

설아는 자리에서 일어나려는 보미에게 버럭 소리를 질렀다.

"얘가 정말……. 맛이 갔네."

"앉으라고 했어!"

"야!"

"앉아!"

주위 사람들이 돌아보면서 수군거렸지만 설아의 귀에는 아무것도 들리지 않았다. 아까 보미가 말한 단어가 귀를 틀어막고 이성을 마비시켰다.

"지금 그대로 돌아가면 이 호텔에서의 일자리는 잃어버리게 될 거야."

"뭐?"

"지금 내가 무슨 말을 하는 거냐면. 곧장 웨딩 사무실로 가서 네가 불친절해서 엄청나게 기분이 나빴다고 말하겠다는 거야. 감히 유성그룹 후계자의 아내가 될 사람의 기분을 나쁘게 했으니 어떻게든 처리하라고 다그치겠다는 의미지. 이걸 갑질이라고 표현한다면, 내가 제대로 된 갑질이 뭔지 톡톡히 보여 줄게. 그러니 앉아."

"……."

"혹시라도 내가 못 할 거라고 생각하지 마. 지금 내가 들고 있는 가방만 해도 네 월급의 몇 달분은 될 테니까."

보미의 얼굴이 새빨갛게 달아올랐다. 거친 숨을 몰아쉬던 보미가 자리에 털썩 주저앉았다.

"하나하나 차근차근 말해 봐."

"뭘?"

"방금 네가 했던 말."

"왜? 네 과거가 들통날까 봐 두려운 거야? 이제 와서 아닌 척해 봤자 소용없는 거잖아."

"하재가 나를 성폭행했다는 말이나 해명해."

"해명을 왜 내가 해야 하니? 서하재가 해야지."

설아는 입술을 이죽거리는 보미에게 사납게 말했다.

"내가 어느 위치에 있는지 확실히 인지하는 게 좋을 것 같아서 한 번 더 말해 줄게. 잘 들어. 나는 네가 상상하는 그 이상으로 갑질을 할 수 있어. 그러니까 잘 생각해서 행동해. 만일 네 인생에서 엄청난 위기가 있다면 지금이 바로 그 순간일 테니까."

"……."

"그러니까 내가 말하라면 말하고, 말하지 말라면 말하지마. 아까 그 성폭행 이야기부터 차근차근. 네가 아는 것 전부를 말해."

탁자 건너편에서 시근덕거리는 보미의 숨소리가 들렸다. 그러나 보미가 할 수 있는 것은 아무것도 없다. 잠시 후 보미가 짜증스러운 어투로 툭 하고 뱉었다.

"나도 별로 아는 거 없어. 너와 그 뚱땡이가 동거했다는 소문이 쫙 퍼진 뒤에, 그 오덕 새끼가……."

"하재."

설아는 차가운 목소리로 보미의 말을 끊었다.

"뚱땡이가 아니라 하재야. 서하재. 하재 이름을 똑똑히 제대로 말해."

이제는 얼굴이 붉다 못해 창백해진 보미는 거친 숨을 들이켰다. 그러나 설아와 싸우는 것이 불가능하다는 것을 이해한 보미는 어쩔 수 없이 고개를 끄덕였다.

"알겠어. 그 난리를 겪고도 아직 그 뚱…… 아니, 서하재가 좋다면 어쩔 수 없는 일이지. 너와 동거 문제 때문에 서하재가 퇴학당했을 때."

"퇴학당하지 않았어. 나는 전학이었어."

"알았어, 전학. 별거 아닌 걸로 더럽게 따지네. 어쨌든 서하재가 너를 학교로 끌고 와서 성폭행했다는 거. 알 만한 애들은 다 알아."

"아냐. 그런 일 없었어."

"그래. 없었다고 치자. 그럼 너는 왜 학교에 안 나온 건데?"

"사고를 당했었어. 교통사고."

"지랄 까고 있네."

보미는 피식거리며 웃었다.

"야. 다음 날부터 기말시험이라서 지금도 똑똑히 기억하고 있거든. 그날 학교에 경찰이 얼마나 왔는 줄 알아? 우리 교실 앞쪽 콘크리트 바닥에 있던 핏자국이 아직까지 기억나는데. 교통사고는 무슨 교통사고? 네 신랑 될 사람에게 알려지는 게 싫어서 이러는 모양인데. 거짓말도 좀 작작 쳐라."

피? 경찰? 정신이 멍하다. 설아는 주먹을 꽉 쥐었다. 손톱이 살을 파고들어 왔으나 아무것도 느낄 수 없었다. 지금까지 견고하던 세계가 모래성처럼 허물어지고 있다. 보미는 넋이 나간 설아를 보면서 빈정거렸다.

"왜 이래? 오늘 처음 알게 된 사람처럼. 남편 될 사람이 무섭긴 무서운가 보다. 우리 나이쯤 되면……."

"하재……."

"뭐?"

"하재는 어떻게 되었어?"

거의 반쯤 정신이 나간 설아는 보미에게 버럭 고함을 질렀다.

"하재가 어떻게 되었는지, 그거부터 말해!"

"그 뚱땡이는 네가 더 잘 알잖아! 너 성폭행하려다가 감옥 갔으니까!"

"감옥?"

하재가 감옥에? 하재가 성폭행? 하재가?

이제 주위의 시선들은 단순한 웅성거림이 아니라, 경찰을 불러야 하는 거 아니냐는 우려가 깃들어졌으나 설아의 눈에는 아무것도 보이지 않았다.

"나도 자세한 건 몰라. 그 일로 서하재는 성폭행범으로 감옥에 갔고 너는 휴학한다고만 들었어! 또 서하재가 증거를 숨기기 위해서 살인을 시도했다는 소문도 돌았고! 정말 그 이상은 몰라!"

"하재가……. 하재가 그럴 리가 없잖아!"

"내가 그걸 어떻게 알아! 서하재는 뚱보 오덕이고 너는 그런 놈하고 친하게 지내는 정신 나간 년인데!"

설아는 악을 쓰는 보미를 멍하니 바라봤다. 보미가 퍼붓는 말들이 거대한 회오리바람이 되어서 휘몰아친다.

성폭행? 증거 인멸? 살인? 하재가 왜? 하재가?

순간 지철의 말이 떠올랐다. 퇴학당한 남자애가 해코지를 했다는 말.

차가운 손이 심장을 꽉 움켜쥐었다. 숨을 쉴 수가 없다. 누군가가 목을 꽉 조르고 있는 것처럼 숨을 쉴 수가 없다. 설아는 바들바들 떨리는 손으로 테이블 위를 긁었다. 직원이 괜찮냐면서 뛰어왔지만 아무 말도 할 수 없었다.

폐가 쪼그라들었는지 숨을 쉴 수가 없다. 물 밖으로 나온 물고기처럼 입만 벙긋거릴 뿐이다.

손들이 다가왔다. 괜찮냐는 질문도 다가왔다. 그러나 설아가 원하는 것은 다가오지 않았다.

진실.

10. 회상 4

하재가 가지고 있는 영화 중에서 가장 나중에 본 것은 〈클레오파트라〉였다. 왜인지 모르지만 〈클레오파트라〉는 항상 다른 영화에 밀려났다. 하재는 기말고사가 일주일밖에 남지 않았으니 나중에 보자고 했지만 설아가 끝까지 우겼다.

공부로 복잡해진 머리를 식혀야 한다는 핑계로 본 〈클레오파트라〉는 재미있었다. 어쩌면 시험 기간에 봤기 때문에 더 재미있었을지 모르겠다. 영화를 보고 난 뒤로도 설아는 〈클레오파트라〉에 심취해 있었다.

"시험이 끝나면 그 시대 영화를 더 찾아서 보자."

"그…… 그렇게 재…… 재미있었어?"

"응. 재미있었어. 그런데 너 공부에 방해된 거 아냐?"

"아…… 아냐……. 모…… 못 치면…… 못 치는 거지, 뭐."

"안 돼! 너 이번에도 1등 해야 해. 준표, 걔 요즘 완전히 얼굴이 노래져서 공부하고 있는 거 알아? 게다가 입만 열면 너를 공격하잖아. 반에서 뚱뚱보 냄새가 나서 공부가 안 된다고 하면서! 재수 없는 놈!"

"걔…… 걔는…… 1등을…… 해……해야 할걸."

"왜?"

"저…… 전에 우연히 봤는데, 걔…… 걔네 아버지가 교…… 교장실에서 나오면서 주…… 준표보고 1등 하지 못할 거면 무…… 물에 빠져 죽으라고, 이런 똥통 학교에서도 1등을 모…… 못 하는 놈은 자기 아들 아니라고……."

"와. 그 아버지에 그 아들이네. 준표가 어디서 그런 재수 없는 성격을 물려받았나 했더니, 지 아버지였네. 그런데 그 여자 배우, 참 예뻤어. 그치?"

"어……. 응. 에…… 엘리자베스 테일러는 세기의 미인이니까. 안…… 안토니우스 역을 했던 남자는 리처드 버튼이야. 그리고 둘이 부부였어."

두 명이 부부라는 말에 문제집을 펴던 설아는 깜짝 놀랐다.

"부부?"

"응. 그런데 이…… 이혼했어. 그 뒤에 또 결혼했어. 또 이…… 이혼했고."

"뭐야, 그게. 그럼 결혼을 두 번 하고 이혼도 두 번 한 거야? 조금 이상한 사람들이네."

"엘리자베스 테일러는 결혼을 아…… 아마 여덟 번 했을걸."

"에?"

설아는 저도 모르게 큰 소리를 냈다.

"여덟 번?"

"응."

"우리 아빠가 봤으면 엄청 싫어했겠다. 우리 아빠는 여자는 남자를 많이 만나면 안 되는 거래. 좋은 남자를 한 명만 만나서 잘 살면 되는 거라고. 아마도 아빠는 내가 엄마처럼 될까 봐…… 걱정되나 봐."

'엄마처럼 될까 봐'부터는 거의 입안에서 웅얼거리는 수준이었다. 엄마의 이야기를 하자마자 속이 답답해졌다. 자리에서 일어난 설아는 냉장고로 갔다. 그러고는 하재가 볼세라 얼른 얼음을 입안으로 밀어 넣었다. 찬물까지 몇 번이나 들이켜자 갑갑하던 속이 겨우 뚫리는 것 같다.

"설아야."

하재가 자리로 돌아와 앉은 설아에게 진지한 얼굴로 물었다.

"너…… 너는 왜 얼음과 물을 몰래 마셔?"

"응?"

지나치게 당황해하는 설아를 향해서, 하재는 한 번 더 물었다.

"그냥 마…… 마시면 되잖아. 그…… 그런데…… 왜 항상…… 주위를 둘러본 뒤에 모…… 몰래 마셔?"

설아는 입술을 꼭 다문 채 손가락만 만지작거렸다.

"고…… 공부하자……. 미…… 미안해."

"엄마가."

작은 목소리가 입 밖으로 흘러나왔다. 몇 번이나 뺨을 실룩거린 뒤에 설아는 빠르게 말을 뱉었다. 말하지 말아야 할 더러운 것을 뱉기라도 하는 것같이.

"엄마가…… 이렇게 찬물을 마셨대. 속이 답답하다면서…….
그래서 아버지가 싫어하셔. 이렇게 물을 마시는 건 화냥년 끼가 흘러서 그렇대. 바람기 때문에 속이 뜨겁고 피가 더러운 계집들이나 먹는 방법이래. 그래서 아버지가 있을 때는 이렇게 안 마셔."

"화냥년은."

하재의 목소리가 달라졌다. 화가 난 듯하면서도 강경한 목소리였다.

"환향녀에서 나온 말이야. 병자호란 때 청에게 끌려간 여자들이 조선으로 돌아오자, 사람들은 고향으로 돌아온 여자들이라는 뜻으로 환향녀還鄕女라고 불렀어. 사람들은 간신히 고향으로 돌아온 여자들을 따뜻하게 맞이하기는커녕, 몸을 더럽힌 계집이라고 손가락질했지. 병자호란 이전 임진·정유 양난에 일본에 포로로 잡혀 갔던 여인에게도 마찬가지였어. 돌아온 여자들에게 정조를 더럽혔다면서 비난했지. 남편들은 여자들과 이혼했고 심지어 자진하라면서 천이나 칼을 던져 주기도 했어."

"……."

"그런데 병자호란에는 너무 많은 여인이 끌려갔기 때문에 왕이 사사로이 이혼할 수 없다고 정하자, 남편들은 따로 첩을 두고 돌아온 부인을 죽도록 괴롭혔어. 얼마나 많은 여자가 억울하게 죽었을지 상상이나 할 수 있겠어? 남자들이 나라를 다스렸고 남자들이 전쟁을 일으켰고 남자들이 나라를 지켜 내지 못했어. 여자들을 지켜 내지 못했던 자신들의 부족함을 외면한 채, 그 여자들을 핍박해서 죽인 남자들이 만들어 낸 단어가 바로 환향녀야. 철저하게 남자 중심의 사고방식. 여자의 가치는 오로지 남자에 대한 정조밖에 없다고 믿는 사람들이 만들어 낸 단어가 화냥년이야. 다시 말해서 그건 아주 나쁜 거야."

하재는 단 한 번도 말을 더듬지 않고 말했다. 하재의 말을 듣고 있자니 배신감과 동시에 안도감이 들었다. 누구에 대한 배신감인지, 무엇에 대한 안도감인지 알 수 없었으나 마음이 한결 가벼워졌다. 시시각각으로 변해 가는 설아의 얼굴을 가만히 바라보던 하재는 고개를 숙였다.

"나는 조…… 조금 더 크면 다시 상담을 바…… 받아 볼 생각이야."

"다시?"

"응……. 주…… 중학교 때까지 갔었거든. 이…… 이상하게 보지 마. 그냥 거…… 거기밖에 없어서……."

"뭐가? 뭐가 거기밖에 없는데?"

"내 이야기를 들어주는 곳. 거기서는 어떤 이야기를 해도 잘 들어줘."

고개를 드는 하재의 등 너머로 낯선 세계가 드러났다.

황량한 회색의 공간. 아무것도 없다. 낮인지 밤인지도 구분되지 않는, 그저 허물어져 가는 공간. 하재의 세계다. 차갑고 삭막한 바람만 휘몰아치는 외로운 공간.

하재는 어색한 웃음을 지었다.

"이…… 이야기도 잘 들어주지만 내…… 내가 생각해도……
내가 벼…… 별로 정상인 것 가…… 같지가 않아서……."

"무슨 말이야? 너보다 더 좋은 애는 없어!"

"고…… 고마워. 그…… 그냥 어…… 엄마도 같이 나…… 나
와 같이 상…… 상담을 받았으면 좋겠어. 자…… 잘못된 것을
모두 고칠 순 없지만. 그래도 그…… 그게 좋을 거 같아."

엄마에 대해서 말하는 하재의 목소리는 너무 작아서 제대로
들리지 않았다. 그동안 둘 다 하재의 어머니인 예성에 대해서
말한 적 없다. 예성의 행동이 비정상적이라는 것은 알지만 입
밖으로 꺼낼 용기가 없었다.

주저하던 하재가 머뭇거리며 말했다.

"우리는 너무 어려."

하재의 말대로다. 그들은 어리다. 너무 어리다.

무언가 부당한 일을 겪고 있다는 것만 어렴풋이 느낄 뿐, 무
엇이 부당한지. 무엇이 잘못되었는지조차 모른다.

"공부하자."

하재의 한마디에 설아는 시선을 교과서로 돌렸다. 공부를 하
다 보면, 공부가 재미있다는 하재의 말이 이해될 때가 있다. 최
소한 공부에 집중할 때는 다른 생각을 하지 않아도 되니까.

그때였다. 하재의 집에서는 절대로 들릴 리 없는, 문을 여는
소리가 들렸다. 놀란 설아와 하재는 고개를 들었다. 누구? 집에

올 사람은 아무도 없다. 하재가 가끔 말하는 우택 아저씨? 아니다. 우택은 얼마 전에 미국에 갔다고 들었다. 그럼 도둑? 당황해서 어쩔 줄 몰라 하는 하재와 설아에게 예성의 목소리가 들렸다.

"얘, 하재야. 집에 있지? 관리인에게 물어보니까 네가 나간 것 같지는 않다고 하던데. 그런데 너, 요즘……."

하재에게 말을 건네면서 다가오던 예성이 고개를 들었다. 하재가 혼자가 아니라, 설아와 함께 있다는 사실을 발견한 예성은 발걸음을 멈췄다.

그대로 정지한 예성의 눈동자에서 붉은 불꽃이 피어올랐다.

순간 귀가 찢어질 것 같은 격렬한 비명 소리가 들렸다. 아니다. 예성의 입술은 굳게 다물어진 채다. 그러나 설아의 귀에는 들릴 리 없는 예성의 비명 소리가 똑똑히 들렸다. 예성의 세포 하나하나까지 비명을 지르고 있다. 온몸을 파르르 떨며 지르는 무언의 비명 소리가 오피스텔 안에서 벼락처럼 울려 퍼졌다.

"어…… 어……떻게……."

예성의 입에서 듣기 껄끄러울 정도로 이상한 목소리가 흘러나왔다. 예성은 바들바들 떨리는 손으로 설아를 가리켰다.

"누…… 누구니?"

예성은 설아가 좋아하는 친구인 하재의 어머니다. 그러나 지금 눈앞에 서 있는 사람은 누군가의 어머니가 아니다. 그들의 앞에 서 있는 사람은 격렬한 증오와 질투에 사로잡힌 누군가다.

"수…… 숙제예요!"

자리에서 벌떡 일어난 설아는 숙제라는 거짓말을 했다. 설아가 입을 열자 예성의 두 눈에서는 더욱 격한 불길이 치솟았다.

"숙제 때문에 왔어요. 그럼 하재야…… 잘…… 잘 있어."

서둘러서 가방을 챙겼다. 두 손이 덜덜 떨렸으나 억지로 참았다. 가방을 든 설아는 예성을 향해 어색하게 웃으면서 인사했다.

"그럼 안녕히 계세요."

설아가 현관으로 다가가는 동안 예성은 아무 말도 하지 않았다. 잘 해결된 걸까? 그러나 설아가 신발을 신으려는 순간, 예성의 외마디 비명과도 같은 말이 흘러나왔다.

"거짓말."

벽에 걸려 있는 장식품처럼 서 있던 예성의 입에서 거짓말이라는 말이 나왔다.

그 말은 파멸을 부르는 저주였다. 멀리서 그들의 왕국이 무너져 가는 소리가 들렸다. 방금 전까지 환한 햇살 아래 새들이 지저귀는 소리가 가득했던, 행복하고 안락했던 왕국이 무너지고 있다. 경계에서부터 중앙으로 삽시간에 죽음이 덮쳤다.

"또 거짓말!"

"어…… 어머니……."

"너는 항상! 거짓말만!"

하재가 서둘러서 설아를 가로막았으나 예성의 분노까지 막을 수는 없었다. 예성의 입에서 비명이 터져 나왔다. 온몸이 부서져라 비명을 지르는 예성은 사람이 아니라 괴물이다. 괴물의 검은 입이 미친 듯이 비명을 질러댄다.

거짓말! 거짓말! 또 거짓말!

11. 백설 공주를 위하여

집으로 돌아왔지만 여전히 넋이 나간 상태다. 오늘 끔찍한 헛소리를 들었는데 그게 사실이란다. 어이없다. 하재가 성폭행이라니? 너무 황당해서 웃음밖에 나지 않는다. 게스트 룸을 서성이던 설아는 얼음을 입에 넣은 뒤 찬물을 들이켰다.

모두들 잘못 알고 있다. 틀림없이 어떤 오해가 있는 게 분명하다. 자신은 교통사고를 당했다. 틀림없이 교통사고였다. 그런데 하재가 자신을 살해하려 했다니?

답답한 가슴을 두드리면서 같은 자리를 빙글빙글 돌던 설아는 아버지를 떠올렸다. 아버지! 그래. 아버지가 있다. 아버지는 그 일에 대해서 처음부터 끝까지 알고 있을 것이다. 아버지에게 물어보면 지금 무슨 개소리를 하냐고 따끔하게 야단을 칠 것이다. 사랑하는 딸이 성폭행을 당했는데 제정신으로 살 수 있을 아버지가 어디 있냐고 고함을 지를 것이다.

지금 당장 경주로 가야겠다!

설아는 소파 위에 있던 휴대전화를 들었다. 급히 경주로 내려가야 한다는 말을 하기 위해서 제하에게 전화를 걸었다. 그러나 제하는 전화를 받지 않았다. 몇 번이나 다시 걸었지만 아무런 답이 없다. 갤러리 쪽을 바라봤다. 1층에 불이 켜져 있다. 그렇다면 지금 제하는 갤러리에 있다는 건데, 왜 전화를 받지 않는 거지?

설마 일부러? 이유는 알 수 없지만 최근 제하는 자신에게 쌀쌀맞게 굴고 있다. 제하가 의도적으로 전화를 받지 않고 있다는 생각이 들자마자 화가 머리끝까지 치밀어 올랐다. 하재의 일이 뒤늦게 온몸에서 폭발하는 기분이다. 주먹을 꽉 쥔 채 숨을 몰아쉬던 설아는 갤러리로 향했다.

"민제하 씨!"

불이 환하게 켜져 있지만 갤러리는 조용했다. 안으로 들어섰지만 인기척은 없었다.

"제하 씨!"

또다시 제하의 이름을 불렀지만 답이 없다. 미술관만큼이나 높은 천장을 가진 갤러리에는 그림들이 걸려 있는 하얀 벽이 미로처럼 얽혀 있었다. 마치 전시회에 온 기분이다. 밖에서 봤을 때는 그리 크게 느껴지지 않았는데 하얀색의 가벽들 때문인지 내부는 엄청나게 넓다는 느낌이 들었다.

발을 내딛자, 고요한 갤러리에 발소리가 천둥처럼 울려 퍼졌다. 그러나 조용히 하고 싶은 생각 따위는 없다. 설아는 일부러 더 쿵쾅거리며 안으로 들어갔다. 금방 제하가 나올 줄 알았는데 인기척이 느껴지지 않았다. 없는 걸까? 불만 켜 놓고 다른 곳에 있는 걸까? 설아는 휴대전화를 쥔 채 애꿎은 입술만 깨물었다. 바싹 마른 입안이 퍼석거린다.

갤러리에 들어오지 말라던 제하의 강경한 목소리가 떠올랐지만 무시했다. 이곳에서 그림을 훔칠 생각 따위는 없다. 경주로 가야겠다는 말만 하면 된다. 일단 2층까지 올라가 보자. 2층에도 없다면 나가면 되니까.

마음을 굳힌 설아는 미로처럼 복잡한 하얀 가벽들 사이로 들어갔다. 그림들이 쭉 걸려 있는 가벽을 따라 걷고 있자니 하재와 같이 봤던 영화 〈샤이닝〉의 미로가 떠올랐다.

〈샤이닝〉의 미로 정원은 희뿌연 눈바람 사이에서 타다 남은 재 같은 느낌이었다.

무섭고 외로운 하재의 세계 같은.

걷다가 걸음을 멈췄다. 하재를 떠올리자 다시 속이 답답해져 간다.

예전에 하재가 말했다. 미로에 들어가면 오른쪽으로만 걸으라고. 계속 오른손을 벽면에 대고 걸으면 출구로 나갈 수 있으니까 걱정할 것 없다고 했었다. 그 말을 들었을 때, 인생도 그럴 수 있으면 좋겠다는 생각을 했었다. 인생도 오른손을 댄 채 걷기만 하면 출구를 찾을 수 있다면 얼마나 좋을까.

그러나 자신은 인생의 미로에서 길을 잃었다. 이미 오른쪽과

왼쪽을 구분할 수 없기에, 미로를 빠져나갈 수도 없게 되었다.

하재야. 오늘 이상한 이야기를 들었어. 네가 나를 성폭행했대. 네가 나를 죽이려고 했었대. 말도 안 되는 이야기지? 어떻게 그런 헛소문이 돌아다니는 걸까. 다른 사람도 아닌 바로 네가 그런 짓을 했다는 걸, 사람들이 믿는다는 게 더 어이없어.

설아에게 있어서 청소년 시기는 레몬이었다. 시고 떨떠름하지만 결코 외면할 수 없는, 불행과 행복이 기묘하게 뒤섞인 시간이었다. 하재를 만나기 전에는 설아라는 이름을 싫어했다. 어릴 때부터 줄곧 설사라고 놀림받았다. 또는 설탕이라거나. 그러나 유일하게 하재만이 그녀를 백설 공주의 설아라고 불러 줬다.

'설아. 너는 백설 공주 같아.'

칠흑처럼 검은 눈과 머리카락. 눈처럼 하얀 피부. 피처럼 붉은 입술.

'그러니 절대로 익숙해지지 마. 너같이 아름다운 사람은 맞는 일에 익숙해져서는 안 돼.'

눈물이 뚝 하고 떨어졌다. 하재에게 그런 끔찍한 죄명을 붙여서 헛소문을 퍼트리다니! 용서할 수 없다! 절대로 용서할 수 없다. 하얀 가벽들 사이로 2층과 연결된 계단이 나왔다. 계단을 올라간 설아는 텅 빈 공간과 마주했다. 1층과 달리 2층에는 그림이 한 점밖에 없었다.

눈부실 정도로 하얀 벽에 걸려 있는 그림과 마주한 설아는 두 눈만 깜박거렸다.

머릿속이 텅 비었다. 아무 생각도 할 수 없다.

왜 이 그림이 이곳에 있는 거지?

누군가의 목소리가 들렸다. 아래층이다.

"그 녀석의 꼬리를 잡는 게 이렇게 힘들 줄 몰랐는데. 대충 짐작은 하지만 증거가 나오지 않으니까 힘들어. 차라리 지 의원 쪽을 치는 게 훨씬 쉽겠어."

목소리가 점점 다가오고 있지만 꼼짝도 할 수 없다. 패닉 상태에 빠진 설아의 머릿속에는 오직 한 가지 생각밖에 없었다. 이 그림이 왜 여기에 있을까 하는 생각.

〈백설 공주를 위하여〉.

틀림없이 하재는 이 그림은 그의 것이라고 했다. 절대로 팔 수 없는 물건이라고. 그림을 팔 수 없게 여러 장치를 해 뒀었지만 그런 것과 상관없이 하재는 〈백설 공주를 위하여〉에 대해서 깊은 애정을 가지고 있었다. 절대로 다른 사람에게 넘기지 않겠다고 말했었다.

하재와 그의 고모만 가질 수 있는 그림이 왜 여기에 있는 거지?

한 발 한 발, 설아는 홀린 듯이 그림에 다가갔다.

애애애애애앵!

앞으로 뻗은 손이 그림의 액자를 건드리는 순간 요란한 경고음이 들렸다. 시끄러운 경고음 뒤로 제하의 말이 떠올랐다. 절대로 갤러리 쪽에는 오면 안 된다고 경고했었던 제하. 왜 제하는 이곳에 들어오면 안 된다고 했을까? 게스트 룸은 외부와는 격리되어 있다. 제하가 집 안에서 지낸다고 해도 설아와 부딪칠 일은 그리 많지 않다. 그런데 왜 제하는 굳이 이곳 갤러리에서 지내는 걸까? 그것도 온갖 불편함을 감수하고서.

어쩌면……. 화급하게 달려오는 발걸음 소리를 들으면서 생각했다. 어쩌면 제하는 자신이 갤러리에 오는 게 싫었던 게 아닐까? 혹시라도 그림을 발견하면 곤란하니까.

그렇다면 왜 그림을 보면 안 되었던 거지? 왜?

계단을 뛰어 올라오는 소리가 들렸다.

"누구!"

커다란 고함 소리를 들으면서 설아는 천천히 고개를 돌렸다.

제하와 눈이 마주쳤다. 꽤 떨어져 있었지만 제하와 시선이 마주쳤다는 것은 확실했다. 동시에 현재 자신의 모습이 상대방에게 얼마나 기괴하게 보이고 있는지 알 수 있었다. 그림 속의 백설 공주와 똑같이 길고 검은 머리카락을 풀어 헤친 채, 믿을 수 없는 현실과 마주하고 있다.

어떻게 당신이 이 그림을 가지고 있는지, 이 그림을 어디에서 구한 것인지 물어보려 했다. 그러나 제하와 눈이 마주치는 순간 알아차렸다. 물어볼 필요 없다. 이미 모든 힌트는 주어져 있고 자신은 그 조각들을 모아서 답을 맞히기만 하면 되는 거였다.

가볍게 흔들리는 나뭇잎 사이를 스치는 햇살처럼, 그 사이에 불어오는 바람처럼. 제하의 얼굴 위로 하재가 겹쳐진다.

하재, 제하.

지금까지 제하의 이름은 제민의 제와 돌림글자로 맞췄다고 생각했다. 그런데 전혀 다른, 하재의 이름을 거꾸로 한 것일 수도 있겠다는 생각이 들었다.

"……너였니?"

머리가 확실한 답을 찾기도 전에 입술이 먼저 움직였다.

너였니? 하재. 너였던 거야?

그럴 리가 없다. 민제하가 서하재일 리 없다.

그런데 왜 너였냐고 물었던 걸까? 그리고 왜 제하는 멈춰 선 채로 아무 말도 못 하고 있는 걸까? 제하는 침묵을 지키는 대신 자신에게 왜 이곳에 있냐고, 이게 무슨 짓이냐고 항의해야 하는 거 아닌가? 그런데 왜 제하는 저런 얼굴로 자신을 바라보고 있는 거지?

"맞아?"

"……."

제하는 아무 말도 하지 않는다. 패닉 상태에 빠진 설아는 앞으로 한 발을 내디뎠다. 다가간 거리만큼 제하는 뒤로 물러났다. 조금씩 다가간다 싶으면 다시 그만큼의 거리가 생긴다.

뭐야? 도대체 지금 무슨 일이 벌어지고 있는 거야?

어디서부터 어디까지가 하재였고 어디까지가 제하였던 걸까?

하재, 제하.

이제 와서 생각해 보면 모든 것이 명확했는데, 둔한 자신은 알아차리지 못했다.

그때 제하는 종업원이 이상한 점을 눈치챘기 때문에 개입했다고 했다. 거짓말이다. 처음부터 제하는, 클럽에 발을 디디는 순간 자신이 누구인지 알았을 것이다. 그런데 왜 모르는 척했을까?

제하는, 하재는 자신을 만나고 싶지 않았던 걸까? 굳이 거짓말을 하면서까지 이런 이상한 상황으로 몰고 와야 했던 이유가 뭘까?

그때 누군가가 귓가에 속삭였다.

살인 미수. 성폭행.

헛소문이라고 생각했다. 그런 말도 안 되는 일이 벌어졌을 리 없으니까.

또 누군가가 속삭였다. 사랑했던 여자의 배신. 누구지? 그 여자는? 제하가 단 한 번이라도 그 여자를 아영이라고 말한 적 있던가?

벽 쪽까지 밀린 제하가 걸음을 멈췄다.

"정말 하재야?"

질문을 던지는 순간 스위치가 바뀌었다. 방금 전까지 켜져 있던 스위치가 꺼지고 다른 쪽 스위치가 탁 하는 소리를 내면서 켜졌다.

어둠 속에서 옅은 미소가 쓰윽 하니 그려진다. 차갑고 매혹적인 미소. 처음 제하를 봤을 때 느꼈던, 모호하면서도 위협적인 느낌이 물씬 풍겼다.

"오랜만이라고 해야 하나?"

"……."

심장이 거친 소리를 내면서 뛰기 시작한다. 하재다. 그토록 그리워했던 하재. 그런데 반갑다는 말을 할 수가 없다. 입을 뗄 수가 없었다. 하재에게서 풍겨 나오는 싸늘한 냉기에 온몸이 꽁꽁 얼어붙었다.

"아니면 이제라도 알아봐 줘서 고맙다고 해야 하는 걸까?"

하재가 앞으로 한 발 뗐다. 동시에 설아는 뒤로 한 발 물러났다. 방금 전과 상황이 역전되었다. 한 발 한 발 다가오는 하재가 두렵다. 아니, 저 남자가 하재인지조차 모르겠다. 설아는 오른손으로 왼손을 꾹꾹 쥐어짰다. 감각이 없다. 하재다. 그토록 기다리고 그리워했던 하재가 나타났다. 그러나 아무 말도 할 수 없었다.

지금까지 하재를 다시 만나면 어떤 말부터 해야 할지에 대해서 수많은 상상을 했었다. 울까? 화를 낼까? 어떤 장소에서 만날지, 어떤 상황에서 재회할지 많은 상상을 했었지만 그중 이런 상황은 없었다. 심장이 조여 온다. 이건 두려움이다. 하재에게서 두려움을 느끼게 될 줄 몰랐지만 지금의 감정은 틀림없는 두려움이었다.

등 뒤에 벽이 닿았다. 더 이상 갈 곳이 없다. 여전히 하재에게 시선을 고정한 채로 설아는 침을 꿀꺽 삼켰다. 바싹 메마른 입 안에서 쓴맛이 느껴졌다.

"왜 그래? 표정이 변했잖아."

"……."

"걱정하지 마. 너를 해칠 생각은 없으니까. 또다시 감옥에 들어가고 싶진 않거든. 수갑은 생각 외로 무겁고 차가워. 별거 아닌 팔찌 같은 건데도, 한번 차면 꼼짝 못 하게 돼. 다시 말해서 두 번 다시 차고 싶지 않다는 뜻이야."

하재를 올려다보면서 설아는 두 눈만 깜박였다.

"내가 무서워? 아직까지 나는 너에게 있어서, 너를 3층에서 밀어 버린 미친 뚱보 서하재야? 그래서 말도 하기 싫어?"

"……아…….."

간신히 입을 열었다. 지금 네가 무슨 말을 하는지 모르겠다고 지금 이 모든 상황을 이해하지 못하겠다고 말하려 했지만 입 밖으로 나오는 것은 그저 아, 하는 소리였다. 말하고 싶은데 얼어붙은 입술이 움직이지 않는다. 울지 않으려 단단히 다짐했는데 한 줄기 눈물이 뺨을 타고 흘러내렸다. 하재는 설아의 뺨을 타고 흘러내리는 눈물을 부드럽게 닦았다.

차가운 눈빛과 냉랭한 목소리와 달리 손짓은 눈물이 날 정도로 달콤했다.

"왜 울어? 난 아직 아무 짓도 안 했는데."

"가…… 감옥."

간신히 입 밖으로 말이 나갔다.

"아아……. 감옥. 그래, 갔다 왔어. 그런데 네가 감옥에 대해서 가장 먼저 물을 줄은 몰랐는데. 왜? 그곳이 어떤 곳인지 궁금해?"

눈물이 뺨을 타고 계속 흘러내린다.

"왜……. 왜?"

"왜 감옥에 갔냐고?"

설아의 질문에 하재가 웃음을 터트렸다. 한참 동안 웃던 하재는 천천히 시선을 돌렸다. 분노를 머금은 하재의 눈동자가 검게 빛났다. 오랜 세월 동안 차곡차곡 모아 둔 증오와 울분이 하재의 몸에서 터져 나왔다.

"다른 사람도 아닌 네가 그런 질문을 던지면 어떻게 해?"

몸을 숙인 하재는 설아의 귀에 대고 속삭였다.

"네가 증언했잖아."

증언? 눈물을 흘리던 설아는 놀란 눈으로 하재를 올려다봤다. 증언이라니? 무슨 증언?

"네 입으로 한 말도 잊어버린 거야? 서하재가 나를 성폭행하려 했고 실패하자 3층에서 떠밀었다고."

"아냐……."

아냐. 아냐! 난 그런 적 없어. 나는…… 나는…….

설아는 가슴을 움켜잡고 그대로 주저앉았다.

"나…… 나는! 나는…….."

"왜? 이제 와서 생각하니 그런 일이 없었던 거 같아? 그럼 그때 제대로 증언을 했었어야지. 내가 감옥에 들어가기 전에! 내가 항소를 포기하기 전에!"

시야가 흐려져 간다. 들리는 것은 하재의 목소리뿐이다. 안개처럼 시야가 흐린 가운데 감옥과 성폭행이라는 글자가 맴돌았다.

무섭다. 하재가 무섭다. 하재와 함께 있는 시간과 공간이 두렵다.

설아는 땅바닥을 짚으며 자리에서 일어났다. 아니, 일어나려고 노력했다. 그러나 번번이 손은 바닥을 헛짚었다. 바닥이 딱딱한 고체가 아니라 물렁거리는 젤리로 변한 것 같다. 몸에 힘을 줘도 비틀거리다가 쓰러지고 있다.

"도와줘?"

차가운 목소리가 말한다. 도와줄까? 목소리가 날카로운 검이 되어서 심장에 박혔다. 숨을 쉴 수가 없다. 간신히 고개를 들어 올린 설아는 하재를 올려다봤다. 그녀를 바라보는 하재의 두 눈에는 일말의 애정도 보이지 않았다.

적을, 원수를 바라보는 눈이다.

나가야 한다. 하재에게서 도망쳐야 한다!

순간 갑자기 땅바닥이 고체로 변했다. 자리에서 벌떡 일어난 설아는 곧장 집 밖으로 달려 나갔다. 뒤에서 하재가 뭐라고 외쳤지만 들리지 않았다. 바람이 귓가를 스치고 폐는 터질 듯이 부풀어 올랐지만 달리기를 멈추지 않았다. 빈 택시를 발견한 설아는 두 손을 흔들었다. 차에 올라탄 설아는 더듬거리는 목소리로 물었다.

"기사님. 장거리…… 장거리…… 가능해요?"

"장거리요? 어떤 장거리 말씀하시는 겁니까?"

"경주……까지 가 주실 수 있으세요?"

"경주?"

잠시 시계를 보면서 고민하던 기사는 고개를 끄덕였다.

"네. 가능합니다. 대신 비용은 좀 많이 들겠지만."

"괜…… 괜찮아요. 가 주세요."

"그럼 갑니다."

간다는 말과 함께 택시는 빠른 속도로 서울을 벗어나기 시작했다. 차창으로 흘러가는 불빛을 바라보면서 설아는 두 주먹을 움켜쥐었다. 어찌나 힘을 세게 줬는지, 피가 통하지 않아서 여기저기가 하얗다.

"새벽에 무슨 일이야?"

기사에게 돈을 건네주면서 순지는 설아의 손을 쥐었다. 서울에서 내려오는 동안 꼼짝도 하지 못한 채 덜덜 떨기만 하던 설아는 순지의 손에 이끌려서 집 안으로 들어섰다. 설아 때문에 새벽잠을 설친 민강은 못마땅한 얼굴로 거실에 앉아 있었다.

"무슨 일이냐?"

불을 켜지 않아 어두컴컴한 거실에서 민강은 화가 잔뜩 난 목소리로 물었다.

"도대체 무슨 일이 있었기에! 이 새벽에 갑자기 내려와? 그것도 지갑도 없이 휴대전화만 달랑 들고!"

"자, 자……. 일단 진정되면 이야기해요."

"진정은 무슨! 얼마나 정신이 없으면 그렇게 다녀?"

"그만해요. 지금 설아 양을 봐요. 바들바들 떨고 있잖아요. 설아 양. 커피라도 마실래요?"

순지는 새파랗게 질린 설아의 상태를 알아차리고는 분위기를 돌리려고 했지만 민강은 여전히 화난 상태였다.

"너! 이제 경주로 내려와! 쓸데없이 서울에서 혼자 사니까 이런 일이 벌어지는 거야!"

"왜 그래요. 갑자기 아버지가 보고 싶을 때도 있는 거지. 자자, 설아 양. 이리 와요. 세상에! 손이 얼음장 같네. 무슨 일 있었어?"

순지가 부드럽게 쓰다듬었으나 아무것도 느낄 수 없었다. 여전히 몸을 미세하게 떨던 설아는 민강에게 한 발 다가갔다.

"아…… 아버지. 사고…….."

"뭐?"

"그때…… 교통사고……. 내가 서울에서……."

설아가 말을 채 다 하기도 전에 민강은 얼굴을 확 찡그렸다.

"그 이야기는 하지 마! 다 끝난 일인데, 왜 들쑤셔!"

"그게 아니라…… 아버지……."

"됐다! 사고 이야기를 뭣하러 해?! 집에 왔으면 들어가서 쉬어! 나는 설친 잠이나 더 자야겠다. 순지 씨도 들어가지."

"아버지……."

"그만 들어가서 자라니까!"

입안이 바싹바싹 마른다. 혀가 꼬였는지 말을 꺼내기가 쉽지 않았다. 그러나 꼭 말해야 한다. 두 손을 깍지 낀 채로, 설아는 덜덜 떨면서 말했다.

"하재……. 하재 알죠?"

그 순간 민강의 눈빛이 싹 변했다. 방금 전까지는 잠을 설치고 설아가 대들어서 기분 상했다면 지금은 감정의 폭발에 가까웠다.

"그놈 이야기는 꺼내지도 마!"

"아버지!"

설아는 몸을 돌리는 민강을 불렀다.

"무슨 일이 있었던 거예요! 아버지는 알고…… 계신 거죠?"

"새벽에 왜 이래요. 설아 씨, 일단은 아버지 말처럼 지금은 쉬고 내일 아침에 이야기해요."

"내일 아침에 이야기할 거 없어! 그놈 이야기라면 할 거 없다!"

"아버지!"

"하지 말라니까! 네가 그때 그 더러운 쓰레기에게 낚여서 온갖 난리를 쳤던 거 잊었어? 겨우 정신 차리고 제대로 사나 싶었는데, 다시 그놈 이름을 꺼내?"

"그게 아니라…… 아버지……. 하재가…… 하재에게 무슨 일이 일어났는지 아세요?"

"말하지 말라니까! 그놈이 감옥에 가든 말든 무슨 상관이야!"

감옥? 감옥이라니? 어떻게 아버지는 하재가 감옥에 갔다는 걸 알고 있는 거지? 순간 눈앞이 아득해졌다. 민강은 조금 겸연쩍은 얼굴로 헛기침을 하더니 이내 버럭 고함을 질렀다.

"이것아! 정신 차려! 네가 그놈 때문에 어떤 일을 겪었는지 모두 잊었어? 세상 물정 모르는 너를 자기 집으로 유혹해서 온갖 나쁜 짓을 저지른 놈이야! 그나마 부모가 공을 들였으니 지금쯤 겨우 사람 구실은 하고 있겠지! 하여튼 그놈 이름은 입 밖에 꺼내지도 마!"

"어떻게……."

"뭐가 어떻게야?! 아무리 개망나니라고 해도 자식을 버리는 부모를 봤냐? 내가 정말, 그때도 그 부모 얼굴을 봐서 간신히 참았어!"

"어떻게…… 하재가……."

"그놈 이름은 말하지 말래도!"

자리에서 일어난 민강이 거실 불을 켰다. 갑자기 환하게 밝아진 시야로 집 안 내부가 강렬하게 다가왔다. 민강의 큰 소리에 놀라서 아무 말도 못 하고 주방에서 서성거리고 있는 순지가 보였다. 그 너머로 커다란 냉장고도 보였다. 언제부터 있던 냉장고였더라? 잘 기억나지 않는다. 서울에서 살 때는 작은 냉장고를 사용했다. 그러나 경주에 내려온 이후 냉장고는 갑자기 커졌다.

"그만 들어가서 자라니까!"

소리를 지르는 민강의 모습이 낯설다. 서울에서 경주로 오는 내내 생각했다. 모든 것은 오해라고. 하재가 왜 그런 오해를 하는지 이해할 수 없지만, 아버지에게 물어보면 모두 바로잡을 수 있을 것이라고 생각했었다. 그런데 아무것도 물을 수 없었다.

"뭘 멀뚱히 서 있어! 들어가!"

기분이 나쁘다. 뭔가, 아주 나쁜 것이 등 뒤로 다가오고 있다.

아버지는 무슨 돈으로 이 건물을 살 수 있었던 걸까. 그리고 아버지는 무슨 돈으로 자신을 입원시키고 재활 훈련과 수술을 시킬 수 있었던 걸까? 단순히 경주와 서울의 물가 차이라고 하기에는 지나칠 정도의 재력이다.

밝아진 시야 속으로 많은 것이 보였다. 화를 내고 있지만 그

안에 숨겨진 계면쩍은 민강의 시선이 설아의 가슴속을 아플 정도로 파고들었다.

"……이 집."

"뭐?"

"이 집…… 어떻게 산 거예요?"

설아의 질문에 민강의 얼굴이 새빨갛게 달아올랐다. 금방 평정을 되찾았지만 민강의 동요가 숨겨져 있던 사실을 드러냈다.

설아는 주먹을 꽉 쥐었다.

아닐 것이다. 아니다. 아버지가 그랬을 리 없다. 아버지가 하재를 감옥에 넣었을 리 없다.

아니길 바라고 있다. 제발 아버지가 하재와 관련된 것이 아니길, 간절히 바라고 있다. 그러나 진실이 바뀔 것 같지 않다. 등 뒤까지 바싹 다가온 불길하고 어두운 것이 곧 민강과 자신을 집어 삼킬 것 같아서 눈물이 흐른다. 뺨을 타고 흘러내리는 눈물의 뜨거움이 느껴졌다. 꽉 틀어 막힌 것같이 답답한 가슴을 움켜쥔 채, 설아는 다시 한번 더 물었다.

"무슨…… 짓을 한 거예요?"

"짓? 짓이라니!"

민강의 얼굴이 시뻘겋게 달아올랐다.

"그게 애비에게 할 말이냐! 짓이라니!"

"설마…… 하재를 판 거예요?"

"팔아? 팔다니!"

민강은 말 그대로 펄쩍 뛰었다.

"도대체 그게 무슨 버르장머리 없는 소리야! 이 집은 내가 일해서 산 거야!"

"어…… 어떻게요? 서울에서 우리는 식비를 걱정하면서 살았는데! 어떻게 이곳에서는 이렇게 잘살 수 있어요?"

"됐다! 그만해! 옛말 그른 거 하나도 없다! 여자가 집 밖을 나돌아 다녀서 좋은 거 없어! 지금 당장 서울 가서 방 빼!"

"아버지!"

"둘 다 이제 그만해요."

머뭇거리고 있던 순지가 나섰다.

"설아 양. 무슨 일인지 모르지만 부모에게 이러는 거 아냐! 그동안 내가 옆에서 봐도 아버님이 설아 양에게 참 잘했어. 그렇잖아. 남자 혼자 자식을 키운다고 그 오랜 세월을 혼자서 사는 게 쉬운 일이야? 그동안 아버지가 설아 양에게 지극정성인 거, 모르는 사람 있어?"

끼어들지 마! 당신은 하재를 모르잖아. 당신은 아무것도 모르잖아! 하재가 화냈어! 하재가! 다른 사람도 아닌 하재가 나를 미워하고 있어! 그게 어떤 의미인지 당신은 모르잖아! 그러니까 끼어들지 마!

슬프면서도 화가 난다. 눈앞에 펼쳐진 진실을 외면하고 싶을 정도로 격한 감정들이 마음속에서 들끓었다. 미칠 것 같다. 할 수만 있다면 세상을 갈기갈기 부숴 버리고 싶다. 아버지가! 다른 사람도 아닌 자신의 아버지가 하재를 팔아넘기다니. 그동안의 삶이 하재의 불행으로 이뤄졌다니!

거칠어져 가는 숨을 간신히 가다듬은 설아는 민강을 바라봤다.

"말해 줘요, 아버지……. 도대체 무슨 짓을 하신 거예요."

"이게 그래도 정신을 못 차리고!"

거실 반대편에 있던 민강이 버럭 소리를 지르면서 다가왔다. 그러고는 퍽 하는 소리가 들렸다. 눈앞이 휘청하더니 뺨이 뜨겁다. 순지가 뭐라고 말하는 것 같았지만 들리지 않았다. 귀가 먹먹해서 아무 말도 들리지 않는다.

아니다. 민강의 고함 소리는 그 어느 때보다 잘 들렸다.

"정신 차려! 어디 감히 부모에게 고개를 뻣뻣이 들고 있어! 내가 너를 어떻게 키웠는데! 네가 사고를 당했을 때, 내가 얼마나 지극정성으로 돌봤는지 다 잊어버렸어? 내가 먹을 거, 입을 거 줄여서 너를 먹이고 입혔어! 내가!"

지나간 세월을 읊으면서 자신이 얼마나 좋은 아버지였는가를 호소하는 민강의 목소리를 듣고 있자니, 서서히 머리가 맑아졌다. 점점 시야가 또렷해졌다. 더 이상 눈물조차 흐르지 않는다. 아버지가 무슨 짓을 어떻게 했는지 정확히 알 수는 없지만 이 집과 하재가 연관되었다는 것만은 확실하다. 몸을 바로 세운 설아는 민강을 노려봤다. 딸의 사나운 시선을 감당하지 못해서 슬그머니 고개를 돌리는 민강을 향해 설아는 차가운 목소리로 내뱉었다.

"네. 아버지는 딸에게 지극정성이셨죠."

설아의 말에 민강은 거 보라는 얼굴이 되었다. 그러나 곧 이어진 설아의 말에 민강의 표정이 확 변했다.

"너무 지극정성이셔서…… 돈을 받고 딸의 친구를 팔았죠."

"유설아!"

"나를 키우느라 아버지가 고생하셨죠. 그런데 내 효도와 하재가 무슨 상관 있어?"

"이게 그래도! 부모에게!"

눈앞이 번쩍이더니 뺨에서 불이 났다. 퍽 하는 소리와 함께 또다시 거실 바닥으로 밀쳐진 설아는 민강을 올려다봤다. 얼굴을 벌겋게 붉힌 민강은 버럭 고함을 질렀다.

"그놈이 아니었으면! 네가 그 밤에 거길 왜 가! 그놈이 너를 살살 꼬드겨서 벌어진 일이야!"

"도대체 언제까지!"

몸을 반쯤 일으킨 설아는 소리를 질렀다.

"도대체 언제까지 이럴 거야! 자신만 옳고 자기만 세상에서 제일 똑똑하고! 다른 사람들은 모두 멍청이 바보인 줄 알아? 그리고 입은 삐뚤어져도 말은 바로 하라고! 하재는 나를 꼬드긴 적 없어!"

"이년이 진짜! 할 말 못 할 말을 구분하지 못하고!"

민강의 입에서 괴성이 터져 나오더니 몸이 옆으로 휙 날아갔다. 옆에 있던 순지가 놀라서 비명을 질렀으나 설아는 아무것도 느끼지 못했다. 아프지 않다. 자신에게는 아픔을 느낄 권리조차 없다. 하재가 겪었을 그 끔찍한 순간들을 생각하면 지금 자신의 고통은 아무것도 아니다.

"하재는!"

설아는 있는 힘껏 비명을 질렀다.

"하재는 내 친구였어! 유일한 친구! 나에게 형편없는 인간이라고 말하지 않았던 유일한 사람! 하재는 전교 1등을 놓치지 않는 아이였어! 그에 비해서 나는! 공부도 못하고 질 나쁜 애들하고만 어울려 다니는 바보 같은 인간이었고! 그런데 누가 누구를 꾄다는 거야?"

"아이고! 이것아! 사내놈이 집에 여자를 들이는 이유가 뭐겠어! 너는 하여튼 어미를 닮아서!"

"그만해! 제발!"

자리에서 벌떡 일어난 설아는 미친 듯이 소리를 질렀다. 온몸이 비명을 지른다. 어디서 이런 힘이 있을까 싶을 정도로 엄청난 괴성이 온몸에서 쏟아져 나왔다.

"어미를 닮아서 공부도 못하고! 어미를 닮아서 사내를 밝히고! 어미를 닮아서 예의가 없고! 어미를 닮아서! 그럼 아버지는 뭔데? 잘못하는 건 다 엄마 탓이면! 내 몸에는 아버지 유전자는 하나도 없어?! 그게 말이 돼?"

"이게 진짜!"

설아가 맞서자 화가 머리끝까지 치민 민강은 또다시 손을 치켜들었다.

"때려! 어릴 때부터 하도 맞아 버릇해서 맞는 데는 이골이 났으니까! 그보다 하재에게 무슨 짓을 한 거야! 그거나 말해!"

"내가 하긴 뭘 해? 네 어미처럼 남자에게 정신이 나가서 밤에 쪼르르 학교로 간 거지! 그래서 그놈에게 못된 짓을 당했던 거야!"

"거짓말!"

사고 당시의 기억은 없지만 한 가지만은 확실하다. 하재는 자신에게 그런 짓을 할 리 없다. 세상 모두가 다 변해도, 심지어 1+1=2가 아닐지라도! 절대로 하재는 그럴 애가 아니다.

"아니긴 뭐가 아냐? 의사는 네가 사고 때 충격으로 당시 일을 잘 기억하지 못한다고 했지만 그건 네가 싫어서 기억하지 않는 거야! 그러지 않고서야 기억하지 못할 이유가 뭐 있어?! 그때 네가 얼마나 위험했는지 알기나 해? 3층에서 떨어졌어! 3층에서! 그것도 콘크리트 위로 떨어져서 거의 죽다가 살아난 거야! 심지어 울타리에 등이 다 찢겨서 아직 그 상처가 남아 있잖아! 조금만 잘못했으면 죽었어! 중간에 나무에 걸쳐져서 떨어지지 않았다면 백발백중으로 죽었어! 이것아! 정신 차려!"

"그래도 하재는 아냐!"

"그날 학교에 그놈하고 너밖에 없었다는데! 그놈이 범인이 아니면 누가 범인이야?! 정신 차려! 그놈이 흑심을 품고 밤에 불러낸 거야! 아까 이 집을 무슨 돈으로 샀냐고 물었냐? 내가 할 수만 있다면 그놈을 죽이려고 했다! 너를 괴롭히고 죽이려고 한 놈인데, 살려 둬서 뭐 해! 그런데 그놈 애미가 사정사정을 하면서 부탁하길래 합의해 준 거야! 그래! 그놈 어미가 돈을 주긴 했다. 그들이 원하는 대로 진술서를 써 줬고! 너하고 비슷한 아이를 데리고 와서 재판정에서 자기들이 원하는 대로 증언해 달라고 해서 그렇게 해 주고 돈을 받았어! 그게 뭐가 잘못된 건데! 죄를 졌으니 죗값을 받아야지!"

"재판에서…… 뭐라고 했다구요?"

"못 들었어?! 너하고 닮은 애의 얼굴에 붕대를 감아서 너인 척했다고! 그래도 부모라고 못난 자식 놈을 위해서 증인을 만들 겠다는데! 내가 어떻게 말려!"

"……."

"그 부모는 좋은 사람이었어! 가짜 증인을 만들어서 자기 아 들을 빼내려는 거였으면, 나도 동참하지 않았어! 그런데 오히려 증인을 시켜서 자기 아들에게 죄가 있다고 말하는 거 보고, 그 래도 저 부모는 자식에게 죗값을 치르게 하는 올바른 사람이구 나라고 생각해서 돈을 받은 거야!"

손에서 힘이 빠졌다. 부모. 하재의 어머니!

하재를 끔찍하게 미워하던 그 여자. 박예성. 그 여자가 하재 를 위해서 행동했다고? 아니다. 그 여자는 하재를 위해서 뭔가 를 할 사람이 아니다. 그날 무슨 일이 벌어졌는지는 알 수 없지 만, 진실과 상관없이 예성이 끼어드는 순간 하재의 운명은 결정 되었을 것이다.

자신은 사고를 당했고 그 범인으로 하재가 지목되었다. 동시 에 아버지는 예성의 꾐에 넘어가서 하재를 지옥으로 빠트렸다.

"부모는 다 똑같은 거야! 어떻게 해서라도 자식 정신머리 고 치고 싶어 하는 게 부모야!"

"그래서 가짜 증인을 내세워서 하재를 감옥에 보낸 거야?"

"어차피 너는 그 말을 할 거였어!"

민강은 말이 통하지 않는 거대한 벽으로 변했다. 설아는 그 벽을 향해서 비명을 질렀다.

"내가 그 말을 할 거라서! 의식도 없던 내가 증언했다고 거짓말을 했다는 거야? 내가 하재에게 성폭행을 당했고! 하재가 나를 떠밀었다고?"

"거짓말이 아냐! 그놈밖에 없었어! 정신 차려! 그놈이 너에게 몹쓸 짓을 했어! 딸에게 그런 짓을 한 놈을 용서할 수 있을 아비가 어디 있어?"

"웃기시네."

설아의 입에서 허탈한 비웃음이 흘러나왔다.

"내가 정말 성폭행을 당했다면 아버지는 나를 비난했을 거야! 아냐?"

"……."

"아버지는 가해자를 비난하기보다 피해자인 나에게 왜 그런 짓을 당했냐면서 비난할 사람이야! 그런데 지금까지 나를 비난한 적 없잖아. 그러니까 모두 거짓말이야!"

처음으로 민강의 말문이 막혔다. 틀림없이 그랬을 것이다. 어떤 상황에서든 민강은 성폭행을 한 가해자보다, 피해자인 자신을 비난했을 것이다. 설아의 무시무시한 시선을 마주한 민강은 슬그머니 고개를 돌렸다. 그 모습을 보자니 알 수 있었다.

민강도 알았다. 민강도 하재가 아무 잘못이 없다는 것을 알았을 것이다. 하지만 눈앞에 내밀어진 돈이 민강의 욕심을 부추겼다. 그래서 민강은 예성과 손을 잡았다. 그 사실이 부끄러워서 당시의 선택이 옳은 결정이었다고 우기고 있는 중이다.

"정신 차려라."

낮은 목소리로 민강은 설아에게 경고했다.

"사내놈에게 정신 팔려서 앞뒤 가리지 못하는 건 어릴 때로 족해."

"그런 충고는 형편없는 쓰레기 같은 여자와 만나서, 그 여자를 닮은 딸을 키운 남자가 할 대사는 아닌 것 같은데요."

"뭐?"

민강의 얼굴이 험상궂게 일그러졌다. 지금까지와는 비교할 수 없을 정도로 민강은 격하게 화냈지만 설아는 담담했다.

"나는 그 어머니에 그 딸이라서, 은혜에 보답할 줄도 모르는 불효녀인가 보네요."

"그만해요! 설아 양! 지금 아버지에게 무슨 짓이야! 이건 패륜이야!"

"패륜요?"

"그래! 패륜!"

설아는 민강과 그녀 사이를 가로막는 순지를 뚫어져라 바라봤다.

맞다. 순지의 말대로 이건 패륜이다. 자식이 키워 준 부모를 버리는 중이다. 그러나 더 이상 참을 수 없다. 세상 모두가 손가락질할지라도 자신은 아버지가 아니라 하재를 선택할 수밖에 없다. 설아는 민강에게 고개를 숙였다.

"안녕히 계세요. 이제 두 번 다시 아버지 얼굴 안 봐요."

"뭐?"

"아버지는."

더 이상 눈물도, 화도 나지 않는다. 남은 것은 지금까지 줄곧 외면했었던 진실이다.

"아버지는 딸을 위해서 살았죠. 그런데 못돼 처먹은 유설아는 배은망덕한 인간이라서! 부모의 은혜도 모르는 철딱서니 없는 딸이고! 천박한 피를 가진 모친을 꼭 닮았으니까. 그러니까 우리 이제 그만해요."

"설아야!"

"내 덕분에 아버지, 이 건물을 가졌잖아요? 그러니까 키워 준 값은 받았다고 쳐요."

그대로 몸을 돌린 설아는 밖으로 내달았다. 뒤에서 뭐라고 소리쳤지만 들리지 않았다. 계단이 이어진다. 뛰어 내려가고 돌고 뛰어 내려가고 돌고 계속 내려가는데도 계단의 끝이 보이지 않는다. 이 계단은 어디까지 이어진 걸까? 어디까지 내려가야 끔찍한 현실을 떨쳐 버릴 수 있을까?

가슴이 터질 것만 같다. 가슴속 깊은 곳에서 뜨거운 것이 치밀어 올라서 참을 수가 없다. 어딘지 알 수 없는 길바닥에 주저앉은 채, 설아는 오열을 토했다. 몸을 웅크린 채 옷을 쥐어뜯어도 감정을 주체할 수가 없다. 아무리 울어도 뜨거움이 사라지지 않았다.

미안해, 하재야……. 미안해. 내 아버지가, 내 아버지라서 미안해. 내가 너의 친구라서 미안해.

굵은 눈물방울이 뚝뚝 떨어졌다. 너무 미안해서 고개를 들 수가 없다. 체형이 바뀔 정도의 모진 경험을 했을 하재에게 미안하고, 찬란하게 빛났을 그의 인생을 망쳐서 미안하다.

결정적으로 그의 모진 어머니에게 붙잡히게 해서 미안하다.

뚜벅뚜벅.

눈물로 흐릿한 시야에 잘 닦인 구두가 들어왔다. 목소리가 들렸다. 하재의 목소리. 제하의 목소리.

"뭐 해?"

담담한 목소리가 던지는 질문에 설아는 천천히 고개를 들었다. 너무 울어서 숨조차 제대로 쉬지 못하는 설아와 달리 하재는 평온해 보였다.

"여기서 울려고 뛰쳐나간 거야?"

아아. 하재야. 내가 어떻게 너의 목소리를 몰라봤을까. 처음 만나는 그 순간 알아차려야 했다. 처음 만나는 그날, 네 목소리를 듣고 하재라고 불러야 했어.

"괜찮아?"

"……아니……."

눈물이 쏟아져 나온다. 그러나 하재의 얼굴을 보면서 울 수가 없었다. 지금 이 자리에서 울음을 터트릴 자격이 있는 사람은 하재뿐이다. 설아는 떨리는 손으로 눈물을 닦았다. 끅끅거리는 소리가 치밀어 올라왔지만 죽을힘을 다해서 참았다.

"일어설 수 있겠어? 자, 여기. 조심해서 일어나."

어떻게 여기 있냐고. 자신을 따라온 거냐고, 묻고 싶은 것은 잔뜩 있는데 차마 물어볼 수가 없다. 입술이 떨어지지 않는다. 입을 열면 간신히 억누르고 있는 질문과 감정 들이 폭발할 것 같아서 아무 말도 할 수 없었다.

"가자."

"어…… 어딜?"

"그냥 따뜻한 곳? 계속 여기 있을 수도 없는 노릇이잖아."

하재를 따라서 도착한 곳은 호텔이었다. 방에 들어가면서도 설아는 반쯤 넋을 놓고 있는 상황이었다. 침대에 앉은 설아는 입술을 잘근잘근 깨물었다. 비릿한 피 맛이 느껴졌다. 무채색의 시야 속으로 옷을 들고 있는 하재의 손이 들어왔다.

"옷이야. 갈아입어."

"……."

"지금 엉망이야. 그 상태로 계속 있을 순 없잖아."

"하재야."

설아가 이름을 부르자 하재의 움직임이 멈췄다. 순간의 미묘함만을 남긴 고요.

"하재야."

자신을 바라보는 하재와 시선을 마주한 설아는 침을 삼켰다. 오랜 세월 동안 하재와 재회하기만을 기다렸었다. 만나면 무슨 말을 해야 할까. 보고 싶었다고 말할까. 아니면 그동안 왜 소식이 없었는지에 대한 서운함부터 토로할까라고 고민했었다. 그런데 막상 현실과 마주하자 무슨 말부터 해야 할지 모르겠다. 설아는 잔뜩 쉰 목소리로 천천히 입을 열었다.

"그 그림…… 네 아버지…… 유작……."

"갤러리에는 들어가지 말라고 했잖아."

"미안해. 그런데 들어갔어."

어색한 웃음이 얼굴에서 파들거리며 떨린다.

갤러리에 들어가지 않았다면 나는 지금도 너를 민제하로 알고 있겠지. 너는 민제하로서 무엇을 하려고 했던 거야? 왜 나를 도와준다고 했던 거야? 왜 함께 살자고 했던 거야? 왜 결혼하는 척하자고 했던 거야?

너무나 많은 질문이 떠올랐지만 금방 사라졌다. 남는 것은 한 가지. 죄책감과 슬픔이었다.

"하재야…… 난……."

딱딱하게 얼어붙어 있던 입이 제멋대로 움직였다.

"난 몰랐어! 나…… 난…… 호…… 혼수상태였어. 진짜 나는 몰랐어. 나는…… 몰랐는데. 아버지가…… 아버지가……."

"그래. 너는 몰랐어."

설아의 고백에 하재는 빙그레 웃었다. 하재의 웃음에 설아는 다급히 변명을 늘어놓았다.

"아버지가…… 한 거야. 아버지가 돈을 받았던 거야!"

설아는 두 손을 꽉 쥔 채 설명했다. 자신이 아니다. 가짜 증인을 내세웠던 것이다. 자신은 아무것도 몰랐다. 결백을 주장하는 설아를 보면서 하재는 고개를 천천히 좌우로 움직였다.

"그래. 넌 증언을 한 적 없어. 돈을 받은 가짜가 너인 척하고 증언을 했으니까."

하재는 느릿느릿한 몸짓으로 냉장고 안에 들어 있는 술을 꺼냈다. 천천히 투명한 유리잔에 술을 따른 하재가 입을 열었다.

"너는 아무것도 몰랐어. 그렇지?"

"응!"

정말 나는 몰랐어! 나는 진짜 하나도 몰랐어!

드디어 하재가 알아줬다. 자신은 아무런 죄가 없다는 것을! 기쁜 마음에 고개를 든 설아는 여전히 차가운 눈빛의 하재와 마주했다.

"그렇다고 해서 달라지는 거 있어?"

하재는 술을 마셨다. 호박 빛 액체가 조금씩 하재의 입속으로 사라졌다. 사람의 심장을 도려낼 정도로 차가운 시선에 설아의 얼굴이 굳어져 갔다.

"감옥이 어떤 곳인지 말해 줄까?"

추운 겨울날의 비처럼 차가운 목소리가 이어진다. 주룩주룩 내리는 비에 온몸이 얼어붙는다.

"그곳은 사람이 번호가 되는 곳이야. 그런데 나처럼 뚱뚱한 돼지는 번호도 되지 못해. 생각해 봐. 서하재를. 뚱보에 소심하고 말까지 더듬는 그 녀석이 감옥에서 어떤 짓을 당했을 거 같아?"

하재가 한 발 다가왔다. 침대 위에 앉아 있기 때문에 도망칠 곳이 없다. 설아는 두 손으로 몸을 감싼 채 고개를 깊이 숙였다.

"그곳에서 나는 장난감이었어. 마음대로 때릴 수 있고 괴롭힐 수 있는 뚱뚱한 돼지 장난감. 학교에서의 따돌림은 어리광 수준이더라. 돼지, 돼지, 돼지! 냄새나는 돼지, 쓰레기 돼지, 때려도 되는 돼지, 병신 같은 돼지."

"……."

"맞고 맞고 또 맞았어. 냄새난다고 맞고 뚱뚱하다고 맞고 밤에 숨죽여서 운다고 맞고. 그런데 맞는 건 괜찮아. 어느 정도 맞으면 이골이 나거든. 하지만 도저히 참을 수 없는 게 있었어. 그건 바로 공기야. 숨 쉴 수 있는 자유. 혼자서 뭔가를 할 수 있는 자유. 이름이 아니라 순번으로 재단되고 정해져서, 아무것도 할 수 없다는 건. 그건…… 좁은 관 안에서 갇혀 있는 거야. 상상이나 할 수 있어? 어디를 봐도 관 속이라는 걸."

말하지 마! 더 이상 말하지 마!

할 수만 있다면 과거의 그날로 돌아가서 아버지를 붙잡고 사정하고 싶다. 제발 하재를 팔지 말라고. 하재는 아무 잘못도 없다고! 그러나 아버지는 최악의 선택을 했고 그 대가는 하재가 치렀다. 이제 자신이 대가를 치를 차례라는 사실을 어렴풋이 짐작할 수 있었다.

"더 최악은 내 죄명이었어. 차라리 폭행이나 사고였다면 괜찮았을지도 몰라. 하지만 성범죄라니. 매일 밤마다 무릎을 꿇은 채로 내가 저지르지도 않은 죄를 처음부터 끝까지, 상대방이 만족할 때까지 지어내야 했어. 너는 그게 어떤 건지 상상이나 할 수 있어?"

하재의 말이 이어질수록 설아는 더욱 세게 깍지를 꼈다. 상상조차 할 수 없는 끔찍한 일들이 하재의 입에서 흘러나왔다.

"나라는 존재가, 하나의 인간이 완벽하게 해체되어서 사라져 가는 과정을 매일 겪어야 했어. 너는 그게 어떤 건지 상상도 하지 못할 거야. 봐, 덕분에 이제 서하재는 완전히 사라졌잖아. 너도 알아보지 못할 정도로."

울고 싶지 않은데 눈물이 흐른다. 굵은 눈물이 뚝뚝 떨어졌다. 저지르지도 않은 죄 때문에 하재는 사람이 완전히 변할 정도로 잔혹한 일을 겪었다. 그런데 자신은 안전한 곳에서 눈물을 흘리고 있는 중이다. 이런 자신이 혐오스러운데도 눈물을 그칠 수가 없었다.

"아이러니하게도 그런 곳에서도 배울 게 있긴 있더라. 그날은 아주 더운 날이었어. 네가 얼굴을 감고 재판정에 나타나서 나를 범인으로 지목한 날."

"재판? 아냐! 나는 재판에 나간 적 없다고 했잖아!"

설아는 강하게 부정했다.

"나는! 아냐, 하재야! 절대로 아냐!"

"그래. 알아. 아니라는 거. 그날 너인 척했던 여자는 얼굴을 붕대로 가리고 휠체어에 앉아 있었어. 내가 성폭행하려다가 실패하자 얼굴을 주먹으로 마구 때렸다고 법정에서 증언했었지. 때문에 코가 부러지고 멍이 들어서 붕대를 감고 있다고. 나는 그 증언을 들었고……. 그전까지는 있을 수 없는 일이라고 생각했던, 바로 네가 나를 배신하는 일을 경험했었지. 그리고 감옥으로 돌아왔어."

"……."

"아까도 말했듯이 그날은 더워서 다들 짜증이 나던 날이었어. 그러던 중 녀석들이 나를 본 거지. 저기 지나가던 돼지를 패자. 어제도 팼으니까 오늘 또 패자. 뭐, 그런 마음이었겠지. 나는 어제도 맞았으니 오늘 또 맞자. 그런 자포자기 상태로 맞고 있었는데. 문득 나를 패고 있는 녀석의 팔목을 봤어. 굉장히 얇은 팔목이더라. 심지어 나보다 더 얇은 팔목을 가진 저 녀석의 주먹이 이렇게 아픈데. 내 주먹은 어떨까라는……. 의미 없는 의문이 떠올랐어. 그래서 손을 뻗었는데 상대방이 바닥으로 쓰러지는 거야."

담담한 목소리. 끔찍한 과거를 이야기하는 하재의 목소리가 너무나 담담해서 가슴이 미어졌다.

"그때 봤어. 바닥에 쓰러진 놈의 눈에서 공포와 폭력에 대한 두려움을. 장난감처럼 때리고 놀았지만 사실 그놈들도 알고 있었거든. 내 덩치가 그들보다 훨씬 더 크다는 걸. 그런데 폭력이라는 건 말이야, 사람들이 생각하는 것 이상으로 대단히 즉각적이야. 폭력을 사용한 이후에는 두 가지만 남지. 굴복 또는 저항. 그전까지 굴복만 했던 내가 드디어 저항을 시작한 거지. 그리고 얼마 지나지 않아서 모두가 내 앞에서 굴복했어. 사람에게 폭력을 휘두르는 걸 좋아하는 사람도 있겠지만 나는 아니었어. 그래도 계속 폭력을 휘둘러야 했어. 살아남아야 했거든. 자유를 되찾을 때까지 살아남아야 했으니까."

"……."

"내가 거기서 하루도 빠지지 않고, 매 시간 마다. 1분 1초마다 했던 생각이 뭔 줄 알아? 나를 이곳에 집어넣은 사람들을 용서하지 않겠다, 한 명도 빠지지 않고 복수하겠다, 내가 겪는 고통만큼 그들도 똑같은 고통을 겪게 하겠다는 맹세였어. 그러니 그만 울어. 너는 울 자격이 없어."

여전히 차가운 하재의 목소리에 눈물을 멈추려 했으나 쉽지 않았다. 한번 열린 감정의 폭발은 쉽사리 닫히지 않았다. 뺨을 타고 굵은 눈물이 뚝뚝 떨어져 내린다.

미안해, 하재야. 정말 미안해. 내 아버지가 나 때문에 너를 팔아서 미안하고 여전히 너에게 아무런 도움도 되지 못해서 미안해. 내가 이것밖에 되지 못해서 미안해. 고통스러운 너의 지난 삶을 들으면서도 슬퍼하면서 눈물을 흘리는 것밖에 못 하는 인간이라서 미안해. 정말 미안해.

"너는 죄가 없다고 말하고 싶어?"

술잔을 내려놓은 하재가 한 발 한 발 다가왔다.

"그래. 너는 죄가 없다고 말할 수 있어. 네 말대로라면 무슨 일이 벌어지는지 몰랐으니까. 하지만 네 아버지가 받은 돈, 그 돈으로 너는 지금까지 편하게 살아왔잖아. 평생을 풍요롭게 살아온 친일파의 후손이, 선조가 한 일은 자신과 상관없다고 하면 어떤 생각이 들 거 같아? 너는 아무 잘못도 하지 않았어. 사실이야. 그런데 나는 빛나는 청춘을 잃어버렸고 인생의 길이 뒤틀려졌어. 그런데도 넌 죄가 없다는 말만 되풀이하고 있어."

설아의 바로 앞까지 다가온 하재는 천천히 고개를 숙였다.

미소가 서려 있는 얼굴이 다가왔다.

"누군가는 그러겠지. 연좌제는 안 된다고."

"……."

"그런데 복수는 이성의 영역이 아니야. 어떻게 생각해?"

점점 다가온 목소리가 귀를 스쳤다. 입김이 닿을 때마다 온
몸에 소름이 돋아났다.

"나는 이 일에 관련된 사람들은 모두 대가를 치러야 한다고
생각해."

대가. 하재의 차가운 목소리가 심장을 찔렀다. 죄가 없다고
우길 수도 있다. 자신은 아무 죄가 없으며 아버지가 잘못을 저
질렀다고. 그러나 하재 앞에서 차마 무죄라는 말을 할 수 없었
다. 이토록 가혹한 삶을 견뎌 온 하재의 앞에서 자신은 죄가 없
다는 말만은 도저히 할 수 없었다.

"다시 말해 봐. 너는 죄가 없다고. 너는 결백하다고."

하재의 눈동자가 노려본다. 하재의 시선과 마주한 설아는 손
으로 울음이 흘러나오는 입을 막았다. 가슴이 터질 것 같다. 숨
을 쉴 수가 없다. 자신도 그런 끔찍한 일을 겪게 된다면 가차 없
이 복수의 칼날을 휘둘렀을 것이다.

그럼에도 불구하고 자신에게 휘둘러지고 있는 칼날을 지켜
보는 일은 슬펐다. 하재는 어떤 일을 겪더라도 자신에게만은
늘 상냥하고 웃는 얼굴로 대할 것이라고 믿었기 때문에, 더욱
슬프다.

"무죄라고 말하면 놓아 줄게."

자신은 몰랐다. 아무것도 몰랐다. 몰랐기 때문에 아버지가 예성에게 받은 돈으로 생활했다. 가난에서 벗어났고 대학을 갔고 지금까지 잘살았다. 과연 자신이 완벽하게 결백한 걸까? 하재의 고통에 대해서 아무것도 몰랐으니까······. 그러니까 용서를 구할 필요도 없고 앞으로도 모르는 척하면서 살아갈 수 있는 걸까?

"어때? 너는 결백하다고 말할 수 있어?"

하재의 질문에 아무 답도 할 수 없었다. 도대체 무슨 자격으로 홀로 이 모든 비난에서 벗어날 수 있다고 생각한 걸까?

"아니······."

간신히 입술을 움직였다. 설아가 아니라고 말하자 하재는 몸을 뒤로 젖혔다.

또르륵. 술잔에 술을 따르는 소리가 들린다. 멀리서 부는 삭풍의 소리도 들린다. 횡횡. 거칠게 불어오는 바람. 6월인데도 불구하고 거친 바람이 휘몰아치고 있다. 아니, 이 바람은 자신의 내부에서만 부는 바람이다. 죄책감, 서운함, 서글픔이 뒤섞인 바람이다.

"내가 어떻게 해야 하니?"

간신히 힘을 내서 물었다.

내가 어떻게 해야 너에게 조금이나마 속죄가 될까?

"네가······ 원하는 게 뭐야?"

설아와 시선을 마주한 채로 하재는 술을 조금 마셨다. 호박빛 술이 점점 줄어들고 있다. 하재는 설아의 검은 눈동자를 바라봤다.

무엇을 원하냐고? 원하는 것은 한 가지다. 하재는 입안의 술을 꿀꺽 삼켰다. 언제나 그가 원하는 것은 한 가지였다. 이런 순간에서조차, 아니, 감옥이라는 끔찍한 곳에서 매일 밤 증오와 배신감으로 몸부림을 칠 때조차 그가 원하는 것은 오직 한 가지였다. 유설아.

그러나 설아는 자신의 이런 집착과 욕망을 이해하지 못할 것이다.

말없이 한참 동안 설아를 바라보던 하재가 불쑥 입을 열었다.

"결혼하자."

"뭐?"

예상치 못한 하재의 말에 설아는 고개를 들었다. 지금 자신이 무슨 말을 들은 거지? 하재가 결혼하자고 말한 것 같은데. 왜?

"지금껏 했던 결혼 준비. 그대로 진행하면 돼."

잘못 들은 게 아니다. 지금 하재는 자신에게 결혼하자는 말을 하고 있다. '당장 창문으로 뛰어내려' 같은 말을 들을 줄 알았는데, 결혼이라니?

"너는 나에게 빚이 있어."

"알아. 어떻게 해도 갚을 수 없는 빚이 있다는 거. 하지만 결혼은 다른 문제잖아."

설아의 질문에 하재는 담담한 어조로 답했다.

"이해를 못 하는구나. 너는 질문을 할 권리가 없어. 다시 말해서 이유를 궁금해할 권리도 없는 거야. 그러니 답만 해. 결혼할 거야? 말 거야?"

설아는 자신을 바라보는 하재의 시선과 마주쳤다. 이성적인 검은 눈동자. 패닉 상태에 빠진 자신과 달리 담담한 하재. 아마도 하재는 오늘과 같은 날을 수없이 상상하고 또 상상했을 것이다. 어디서부터 잘못된 걸까? 결혼을 승낙하면 어떻게 되는 걸까? 그리고 거절하면 어떻게 되는 거지? 혼란스러운 와중에 한 가지 사실만은 명확했다. 결혼하지 않겠다고 하면 두 번 다시 하재를 보지 못하게 될 것이다.

"지금 대답할래? 아니면 조금 기다려 줄까?"

"……."

남자의 차가운 시선 뒤로 예전에 제하가 했던 말이 떠올랐다.

'용서할 수가 없습니다. 그 여자가 나에게 한 짓을. 그래서 똑같이 되갚아 줄 겁니다. 이게 바로 내 인생을 위해서, 내가 스스로 해야 할 일입니다. 아영의 결혼식에 대해서는 흥미가 없습니다. 아마 터트린다면 내 결혼식이겠죠. 복수는 상대방이 가장 행복한 순간에 펼쳐야 제맛이죠.'

하재는 그 결혼식의 상대자가 아영이라고 말한 적이 한 번도 없다. 그 여자는, 절대로 용서할 수 없는 그 여자는 아영이 아니라 자신이다. 그래서 하재가 말했던 그 여자와 아영의 사이에서 계속 위화감이 들었던 거다. 처음부터 하재의 목표는 자신이었으니까.

"이 결혼에……."

목소리가 떨린다. 복수의 대상이 자신이라는 사실을 재확인했을 뿐인데, 몸이 와들와들 떨렸다.

"······의미가 있는 거야?"

"의미?"

하재는 어깨를 으쓱거렸다.

"나는 처음부터 명확하게 말했다고 생각했는데, 네가 이해를 못 하는구나. 말했었잖아. 앞으로 이해할 수 없는 일이 많을 거라고. 그럴 때마다 왜냐고 묻지 말아 달라고 했을 텐데. 지금 너는 왜냐고 물을 게 아니라, 결혼을 할 것인지, 말 것인지에 대한 선택을 해야 해. 다시 물어볼게. 잘 생각해 보고 답해. 나와 결혼할 거야?"

결혼을 할 거냐고 묻는 하재의 목소리가 조금 떨리는 느낌이 든다. 거절에 대한 두려움으로 하재의 뺨이 창백해졌다는 기분도 들었다. 그러나 착각이다. 하재의 떨림이나 불안은 모두 자신의 착각에 불과하다. 하재는 자신에게 화가 나 있으니까.

이 결혼은 결코 행복하게 끝나지 않을 것이다. 하재는 결코 자신을 용서하지 못할 것이고 언젠가 자신은 그런 하재에게 지쳐서 쓰러질 것이다.

불행한 미래가 명확하게 보였다.

그러나 누군가는 하재에게 대가를 치러야 한다. 자신이 아니었다면 하재의 인생은 이런 식이 되지 않았을 것이다. 그래, 맞다. 누군가는 하재에게 대가를 치러야 하고 그 누군가에 자신도 포함되어 있다.

설아는 천천히 고개를 끄덕였다.

"그래."

아마도 지금의 선택은 지금까지 자신이 내린 결정 중에서 가장 최악이 될 것이다. 알고 있다. 그러나 승낙할 수밖에 없다.

"그래. 결혼하자."

차는 말없이 달리고 있다. 이제부터 어떻게 되는 걸까? 하재와의 결혼은 시작이지, 끝이 아니다. 하재와의 결혼에는 어떤 것들이 포함되어 있는 걸까. 보통 사람들에게 결혼이란 결혼식, 혼인 신고, 결혼반지, 신혼여행, 첫날밤, 아이가 연결되는 단어일 것이다.

그러나 하재와의 결혼은 어디까지인지 모르겠다. 물어보고 싶지만 입을 뗄 수가 없다. 하재의 말 한마디 한마디가 가시가 되어서 심장을 찌를 것 같다.

한숨을 쉬던 설아는 무릎에서 흘러내리는 휴대전화를 쥐었다. 휴대전화 전원은 꺼 뒀지만 자꾸만 신경이 쓰였다. 지금쯤 아버지는 어떻게 하고 있을까. 용서하지 못한다고, 절대로 용서하지 않겠다고 결심했지만 자꾸 아버지가 생각나는 것은 어쩔 수 없었다.

지금쯤 아버지는 무슨 생각을 하고 있을까. 과거의 행동을 후회하고 있을까? 아니면 딸인 설아를 원망하고 있을까. 후자일 것 같다. 아버지는 자신의 실수를 받아들이는 사람이 아니다. 늘 다른 사람들이 문제라고 생각하는 성격이다.

슬쩍 하재를 바라봤다. 하재는 차에 탔을 때와 마찬가지로 무표정했다. 다시 고개를 앞으로 돌린 설아는 깊이 숨을 들이마셨다. 세 시간 동안 말없이 운전만 하던 하재가 입을 열었다.

"휴게소에 들렀다가 갈까?"

하재의 말에 시계를 봤다. 3시다. 배는 전혀 고프지 않지만 차 안의 무거운 공기에서 조금이나마 벗어나고 싶었다.

"그래."

설아가 허락하자 하재는 차를 휴게소 쪽으로 틀었다. 평일 오후인데도 휴게소에는 꽤 많은 사람이 있었다. 가벼운 반팔 니트 셔츠와 베이지 톤의 면바지를 입은 하재가 휴게소 안으로 들어서자 여자들의 시선이 집중되었다.

과거에는 둘 다 오피스텔 밖으로는 거의 나가지 않았다. 공부해야 한다는 이유도 있었지만 하재가 밖에 나가기를 싫어했기 때문이다. 얼굴을 발갛게 물들인 채, 그의 뚱뚱한 몸을 부끄러워하던 하재. 그랬던 하재가 사람들의 시선을 받으면서 걸어가고 있다. 그를 바라보는 시선 따위는 하나도 신경 쓰지 않은 채.

"뭐, 먹을래?"

과거를 떠올리던 설아는 하재의 말에 고개를 들었다. 하재는 파리한 안색의 설아를 보면서 가볍게 한숨을 내쉬었다.

"괜찮아?"

"응?"

"안색이 나빠 보여."

자연스레 옆으로 다가온 하재는 설아의 이마를 손으로 살짝 짚었다.

"열은 없는데. 약이라도 사 올까?"

따뜻하다. 이마를 짚어 주는 하재는, 과거의 하재와 똑같다. 그래서 눈물이 나올 것 같다. 전혀 다른 모습인데도 하재는 예전과 똑같은 행동을 하고 있다. 부드럽고 조심스러운 손짓으로 이마를 짚어 주면서 괜찮냐고 묻고 있다. 그러나 유설아의 하재는 사람들의 주목을 받는 잘생긴 남자가 아니다. 여드름투성이의 뚱뚱한 자신의 몸을 부끄러워하면서 조심스레 손을 뻗는 아이가 바로 하재다. 왈칵 눈물이 쏟아질 것 같다.

하재가 그리워서. 하재에게 미안해서.

"약국은 없지만 편의점은 있으니까……."

"아냐."

설아는 고개를 저으며 뒤로 몇 발자국 물러났다.

"그냥 배가 고파서…… 그래."

"……."

하재는 어색한 미소를 지으며 물러나는 설아를 말없이 바라봤다. 그러고는 이내 고개를 끄덕였다.

"하긴 약을 먹으려고 해도 속이 든든해야겠지. 뭐 먹을래?"

메뉴판을 살피던 설아는 우동을 골랐다. 쭉 늘어서 있는 탁자들 중 하나에 자리를 잡자 하재가 물을 떠 왔다. 뒤늦게 자신은 아무것도 하지 않고 있다는 사실을 알아차린 설아는 허둥지둥 자리에서 일어났다.

"앉아 있어."

"아…… 아냐."

"앉아 있어."

하재는 조금 강한 어조로 말했다. 몸을 설아 쪽으로 숙인 하재가 낮은 목소리로 말했다.

"지금 너는 조금만 세게 밀어도 부서질 것 같아. 그러니 쉬어."

하재의 말에 설아는 시선을 아래로 떨어뜨렸다. 그 정도로 엉망이었던 걸까? 설아는 마른세수를 하면서 정신을 가다듬었다. 잠시 뒤 하재가 음식을 가지고 왔다. 하재가 움직일 때마다 여자들의 시선이 그의 등 뒤를 좇고 있는 게 보였다.

"여기, 우동."

"고마워."

"김치와 단무지, 둘 다 가지고 왔어."

하재는 숟가락과 젓가락을 우동 그릇 옆에 뒀다. 상대방을 편안하게 만들어 주는 배려. 하재다. 과거 오피스텔에서도, 민제 하로 있을 때도 하재는 늘 이런 식이었다. 미처 알아차릴 틈을 주지 않은 채, 모든 것을 세세하게 챙겨 주곤 했었다.

"우동이 밀가루라서 속이 불편하면 다른 걸 가져올까?"

"아냐. 그냥 국물이 마시고 싶었어."

"하긴 빈속에 국물이 괜찮긴 하지. 먹어."

설아는 돌솥비빔밥의 고추장을 비비는 하재를 멍하니 바라봤다. 쓱쓱 하는 손짓 몇 번에 밥과 나물들은 붉은 고추장으로 물들었다. 하재는 돌솥비빔밥을 보는 설아에게 담담한 어조로 말했다.

"계속 식이 요법 하고 있는 중이야. 이곳 휴게소 음식 중에서는 이게 제일 낫겠다 싶어서."

"……아직까지도 하고 있어?"

"살을 뺀 뒤에 알았어. 나는 쉽게 찌는 체질이더라. 힘들게 뺐으니까 다시는 찌고 싶지 않아."

"얼굴은?"

"얼굴? 아아……. 여드름? 피부과. 치료받을 때는 아팠지만 고통을 참은 보람이 있었어. 또 여드름이 흉터로 번지지 않아서 치료하기가 수월했어. 네가 말했었잖아. 절대로 여드름에 손대지 말라고."

말을 하다 보니 상대방이 하재라는 사실이 현실로 다가왔다. 언젠가 여드름이 낫고 살이 빠진 하재와 만났을 때를 상상했던 대화가 현실로 진행되고 있는 중이다. 그러나 제하의 모습을 하고 있는 하재는 하재 같지 않았다.

"안 먹어? 면이 다 불 거 같은데."

"응?"

하재가 지적한 뒤에야 자신이 젓가락으로 우동면만 휘휘 젓고 있었다는 사실을 깨달았다.

"입맛이 없어? 괜히 우동을 시켰나?"

"아…… 아냐. 국물이 마시고 싶다고 했잖아."

설아는 서둘러서 면을 건져 먹었다. 아무래도 단단히 체하겠다는 생각이 들었지만 계속 먹었다. 그릇을 든 채, 남은 국물까지 후루룩 마셨다.

"천천히 먹어. 누가 쫓아오는 것도 아니니까."

"배가 고팠어."

배가 고팠다고 했지만 답이 없다. 말 한마디 한마디를 할 때마다 신경이 곤두선다. 제하를 대할 때도 이 정도는 아니었다. 지금 자신은 상대를 하재로도, 제하로도 대하지 못하고 있다. 제하에게 하는 것처럼 하면 안 될 것 같고, 그렇다고 예전처럼 친근하게 대할 수도 없다. 아무것도 할 수 없는 설아를 향해서 하재가 조금 슬픈 목소리로 말했다.

"결혼한다고 해서 세상 다 산 것 같은 얼굴을 할 필요는 없어. 학대라도 하려는 게 아니니까."

"……그럼 왜?"

"이유까지 말해 줄 필요는 없다고 한 것 같은데."

지금은 제하다. 상대방의 질문을 가볍게 넘기는 저 사람은 하재가 아니라 제하다. 아무래도 당분간은 상대방이 누구인지 계속 헷갈릴 것 같다.

"그럼 그만 갈까?"

"아니, 나 물 좀 사 올게. 우동이 조금 짰나 봐."

"앉아 있어. 그릇을 두고 오는 김에 내가 물을 사 올 테니까."

"그럼 부탁해."

설아는 멀어져 가는 하재의 등을 멍하니 바라봤다.

어쩌다가 일이 이렇게 되었는지 모르겠다. 틀림없이 어제는 제하와의 가짜 결혼식을 위해서 웨딩드레스를 입어 보고 있었는데 오늘은 하재와 함께 휴게소에서 밥을 먹고 있다. 지금 벌어지고 있는 일들을 온전히 받아들일 때까지 시간이 꽤 걸릴 것 같다.

동시에 궁금해진다. 하재는 어디서부터 어디까지 계획했던 걸까? 나경과 함께 클럽에 가기 이전부터 자신이 어디에 살고 있는지 모두 알고 있었던 건 아닐까? 혹시 클럽에서의 일도 모두 하재가 꾸민 건 아닐까?

탁자 위의 손이 파르르 떨렸다. 혹시라는 생각이 떠오르자 모든 이야기가 그쪽으로 맞춰졌다. 저도 모르게 설아는 침을 꿀꺽 삼켰다. 지금까지 제하를 무서워한 적 없다. 심지어 감옥에 갔다는 말을 들어도 제하가 두렵지 않았다. 그러나 지금의 하재는 조금씩 무서워지고 있다. 하재가 자신에게 바라는 것이 무엇인지 알 수 없기에 점점 더 두려워지고 있다.

과거의 하재는 자신을 좋아했다. 그들은 좋은 친구였으니까. 지금의 하재는 자신에게 어떤 감정을 느끼고 있을까? 연민? 증오? 하재의 태도는 제하일 때와 같이 정중하다. 어쩌면 더 살갑고 친절하다고 할 수도 있다. 그렇기에 하재의 마음을 더더욱 모르겠다.

"자, 여기."

생각에 빠져 있던 설아는 갑자기 눈앞에 등장한 손에 깜짝 놀라서 몸을 뒤로 젖혔다. 헉, 하는 소리와 함께 숨을 들이켜던 설아는 하재와 눈이 마주쳤다. 지나치게 놀랐다. 고개를 왼쪽으로 숙인 채, 가볍게 한숨을 내쉬는 하재를 보니 너무 과하게 놀랐음을 알 수 있었다. 들고 있던 생수와 얼음 컵을 탁자에 내려놓은 하재가 말했다.

"이제 그만 놀랐으면 좋겠어. 네가 그렇게 놀랄 때마다 내가 굉장한 악당이라도 된 거 같거든."

"미…… 미안해. 아무래도 내가 좀…… 지금 상태가…….."

"그래. 네 컨디션이 나쁘다는 건 이해해. 하지만 너도 노력해 줬으면 좋겠어. 만지려고 할 때마다 놀라서 소리를 지르는 여자를 안고 싶지는 않거든."

안는다는 하재의 말에 심장이 쿵 하고 떨어졌다. 하재는 얼굴빛이 변한 설아를 향해서 피식 웃었다.

"뭐야? 설마 결혼하자는 말이 혼인 신고로 끝날 거라고 생각했어?"

세상이 적막해졌다. 방금 전까지 음식을 먹으면서 수다를 떠는 사람들 때문에 시끄러웠는데, 지금은 아무 소리도 들리지 않는다. 들리는 것은 오직 하나, 하재의 목소리였다.

"그런 얼굴 하지 마. 마음이 약해지잖아. 네가 아무리 울어도, 엉망이 되어도 달라지는 건 없어. 그러니 마음 단단히 먹어. 처음부터 말했었잖아. 나는 원하는 게 있고, 그걸 위해서라면 무엇이라도 할 수 있다고."

하재는 환한 미소를 지으며 설아 쪽으로 몸을 숙였다. 그러고는 천천히 머리카락을 쓰다듬었다.

"그러니 웃으면서 협조해. 그게 네가 치러야 할 대가야."

휴게소를 출발해서 집으로 가는 동안 하재는 아무 말도 하

지 않았다. 설아 역시 입술을 깨문 채로 앞만 바라봤다. 집에
도착하고 차가 멈추자 설아는 얼른 문을 열고 내렸다. 빨리 얼
음과 물을 마시고 싶다. 답답한 가슴이 터질 것 같다. 곧이어
내린 하재는 갤러리로 가지 않고 본채 쪽으로 따라왔다.

설마 오늘부터 함께 지내는 걸까? 뒤쪽에서 다가오는 하재
를 의식하자 몸이 빳빳하게 굳었다. 갑자기 걷는 방법을 잊어
버렸다. 손을 앞으로 뻗는 동작이 너무 어색해서 미칠 것 같다.
바싹 긴장한 탓에 입안이 말라 갔다. 그러나 뒤에서 들리는 하
재의 목소리는 평소와 똑같았다.

"배가 고프면 냉장고에 먹을 게 있을 거야. 김 여사님께 간
단한 야식을 만들어 놓으라고 했으니까."

"알겠어."

하재와 조금 더 거리를 두고 싶다. 하지만 너무 빨리 걸어가
면 하재가 이상하게 생각할 것이다. 걷는 방법을 잊어버린 몸
이 어색하게 삐거덕거린다.

쿡. 뒤에서 웃음소리가 들렸다.

"그렇게 겁이 나?"

"……."

"내가 너와 함께 본채로 가는 게?"

설아는 옆으로 다가오는 하재를 보면서 두 손을 꼭 쥐었다.
겁이 나는 건 아니다. 그저 당황스럽고 조금 두려울 뿐이다.

"나와 결혼한다는 건, 이런 걸 다 감수해야 한다는 뜻이야.
그런 점에서 천천히 다시 생각해 봐. 도망갈 기회는 아직 조금

은 있는 것 같으니까."

"나는."

떨리는 목소리가 나올 줄 알았다. 아니면 중간에 새된 목소리가 되든지. 그런데 의외로 목소리는 차분하게 흘러나왔다.

"너와 결혼할 거야. 무슨 일이 있어도."

"참으로 깊고 깊은 죄책감이구나. 속죄하기 위해서 사랑하지도 않는 남자와 결혼을 하고 한 침대에서 잠도 자고."

"그런 식으로 말하지 마. 나는 너를 좋아했었어. 알잖아."

"아아……."

하재는 천천히 고개를 끄덕였다.

"그래. 너는 서하재를 좋아했었지. 하지만 지금의 나는 좋아하지 못하겠다, 뭐, 그런 이야기야?"

"……."

"왜 말을 못 해?"

"네가 누구인지 몰라서. 그래서 무슨 말을 해야 할지도 모르겠어."

달빛에 드리워진 음영 때문일까? 순간적으로 하재의 얼굴이 살짝 일그러졌다는 느낌이 들었다. 하재의 얼굴에 떠오른 그늘은 슬픔이다. 두 명 사이에 드리워진 세월의 벽을 정확히 인식했기 때문에 하재는 슬퍼하고 있다. 그러나 하재의 얼굴은 이내 원래대로 돌아왔다.

"내가 누구인지 궁금해할 필요 없어."

웃으면서 다가온 하재가 귓가에 속삭였다. 남자의 입김이 목덜미를 스친다. 따끔거리는 감각이 온몸을 저릿하게 만들었다.

"네가 알았던 과거의 나를 잊어버리면 돼. 뚱뚱하고 수줍었던 하재는 없어. 이유는 말하지 않아도 알잖아."

"……그럼 제하만 남은 거야?"

목소리가 떨린다. 눈물이 왈칵 쏟아질 것 같다. 그토록 보고 싶었던 하재가 존재하지 않는다는 사실이 슬프다. 그리고 하재를 죽인 사람이 아버지와 자신이라는 사실에, 마음이 무너져 내린다.

"의외네. 네가 그 하재를 마음에 들어 하는 줄 몰랐어."

"어떻게 그렇게 말할 수 있어? 하재는 내 하나뿐인 친구였어. 그리고……."

차마 연인이라는 말은 하지 못했다. 자신이 생각하는 연인이라는 개념과 하재가 생각하는 개념은 다를 테니까.

"고마워. 이미 사라진 서하재를 애틋하게 생각해 주는 사람이 한 명이라도 있어서."

몸을 옆으로 튼 하재는 자연스레 현관 안으로 들어갔다.

"슬퍼하지 마. 서하재보다 민제하가 훨씬 더 멋지잖아."

"하재에 대해서 그렇게 말하지 마! 하재는!"

"말해 봐. 하재는 뭐?"

"……."

"너에게 있어서 서하재가 뭐였어? 친구? 그래, 하지만 남자는 아니었겠지."

"남자라는 게 중요해?"

설아의 말을 듣던 하재는 피식 웃었다.

"나는 남자야. 남자에게 있어서 남자라는 게 중요하냐니? 이보다 웃긴 말은 없겠다."

"……내 말 뜻은…….."

"유설아. 네 말의 뜻이 뭔지 몰라서 내가 웃었다고 생각해?"

하재는 손끝으로 설아의 머리카락을 살짝 뒤로 걷었다. 냉담한 얼굴과 차가운 말투와는 달리, 부드럽고 조심스러운 손짓이었다.

"지금 상황에서 뭘 모르고 있는 건 너야. 결혼하자는 뜻은 말 그대로 결혼이야. 그냥 혼인 신고만 하는 게 아니라는 뜻이야. 나는 남편으로 아내인 너와 밤을 보내겠다는 뜻이기도 하고. 다른 부부들이 하는 일은 모두 다 하겠다는 뜻이기도 해. 참고로 오늘부터 본채 침실에서 잘 거야. 갤러리 쪽은 불편해서. 그리고 도장과 신분증명서를 준비해 둬. 내일 혼인 신고를 하러 갈 테니까."

"내일?"

하재는 놀라는 설아를 향해서 살짝 검지를 흔들었다.

"놀라지 말라는 말을 진지하게 받아들였으면 좋겠는데. 내일 혼인 신고를 하는 일에 대해서 문제 있어?"

"아니. 없어."

문제없다. 어떠한 문제도 없어야 하니까.

왜 내가 너와 결혼해야 하는 건지. 아버지가 거짓 증언을 만들어 내긴 했지만 네가 왜 그런 죄목으로 감옥에 들어가야 했는지. 네 어머니는 그 상황에서 어떤 일을 했는지. 민제하가 된 너는 왜 지아영과 사귀었는지. 정말 지아영을 사랑했는지. 지아영과는 얼마나 깊은 관계였는지. 아직도 지아영에 대한 감정이 남아 있는 건지.

그리고 갤러리에서 말한 지 의원부터 치겠다는 말은 무슨 뜻인지.

나는 궁금한 게 너무 많아서 미칠 것 같은데 너는 웃으면서 아무것도 묻지 말라고 하는구나.

가느다란 줄 위에 서 있는 기분이다. 한 발이라도 잘못 떼면 천 길 낭떠러지로 떨어진다. 의지할 수 있는 것은 오직 하나, 차가운 하재의 손이다.

마음 한구석이 아플 정도로 저려 왔다.

자신에게 냉담한 하재와 만나게 될 줄 몰랐다. 세상이 무너져도 이런 일은 없을 줄 알았는데.

"그리고 혹시나 해서 하는 말인데."

하재는 그 어느 때보다 환하게 웃으면서 한 발 다가왔다. 지나칠 정도로 밝은 하재의 웃음에 설아는 저도 모르게 뒷걸음질 쳤다. 그를 피해서 뒷걸음질 치는 설아를 본 하재의 얼굴에는 쓸쓸함이 서렸다. 그러나 쓸쓸함은 금방 사라졌다.

"다른 곳에서 나를 하재라고 부르는 실수는 하지 않을 거라고 생각해. 또 우리 관계는 혼인 신고를 한 뒤에 제대로 진행하는 게 좋을 것 같은데. 물론 네가 지금 당장 내 침대로 뛰어들고 싶다면 말리진 않겠지만."

이제야 알 것 같다. 이 사람은 하재가 아니다. 지금에 이르러서야 확실히 알겠다. 제하도 아니다. 제하라면 자신에게 이런 행동을 할 리가 없다.

이 남자는 위험한 존재다. 민제하보다 훨씬 더.

제하가 육식 동물에 불과하다면 이 남자는 밀림이다. 밀림의 가장 깊은 곳에 본심을 숨겨 놓은 채, 결코 보여 주지 않는다. 대신 다가오는 모든 사람들을 늪에 빠트리고는 죽어 가는 과정을 지켜보고 있을 사람이다.

이제 그녀의 하재는 없다. 다시 번 더 현실을 뼈저리게 느꼈다.

부끄러움이 많고 말을 더듬던 똑똑하고 배려 깊던 하재는, 유설아의 유일한 친구인 하재는 더 이상 존재하지 않는다. 그토록 그리워하던 하재를 이제 영원히 만날 수 없게 되었다는 사실을 인지하자 눈물이 쏟아질 것 같다. 간신히 눈물을 참은 설아는 말했다.

"네가 원하는 대로 해. 따라가 줄 테니까."

"……."

"지금 당장 침대로 가자고 해도 괜찮아. 그 이외의 일을 시켜도 괜찮아. 나는 다 할 수 있어."

웃으려고 하는데 자꾸 얼굴이 일그러진다.

왜 이렇게 슬픈 걸까. 왜 이렇게 가슴이 아픈 걸까. 자신이 하재를 망쳐 버렸다는 죄책감에 미쳐 버릴 것 같다. 어떻게 해야 속죄할 수 있을까. 속에서 용암이 들끓는 것 같다. 뜨겁고 답답하다. 얼음과 물이 필요하다. 그러나 하재 앞에서는 먹고 싶지 않다. 하재는 자신이 물을 그렇게 마시는 이유를 알고 있다.

"좋은 태도야."

"……."

"앞으로도 잘해 주길 바라. 그럼 나는 먼저 가 볼게."

하재는 설아의 옆을 지나서 2층으로 올라갔다. 그 모습을 지켜보던 설아는 삐걱거리는 몸을 억지로 움직여서 간신히 게스트 룸으로 돌아갔다. 방문을 닫자마자 그대로 주저앉았다. 숨이 막혀서 죽을 것 같다. 지금까지 어떻게 숨을 쉬었는지 기억나지 않는다. 아무리 크게 숨을 들이마셔도 폐까지 산소가 전달되지 않고 있다.

하재야. 하재야. 미안해. 미안해. 정말 미안해.

내가 너를 망쳤어. 내가…… 내가 그 마녀로부터 너를 구해 내지 못했어.

12. 가려진 진실

　한숨도 자지 못한 채 아침을 맞이했다. 설아는 버석거리는 얼굴을 손으로 꾹꾹 눌렀다.

　몸이 무겁다. 마음은 더 무겁다.

　똑똑. 문 밖에서 노크 소리가 들렸다. 하재? 깜짝 놀란 설아는 자리에서 벌떡 일어났다. 심장이 조여들어 온다. 어떻게 하지? 하재를 어떤 얼굴로 봐야 하지? 그러나 문을 두드린 사람은 하재가 아니라 영순이었다.

　"설아 씨. 설아 씨. 일어났어요? 나 좀 봐요."

　다급한 영순의 목소리에 설아는 떨리는 손으로 문을 열었다.

　"아우. 지금 이사님 상태가 많이 안 좋아 보여요. 구급차라도 불러야 할 것 같은데⋯⋯."

　"네? 제하⋯⋯ 하재가요?"

설아의 입에서 제하와 하재가 엇갈려서 나왔지만 영순은 알아차리지 못했다.

"2층에 불이 켜져 있길래 무슨 일인가 싶어서 가 봤는데. 노크를 해도 답이 없는 거예요. 이사님이 그런 사람이 아니거든. 사람이 없는데 불을 켜 놓고 다니는 분이 아닌데……."

당황한 영순은 횡설수설하기 시작했다.

"그래서 문을 열어 보니까 이사님이 바닥에 쓰러져 있더라고."

하재가 바닥에 쓰러져 있다는 말을 들은 설아는 그대로 2층으로 뛰어 올라갔다. 영순이 뒤따라오면서 계속 뭐라고 말했지만 제대로 들리지 않았다. 어젯밤까지는 아무 일도 없었다. 그런데 바닥에 쓰러져 있다니!

"내가…… 내가 그러니까 이사님을 침대로 옮기기는 했는데……. 열이 펄펄 끓어. 이사님이 지금처럼 아픈 건 처음 봤어. 아무래도 병원에 연락을……."

서둘러 2층으로 올라간 설아는 영순이 가리키는 방문을 열었다. 커다란 방 안에는 침대 하나만 덩그러니 놓여 있었다.

"괜찮……아."

열 때문에 잔뜩 흐트러진 목소리. 가까이 가 보니 모습도 목소리처럼 형편없었다. 땀에 흠뻑 젖은 초췌한 모습이다. 설아가 다가오자 하재는 열에 들뜬 몸을 억지로 움직이려고 노력했다.

"혼자…… 있고 싶으니까……."

"안 돼요! 이사님."

영순이 나섰다.

"이것 봐. 이마가 펄펄 끓어. 의사를 불러야죠. 거기…… 누구 더라? 맞다. 서 닥터! 그분에게 전화해서 왕진 오라고 할게요!"

"아…… 아니."

하재의 만류에도 불구하고 영순은 멋대로 움직였다. 영순이 1층으로 내려가자 하재는 천천히 입을 열었다.

"말려 줘……. 나는 괜찮아."

"아니, 너는 괜찮지 않아."

설아는 그 어느 때보다 단호한 목소리로 말했다.

"굉장히 많이 아파 보여. 그러니까 의사가 오는 걸 기다려."

설아의 말에 하재는 그대로 고개를 떨구었다. 제대로 움직일 힘조차 없어서 몇 번이나 비틀거린 뒤에야, 하재는 간신히 몸을 옆으로 돌릴 수 있었다.

얼마 후 의사와 간호사가 찾아왔고 과로와 스트레스로 인한 고열이라는 진단을 내린 뒤 사라졌다.

"내가 언젠가 쓰러지실 줄 알았어. 일을 좀 많이 해야 말이지."

죽을 끓이면서 영순은 연신 투덜거렸다.

"내가 이 집에서 일한 이후로 이사님이 편히 쉬는 걸 본 적이 없다니까. 언젠가 한번 크게 탈이 날 줄 알았지. 남자가 너무 일만 해도 나쁜 법인데. 아 참, 맞다. 시트제. 아까 간호사 선생님이 부탁하던데. 열이 너무 나니까 냉각 시트제를 이마에 붙이라고."

"제가 갔다 올게요."

냉각 시트제를 쥔 채로 설아는 하재의 방으로 향했다. 방 안은 조용했다. 한 걸음 한 걸음 조심스레 다가갔지만 움직임은 느껴지지 않았다. 수액을 맞으면서 하재는 자고 있었다. 설아는 조심스레 이마 위로 흘러내린 하재의 머리카락을 뒤로 넘겼다. 손끝에 닿은 이마가 뜨겁다.

어제까지는 그 누구보다도 당당한 모습이었는데……. 냉각 시트를 붙인 설아는 하재의 머리를 살며시 어루만졌다. 단 하루 만에 이렇게 몸의 상태가 나빠졌을 리 없다. 며칠 전 거실에서 봤던 하재의 얼굴이 떠올랐다. 피곤하고 지친 모습이었다.

아마도 그때부터 계속 컨디션이 나빴을 것이다.

거친 숨소리를 내면서 자고 있는 하재를 보고 있자니 가슴속 한편이 쓰라리다. 어제부터 계속 몸이 좋지 않았을 텐데. 서울에서 경주까지 그리고 경주에서 서울까지 혼자서 운전했다. 하재인 걸까? 겉모습은 제하이고 그 내부는 모르는 사람이 들어가 있다고 생각했는데……. 결정적인 순간에는 다시 하재가 되어 주고 있다.

설아는 숨을 깊이 들이마셨다.

하재야. 내가 너를 위해서 해 줄 수 있는 건 뭘까? 네가 원하는 게 뭐니?

잠들어 있는 하재를 한참 동안 내려다보던 설아는 게스트 룸으로 돌아갔다. 편한 옷으로 갈아입은 설아는 머리카락을 질끈 동여맸다.

"뭐 하게요?"

설아가 옷을 갈아입고 나오자, 영순이 물었다.

"갤러리 쪽을 청소하려구요. 이제부터 하…… 아니, 제하 씨는 본채에서 지낼 거니까요."

"잘됐네. 진작 그렇게 해야 했어. 갤러리가 덩치만 커다랗지, 사람이 살기에는 불편해서 걱정했었는데. 그동안 건강했던 이 사님이 저렇게 아픈 걸 보니까 내 마음이 다 불편해."

"네. 그래서 갤러리에 있는 제하 씨 물건들을 원래 방으로 옮겨 놓으려구요."

"도와줄까요?"

"아니에요. 힘들면 말할게요."

이틀 전 이곳 갤러리로 향할 때는 세상이 붕괴되는 것 같았다. 알고 있던 모든 것들이 허물어지고 엉망이 된 공간에 서 있는 느낌. 그러나 오늘은 다르다. 굳게 닫혀 있던 문이 조금 열린 기분이다.

갤러리 안으로 들어간 설아는 주위를 찬찬히 둘러봤다.

벽에 걸려 있는 그림은 많지 않았다. 비슷한 것 같으면서도 조금 다른 듯한 느낌의 그림들은 모두 인물화였다. 같은 여자의 그림은 한 장도 없었다. 모델들은 각기 다른 여자들이었다. 보고 있으면 행복해지는 느낌의 그림들은 화가가 모델들을 깊이 사랑하고 있다는 인상을 줬다.

그러나 2층에 걸려 있는 그림은 전혀 다른 느낌이었다. 하재 아버지의 작품. 하재의 어머니인 예성을 모델로 한 작품. 아름답고 포근하지만, 시간이 지날수록 조금씩 기분 나빠지는 이상한 그림. 평론가들이 보기에는 이런 그림이 좋은 그림인 걸까?

의문도 잠시, 소매를 걷어 붙인 설아는 하재가 지내던 방의 문을 열었다. 생각보다 넓은 방은 서류와 책 들로 가득 차 있었다. 그러나 특정한 개인이 지내고 있었다는 느낌은 전혀 들지 않는 딱딱한 방이었다. 하재는 이곳에서 홀로 지내면서 무슨 생각을 했을까. 언제쯤이면 자신이 그를 알아볼지 궁금해했을까? 아니면 그들의 과거를 회상하고 있었을까? 하재의 공간에 성큼 들어왔지만 여전히 의문점투성이다.

그나저나 이걸 언제 다 옮기지?

머리가 무겁다. 일어나고 싶은데 몸에 힘이 들어가지 않는다. 아무래도 단단히 탈이 났나 보다. 계속 철야로 일한 터라, 컨디션이 나쁜 상황에서 급히 경주에 내려간 게 문제였다.

하아……. 하재는 눈을 감은 채 숨을 내쉬었다. 설아가 뛰쳐나간 뒤, 곧장 뒤쫓아 갔다. 앞차에 가로막혀서 택시가 보이지 않을 때마다, 사고라도 나면 어쩌나 싶어서 온몸의 솜털이 곤두섰다.

혹시라도 설아가 다친다면 평생 자신을 용서할 수 없을 것이다.

간신히 따라잡은 지 얼마 지나지 않아서 설아가 집에서 뛰어나왔다. 새벽안개로 뿌연 거리를 뛰어가는 설아의 그림자를 따라가는 동안, 그의 복잡한 머릿속을 가득 메운 글자는 단 하나, 설아였다.

하재는 천천히 이마를 짚었다. 뜨겁다. 자신의 몸인데도 뜨거움이 느껴진다. 이 뜨거움은 몸의 열기일까? 아니면 마음의 열기일까? 마침내 진실 된 모습으로 설아와 마주하게 되었다. 그리고 설아를 붙잡았다. 비록 죄책감이 전부라고 할지라도 설아는 그의 곁을 떠나지 못한다.

그런데 왜 만족스럽지 않을까. 드디어 설아를 곁에 묶어 둘 수 있게 되었는데 마음이 불편하다.

달칵, 소리가 들렸다. 하재는 얼른 눈을 감았다. 삐걱거리는 소리와 함께 설아가 방 안으로 들어왔다. 서류를 잔뜩 든 설아는 살며시 발걸음을 옮겼다. 하재는 자고 있을 그를 깨울까 봐 조심스레 움직이는 설아를 가만히 바라봤다. 유연한 몸이 움직일 때마다 뒤로 묶은 머리카락이 살랑거렸다.

하재는 홀린 듯이 설아를 지켜봤다. 어느새 통증이 사라져 간다. 서류를 책상에 놓은 뒤 설아는 밖으로 나갔다. 그러곤 얼마 후 또 다른 서류들을 가지고 들어왔다. 설아가 어디서 서류들을 가지고 오는지 알겠다. 갤러리다.

서류들이 뒤섞이고 있다는 것을 알고 있지만 하재는 말없이 설아를 바라봤다. 서류들을 대충 정리한 설아가 몸을 돌렸다. 서둘러서 고개를 돌리려 했지만 이미 설아와 눈이 마주친 뒤였다. 잠을 자는 척하기에는 늦었기에 하재는 말을 건넸다.

"다 가지고 온 거야?"

"응. 대충."

설아가 한 발 다가왔다.

"뭐 좀 먹을래? 김 여사님이 죽을 끓이고 있어."

"괜찮아."

"그럼 물이라도 마셔. 계속 땀을 흘렸잖아."

물 잔을 쥔 하얗고 가는 손가락이 다가왔다. 하재는 조금 떨리는 손으로 물 잔을 받았다.

부디 상대방이 자신의 흔들림을 눈치채지 못하기를 바라면서.

"어제부터 계속 아팠던 거야?"

"⋯⋯아냐. 그냥 갑자기 나빠진 거야."

거짓말이다. 떨리는 손으로 물을 마시는 하재를 보고 있자니 알 수 있었다. 가볍게 숨을 들이마신 설아는 밝은 목소리로 말했다.

"일단 죽부터 먹자. 의사 선생님이 약을 먹기 전에 밥부터 먹이라고 하셨어."

"알았어."

"죽 이외에 다른 거 먹고 싶은 건 없어?"

"⋯⋯양배추."

"양배추? 그게 먹고 싶어? 그때 엄청 많이 먹었는데. 질리지도 않아? 우리 계속 양배추쌈만 먹었잖아."

"그때 너무 많이 먹어서인지 이제는 먹어 주지 않으면 이상해. 그런데 덥다. 창문 좀 열어 줘."

"창문?"

창문을 바라본 설아는 엄격한 얼굴이 되었다.

"하지만 너, 지금 열이 엄청 나. 창문을 열면⋯⋯."

"괜찮아. 답답해서 그래. 열어 줘. 조금 이따가 다시 닫으면 되잖아."

잠시 고민하던 설아는 하재의 부탁대로 창문을 열었다. 활짝 열린 창문으로 열기를 품은 여름 바람이 불어왔다. 온기를 품은 바람이 방 안으로 들어오자 오랜 세월 동안의 거리감이 조금 옅어지는 것 같았다. 창문을 연 뒤 설아는 다시 침대 곁으로 다가왔다.

"열은?"

별생각 없이 물은 뒤, 하재의 이마로 손을 뻗었다. 막 하재의 이마에 손이 닿기 전 이마에 붙어 있는 냉각 시트가 보였다. 냉각 시트 때문에 열이 나는지 확인하기 힘들 것 같았기에 설아는 손끝을 뺨 쪽으로 돌렸다. 손이 뺨을 스치는 순간 하재는 몸을 뒤로 휙 젖혔다. 지나칠 정도로 민감한 반응을 보이는 하재를 향해서 설아는 어색한 웃음을 지었다.

"미…… 미안해. 그냥 몸이 괜찮은가 싶어서."

하재가 하재라는 사실을 모를 때가 훨씬 더 좋았다. 그때는 제하의 행동 하나 하나에 상처 입는 일은 없었으니까.

"괜…… 괜찮아. 의사도 왔다가 가…… 갔었잖아."

"그래. 의사가 왔었지……."

침묵이 이어졌다. 하재와의 침묵이 불편해진 설아는 몸을 일으켰다.

"나가 있을게. 편히 쉬어."

"결혼, 지금이라도 그만두고 싶으면 그만둬."

"뭐?"

"한때 친구였으니까 마지막 기회를 줄게. 그냥 이대로 집을 나가도 돼. 나와 결혼할 필요 없어. 아파서 마음이 약해진 상태니까 이용해도 좋아."

결혼을 그만두라는 말보다 한때 친구였다는 말이 더 큰 충격이었다. 한때 친구. 하재에게 자신은 한때 친구였던 사람일 뿐이다.

"아니."

설아는 고개를 저었다.

"나는 너와 결혼할 거야. 네가 미처 인식하지 못하는 거 같은데, 나에게는 지금까지 떠날 기회가 많이 있었어. 나경에게 보복하지 않는 걸 택하면 되었고 아버지의 죄 따위 나와는 상관없다고 말하면 그만이었어. 하지만 내가 택한 것은 이곳이야. 전에 말했듯이 나쁜 선택일지 몰라. 그래, 어쩌면 정말 나쁜 선택일지도 모르지. 너는 아버지를 용서할 수 없을 거고, 나를 볼 때마다 화가 날 테니까."

"……."

"아주 많이 화가 날 거야. 네가 고통을 겪는 동안 나는 잘살았으니까. 그래도 네 곁에 있을 거야. 모두 다 보상할 수는 없지만 내가 할 수 있는 건 모두 돌려주고 싶어. 그러니까 지금은 편하게 쉬어. 대신 나는…… 다른 걸 물어보고 싶어. 왜 나와 결혼하려는 건지."

설아의 질문에 하재는 아무 말도 하지 못한 채, 시선을 살짝 떨어뜨렸다.

너와 함께 있고 싶으니까.

비록 모든 게 다 일그러졌지만 그래도 너와 함께 행복해지고 싶으니까.

하지만 이런 대답은 할 수 없다. 자신의 감정을 모두 드러냈을 때 설아의 반응이 두렵다. 그렇기에 전혀 다른 말을 하게 된다.

"안심해. 너를 학대하려고 결혼하는 건 아니니까."

"알아. 말했듯이 네가 나를 괴롭히려 했다면 다른 방법도 많았을 테니까. 하지만 결혼하려는 이유가 있을 거잖아. 그 이유를 알아야 내가 너를 도와줄 수 있잖아."

사실은 너에게 화나지 않았다는 말을 듣고 싶다. 비록 아버지가 나쁜 짓을 했지만 너에게까지 화나지 않았다는 말이 듣고 싶다. 그러나 하재는 전혀 다른 대답을 했다.

"유성그룹."

꺼끌꺼끌한 하재의 목소리가 답한다.

유성그룹. 민제하가 원하던 것. 그리고 하재도 원하고 있는 것.

아아, 그렇구나. 역시 그랬던 거다. 혹시나 했던 자신이 어리석었다. 스스로 대가를 치르겠다고 말해 놓고도 도망칠 수 있기를 바란 자신의 얄팍함이 부끄럽다.

"거짓 결혼보다는 진짜 결혼이 훨씬 더 도움이 되니까."

"알겠어. 네가 원하는 대로 할게. 그리고……."

"……."

"갤러리에 놓여 있는 대로 가지고 온다고 왔는데, 서류를 제대로 들고 왔는지 모르겠어. 분류할 때 사람 손이 필요하면 불러. 열은 아직 많이 나?"

설아의 손이 다시 뺨을 스쳤지만 하재는 얼굴을 돌리지 않았다. 그런 하재를 보면서 설아는 마음을 굳혔다.

그래. 세상에는 이런 결혼도 있는 법이다. 모두가 사랑해서 결혼하는 것은 아닐 테니까.

"그럼 죽 가지고 올게. 잠시만."

하재는 유성그룹이라는 말에 순순히 물러나는 설아를 씁쓸한 눈으로 바라봤다. 설아는 자신이 그녀를 원해서 결혼하려 한다는 생각을 못 하고 있다. 당연한 일일지도 모른다. 예전에도 설아는 자신을 남자로 바라보지 않았으니까.

서하재는 유설아의 유일한 친구였지, 남자가 아니었다.

민제하의 삶에서 배운 것이 있다면 거짓은 진실 속에 숨기라는 것이었다. 마찬가지로 진실도 거짓 속에 숨겨야 한다. 그의 마음은 처음 설아를 만났을 때와 달라진 것이 없다. 그러나 설아는 남자로서의 그를 받아들이기 힘들어할 것이다. 밀어붙이면 가능할지도 모르겠지만 그러고 싶진 않다.

아무리 많은 시간이 지나도 그의 본질은 소심하고 겁 많은, 뚱보 서하재일 뿐이다.

혼인 신고는 의외로 쉬웠다. 웨딩드레스를 고르는 절차도, 피부 미용을 위해서 에스테틱 숍을 갈 필요도 없고, 결혼식 하객들을 위한 답례품을 고를 필요도 없었다. 필요한 것은 신분증과 도장이었다. 양가 부모님의 인적 사항과 증인 두 명이 서명한 서류가 필요하긴 했지만, 겨우 이것만으로 혼인 신고를 할 수 있다는 것이 놀라웠다. 혼인 신고서에 적혀 있는 이름은 유설아와 서하재다. 아무리 봐도 서하재다.

"다 쓴 거야?"

"응. 다 쓴 거 같은데."

설아의 손에서 서류를 받아 든 하재는 찬찬히 읽어 내렸다. 설아는 몇 번이나 서류를 읽고 있는 하재에게 말했다.

"아까 다 확인했어."

"알아."

안다고 말하면서도 하재의 시선은 여전히 서류에 머물러 있었다.

"왜? 내가 잘못 썼을 거 같아?"

"아니."

"그럼?"

"그냥. 네가 도망가려면 지금 이 순간밖에 없다는 것을 알려주려고. 아직 출구는 그리 멀지 않았어. 마지막 기회야. 잘 생각해. 이혼은 없어."

제하다. 무심한 태도로 이혼은 없다고 말하고 있는 사람은 제하다. 헷갈린다. 자신이 누구와 결혼하는지. 하재일까? 제하일까?

동시에 이혼은 없다. 마지막 기회라는 말을 어떻게 받아들여야 하는 걸까? 천 길 낭떠러지 앞에 서 있는 상황에서 누군 가가 그 앞은 낭떠러지라고 말하는 것을 듣고 있는 기분이다.

"이미 결정한 일이야. 서류에 문제가 없다면 가자."

서류를 받아 들던 설아의 손에 하재의 손이 스쳤다. 잔뜩 메마른 하재의 손. 온기 하나 없이 차갑고 딱딱한 하재의 손을 느끼는 순간, 그만둘까라는 생각이 들었다. 하재의 말대로 입구는 멀지 않다. 여기서 모두 다 그만둬 버릴까?

그러나 유혹은 강하지 않았다. 하재에게 속죄하기로 결정을 했으니, 계속 가는 수밖에 없다.

설아와 하재가 다가가자 시청 직원의 얼굴에는 상냥한 웃음이 서렸다. 전형적인 남자 공무원의 웃음이기도 했지만 달리 보면 설아에 대한 우호적인 웃음이기도 했다. 서류를 받아 든 공무원은 일사천리로 일을 진행시켰다.

"다 끝났습니다. 이제 일주일 뒤쯤 문자가 갈 거예요."

시종일관 남자 공무원은 설아를 향해서 웃었다.

"그럼 다 된 건가요?"

"네. 행복하게 잘 사세요."

"감사합니다."

설아를 살짝 감싼 자세로 하재는 한 템포 빠르게 남자 직원에게 답했다.

"그럼 수고하십시오."

직원에게 감사 인사를 하고 나온 밖의 세상은, 전과 똑같으면서도 조금 다른 느낌이 들었다. 막연했던 결혼이 현실로 성큼

다가온 기분이다.

"이제 반지를 맞추러 가자."

"반지?"

"그럼 결혼했는데 결혼반지도 끼지 않고 다니려고 했어?"

하재의 말에 설아는 왼손을 흘깃 내려다봤다. 하얀 손가락에는 어떤 반지도 낀 흔적이 없다. 그런데 이제 이 손에 결혼반지가 생기게 되겠구나.

"사실 결혼식 준비를 할 때 반지를 골라 두려고 했는데."

차에 타면서 하재는 말을 이었다.

"아무래도 가짜 결혼이니까 반지를 준비해 두는 건, 네가 오버라고 생각할 거 같아서 그만뒀어. 그런데 이제는 진짜가 필요하니까."

하재와 향한 곳은 티파니였다. 영화에 나오던 장소에 갈 줄 몰랐던 설아로서는 어리둥절한 얼굴이 되었다. 〈티파니에서 아침을〉에 나오는 장소와는 달랐지만 그래도 티파니는 티파니였다.

"좋아했잖아, 이 영화."

"좋아했지. 하지만 한국에도 있는 줄 몰랐어."

"그동안 시간이 많이 흘렀어. 티파니가 한국에도 생길 만큼. 다른 곳으로 갈까 했지만 네가 좋아했던 영화가 더 중요한 것 같아서."

하재와 함께 안으로 들어가자 직원이 서둘러서 다가왔다. 결혼반지를 사러 왔다는 말을 들은 직원은 상냥한 미소를 지으며 자리로 안내했다. 설아와 함께 걸음을 떼던 하재는 휴대전화의 진동음에 멈췄다. 액정에 뜬 이름을 본 하재의 얼굴이 조금 굳어졌다.

"잠시만. 난 전화를 좀 받고 올게."

"그럼 나 혼자서 골라?"

"일단 마음에 드는 걸 봐."

결혼을 처음 해 보지만 보통 결혼반지는 둘이서 같이 고르는 게 아닌가? 설아는 멀어져 가는 하재의 등을 야속한 눈으로 바라봤다. 자꾸 뭔가 기대하게 된다. 이 결혼에 그리 큰 의미가 없다는 것을 잘 알고 있음에도 불구하고. 과거처럼 하재와 친구 사이가 되고 싶고, 함께 영화를 보고 싶고, 함께 밥을 먹고 싶고, 함께 시간을 보냈으면 좋겠다.

"고객님, 저쪽으로 가실까요?"

다른 생각에 빠져 있던 설아는 직원의 말에 고개를 돌렸다. 설아가 자리에 앉자 흰색 장갑을 낀 직원이 조심스럽게 반지들을 꺼냈다.

"이건 어떠세요? 라운드 브릴리언트 커팅이에요. 지금 반사되는 다이아몬드 빛이 보이시죠? 라운드 브릴리언트 커팅을 하면 광채가 화려해요. 그리고 반지 자체의 디자인도 매우 고상하면서 우아해서 결혼반지로는 최고라고 생각합니다."

직원은 연이어서 몇 개의 반지를 계속 내놓았다. 반지들은 모두 예쁘고 우아했지만 무엇을 골라야 할지 정하기는 힘들었다.

"골랐어?"

고민하던 설아의 뒤쪽으로 하재가 다가왔다.

"아직. 내 손만이 아니라 하재, 네 손가락에도 어울리는 걸 찾아야 하니까."

하재는 설아의 어깨에 손을 올렸다. 뒤에서 감싼 자세가 된 하재는 천천히 고개를 숙이더니 설아의 귀에 대고 속삭였다.

"제하."

하재의 숨결이 목에 닿자 얼굴이 발갛게 달아올랐다. 앞에서 바라보는 직원의 시선이 뜨겁게 느껴진다. 과거의 하재로서는 불가능한 뻔뻔함으로 하재가 말했다. 귀에 입술을 바짝 붙인 채로 다른 사람은 들을 수 없을 만큼 낮은 목소리로.

"제하라고 불러 줘. 꼭."

하재의 말을 제대로 듣지는 못했지만 눈치 빠른 직원은 웃음을 지으며 자리를 피했다.

"잠시만요, 고객님. 제가 저쪽에 있는 반지도 가지고 올게요."

당황스럽다. 이미 상대방이 하재도, 제하도 아닌 것을 잘 알고 있다. 하지만 이런 식으로 스스로가 남자임을, 그것도 매우 매력적이고 섹시한 남자라는 사실을 드러낼 때마다 당혹스럽다. 하재에게 여자로서 반응하는 자신이 못내 어색하다.

"내 이름을 아는 사람이 있으면 곤란해."

"미안해."

"앞으로는 더 조심해 줘. 특히 지 의원 쪽에는 절대로 알려져서는 안 돼."

하재가 지 의원이라는 말을 꺼내는 순간 설아의 얼굴이 딱딱하게 굳어졌다. 지 의원이라는 말을 듣자마자 아영이 떠올랐다. 급격히 기분이 가라앉는다. 혼인 신고를 하고 결혼반지를 맞추는 순간에서조차 진득하게 달라붙어 있는 아영이라는 존재가 싫다.

하재는 아영을 사랑했을까? 아니면 단지 유성그룹을 가지기 위해서 아영을 이용한 걸까? 지 의원을 치려는 건 아영 때문인 걸까? 아영과는 얼마나 깊은 관계였던 거지?

마음이 복잡해진다. 아니, 마음이 질척거려지고 있다.

윙 하는 소리가 들렸다. 손에 들고 있던 휴대전화를 살핀 하재가 짧은 한숨을 내쉬었다.

"미안해. 오늘따라 일이 자꾸 꼬이네. 잠시만."

하재가 자리를 떠나자 설아는 반지에만 집중했다. 좋거나 싫거나 결혼반지다. 제대로 고르고 싶어졌다. 보는 이들 모두가 시선을 떼지 못할 정도의 아름다운 반지로.

설아가 본격적으로 반지를 고르자 직원도 열성적이 되었다. 그러나 반지를 고르겠다는 마음에 비례해서 선택은 더욱 힘들어졌다. 반지들은 모두 비슷해 보이면서도 확연하게 구분되었다가 다시 비슷해 보였다. 어떤 반지를 골라야 할까? 어떤 반지를 골라야 세상에서 가장 행복한 신부로 보일 수 있을까.

설아는 전화를 받고 있는 하재 쪽을 바라봤다. 설아와 눈이 마주친 하재는 편하게 고르라는 손짓을 한 뒤 계속 통화를 했다. 그 모습을 보던 직원은 의미심장한 웃음을 지었다.

"신랑분이 정말 미남이시네요."

직원은 틈이 날 때마다 하재를 바라보고 있었다. 설아를 도와주는 직원만이 아니었다. 다른 쪽에 있는 직원도 하재를 흘 긋거리면서 바라봤다.

"신부님도 미인이시니까 천생연분이에요. 참, 이 반지는 링의 앞부분까지 작은 다이아몬드를 박아서 조금 비싸긴 하지만 그 때문에 더 예쁘죠."

"어때?"

전화를 끊은 하재가 다가왔다.

"좋아. 다 예쁘고 좋아 보이는데, 뭘 골라야 할지 모르겠어. 하……. 아니, 제하 씨도 껴야 하니까 같이 고르자. 뭐가 마음에 들어?"

"글쎄. 난 다 비슷비슷해 보이는데. 이 중에서 가장 마음에 드는 걸로 네가 골라."

하재는 쉽다는 듯 말했지만 골라야 하는 설아는 힘들었다. 뭘 골라야 진짜 결혼반지처럼 보일까? 설아가 결정을 내리지 못하자 직원은 하나를 앞쪽으로 쓱 밀었다.

"저는 이게 가장 좋아요. 결혼반지는 지나치게 화려해도 불편하거든요. 적당한 크기에 무난하면서도 우아한 디자인이라서, 만일 제가 한다면 이 반지를 고를 거예요."

직원의 말을 들어 보니 앞쪽의 반지가 가장 적당해 보였다.

"그럼 이걸로 할게요."

"네? 정말……, 이걸로 하시겠어요?"

"네. 이게 가장 예쁜 거 같아요. 나, 이걸로 해도 되지?"

설아가 물었지만 하재는 말없이 가만히 있었다. 설아와 반지를 연거푸 바라보던 하재는 짧게 숨을 들이마셨다.

"그래. 그걸로 하자."

"이 제품으로 결정하시는 거예요? 이 제품이 가격대가 좀 높지만 정말 예뻐서 저희들도 가장 아끼는 제품이에요. 이리로 손을 주세요. 치수를 재야죠. 그리고 신랑분도 손을 주세요."

직원은 살짝 얼굴을 붉힌 채, 하재에게 손을 달라고 했다. 설아는 하재의 손을 만지는 직원을 바라봤다. 하재와 시선을 마주한 채 치수를 재는 직원의 손길이 점점 신경에 거슬린다는 생각이 들 무렵 치수 재기가 끝났다. 설아는 하재의 팔을 살짝 잡아당겼다.

"왜?"

고개를 돌리는 하재. 하재가 아니다. 민제하다. 지금 눈앞의 사람은 잘생기고 섹시하며 어딘지 모르게 위험한 호의를 계속 베풀던 민제하다.

"왜?"

하재가 재차 묻자 설아는 고개를 저었다.

"아냐. 그냥."

"왜 이래 싱겁게."

아냐, 아무것도. 그냥 깨달았을 뿐이야.

나의 하재는 나와 눈높이가 맞았던 아이였다는 걸. 그런데 지금 내 눈앞에 서 있는 너는 고개를 위로 들어 올려야 시선을 맞출 수 있을 정도로 키가 크다는 사실을.

"고객님, 계산을 도와드리겠습니다."

432

하재는 직원이 안내하는 쪽으로 성큼성큼 걸어갔다. 그 모습을 뒤에서 지켜보던 설아는 또 한 가지 사실을 깨달았다. 앞으로 결혼 생활을 하게 되면 저런 식으로 하재를 바라보는 여자들의 시선과 꽤 자주 마주쳐야 할 것이다. 지금까지는 조심스러운 눈빛들과 만났다. 하지만 노골적으로 하재를 탐내는 시선과 마주하게 된다면? 만일 하재가 그 시선에 흔들리게 되면? 유성그룹을 차지하고 난 뒤에도 자신이 효용 가치가 있을까? 그 이후에 하재가 진심으로 사랑하게 될 여자를 만난다면? 그럼 이혼해야 하는 걸까?

"가자."

다른 생각에 빠져 있던 설아는 어깨를 어루만지는 하재의 손길에 고개를 들었다.

"응?"

"계산 다 했어. 가자."

"어딜?"

"의부님께. 결혼 사실을 알려 드려야지. 그리고 집수리 시작했어."

"집수리?"

"너는 게스트 룸에서 나는 2층에서, 계속 그렇게 지낼 수는 없잖아. 게스트 룸으로 내 서재를 옮기고 2층에 네 침실과 개인 방을 만들 생각이야. 그래서 오늘부터 당분간 호텔에서 지내기로 했어."

"……."

"한 가지 부탁이 더 있는데. 의부님 앞에서는 행복한 척해 줬으면 좋겠어. 다시 말하지만 그분은 나에게 매우 중요하거든."

설아는 하재를 향해서 미소를 지었다.

"걱정하지 마. 네가 유성그룹을 가질 수 있도록 최선을 다할 테니까."

설아와 하재가 혼인 신고를 했다는 말에 수호는 뛸 듯이 기뻐했다.

"결혼? 결혼을 했다고?"

"네. 일단 혼인 신고부터 했습니다."

"허허……. 급하긴 급했나 보군."

"그렇게 됐습니다, 아버님."

수호는 웃으면서 하재의 어깨를 두드렸다.

"다행이구나. 네가 원하는 대로 되어서. 그런데 아가, 신혼여행은 어디로 가기로 했냐?"

"신혼여행요?"

수호의 질문에 말문이 막혔다. 지금까지 신혼여행에 대해서 상의한 적이 없다. 뭐라고 답해야 하는 거지? 당황해하는 설아를 대신해서 하재가 답했다.

"조금 이따가 가기로 했습니다. 지금은 집수리도 해야 하고 설아의 비서도 뽑아야 하고, 너무 바빠서."

"네? 누굴 뽑아요?"

비서라는 말에 놀란 설아는 하재와 수호를 돌아봤다. 둘 다

태연한 얼굴이다.

"네 개인 비서."

"제…… 제가 왜 비서를 둬야 해요?"

"당연히 있어야지. 앞으로 해야 할 일이 많을 게다. 부부 동반 모임만이 아니라 여러 곳에 얼굴을 비쳐야 하니까. 개인 비서는 꼭 필요해."

"결혼? 누가 결혼했다는 겁니까?"

제민의 목소리가 들렸다. 2층에서 내려오던 제민은 결혼이라는 단어에 민감하게 반응했다.

"설마 삼촌께서 결혼하신 겁니까? 내가 먼저 결혼하는 거 아니었습니까?"

"그렇지. 네가 먼저 하는 거였지."

"그런데 왜 결혼이라는 말이 들리는 겁니까?"

"했으니까."

"뭐라구요?"

제민은 펄쩍 뛰었지만 하재는 능청스럽게 받아쳤다.

"못 들었어? 그럼 다시 말해 줄게. 오늘 설아와 혼인 신고 접수시켰어."

"할아버지! 약속이 다르잖아요! 나와 아영의 결혼이 먼저잖아요!"

"아아. 됐다, 됐어. 누가 먼저 결혼하든 그게 무슨 상관이냐."

"네! 항상 이런 식이죠!"

제민은 수호를 향해서 감정을 토해 냈다.

"저 녀석을 조금이라도 감싸지 못해서 안달복달! 봐라! 제하는 이것도 잘하지 않니! 제하는 저것도 잘해! 그렇게 저 녀석이 좋으세요?! 친손자보다 더!"

"그만해!"

"그만 못 합니다! 그렇게 저 녀석이 좋으세요? 저 녀석에게 모든 걸 다 줘야겠습니까? 유성그룹까지!"

"그만하라고 했다!"

수호는 지금까지와는 사뭇 다른 모습을 보였다. 처음 만났던 수호는 하재에게는 인자한 아버지였지만 다른 이들의 싸움에는 무관심한 회장님이었다. 두 번째 만난 수호는 인상 좋고 잘 웃는 할아버지였다. 그런데 지금의 수호는 유성이라는 묘한 기업을 이끌 만큼 위협적인 사람이다. 수호의 기운에 밀린 제민은 붉으락푸르락하는 얼굴로 뛰쳐나갔다. 잠시 후 수호는 한숨을 내쉬었다.

"아무래도 내 손자가 아냐. 내 손자가 저럴 리가 없어. 남의 손자인데 내 얼굴만 닮은 게 아닐까?"

"아버님이 항상 그런 식으로 제민을 내치니까, 더 저러는 겁니다."

"하는 짓을 봐라. 네가 나라도 내쳤을 것이다. 그깟 결혼 누가 먼저 하느냐가 뭐가 중요해? 헤어지지 않고 잘살면 되지. 그렇지 않냐, 아가?"

"……아……. 네, 네, 네, 아버님."

"그렇다고 제민이 저놈을 너무 고깝게 보지는 마라. 내 품에

서 자랐으면 저렇게 되지 않았을 텐데. 돈 좀 있다고 어깨에 힘
주면서 이상한 놈들하고 어울려 다니더니. 쯧쯧. 괜히 녀석이
나서는 바람에 산통만 깨졌어."

"……."

"이제 그만해야겠다. 너희들이 결혼한 기쁜 날 입맛 떨어질 이
야기를 할 필요가 없지. 너희들이 온다는 말 듣고 서 여사가 있
는 힘껏 솜씨를 부렸어. 그런데 우리 아가는 갈비를 좋아하나?"

"네. 좋아해요, 아버님."

"다행이야. 서 여사가 갈비를 잘하거든."

밖으로 뛰쳐나간 제민은 아영의 빌라로 향했다. 화가 머리끝
까지 치밀어 올랐다. 지금까지 참고 또 참았지만 더 이상은 할
아버지를 이해할 수 없다. 어느 날 갑자기 제하를 데리고 왔다.
그러더니 네 삼촌이니까 친하게 지내라고 했다. 그래, 그것까지
는 이해할 수 있었다. 제하는 꽤 호감 있게 굴었고 어차피 후계
자는 자신이었으니까.

그런데 얼마 지나지 않아서 제하는 자신이 특별한 존재임을
사람들에게 인식시켰다. 빠른 속도로 조직을 장악하기 시작하
더니 이내 위치를 다잡기 시작했다. 놀라운 속도로 올라오는
제하에 대한 할아버지의 애정 역시 두터워졌다.

어차피 후계자는 친손자인 자신이라고 안심하기에 제하의 위

치는 점점 커져 갔다. 그러던 중 제하는 지진태 의원의 딸인 지
아영과 사귀기 시작했다. 다른 사람들은 알아차리지 못했지만
제민의 눈에는 또렷이 보였다. 아영과 제하는 단순히 남녀가 서
로에게 호감을 느껴서 좋아하는 관계가 아니었다.

전후 사정을 들여다봤을 때 제하가 일방적으로 아영을 유혹
하는 관계였다.

왜? 왜 지아영일까? 어디를 봐도 아영은 제하의 취향이 아니
다. 그러나 제하는 샘 많고 어리광만 부리는 아영을 꾹 참아 내
면서 사귀었다. 그런 관계가 이상하다고 생각할 쯤 아영의 아버
지인 진태가 아슬아슬하던 선거에서 이겼다. 그 이후 진태가 당
에서의 입지를 확고히 굳혀 나가자, 제민의 눈에도 제하의 야심
이 보였다.

대통령이다! 진태가 대통령이 되기 위해서는 넘어야 할 산이
많다. 하지만 제하가 노린 이상 진태는 대통령이 될 것이라는
확신이 들었다.

"빌어먹을 새끼!"

과거를 떠올린 제민은 쉴 새 없이 욕설을 내뱉었다.

하찮은 범죄자 주제에! 감히 누구의 자리를 노리고 있는 거
야! 이 자리는 자신의 것이다. 어릴 때부터 지금까지 한 번도 의
심해 본 적 없는 자신의 자리!

그래서 제하와 사귀고 있는 아영에게 접근했다. 아영은 시큰
둥했지만 진태는 수호의 친손자인 그의 접근을 뛸 듯이 반겼다.
그 뒤로 모든 일들이 잘 풀리나 했더니, 제하가 기어이 자신과

붙어 보려 하고 있다.

"무슨 일이야?"

미친 듯이 빌라의 초인종을 누른 뒤에야 화가 잔뜩 난 아영이 등장했다.

"나, 오늘은 일찍 잔다고 톡 보냈잖아. 초인종을 왜 그렇게 많이 눌러? 한 번만 눌러도 다 들을 수 있어! 공중도덕, 못 배웠어?"

"할 말 있어."

"그러니까 할 말은! 전화로도 할 수 있는 거잖아! 전화 몰라? 전화!"

거의 헐벗은 상태로 현관 앞에 서 있던 아영은 짜증을 터트렸다.

"왜 집까지 찾아오는 거야! 나도 개인 생활이라는 게 있어!"

"너, 설마 집에 남자 들였냐?"

제민의 질문에 아영은 얼굴빛이 싹 변했다.

"지금 그게 무슨 개소리야!"

"그럼 뭐 하느라 늦게 나온 거야?"

"자고 있었다고 했잖아!"

"화장을 다 하고?"

"진짜 질린다. 왜 이래?"

"내가 말했지. 다른 건 다 용서해도 남자 문제는 안 된다고!"

"질투하니? 우리 사이에 질투라는 게 있어?"

빈정거리는 아영을 보던 제민은 문득 궁금해졌다. 도대체 제하는 아영을 어떻게 참아 냈던 걸까. 아무리 진태에게 대통령이라는 희망을 걸었다고 할지라도 저런 여자를 참아 내는 것은 극기 훈련에 가깝다. 평소의 아영은 귀엽고 깜찍하지만 이렇게 본성을 드러낼 때면 감당하기 힘들다. 제민은 아영을 향해서 큰 소리를 냈다.

"질투가 아니라 향후 우리 관계에 흠을 남기기 싫은 거야! 이사회가 코앞이야!"

"알았어! 조심할게! 그나저나 무슨 일로 온 거야?"

아영의 질문에 제민은 자신이 이곳에 온 이유를 떠올렸다. 아영에게 제하의 결혼 소식을 전하기 위해서다.

"제하가 결혼했어."

"알아. 결혼하는 거. 나도 그 자리에 있었잖아. 기억 안 나? 이젠 머리 나쁜 것까지 티 내는 거야?"

"그게 아니라! 이미 결혼했다고!"

이미 결혼했다는 말에 아영은 행동을 멈췄다. 천천히 고개를 돌리는 아영의 얼굴은 이상하게 일그러져 있었다.

"지금 그게 무슨 말이야? 우리 결혼식 다음에 하기로 했잖아!"

"결혼식 없이 혼인 신고만 한 모양이야."

"그게 무슨 말이냐니까! 내가 왜 그년보다 늦게 결혼해야 해!"

혼인 신고만 했다는 제민의 말을 제대로 듣지도 않은 채, 아영은 거의 광분했다. 미친 듯이 소리를 지르면서 화를 내던 아영은 제민에게 달려들더니 뺨을 때렸다.

"너 때문이야!"

맞은 사람은 제민인데, 아영은 더 크게 화를 내면서 고함을 질렀다.

"그래서 내가 결혼식을 앞당기자고 했잖아! 그런데 네가 괜히 주가를 살펴야 한다면서 결혼을 늦췄잖아! 너 때문이야!"

"지아영! 그만해!"

"그만하길 뭘 그만해! 그년도 내가 제대로 알아보라고 했잖아! 제하가 뜬금없이 결혼하겠다는 말을 할 리가 없다고!"

"알아봤어!"

제민도 버럭 고함을 질렀다.

"아무것도 없어! 아무것도! 그냥 평범한 여자야! 네 오빠와 같은 고등학교를 나왔다는 것 이외에는!"

"더 있어! 확실히 더 있어!"

"없어!"

"있다니까! 아무것도 없다면 왜 제하가 그 여자와 결혼하겠다고 하는 건데!"

제민은 악을 바락바락 쓰는 아영을 짜증스러운 눈으로 바라봤다.

"정말 사랑이라도 하나 보지."

"뭐?"

"사랑하지 않으면 그런 여자와 결혼할 리 없잖아!"

"닥쳐!"

외마디 비명과도 같은 소리를 지른 아영은 2층으로 뛰어 올라갔다. 겉옷만 대충 입고 내려온 아영은 무시무시한 눈으로 제민을 노려봤다.

"아빠에게 갈 거야!"

"또?"

"그럼 네가 아빠 대신 해결해 주든지! 아무것도 못 하잖아! 애초에 제하에게 밀리는 너 같은 놈과 약혼하는 게 아니었어!"

"야!"

제민이 버럭 고함을 질렀지만 아영은 문을 닫고 나갔다.

아영이 사라진 뒤로 제민은 시뻘개진 얼굴로 현관문을 걷어 찼다.

"나쁜 년. 그동안 돈을 얼마나 갖다 바쳤는데!"

한참 동안 문을 걷어차던 제민은 주먹을 꽉 움켜쥐었다. 지금까지는 되도록 아영과 결혼할 생각이었다. 지 의원은 말이 잘 통하는 상대이고 아영도 겉보기에는 나쁘지 않으니까. 하지만 자꾸 이런 식이면 곤란하다. 이런 때를 위해서 들어 뒀던 보험을 활용할 때가 왔다.

생각을 굳힌 제민은 휴대전화를 꺼냈다.

"김 비서. 나야. 전에 말했던 조사. 그래. 지준표 뒷조사."

말하면서 제민은 입술을 씰룩거렸다.

2년 전 우연히 제하가 준표의 뒷조사를 하고 있는 것을 알게 되었다. 그때 지 의원 측에 제하의 행동을 알리는 대신 제민은 보험을 선택했다. 제하 측 사람들을 방해한 뒤에 그의 사람들을 지 의원 곳곳에 넣었다.

"지 의원이 제하를 꺼려 했던 게 큰 도움이 되었어. 덕분에 제하는 절대로 우리가 가진 정보를 손에 쥘 수 없을 테니까. 그래. 지금까지 조사한 것들을 서류로 작성해. 상대에게 타격이 갈 만한 것들을 중심으로. 응. 확실한 증거가 있는 것들로만. 다른 사람 눈치채지 못하게 조심하고."

전화를 끊은 제민은 날카로운 눈으로 집 안을 바라봤다. 인기척이 전혀 느껴지지 않는다. 다행히 아영이 남자를 끌어들이지는 않은 것 같다.

하지만 오늘 남자를 끌어들이지 않은 것뿐. 내일은 또 다른 이야기다. 그리고 보험은 많으면 많을수록 좋은 법이다. 제민은 들고 간 소형 카메라를 거실쪽에 설치하고 아영의 빌라를 빠져나갔다.

수호의 집에서 나온 이후로 하재는 계속 말이 없다. 몰래 훔쳐봤지만 무표정한 하재의 얼굴은 무슨 생각을 하는지 알 수가 없었다. 과거의 하재는 쉬웠다. 무엇을 좋아하는지, 무엇을 싫어하는지 모두 다 알고 있었다. 그들 사이에는 비밀이 없었다. 그러나 지금의 하재는 어렵다. 무엇을 좋아하는지, 싫어하는지 하나도 모르겠다.

하재와 제하가 뒤섞인 존재에게 어떤 식으로 대해야 할지 모르겠다.

우우우웅.

가방 안의 휴대전화가 계속 울린다. 액정에 뜬 사람을 확인한 뒤 설아는 전원을 껐다.

"누구?"

차에 탄 이후 처음으로 하재가 입을 열었다. 그러나 하재의 질문에 선뜻 답할 수가 없었다. 아버지에 대해서 어떤 태도를 취해야 할지 모르겠다.

"누구냐니까?"

"……아버지."

"받고 싶으면 받아."

"아니."

전원을 끈 휴대전화를 가방 깊숙이 넣은 설아는 고개를 저었다.

"전원을 꺼 둬야 했는데. 아까 아버님 집에서 서 여사님하고 말하다가 요리 레시피를 적느라 잠깐 켰던 게 실수야."

"요리는 김 여사님에게 맡겨."

"……내가 요리하는 게 싫어?"

"아니."

나지막하지만 또렷한 목소리가 들린다.

"굳이 나를 위해서 뭔가를 요리하려고 하지 않아도 된다는 뜻이었어."

"…….."

"또 너는 요리하는 걸 별로 좋아하지 않잖아. 집에서 음식을 할 사람이 너밖에 없어서 억지로 했었던 거지. 그보다 아버지에게……."

말하다 말고 하재는 숨을 들이마셨다.

"너는 아버지에게 어떻게 하고 싶어?"

"모르겠어."

상관없는 사람이었다면 냉정하게 대할 수 있을 것이다. 그러나 아버지다. 아버지를 생각할수록 마음은 복잡하고 무거워졌다. 밉다. 그런 선택을 한 아버지가 밉다. 하재에게 그런 짓을 한 아버지가 밉지만 완전히 끊어 내는 것은 힘들었다. 말로는 두 번 다시 보지 않겠다고 했지만 생각할 때마다 마음이 무겁다. 그러나 하재를 앞에 두고 아버지의 편을 들 수는 없다. 설아는 밝은 목소리로 말했다.

"내일 전화번호를 바꿔야겠어."

"……."

"사실 휴대전화를 오래 사용했거든. 슬슬 버벅거리기도 하고."

"알았어. 바꾸고 싶다면 그렇게 해. 전화번호를 바꾸고 회사로 올 수 있어?"

"회사?"

"개인 비서를 뽑아야지."

비서를 뽑지 않으면 안 되냐고 묻기 전에 차는 호텔로 들어섰다. 로비로 들어서자 사람들의 시선이 집중되었다. 하재와 함께 밤에 호텔로 들어간다는 것이 이토록 싸한 기분이라는 사실을 사람들의 시선을 통해서 알아차렸다. 데스크의 직원들은 정중했지만 로비를 지나가는 사람들의 시선은 조금 달랐다.

"우리가 아직은 부부로 보이지는 않는가 보다."

하재가 툭 하니, 무심하게 말했다. 그러나 설아는 무심할 수 없었다. 타인의 눈에 그들이 부부로 보이는가, 아닌가를 신경 쓰기에는 하재의 손에 들린 카드 키가 너무 선명했다.

"가자."

엘리베이터는 무심할 정도로 빠르게 올라갔다. 약간의 여유도 가지지 못한 채 룸 앞에 서게 되었다. 당연히 이런 시간이 올 줄 알았다. 그런데 막상 눈앞으로 닥쳐오자 긴장으로 인해 입안이 바싹 말랐다. 하재가 카드 키를 꼽자 스위트룸의 문이 활짝 열렸다. 설아가 머뭇거리자 하재가 속삭였다.

"왜? 안아서 들어가 주기를 바라는 거야?"

"아니."

설아는 어색하게 웃었다.

"내 두 발은 건재하니까, 내가 알아서 들어갈게. 그리고 옷을 벗길 때도 가만히 있어 줄게. 말만 해."

설아의 말에 하재는 빙그레 미소를 지었다.

"고맙네. 나의 즐거움을 위해서 얌전히 있어 준다고 하니까. 그런데 일단 룸으로 들어가야 일이 진행될 거 같은데."

"그렇지. 복도에서 이럴 순 없는 노릇이지."

여전히 손끝은 떨렸지만 호기롭게 말했다.

"자, 들어가자."

들어선 스위트룸은 크고 화려했다. 그러나 룸의 이곳저곳을 둘러볼 만큼 마음이 여유롭지 않았다.

"먼저 씻을래?"

"응?"

"씻긴 씻어야 할 거 아냐. 미리 호텔에 연락해서 준비해 달라고 했으니까 웬만한 건 욕실에 다 있을 거야. 그리고 신혼여행."

검지로 넥타이의 매듭을 살짝 내리던 하재가 조금 빠르게 말했다.

"가고 싶은 곳 있어?"

"지금은 없어."

"그럼 나중에는?"

목에 넥타이를 반쯤 푼 채로 걸어둔 하재가 셔츠 단추를 풀기 시작했다. 옷을 벗는 하재를 훔쳐볼 마음은 없었다. 그러나 남자의 아름다운 육체에서 시선을 뗄 수가 없었다. 오랜 운동으로 다져진 근육질의 몸매가 하얀 셔츠 아래에서 모습을 드러냈다. 과거 하재의 모습은 어디에서도 찾아볼 수 없었다.

"어디로 가고 싶어?"

"응? 아아……. 그래. 신혼여행. 글쎄, 어디가 좋을까. 미국은 어때? 갈 수 있어?"

"미국?"

"응. 할리우드 가고 싶어."

"할리우드라……."

살짝 말을 끌던 하재는 넥타이의 매듭을 완전히 풀었다. 넥타이를 벗고 셔츠 단추를 푼 하재가 설아 쪽으로 다가왔다. 그저 가까이 다가오고 있는 것뿐인데, 하재가 남자로 느껴졌다.

하재도 아니고 제하도 아닌, 그 둘인 동시에 둘 다 아닌 남자가 걸어오고 있다.

육식 동물 특유의 우아하면서도 매력적인 걸음걸이로.

"할리우드라면 괜찮겠다. 이사회가 끝나면 가자."

"이사회?"

"그래, 이사회. 한 달 내에 열릴 거야. 후계자가 결정될 이사회지."

"후계자가 결정되는 거라면 중요한 이사회구나."

"중요하지, 매우."

설아의 앞으로 바싹 다가온 하재가 몸을 숙였다. 열려 있는 셔츠의 안쪽으로 탄탄한 가슴 근육이 보였다. 설아는 시선을 옆쪽으로 슬쩍 돌렸다. 이런 일에 면역이 없다 보니 어떻게 행동해야 할지 모르겠다. 얼굴이 붉어졌지만 애써 평정을 유지하려고 노력했다.

"이번 이사회에 제민과 나는 사활을 걸고 있는 셈이니까."

"내가……."

조금 메마른 목소리가 나왔다. 급히 침을 삼킨 설아는 다시 물었다.

"내가 뭘 해야 해?"

"음……."

설아를 내려다보던 하재가 빙그레 웃었다.

"뭘 해야 하냐면, 일단 지금은 씻고 잘 거야. 아무것도 하지 않고. 심지어 네가 알몸으로 춤을 추더라도 그냥 잘 거야. 피곤하거든. 설마 내가 피곤하다고 해서 섭섭한 건 아니겠지?"

"……."

"그럼 더 궁금한 거 있어?"

"아냐. 없어. 그럼 내가 먼저 씻을게."

설아는 욕실로 도망치듯 들어왔다. 샤워기에서 쏟아지는 따뜻한 물을 맞자, 몸이 얼마나 긴장하고 있었는지 알 수 있었다. 만져 보니 여기저기 딱딱하다. 뭉친 어깨 때문인지 팔을 위로 들면 여기저기서 삐걱거리는 소리가 날 것 같다.

몸도 피곤하지만 머리는 더 피곤했다. 폭풍의 한가운데에 있는 느낌이다. 모든 일이 지나칠 정도로 빠르게 흐르고 있다. 뿌옇게 된 거울 사이로 피곤한 듯한 여자의 얼굴이 보였다. 짙어진 다크 서클을 손으로 꾹꾹 누르면서 설아는 크게 숨을 들이마셨다.

하재를 어떻게 대해야 할지 모르겠다. 매 순간 순간마다 혼란스럽다. 하재를 좋아했었다. 아마 남자로도 하재를 꽤 좋아했을 것이다. 사랑했냐는 질문에는 대답하기 힘들겠지만. 그러나 하재이자 제하인, 그를 사랑하느냐는 질문에 대해서는 어떠한 답도 할 수 없다.

왜 이런 상황에 빠진 걸까? 사랑하지도 않는 남자와 결혼을 하고. 그 남자의 처분을 기다리고. 아버지를 미워하게 되고. 그 아버지를 내칠 수도 없고.

인생이 점점 더 끔찍해지는 기분이다.

하재야, 아까 궁금한 게 있냐고 물었지. 어떤 답을 듣게 될지 몰라서 차마 물어볼 수가 없었어. 하재야…… 앞으로 우리는 어뜛게 되는 걸까.

쾅! 본가로 달려간 아영은 준표의 방문을 발로 걷어찼다. 침대에 누워서 반쯤 졸고 있던 준표는 깜짝 놀라서 일어났다.

"야! 지준표!"

"무슨 일이야?"

"너! 도대체 그년을 언제 죽일 거야!"

"미쳤냐? 갑자기 뛰어 들어와서 사람을 죽이라는 게 뭔 소리야."

"네가 아빠에게 유설아! 그년을 처리하겠다고 말했다면서! 그런데 왜 아직 그년이 멀쩡하게 길거리를 돌아다니고 있냔 말이야!"

"지금 그 여자 때문에 이 난리를 치는 거야?"

준표는 짜증스러운 얼굴로 침대에서 일어섰다.

"알아서 할 테니 신경 쓰지 마. 그리고 너 아버지가 없을 때마다 이렇게 건방지게 구는 거 그만해."

"신경 쓰지 마? 그만해? 야! 지준표! 너 또 술 마셨지!"

아영의 지적에 준표는 머뭇거렸지만 이내 태연한 얼굴이 되었다.

"그래. 마셨다. 어쩔래."

"아빠가 술 마시지 말라고 했잖아!"

"그놈의 아빠! 아빠! 아빠!"

준표는 버럭 소리를 지르면서 책상 위에 있던 책들을 집어 던졌다. 그러나 아영은 광분하는 준표를 보고도 눈 하나 깜짝하지 않았다.

준표는 항상 이런 식이다. 뭐든지 할 수 있다면서 말만 번지르르하게 늘어놓을 뿐, 아무것도 하지 않는다. 시간만 질질 끌다가 꼬리를 말고 도망치는 패배자! 설아를 해치우겠다는 말도 아버지에게서 돈을 뜯어내기 위한 헛말이 분명하다.

"도대체 넌 뭐 하는 놈이야?! 아빠에게 다 말할 거야!"

"아버지만 찾지 말고 네 손으로 뭐든지 해 봐!"

"지준표! 그건 내가 너에게 할 말이야! 아빠에게서 돈 받았었잖아. 그런데 왜 지금까지 아무것도 안 해? 네가 돈을 어디에 쓰는지 몰라서 입 다물고 있는 거 같아?"

"뭐?"

"너, 약 하는 거, 내가 모르는 줄 아냐고!"

아영의 말에 준표의 얼굴빛이 변했다. 몸을 파르르 떨던 준표는 서둘러서 방문을 닫았다.

"지…… 지금 무슨 헛소리야!"

"헛소리 좋아하네. 네가 내 빌라에서 약 하는 거, 모를 줄 알았어?"

"약이라니! 그런 적 없어!"

"그래. 없다고 해 두자. 그럼 이번 기회에 인테리어나 새로 해야겠네. 어디서 뭔가 툭 하고 떨어질 것 같은데?"

"야!"

아영의 양 어깨를 두 손으로 꽉 틀어잡은 준표가 고함을 질렀다.

"그런 짓 하면 정말 다 끝날 줄 알아! 너 죽고 나 죽는 거야!"

"내가 인테리어 새로 하는 게 싫으면 어서 빨리 그년이나 처리해!"

"처리? 어떻게 처리해? 너 바보냐? 내가 무슨 조폭인 줄 아냐? 민제하의 여자를 어떻게 건드려?! 민제하의 여자를 건드리겠다는 놈은 대한민국에 없어!"

"그럼 네가 직접 하든지! 차로 박아 버리고 사고였다고 우겨! 그게 네 특기잖아!"

"……내 ……내가 언제……."

"내가 모를 줄 알아? 니가 밖에서 뭔 짓을 하고 다니는지 다 알고 있어!"

"난……."

"닥쳐! 입 닥치고 일이나 제대로 해!"

"……."

아영의 사나운 기세에 눌린 준표는 점점 고개를 숙였다. 아영은 기가 죽은 준표의 멱살을 거머쥐었다.

"지준표. 두 번 말 안 해. 무슨 수를 써서라도 그년을 없애. 제하 옆에서 치우란 말야! 알아듣겠어?! 이번 일을 제대로 안 하면 진짜 뜨거운 맛을 보게 될 거야."

"못 한다니까!"

"못 하는 게 어디 있어! 못 하면 아빠에게 너 약 하는 거 다 말할 거야!"

"지아영!"

"입 닥치라니까! 멍청이 새끼야!"

아영의 입에서 욕설이 튀어나오자 준표는 한 발 뒤로 물러났다.

"이게 단순히 그년이 싫어서 이러는 거 같아? 이사회에서 나를 어떻게 보고 있는지 몰라? 제민이 어떻게 인식되고 있는지 몰라서 이래?! 제민은 후계자가 될 욕심에 삼촌과 사귀던 여자를 뺏은 놈이야! 그게 저쪽에서 제민을 믿을 수 없는 인간으로 보고 있는 근거야! 그런데 제하가 결혼을 했어! 나와 상관없는 평범한 여자! 아직도 상황의 심각성을 모르겠어?!"

"……."

"제대로 해! 유성 돈이 없으면 아빠도 힘들어져!"

아영의 기세에 밀린 준표는 고개를 숙였다.

"아…… 알았어. 그…… 그럼 노숙자라도…… 고용해 볼게."

"노숙자?"

"네가 원하는 건 괴롭히는 거잖아. 그 여자가 집 밖으로 나올 때를 기다려서 하면 되겠지. 뭐라도."

준표의 말에 아영은 환한 미소를 지었다. 사랑스럽고 애교 많은 모습으로 돌아간 아영은 준표의 뺨에 뽀뽀를 했다.

"역시 오빠는 똑똑해. 현금 사용해. 뒤탈 없이. 알겠지?"

13. 서하재와 민제하

천천히 눈을 뜬 설아는 호텔 천장을 바라봤다. 여긴 어디지? 천장에 달려 있는 샹들리에가 낯설다. 시간이 조금 지난 뒤에야 설아는 자신이 있는 곳이 어딘지 깨달았다. 호텔이다! 그리고 옆에는 하재가!

하재의 존재를 인지한 설아는 자리에서 벌떡 일어났다. 그 바람에 이불이 젖혀졌지만 다행히 하재는 눈을 뜨지 않았다. 휴우. 안도의 한숨을 쉰 설아는 살며시 이불을 내렸다. 하재를 깨우지 않기 위해 조심스럽게 침대에서 몸을 일으켰다. 발 뒤꿈치를 든 채 화장실로 향한 설아는 거울과 마주했다.

세상에! 거울에 비친 자신의 모습은 사람 몰골이 아니었다.

머리는 엉망으로 흐트러져 있고 다크 서클이 턱까지 내려와 있다. 밤에는 그나마 어둠과 조명 탓에 어느 정도 봐 줄 만했는데, 환한 태양빛에 드러난 맨얼굴은 초췌하고 끔찍했다. 이런 얼굴을 하재에게 보여 줄 수 없다. 화장을 하지 않아도 예뻤던 시절은 13년 전이다.

일단 립스틱이라도 발라서 다크 서클이 짙은 창백한 귀신에서 사람으로 변신이라도 해야겠다. 가방을 어디에 뒀더라? 조심스레 침실을 지나치던 설아는 몸을 일으킨 채 자신을 바라보고 있는 하재와 마주쳤다.

"……깨 ……깼어?"

말을 하다 말고 설아는 고개를 반대쪽으로 휙 돌렸다.

"머…… 먼저 씻을래?"

"아니. 너 먼저 씻어."

하재는 베개에 얼굴을 묻었다.

"나는 조금 더 자고 싶어. 그리고 혹시나 해서 하는 말인데. 생얼이 신경 쓰여서 고개를 돌린 거라면 13년 전부터 많이 본 거니까 신경 쓰지 말라고 하고 싶은데."

"13년 전이라……. 현재의 나이를 알려 주셔서 참 고맙네요. 먼저 씻을게."

화장품이 들어 있는 파우치를 들고 욕실로 간 설아는 서둘러서 화장을 마쳤다. 밖으로 나왔지만 하재는 여전히 반쯤 몸을 일으킨 자세로 침대 안에 있었다.

"안 씻어?"

"나중에. 지금은 네가 움직이는 걸 보고 싶어."

얼굴이 화끈 달아올랐다. 하재는 자신이 움직이는 걸 보고 싫다고 말했을 뿐이다. 그런데 왜 얼굴이 붉어지는 걸까. 아주 야한 말이라도 들은 기분이다.

"내 상상 속의 너는 움직이지 않았거든."

"상상?"

"감옥에서 할 거라고는 상상밖에 없었으니까."

빛나던 아침 햇살이 사라졌다. 다가오는 것은 과거의 괴로웠던 기억이다. 딱딱하게 얼어붙은 설아는 하재의 시선을 피해서 고개를 돌렸다.

"그러지 마. 너에게 죄책감을 느끼라고 한 말이 아니니까."

"……."

"아까 전화가 왔는데 집수리는 생각보다 빨리 끝난다고 하니까, 모레쯤이면 돌아갈 수 있을 거야."

"그렇게 빨리?"

"어떤 의미야?"

"뭐가?"

"그렇게 빨리라는 말. 그렇게 빨라서 싫다는 건지, 아니면 그렇게 빨라서 좋다는 건지 구분이 되지 않아서."

아무 뜻 없는, 그렇게 빨리였다. 상대방의 말에 대한 추임새에 가까운 말이었을 뿐이다. 그러나 하재는 기분이 상한 티를 내고 있다.

하재가 점점 더 멀어져 간다. 제하일 때보다 훨씬 더 말이 안 통하는 기분이다. 역시 결혼은 그들 관계에 있어서 최악의 선택이었던 걸까? 방금 전만 해도 서로 가벼운 농담을 주고받았다.

일들이 순조롭게 흘러갈 것 같았는데 모든 것들이 다시 엉망으로 변하고 있다.

"오늘 11시쯤 회사로 와. 안내 데스크에서 나를 찾아왔다고 하면 될 거야."

하재가 이불을 젖혔다. 하재의 급작스러운 행동에 설아는 저도 모르게 고개를 살짝 옆으로 돌렸다.

"걱정 마. 잠옷 정도는 입고 자니까."

하재가 아닌데, 하재인 척하는 누군가가 말한다.

"그리고 지나치게 놀라지 말아 줬으면 좋겠어. 내가 정말 나쁜 놈 같아서 싫다고 했을 텐데."

"아니……. 그게 아니라."

"됐어. 그리고 약속 시간은 꼭 지켜."

하재가 욕실에 들어가고 난 뒤에 설아는 답답한 가슴을 손으로 쓸어내렸다. 피곤하다. 다크 서클이 턱 밑까지 내려온 데는 모두 이유가 있었다.

제하일 때도 상대방에게 계속 밀린다는 생각을 했었다. 그러나 하재일 때는 밀리는 정도가 아니라, 행동 하나 말 한마디에 휘둘리고 있다. 한숨을 쉬면서 설아는 두 손에 얼굴을 파묻었다. 죄책감이 계속 꼬리를 문다.

계속 이런 상태로 살 수는 없다. 그런데 해결 방법을 찾기가 힘들다. 뭔가를 해야 한다는 건 알겠는데, 뭘 해야 할지 모르겠다. 어릴 때는 나이가 들면 누구나 현명해질 줄 알았다. 그런데 아니었다. 현명한 아이가 현명한 어른이 되는 거였다. 어릴 때부터 실수투성이였던 자신은 나이 들어서도 여전히 실수만 하는 사람이다.

예전에 하재와 함께 왔었을 때 유성의 빌딩은 낯선 공간에 불과했다. 그러나 지금은 건물 안을 드나드는 사람들 한 명 한 명이 모두 신경 쓰이는 불편한 공간으로 변했다. 로비로 들어서기 전 설아는 유리문에 비치는 모습을 다시 한번 더 점검했다.

몇 번이나 확인했지만 안심이 되지 않았다. 민제하의 부인으로 회사에 가는 것은 처음이니까 그 누구보다 예쁘게 보이고 싶다. 왜 저런 여자가 민 이사의 부인이냐는 시선을 받고 싶지 않다. 숨을 크게 들이마신 설아는 데스크로 향했다.

"저……."

"네. 무슨 일이십니까?"

유능하게 생긴 직원이 상냥한 웃음을 지었다.

"민제하 이사님을 만나러 왔어요."

착각일까? 하재의 이름을 꺼내자 직원의 눈빛이 살짝 일그러졌다. 무례하진 않지만 호기심 어린 시선. 짧은 시간이지만 설아를 아래위로 훑어 내린 직원이 미소를 지은 얼굴로 물었다.

"어떤 관계이신지요?"

"아내예요."

"에?"

미소를 짓고 있던 직원의 입에서 깜짝 놀란 목소리가 터져 나왔다. 주위 사람들까지 모두 돌아볼 정도였으나 직원은 인지하지 못했다. 설아에게 시선을 고정한 직원이 다시 물었다.

"민제하 이사님요?"

"네."

"무슨 일이야, 박수연 씨?"

뒤쪽에 있던 직원이 다가왔다.

"아…… 아니. 그게 아니라. 여기 이분께서…… 민 이사님의 부인이라고 하셔서."

"어느 이사님?"

"민제하 이사님요."

새로 온 직원도 말을 듣더니 깜짝 놀란 얼굴이 되었다. 그러나 처음 직원과 달리 두 번째 직원은 금방 평정을 되찾았다.

"잠시만 기다리세요. 비서실과 연락을 해 보겠습니다."

직원이 전화를 거는 사이 설아는 주위를 둘러봤다. 전에 왔을 때는 밤이라서 제대로 둘러보지 못했는데 오늘 보니까 평범한 다른 회사들과 비슷했다. 수호나 하재가 평범하지 않아서 이런 분위기일 것이라고는 생각하지 못했다.

하재는 이곳에서 어떤 일을 하는 걸까? 회사라는 조직을 경험하지 못한 설아로서는 TV나 주위의 이야기로 알고 있는 것이 전부다. 설아가 주위를 둘러보는 동안 직원들은 서로 눈짓을 해 가며 수군거렸다.

"아, 네……, 네. 알겠습니다."

전화를 하던 직원이 설아 쪽을 돌아보고는 얼굴색이 변했다. 잠시 후 전화를 끊은 직원은 재빨리 다가와서 정중하게 인사를 했다.

"사모님, 잠시만 기다리세요. 곧 사람이 내려온답니다."

직원이 사모님이라고 말하는 순간, 데스크 쪽에서 일하던 사람들의 표정이 싹 변했다. 남녀 할 것 없이 모두 설아를 바라봤다. 집중되는 사람들의 시선이 부담스러워진 설아는 손을 저었다.

"아니, 사람이 마중 나올 필요까지는 없어요. 그냥 내가 올라가도록 할게요. 몇 층이죠?"

설아의 말에 직원은 눈에 띄게 동요했다.

"그게……. 이사님이."

"네? 제하 씨가 왜요?"

설아에게 향하고 있던 직원의 시선이 뒤쪽으로 넘어갔다. 로비에서 술렁거림이 느껴졌다. 무슨 일이지? 눈앞의 직원들도 당황해서 어쩔 줄 몰라 하고 있었다. 고개를 돌려 보니 하재가 걸어오고 있었다. 환하게 웃는 얼굴로 다가온 하재는 설아의 어깨를 살짝 감싸 안았다.

"어서 와. 조금 늦었네."

"……."

신경 쓰인다. 사람들의 시선, 어깨에 올려져 있는 하재의 손길. 자신을 향해 웃고 있는 하재의 시선. 모든 것이 미친 듯이 신경 쓰였다. 잠시 숨을 가다듬은 설아는 하재를 향해서 웃었다.

"시간 맞춰서 온다고 했는데, 조금 늦었나 봐."

"죄송합니다, 이사님. 확인을 해야 해서……."

데스크의 직원이 사과를 하자 하재는 손을 저었다.

"아닙니다. 경비는 엄격한 게 좋죠."

등 뒤로 사람들의 뜨거운 시선이 느껴졌다. 애인? 아냐? 부인? 민 이사가 결혼했어?라는 소곤거림이 계속해서 들렸다.

"안내해 주셔서 감사합니다."

설아가 예의 바르게 인사하자 데스크에 있던 직원들도 고개를 숙였다.

"아니에요. 가세요, 사모님."

직원들의 정중한 인사를 받은 뒤, 설아는 하재와 함께 엘리베이터를 탔다. 엘리베이터의 문이 닫히자 설아는 깊게 숨을 들이마셨다. 그러나 하재는 여전히 어깨 위에 손을 올리고 있었다.

"그냥 사람을 내려보내지 그랬어?"

"그러기 싫었어."

"왜? 아영 때문에?"

"응?"

너무 빠르고 작은 목소리로 아영에 대해서 말했기 때문인지 하재는 제대로 알아듣지 못했다.

"아냐."

기분이 나쁘다. 아영의 이름을 꺼내자마자 기분이 나빠지기 시작했다. 아영을 떠올리기 싫은데도 자꾸만 떠올리게 된다. 모든 게 뒤죽박죽인 하재의 말과 행동. 그 속에서 아영과 사귀었다는 사실만이 선명했다. 하재가 아영의 어떤 점에 사로잡혔는지에 대한 궁금증을 떨쳐 버릴 수가 없다. 설아의 얼굴이 어두워진 이유를 알아차리지 못한 하재는 엘리베이터 문이 열리자 밖으로 나갔다.

"가자."

하재의 사무실로 다가가자 근처에 있는 비서실에서 근무하고 있던 비서들이 나왔다. 남자 비서가 둘, 여자 비서가 한 명이었다. 다들 갑자기 등장한 민제하 이사의 부인이 신기한 눈치였다.

"처음 뵙겠습니다, 사모님. 서주민이라고 합니다."

"강효상입니다."

"김지신입니다."

"유설아예요. 잘 부탁드려요."

비서들과 인사를 나눈 뒤, 사무실 안으로 들어갔다. 하재의 사무실은 클럽에서의 사무실과 비슷했다. 엔틱 계열의 몇몇 가구들을 빼면 아무것도 없었다. 그러고 보니 하재의 침실도 비슷하다.

텅 비어 있는, 조금 차가운 느낌이 드는 공간.

"하아."

가벼운 한숨 소리를 내면서 설아는 손으로 뒷목을 잡았다. 어찌나 긴장하고 있었는지 어깨가 뻐근하다. 민제하의 아내를 지켜보는 호기심 어린 시선들 때문에 등줄기까지 빳빳하게 굳었다.

"피곤해?"

"조금. 다들 너무 호기심 어린 시선으로 바라봐서."

소파에 앉은 설아는 고개를 뒤로 젖혔다.

"그러고 보면 배우들은 대단한 것 같아. 많은 사람 앞에서 태연하게 연기를 하잖아."

"민제하의 아내 자리는 조만간 익숙해질 거야. 어깨라도 주물러 줘?"

"아니. 괜찮아. 그보다 물 있어?"

"냉수로 가져와 달라고 할까?"

"응. 얼음도. 긴장해서 그런지 속이 답답해."

"알았어."

인터폰으로 얼음과 냉수를 가져다 달라고 한 뒤, 하재는 옆에 앉았다. 잠시 후 비서가 물과 얼음을 내려놓고는 사라졌다. 평소 같으면 입이 터져라 얼음을 밀어 넣겠지만 지금은 하재가 있다. 설아는 조심스레 얼음 하나를 입에 넣고 냉수를 마셨다.

"여전히 그렇게 먹는구나."

"응."

"지금도 여전히 속이 답답해서 미칠 것 같아?"

"그냥……. 사람들이 많아서. 이런 일을 겪어 본 적이 없으니까."

설아는 하재와 시선을 마주한 채 말했다.

"그냥 그뿐이야."

"알겠어. 그런데……."

옆자리에 앉은 하재는 조심스러운 어조로 물었다.

"혹시 상담이나 병원에 가 본 적 있어?"

"아니."

사실 몇 번이나 상담을 받아 보려고 했었다. 그러나 상담을 받으러 가면 민강의 애정을 부정하는 것 같아서 차마 시도할 수 없었다. 대신 대학교 때 심리학 수업을 들은 적이 있다. 겨우 한 학기의 심리학 개론에 불과했지만 많은 것을 배울 수 있었다.

첫 번째는 어머니에 대한 아버지의 말을 모두 믿지 말라는 것. 남자에게 빠져서 어린 딸을 버리고 갔다는 건, 아버지의 입장에서 본 진실일 뿐, 결코 객관적인 진실이 될 수는 없으니까.

그러나 머리의 이해는 마음 깊숙이까지는 내려오지 않았다.

어떻게 변명을 해도 어머니는 어린 자신을 버리고 떠난 죄인이고 민강은 그런 자신을 길러 준 아버지다. 속이 더 답답해졌다. 설아는 또 얼음을 입에 넣고 냉수를 들이켰다. 머리가 찌릿찌릿하다. 그래도 차가운 기운 때문인지 잠시나마 속의 갑갑증이 사라졌다.

두 번째는 자신이 자존감이 낮은 사람이라는 점이었다. 어릴 때부터 민강에게 늘 야단을 맞았다. 조금만 실수해도 민강의 입에서는 네 어머니를 닮아서 그 모양, 이라는 말이 튀어나왔다. 그 말이 미치도록 싫었다. 어머니의 얼굴을 닮은 자신이, 어머니와 습관이 같은 자신이.

그 때문인지 자존감은 계속 낮아졌고 대학에 가서야 자신이 어떤 심리 상태에 있는지 조금이나마 짐작할 수 있었다. 그러나 자존감이 무엇인지 알았다고 해서 갑자기 모든 것이 드라마틱하게 변하지는 않았다. 지금도 매 순간 순간마다 자신을 비하하고 멸시하려 하는, 또 다른 자신이 기지개를 켜고 있다. 하지만 자존감이 무엇인지 알았고 자신에게 부족한 것도 알고 있으니 앞으로 차차 나아질 것이라는 희망을 가질 수 있었다.

설아는 하재에게로 시선을 돌렸다.

"너는?"

"나?"

"그래. 어른이 되면 상담을 받을 거라고 했잖아."

"아아……."

하재는 고개를 끄덕이면서 소파에 몸을 기댔다. 조금 나른한 그 모습에서 상담이 좋은 결과를 가져오지 못했다는 것을 알 수 있었다.

"받기는 했어. 그런데 계속은 못 하겠더라."

"왜?"

"나는 계속 화를 내고 분노를 표출하고 싶은데, 그 사람들은 용서를 권했어. 다 털어내면 괜찮아진다는 게, 결국 용서고 타협이라는 말처럼 들려서."

하재의 말은 평생 너를 용서하고 싶지 않다는 뜻으로 들렸다. 그래서인지 뒷목이 더 딱딱해졌다. 천천히 두 눈을 감은 설아는 마음을 다스렸다. 상처 입지 말자. 하재에게 속죄하기로 했으니 평생 죄책감을 느끼며 사는 게 당연하다.

"자, 여기 서류."

하재의 목소리에 눈을 떴다. 하재가 두툼한 서류를 내밀었다.

"살펴 봐. 그중 마음에 드는 사람을 고르면 돼."

"내가 골라야 해?"

"당연하지. 네 비서잖아. 너와 잘 맞는 게 가장 중요해."

하재의 말에 서류를 집어 들었다. 두꺼운 서류의 페이지를 넘기자 갖가지 자격증과 무술 유단자증이 보였다. 자기소개서를 읽어 내려가던 설아는 입술을 깨물었다. 이렇게 대단한 사람들이 겨우 이사 부인을 따라다니는 일을 하려고 들까? 서류를 내려놓은 설아는 하재를 향해서 웃었다.

"하재야. 아무리 생각해도 비서는 필요 없을 거 같아. 공식적인 자리에 나갈 때, 내가 혼자서 준비를 못 할 것 같아서 이러는 거라면……."

"너는 혼자서 잘해낼 수 있다고 생각하겠지. 하지만 개인 자격으로 사람들 앞에 나서는 게 아니잖아."

"……."

"유성그룹의 후계자가 될 사람의 아내라는 위치에서 사람들 앞에 나서는 거야. 조금이라도 실수가 있다면 적들은 그걸 노리게 될 거야."

"그래도……."

"필요 없다는 말은 하지 마. 꼭 필요하니까. 잡다한 업무부터 나와 연계된 일을 맡아 볼 거야. 그리고 경호까지 맡을 예정이니까 반드시 필요해."

"꼭 누군가가 나를 노리기라도 한다는 말처럼 들린다."

설아의 말에 하재는 주먹을 꽉 쥐었다. 겉으로는 태연한 척하고 있지만 사실은 설아를 잃어버릴까 두렵다. 그래서 개인 비서라는 이름으로 경호원을 붙이려는 중이다. 이미 과거에 한 번 설아를 잃어버린 적이 있다. 아무것도 할 수 없던 나약한 자신의 눈앞에서 낙원은 붕괴되었고 설아는…… 죽음과 마주해야 했었다. 지금도 그때를 떠올리면 식은땀이 흐른다.

설아는 그날 무슨 일이 벌어졌는지, 누가 그들의 적인지, 그리고 자신이 무엇을 노리고 있는지 모른다. 말할 수 없다. 설아가 뭔가를 알게 되면 적들도 움직일지 모른다. 설아 근처에 약간이라도 위험 요소를 둘 수 없다.

"누구나……."

하재는 최대한 차분한 목소리로 말했다.

"조심해야 하는 거니까. 그리고 유성이 그리 말랑말랑한 곳이 아니라서."

"……."

"또 부부 동반 행사가 있을 때마다 옷이며 화장, 헤어스타일을 혼자서 할 순 없잖아. 누군가의 보살핌을 받는 것이 부담스러워서 사양하는 거라면 신경 쓰지 마. 그들은 너를 수행하는 게 아니라, 민제하의 아내를 수행하는 거니까."

아무리 싫다고 해도 하재는 반드시 비서를 뽑을 분위기다. 한숨을 쉬면서 설아는 다시 서류를 뒤적였다. 모르겠다. 자신의 한마디에 누군가는 뽑히고 또 다른 사람들은 떨어진다? 지금의 상황이 못내 어색하다.

"……꼭 뽑아야 하는 거지?"

"부담스러워할 필요 없어. 난 여기 최지수 씨가 좋다고 생각해. 무술 실력이 좋고 경호 센스도 뛰어나거든. 어때?"

하재가 내민 서류의 최지수는 서글서글한 인상을 지닌 여자였다. 다른 사람과 비교하던 설아는 고개를 끄덕였다.

"응. 괜찮을 것 같아. 세 명 중에서 가장 인상도 좋고."

"그럼 이 사람으로 하자."

"뭐?"

하재가 너무 쉽게 선택해서 놀랐다.

"정말 그 사람으로 하는 거야?"

"네가 괜찮다고 했잖아."

"그래도 이렇게 쉽게 결정할 줄은 몰랐어. 조금 더 세세하게 살펴야 하는 거 아냐?"

"신경 쓰지 마. 세 명 모두 비슷비슷한 수준이었어. 네 마음에 드는 게 마지막 관문이었어. 참, 생각보다 결혼반지가 일찍 만들어졌더라. 여기."

자리에서 일어난 하재가 책상 쪽으로 갔다. 검은 반지 케이스를 열자 다이아몬드 반지가 반짝거렸다.

"손 줘 봐."

하재가 내미는 것은 결혼반지였다.

반짝거리는 결혼반지가 설아의 눈을 시리도록 파고들어 왔다.

"결혼반지야. 생각보다 일찍 만들어졌어."

결혼반지라는 말에 설아는 숨을 꿀꺽 삼켰다. 한 손에 반지를 든 채로, 하재가 손을 내밀었다.

"손."

"……."

"손 줘."

결혼식도 하지 않았는데 혼인 신고는 했다. 그리고 결혼반지는 지금 이곳에서 단둘이서 끼고 있다. 뒤죽박죽이 된 느낌이지만 설아는 순순히 손을 내밀었다. 약간 떨리는 손으로 설아의 손을 쥔 하재는 천천히 왼손 약지에 반지를 끼웠다. 그러고는 자신의 왼손 약지에도 반지를 끼웠다.

결혼반지. 신성한 언약.

설아는 하재의 손에 끼워진 반지를 바라봤다. 결혼했다. 이미 혼인 신고를 했지만 지금처럼 선명하게 자신들이 결혼했다는 사실을 느낀 적은 처음이다. 지금 하재는 무슨 생각을 하고 있을까? 자신처럼 조금은 벅찰까? 아니면 아무런 감정도 없는 걸까? 설아는 손에 끼워진 반지를 천천히 어루만졌다.

"인생은……."

"응?"

반지를 끼워 주느라 곁에 앉아 있던 하재가 몸을 가까이 숙였으나, 반지에 정신이 팔린 설아는 미처 인지하지 못했다.

"아니. 인생은 상상하지 못하는 방향으로 흘러간다는 말이 사실인가 봐. 너와 결혼하게…… 될 줄은 몰랐거든."

"그래?"

바로 옆에서 목소리가 들렸다. 고개를 든 설아는 지나치게 가까워진 거리에 놀랄 틈도 없이 하재와 눈이 마주쳤다. 검은 눈동자. 하재의 검은 눈동자에 자신의 모습이 비쳤다. 입술을 살짝 깨물면서 뺨을 붉히고 있는 스스로의 모습을 인지하는 순간, 나지막한 숨소리가 들렸다. 하아, 하고 내뱉는 가벼운 숨소리가 점점 메말라지면서 리드미컬하게 들렸다. 점점 더 가까워지고 있다. 머리카락을 스치는 손길이 느껴지고 점점 위로 올라오는 손이 목을 스쳤다.

그저 손길이 닿은 것뿐인데 뜨겁다.

"너는 한 번도 생각해 본 적이 없었구나."

나지막하면서도 열에 들뜬 목소리. 쉿소리가 섞인 목소리가 점점 다가온다.

나는…… 매 순간마다 상상했었는데…….

무슨 말을 한 거야? 듣지 못했어.

하재가 얼버무린 말을 물으려 했지만 질문을 던질 수가 없었다. 뜨거운 입술이 차가운 입술에 닿았다. 입술에 닿은 감각이 선명해지면서 조금씩, 조금씩 더 깊어지는 키스.

살며시 다가온 키스가 점점 짙어지고 있다. 탄탄한 남자의 팔이 어깨를 감싸 안았다. 남자의 몸이 부드러운 가슴 위로 밀착되었다. 블라우스 안으로 조금 거친 느낌의 손길이 들어왔다. 매끄러운 피부 위로 미끄러진 손이 허리를 단단히 감아쥐었다. 두 다리 사이로 파고들어 오는 사내의 몸이 느껴졌다.

묵직한 체중이 묘한 압박감을 준다.

하아…….

입술을 탐하던 사내의 입술이 가느다란 목덜미를 지나갔다. 하복부에서 시작된 짜릿함이 온몸을 스쳤다. 몸이 자신의 몸이 아닌 것 같다. 육체가 서서히 들뜨기 시작한다. 남자의 손이 등 줄기를 따라서 쭉 내려가자 신음 소리가 입에서 흘러나왔다. 들뜬 몸이 점점 젖어 가기 시작한다. 흐릿한 시야 너머로 하재 가 보였다. 천천히 몸을 일으키는 하재가 넥타이를 풀었다. 헬 스장에서 봤던 남자의 아름다운 육체가 눈 앞에서 펼쳐진다.

설아는 거칠게 숨을 삼켰다.

자신의 육체로 설아를 완전히 제압한 하재가 다시 키스를 했다.

그날의 수줍은 입맞춤과는 전혀 다른, 온몸이 저릿저릿한 깊은 입맞춤.

탄탄한 남자의 팔이 어깨를 감싸 안더니, 몸이 천천히 뒤로 밀려 나갔다. 푹신한 소파가 등에 닿았다. 하재의 손이 뺨을 스 치며 밑으로 내려간다. 가슴에 남자의 손이 닿는 순간 정신이 번쩍 들었다.

누구지? 이 사람은 누굴까? 이 사람은 하재가 아니라, 제하다!

갑자기 거부감이 들더니 숨을 쉴 수가 없다.

"잠깐……."

떨리는 손으로 하재를 밀어낸 설아는 손으로 가슴을 쓸어내 렸다. 폐에 공기가 들어가지 않는다. 숨 막혀서 죽을 것 같다. 고개를 숙인 채, 몇 번이나 거칠게 숨을 몰아쉬던 설아는 약간 녹은 얼음을 입안에 가득 넣고는 물을 마셨다.

"미…… 미아해."

입안의 얼음 때문에 부정확한 발음이 나왔다. 다시 말을 정정하려는데, 하재가 몸을 일으켰다. 소파에 떨어진 넥타이를 쥔 하재는 거울 앞에 섰다. 천천히 무표정한 얼굴로 넥타이를 다시 맨 하재는 맞은편 소파에 앉았다.

"얼음, 더 가져다줄까?"

아니. 괜찮아. 고개를 흔들었다. 하재의 눈을 볼 수가 없다.

"미⋯⋯안해."

간신히 제대로 말할 수 있었다.

"괜찮아. 앞으로 시간은 많으니까."

하재의 목소리는 평소와 똑같았다. 그래서 더 신경 쓰인다.

"네가 언제 갑갑증을 느끼는지 잘 알고 있어. 내 손길이 그 갑갑증을 불러오는 원인이 될 줄은 몰랐지만."

"아⋯⋯ 아냐. 그런 게."

"그래. 그런 게 아니길 바랄게. 계속 이러면 곤란하니까. 나는 너와 소꿉놀이를 하려고 결혼한 게 아니거든."

"⋯⋯."

무슨 말이든 해야 한다. 지금의 답답한 분위기를 떨쳐 내야만 한다. 그러나 설아가 입을 열기도 전에 인터폰이 울렸다. 자리에서 일어난 하재가 책상 위에 있는 인터폰을 눌렀다.

"무슨 일이야?"

— 최 이사님께서 만나셨으면 합니다. 또 기획팀에서 연락을 기다린다고⋯⋯.

"아⋯⋯. 최 이사님에게는 점심 식사 이후에 들르겠다고 해 주고, 기획 팀장에게는 최 이사님을 만나고 난 뒤에 가겠다고 해 줘."

— 네. 그렇게 전하겠습니다.

하재가 비서와 이야기를 나누는 사이 설아는 옷매무새를 바로 했다. 치마 밖으로 나온 블라우스를 넣고 얼굴을 가다듬었다. 다행히 옅은 립스틱을 발라서 키스를 한 티가 크게 나지 않았다. 비서와 이야기를 마친 하재가 몸을 돌렸다. 설아는 깍지를 낀 채, 어색하게 웃었다.

"하재야……, 난…….."

뒤늦은 변명이라도 하고 싶은데 입이 떨어지지 않는다. 제하의 얼굴이 된 하재는 평소와 똑같은 목소리로 말했다.

"결혼반지, 빼 놓고 다니지 말았으면 좋겠어. 그리고 최 비서에게 말없이 혼자서는 다니지 마. 절대로."

"알았어."

상대방의 충고를 가볍게 듣고 혼자서 다니다가 문제를 일으키는 건, 10대 시절로 충분하다. 30대가 되면 상대방이 말하려는 게 뭔지 정도는 이해할 수 있게 된다. 설아는 하재의 경고에 고개를 끄덕였다.

"그런데…… 하재야."

"방금 일이라면 변명하지 않아도 돼. 나도 성급했으니까."

변명이 아니다. 하재가 싫어서 갑갑증이 도진 게 아니다. 그저 조금 놀랐을 뿐이다. 남자와 이 정도까지 육체적으로 다가간 적이 없어서 당황했을 뿐이다. 그러나 하재는 틈을 주지 않았다.

"게다가."

하재는 조금 빠른 어조로 말했다.

"여긴 피임 도구도 없으니까 조심하는 게 좋겠지. 지금 확실히 말해 두는데 나는 아이를 가질 생각 없어."

뭐? 하재의 충격적인 말에 설아는 고개를 세웠다.

아이를 가질 마음이 없다고? 왜? 하재는 의문으로 가득 찬 설아를 향해서 천천히 말했다.

"부모를 가진 적이 없으니까."

"……그게 무슨 말이야? 네 어머니…….."

"나는 부모에게서 학대받은 기억밖에 없어."

"……."

"너는?"

아니라고 답할 수가 없다. 하재의 말에 자신은 학대를 받지 않았다고 선뜻 대답할 수가 없다. 민강은 부모 노릇을 열심히 하려고 했었다. 그건 부정할 수 없다. 하지만 민강의 훈육과 교육이 옳았는가는 전혀 다른 의미다.

"부모에게 사랑받은 기억이 없는 내가 자식을 사랑한다? 너는 상상이 돼?"

"……."

"자식을 안고 어르고 그 아이를 키운다는 거. 내 인생에는 없어. 그러니 아이는 포기해."

사실 설아도 자신이 어머니가 되는 게 상상되지 않았다. 동시에 하재가 아버지가 되는 건 더 상상되지 않았다. 하지만 하재의 어머니인 예성 때문에 하재가 자식을 가지지 않겠다는 결정을 내렸을 줄 몰랐다. 왜 그 여자가 저지른 짓을 하재가 되갚고 있는 걸까?

"이 문제에 대해서는 너와 상의할 생각 없어. 달라질 건 없으니까."

선을 긋는 하재의 말이, 날카로운 얼음 가시가 되어서 심장을 쿡쿡 찌른다. 잠시 입술을 깨물던 설아는 크게 숨을 들이마셨다. 그러고는 밝은 목소리로 물었다.

"좋아. 네가 하려는 말을 모두 알아들었고 시키는 대로 할게. 그런데 비서는 언제부터 일하는 거야? 혹시 집에 있을 때도 비서와 함께 있어야 해?"

"집에서까지 같이 있을 필요는 없어. 내 비서실과 일주일 분량의 스케줄을 상의해서 움직일 거니까. 대신 밖에 나갈 때면 비서와 동행해야 해. 네 위치를 파악할 수 있게."

"알았어."

"그럼 이제 대충 이야기는 끝난 셈이니까, 이제 가도 돼."

"대충? 가도 돼?"

"그래."

사실은 하재에게 점심을 같이 먹지 않겠냐는 말을 하려고 했다. 회사로 들어오기 전에 수십 번도 더 연습한 말이다. 그러나 말이 목에 딱 걸려서 밖으로 나오지 않았다. 아까 하재를 거절했던 일 때문에 더더욱 아무 말도 할 수 없었다. 설아는 손가락을 만지작거렸다.

"뭐, 할 말 있어?"

"아……. 아냐. 이제 그만 돌아가 볼게. 휴대전화 번호도 바꿔야 하고. 사실 번호를 바꾸고 오려고 했는데 시간이 좀 안 맞아서 그냥 왔거든. 참, 지금은 혼자 움직여도 되는 거야? 비서는 언제부터 출근하는 거야?"

"내일부터. 일단 지금은 혼자 행동해도 괜찮아. 다만 빨리 호텔로 들어가는 게 좋겠어."

호텔이라는 단어가 하재의 입에서 나오자 저도 모르게 몸이 얼어붙었다. 이럴 마음은 없는데 자꾸만 움츠러든다. 지금의 상황이 어색하고 낯설어서 도저히 적응할 수 없을 것 같다. 설아는 하재를 향해서 어색한 미소를 지었다.

"그래. 그럴게. 일만 마치고 금방 들어갈게."

"같이 나가자. 배웅해 줄게."

"아냐!"

"……."

"괜찮아. 혼자 갈래. 갈 때는 조용히 가고 싶어. 어차피 지아영에게 보일 만큼은 한 거잖아. 그러니까, 혼자 가고 싶어."

설아가 강하게 거부하자 하재도 더 이상 권하지 않았다.

"알겠어. 그렇게 원한다면 혼자서 가."

"그래."

대화가 엇나가고 있다. 서로에게 말하고 있지만 대화는 엇나가고 있다. 그러잖아도 계속 어긋나고 있었는데 오늘 그 어긋남에 쐐기를 박은 느낌이다. 어디서부터 바로잡아야 할지 모르겠다. 바로잡을 수나 있는 걸까?

설아가 사무실 밖으로 나오자 밖에 있던 비서들은 일제히 자리에서 일어났다. 비서들을 향해서 환하게 웃었지만 마음은 어둡다. 곧장 엘리베이터로 향한 설아는 손으로 답답한 가슴을 두드렸다. 이제 두 번 다시 하재의 사무실로는 오지 못할 것 같다.

그때 가방 안의 휴대전화가 요란하게 울렸다. 얼른 쥔 휴대전화 액정에 떠 있는 이름은 지철이었다. 그동안 지철에 대해서 까맣게 잊고 있었던 설아는 서둘러서 전화를 받았다.

"여보세요."

설아가 나가고 난 뒤, 서 비서가 사무실 안으로 들어왔다. 서 비서는 평소와 똑같이 무표정한 얼굴로 창밖을 바라보고 있는 하재에게 다가왔다.

"이사님, 점심 예약은 어떻게 할까요?"

"취소해. 그리고 비서는 최지수 씨로 정했는데 지금 연락할 수 있나?"

"아마 지금 회사에 와 있을 겁니다. 인사과가 깐깐한 거 아시잖습니까."

"다행이군."

불안하다. 뭔지 모르게 계속 불안감이 커져만 가고 있다.

"지금 당장 연락해서 설아 뒤를 따르라고 해 줘."

"사모님을요?"

"그래. 이미 출발했지만 금방 따라잡을 수 있을 거야. 그걸로 최지수 씨의 실력을 테스트할 수 있겠지. 부탁해."

"알겠습니다."

설아와 결혼했다. 오랫동안 미워하고 증오했지만 결국 자신의 선택은 결혼이었다. 처음에는 제하로 결혼하려 했다. 제하라면 그 누구에게도 거절당하지 않았을 테니까. 제하와 설아의 결혼 생활은 좋았을 것이다. 설아는 자신을 도와주는 제하를 언젠가 사랑하게 되었을 것이다. 어떠한 죄책감도 없는 순수한 만남이었으니까.

그러나 서하재로 결혼하게 되었다. 설아는 결코 서하재를 사랑할 수는 없을 것이다. 서하재를 사랑하기에는 벽이 너무 높다. 아버지의 죄. 그 죄를 모른 채 살아왔던 스스로에 대한 죄책감. 그중 가장 큰 벽은 어린 시절의 우정일 것이다. 친구에서 자연스레 연인으로 발전할 시간과 여유 없이 결혼부터 한 상황이다.

실수였을까? 자칫하다가 설아가 떠날지도 모른다는 두려움에 결혼했지만 오늘 보니 너무 성급했던 결정이라는 판단이 든다. 서하재를 남자로 받아들일 시간을 줘야 했던 게 아닐까? 설아는 죄책감 때문에 결코 헤어지자는 말을 하지 않겠지만 바로 그 죄책감 때문에 자신을 사랑할 수 없을 것이다.

점점 욕심이 커지고 있다. 하재는 깊은 숨을 들이마셨다.

차라리 제하일 때가 편했다. 그때는 모든 것이 수월했는데. 지금은 어디까지 손을 내밀어야 할지 모르겠다. 손에 쥐고 있는 것을 하나도 포기하지 않은 채, 행복해지려는 것은 불가능한 꿈일까?

설아를 보자마자 지철은 환하게 웃으면서 다가왔다.

"너무 급히 연락을 해서 만날 수 없을 줄 알았는데. 다행히 시간이 되셨나 봐요. 멀리까지 불러낸 거 같아서 미안하네요."

"괜찮아요. 지철 씨가 움직이는 것보다 제가 움직이는 게 훨씬 편해서 온 거니까요."

설아는 웃으면서 지철을 맞이했다.

"하지만 영화는 보러 가지 못할 거 같아요."

"혹시 바쁜 일이 있으셨던 겁니까? 괜히 저 때문에 여기까지 오신 거면……."

"아니요. 바쁜 일은 없어요. 하지만 계속 만날 수 없어서 직접 왔어요. 전화로도 말할 수 있지만 아무래도 얼굴을 보고 말하는 거 예의일 듯싶어서요."

더 이상 만날 수 없다는 설아의 말에 지철은 어색한 웃음을 지었다.

"어……. 이거 좀 무서워지네요. 갑자기 결혼했다거나 아니면 남자 친구가 생겼다거나……. 뭐, 그런 이야기인 겁니까? 아니면 내가 재미없어서 더 이상 못 만나겠다는 본심 토로?"

"지철 씨 재미있는 분이세요. 말도 잘 통하고. 배려 깊고 세심하고. 참 좋은 분이세요."

"점점 더 무서워지는데…….."

"그런데 제가 결혼을 했어요."

"네?"

별생각 없이 농으로 던졌던 결혼이 사실이라는 말에 지철은 깜짝 놀랐다.

"양다리를 걸쳤거나 지철 씨를 재미로 만났던 거 아니에요. 정말 그런 거 아니에요. 다만 너무 급하게 결혼하게 되었어요."

"사귀던 사람이…….."

"없었어요. 그렇지만 결혼은 했어요. 좀 복잡한 일인데…….. 설명을 드리기도 난처하네요."

"흠."

잠시 말없이 창밖을 바라보던 지철이 웃었다.

"살다 보면 난처한 상황이라는 게 벌어지기 마련이죠."

"죄송해요."

"죄송하긴요. 아까도 말했듯이 살다 보면 별의별 일이 다 벌어지기 마련이죠. 그나저나 제가 굉장히 눈치 없이 굴었군요. 신혼일 텐데 만나서 영화를 보자고 했으니…….. 와, 진짜 민폐를 끼쳤네."

"아니에요!"

지철의 말에 설아는 강한 부정을 했다.

"그런 거 아니에요. 그냥 일이 좀 꼬여서…….."

"괜찮습니다. 제가 민폐남이 아니었다니 다행입니다. 그리고 이런 생각을 말하기가 그래서…… 지금까지 가만히 있었는데……. 사실 설아 씨를 보면서 그런 생각을 했었습니다. 이미 누군가를 사랑하고 있다는 생각."

"네?"

"그런데 자신이 사랑하고 있다는 사실을 모르고 있다는 생각."

"아니에요."

지철의 말에 설아는 손을 저었다.

"아니에요, 그런 거. 누군가를 사랑하다니요. 저는…… 그냥."

저는 그냥 마음의 빚이 있어서……. 또 그래서……라고 말하려고 했다. 그런데 말이 나오는 대신 눈물만 주르륵 흘러내렸다.

"어머. 나, 왜 이러지."

"여기……."

지철은 서둘러서 티슈를 건네줬다. 마스카라가 번질 정도로 계속 흐르는 눈물을 티슈로 꾹꾹 누른 설아는 어색하게 웃었다.

"죄송해요. 요즘 눈물만 나서……."

하루 종일 울고 싶다. 아버지가 원망스럽고 하재에게 미안하고 아무것도 모른 채 행복하게 살아온 자신이 미워서 눈물만 난다. 입술을 깨물어도 눈물이 그치지 않았다. 지철은 그런 설아를 타박하지도, 무슨 일이냐고 캐묻지도 않았다. 잠시 시간을 두고 창밖을 바라보던 지철이 천천히 입을 열었다.

"살다 보면 그럴 때가 있는 거 같아요. 그냥 눈물만 날 때."

"이해해 주셔서 고마워요."

"고맙다는 말을 들을 정도로 대단한 말을 한 것도 아닌데. 따지고 보면 제가 국민의 충실한 봉사자인 공무원 아니겠습니까.

그러니 국민의 한 사람인 설아 씨에게도 친절히 대해 드려야죠."

"……."

"그럼 이쯤에서 악수를 하고 헤어지는 게 제일 깔끔할 것 같은데."

지철은 테이블 건너 손을 내밀었다. 따뜻한 그의 손을 잡으면서 생각했다. 이 손을 잡았다면 행복했을 것이다. 가슴이 쩌릿쩌릿한 기쁨도 슬픔도 맛보지 않겠지만 굴곡 없는 행복한 삶을 살 수 있었을 것이다. 그러나 자신이 택한 것은 하재와의 길이다. 하재와의 미래는 가시밭길만이 아니라 용암이 들끓는 낭떠러지일지도 모른다. 그래도 선택을 했으니 그 길을 가야 한다.

"그동안 즐거웠어요."

"천만의 말씀입니다."

설아는 웃으면서 떠나는 지철을 멍하니 바라봤다.

지철이 떠난 뒤로도 설아는 그 자리에 가만히 앉아서 지나가는 사람들을 바라봤다. 어느새 해가 저물어 가고 있다.

창밖을 한참 바라보던 설아는 천천히 자리에서 일어났다.

마음을 굳건하게 먹자. 계속 이런 식으로 살 수 없다. 하재는 학대를 하기 위해서 결혼하는 것이 아니라고 했지만 그것만으로 만족하면서 살 수는 없다. 사랑해서 한 결혼은 아니지만 불행해지기 위해서 한 결혼도 아니다. 최악의 상황으로 가고 있다는 기분은 들지만 틀림없이 어디선가 터닝 포인트를 찾을 수 있을 것이다.

하재와 다시 만난 지 석 달도 되지 않았다. 짧은 기간 동안 너무 많은 일이 벌어져서 자신이 따라가지 못하고 있는 상황이다. 이런 점을 하재에게 찬찬히 설명하면 둘의 관계가 더 부드러워지지 않을까?

설아는 깊이 숨을 들이마셨다. 확실히 그들에게는 대화가 필요하다. 하재가 호텔로 돌아오면 차분히 이야기를 해 보자. 마음의 결정을 내리자 발걸음이 한결 가벼워졌다. 그러나 하재는 호텔로 돌아오지 않았다.

밤늦은 사무실에 있는 하재는 지수에게서 보고를 들었다. 설아가 지철과 만났다는 지수의 보고를 들은 하재는 시선을 창밖으로 던졌다. 급박한 시간에도 지수는 타고난 역량을 충분히 선보였다. 아마도 세 명 중에서 가장 뛰어난 인재가 맞을 것이다. 그러나 좋은 사람을 택했다는 즐거움보다도 지수의 보고가 주는 불쾌감이 더 컸다. 보고를 받으면서 드는 생각은 하나였다.

자신은 바보다. 왜 지수에게 설아를 미행하게 시켰을까. 그리고 왜 자신은 여기서 설아가 송지철과 만났다는 이야기나 듣고 있는 걸까.

"두 분은 특별한 관계로는 보이지 않았습니다. 굳이 제 의견을 밝히자면 헤어지는 분위기였습니다."

지수의 말에 하재는 날카롭게 반응했다.

"최지수 씨. 지금 뭔가 착각을 하고 있는 것 같은데. 앞으로 보고를 할 때는 일체의 감정도 없이 객관적인 사실만 기술하셨으면 합니다. 최지수 씨는 자신이 어떤 이유로 고용되었는지 명확하게 인지할 필요가 있을 듯하군요."

"……죄송합니다, 이사님."

"최지수 씨는 내 아내의 안전과 수행을 위해서 선발된 겁니다. 안전이 가장 우선이라는 점을 명확히 주지하고 누구와 만나는지에 대한 객관적인 보고만 하십시오."

"네."

말은 냉담하고 차분하게 했지만 지수가 사무실을 나가자마자 하재는 입술을 꽉 깨물었다. 가슴이 뜨겁다. 이럴 때마다 설아처럼 얼음을 삼킨 채 찬물을 들이켜고 싶다. 그러나 그 무엇으로도 가슴속의 불길을 끌 수 없을 것이다. 설아와 송지철의 만남에 의미가 있다고는 생각하지 않는다. 지수의 보고처럼 헤어지는 자리였을 가능성이 높다. 그리고 두 사람의 사이 역시 전의 보고처럼 몇 번의 만남이 전부일 것이다.

그런데도 불구하고 가슴의 불은 계속 타올랐다. 이성으로 감정을 억누르려 했지만 소용없었다. 이건 질투다! 자신의 힘으로는 감당할 수 없는 격렬한 질투.

그의 아버지인 서준수를 미쳐 버리게 만들었던 질투.

지금껏 질투로 인해 광기에 휩싸여서 스스로 죽음을 선택했던 아버지를 이해하지 못했다.

빈곤한 가정에 중학교 중퇴라는 학력을 가진 준수에게 있어서 부잣집의 외동딸인 예성의 존재는, 말 그대로 하늘에서 내려온 천사였다. 그래서인지 예성에 대한 준수의 집착은 상상을 초월했다. 사랑해서 결혼했지만 아내인 예성은 한 가지밖에 보지 못하는 준수를 점차 꺼려 하게 되었고 예성의 거절을 받아들이지 못한 준수는 온갖 행패를 부렸다.

처음에는 예성의 친구 관계를 끊게 만들었고 두 번째는 예성과 가족들 간의 관계를 끊게 만들었다. 오로지 자신의 곁에만 있기를 바라면서 예성을 모델로 한 작품들을 계속 발표했다. 평단의 호평을 받으면서 화가로서의 길은 승승장구를 했지만 집안은 점점 더 끔찍해졌다. 하재가 가지고 있는 기억 중에서 가장 오래된 기억은 어머니와 아버지가 서로를 비난하면서 싸우는 광경이다.

왜 너는 내가 사랑하는 만큼 나를 사랑하지 않는 거지?

하재가 세 살이 되기 전에 예성과 준수는 별거 상태에 돌입했다. 지금까지 단 두 번 만난 고모는 모든 잘못은 예성이 했으며 자신의 동생인 준수는 순진했던 죄밖에 없다고 말했다. 사실인지 거짓인지 알 수 없지만 고모는 예성의 피를 이어받은 그를 싫어했다.

어릴 때 몇 번이나 편지를 보냈으나 돌아오는 답은 한 가지. 예성의 아들로, 예성의 돈으로 살아온 너는 내 동생의 아들이 아니다. 그러니 내가 살아 있는 동안에는 절대로 그림을 빼앗을 수 없다는 냉담한 거절의 편지였다.

당시에는 너무나 힘들었지만 조금 시간이 지나 보니 재미있어졌다.

어머니인 예성은 자신이 아버지인 준수의 피를 이어받아서 싫어한다. 고모는 자신이 예성의 아들이기 때문에 싫어한다.

차라리 그냥 서하재라서 싫다고 했으면 모든 일이 편했을 것을.

아버지는 격정적인 사람이었고 뒤를 생각하지 않는 외골수였다. 그러나 자신은 다르다. 아니, 지금까지 다르다고 생각해 왔었다. 하지만 근본적으로 똑같다.

왜 너는 내가 사랑하는 만큼 나를 사랑하지 않는 거지?

어릴 때는 질투에 사로잡혀서 행복을 파괴하는 아버지를 이해하지 못했다. 그러나 이제 알 것 같다. 아마도 아버지의 마음이 이러했을 것이다. 억누를 수 없는 분노와 증오가 이성을 갉아먹고 있다.

결코 채워질 수 없는 욕구임을 알면서도 상대방을 바라볼 때마다, 욕망을 버릴 수 없다.

나를 사랑해. 내가 너를 사랑하는 만큼.

"제주도?"

용기를 내서 건 전화에서 들리는 하재의 대답은 제주도였다.

"언제 가는데?"

— 조금 이따가. 왜? 무슨 문제라도 생겼어? 일이 벌어졌으면 최 비서에게 말해. 곧 최 비서가 호텔로 갈 테니까.

"아니……. 그게 아니라……."

— 그럼?

"저······."

그럼 언제 올 거냐고 물어보려 했으나 들려오는 대답은 냉랭했다.

— 지금은 바빠서 오래 통화할 시간이 없어.

전화는 끊어지고 설아는 거대한 벽과 마주했다. 커다란 벽이, 너무나 높고 견고한 벽이 다가와서 부딪치는 기분이다. 이렇게 단단한 벽은 처음이라서 어떻게 해야 할지 전혀 알 수가 없었다. 휴대전화를 손에 든 채로 설아는 한숨을 내쉬었다. 꼬여 버린 실타래를 풀 길은 없는 걸까?

잠시 후 룸 전화가 울렸다. 로비에 손님이 찾아왔다는 데스크 직원의 전화였다.

짧은 쇼트 커트 머리에, 약간 다부진 체격을 가진 지수는 사진으로 봤던 것처럼 싹싹한 느낌의 사람이었다.

"안녕하세요, 사모님."

"네, 안녕하세요."

"최지수라고 합니다. 룸에서 뵈는 것보다 밖에서 뵙는 게 훨씬 나을 듯해서 올라가지 않았는데, 지금이라도 룸으로 올라갈까요?"

"아니. 괜찮아요. 나도 커피를 마시고 싶었어요. 커피 드실래요?"

"네."

설아는 다가온 직원에게 커피를 두 잔 시켰다. 주문을 받은 직원이 사라지자 지수와의 사이에는 낯선 침묵만이 감돌았다.

설아는 가볍게 헛기침을 하면서 대화를 시도했다. 지수가 겉보기처럼 싹싹한 성격이기를 바라면서.

"그런데 뭘 해야 하는 거죠? 개인 비서를 두는 건 처음이라서."

"일단 스케줄 확인부터 하시면 됩니다. 여기 이번 주 스케줄표가 있어요. 이번 달에 있는 행사 중에서 가장 큰 건 지진태 의원의 출판 기념회입니다. 이사님께서 이 행사에는 꼭 참석해야 한다고 몇 번이나 강조하셨습니다. 메이크업 숍과 옷 등은 제가 임의로 몇 군데 준비해 뒀는데, 보고 고르시면 됩니다."

설아는 지수가 내미는 옷 사진들을 받아 들었다. 잠시 드레스 사진을 살피던 설아는 조심스레 물었다.

"그런데 제하 씨는 어떤 게 좋다고 하던가요?"

"이사님요?"

설아의 질문에 지수는 조금 당황했다.

"글쎄요. 이사님께서는 이쪽 일에 관여하지 않으셔서……. 궁금하시면 회사로 돌아가는 즉시 여쭤보겠습니다."

"회사로 돌아가는 대로?"

"네. 이사님의 퇴근 시간 전에만 회사로 돌아가면 여쭤볼 수 있을 듯합니다."

퇴근 시간 전에만 돌아가면 여쭤볼 수 있다? 순간 설아의 얼굴이 굳었다. 아까 하재는 잠시 후 제주도로 떠난다고 했다. 엄밀히 말해서 조금 뒤라고 했지만 어쨌든 그 말이 의미하는 게 오늘 퇴근 시간까지는 아닐 것이다. 설아는 입술을 꼭 깨물었다. 그렇다면 하재는 오늘 제주도로 간다고 거짓말을 한 셈이다. 왜? 자신과 함께 있는 게 싫어서?

"별다른 일이 없으면 출근 시간은 오전 10시로 하려고 합니다. 대신 저녁 행사나 모임이 있을 때는 끝까지 같이 있을 예정입니다. 또 메이크업 담당자를 결정하셔야 하는데, 이분이 어떨까 합니다."

지수는 많은 이야기를 했다. 설아의 소유가 될 옷과 보석 그리고 카드와 차에 대해서.

그러나 설아의 귀에는 하나도 들리지 않았다.

머릿속을 맴도는 것은 오직 하나.

회사로 돌아가서 하재를 만나겠다는 지수의 말이다. 동시에 자신에게 거짓말을 하는 하재였다.

"그리고 차는……."

"잠시만요."

계속 다른 생각을 하던 설아는 지수의 대화를 끊었다.

"지금 이사님이 회사에 계신 거 맞죠?"

"네?"

"이사님이 제주도로 내려갈 예정이 있나요?"

"제주도요?"

지수는 금시초문이라는 얼굴이 되었다. 그러나 이내 고개를 저었다.

"조만간 제주도 호텔 문제로 내려갈 예정이라는 말은 들었습니다만……. 아직 이사님 비서진에서 그 문제에 관한 스케줄 조정을 연락받지는 못했습니다."

"알겠어요."

이제 모든 것이 확실해졌다. 하재는 거짓말을 했고 그 이유는 자신을 만나기 싫어서다. 설아는 커피 잔을 물끄러미 내려다봤다.

화가 난다? 섭섭하다? 서운하다?

모르겠다. 세 가지 감정 모두인 것 같으면서도 아닌 것 같은 감정들이 들끓었다. 하재의 손을 거부한 사람은 자신이다. 안다. 지금의 하재를 과거의 하재와 완전히 분리시키지 못하고 있는 사람도 자신이라는 것을 잘 알고 있다.

그래도 이건 아니지. 제주도로 간다고 해 놓고서 회사에 있다니.

설아는 숨을 크게 들이마셨다. 지금까지의 조심스러웠던 삶이 떠올랐다. 되도록 타인과의 접촉점을 줄이려고 했던 과거. 그렇게 살았던 이유는 단 한 가지.

어느 날 갑자기 이유도 모른 채 하재를 잃어버렸기 때문이다.

모든 일들이 자신의 탓인 것 같았다. 자신의 부주의함 때문에 소중한 하재를 잃어버린 것 같아서 슬펐다. 어떻게 하면 되찾을 수 있는지 몰라서 매사에 조심하면서 살아왔다.

그런데 그 소중한 친구가 되돌아왔다. 비록 친구가 아니라 남자라는 형태이지만.

동시에 자신이 그 존재를 친구로 대해야 할지, 아니면 남자로 대해야 할지도 모르는 상태다. 때문에 정해진 것은 없고 혼란만 계속되고 있다. 하지만 하재가 돌아온 이상 살얼음을 디디듯이 움츠린 채 살 필요가 없지 않을까?

닫혀 있던 세상과의 문이 조금씩 열리는 기분이다. 아버지의 화난 목소리에 주눅 든 채 세상의 시선에 고개를 숙였던 세월이 어리석게 느껴졌다.

고개를 든 설아는 지수에게 웃으면서 말했다.

"집으로 돌아가야겠어요."

"네?"

"인테리어나 집수리가 어떻게 되어 가는지, 집에 가서 살펴야겠어요."

뜬금없이 집으로 돌아가야겠다는 설아의 태도에 지수는 황당한 얼굴이 되었다.

"하지만……. 그 일은 민 이사님의 비서실에서 알아서 하고 있는데."

"알아요. 다들 열심히 해 주실 것도, 또 깔끔하게 잘하실 것도 알아요. 하지만 인테리어를 모두 남의 손에 맡기고 싶지 않아요. 내가 살 곳이니까 내가 정해야죠."

그동안 자신은 너무 고개를 숙인 채 살았다. 하지만 이제는 하재도 제멋대로인 유설아에게 적응해야 할 때가 왔다.

"이사님에게 나는 오늘 집에 들어간다고 전해 주세요. 그리고 이사님은 내 옷 취향을 별로 좋아하지 않으니까, 출판 기념회에 입고 갈 옷은 이사님이 먼저 선택하라는 말도 전해 주시구요."

말을 하다가 설아는 잠시 숨을 쉬었다. 지수에게 자신의 감정을 고스란히 보이고 싶지 않았기에 최대한 평소와 똑같이 말했다.

"그럼 준비해 주시겠어요?"

"아……. 네, 네."

설아가 재촉하자 지수는 서둘러 일어났다.

룸에서 짐을 챙겨서 내려온 설아는 지수가 체크아웃을 하는 동안 로비 소파에 앉아서 숨을 들이마셨다. 호텔의 천장에 매달려 있는 화려한 샹들리에가 보였다. 투명하게 늘어진 폭포수 같은 샹들리에를 바라보면서 설아는 기억을 더듬었다.

아버지에게 머리카락이 잘렸던 순간은 기억이 난다. 그래. 그건 확실히 기억난다.

곱게 길렀던 머리카락이 아버지의 가위질에 인정사정없이 잘려 나갔다. 아무리 아니라고 해도 아버지는 자신의 변명을 들어주지 않았다. 어린 딸이 사내와 함께 시간을 보냈다는 사실에 분개하던 아버지. 지금도 그 광기에 휩싸인 눈동자가 기억이 난다. 하재에게 뛰어갔었다. 같이 학교에 갔었고……. 그날 하재와 첫 입맞춤을 했다.

그리고…….

모르겠다. 블랙아웃이다. 그 뒤부터는 아무리 기억을 더듬으려고 해도 아무것도 떠오르지 않는다. 그날 어떤 일이 있었던 걸까? 왜 하재는 자신을 성폭행했다는 오명을 쓴 채 감옥에 들어가야 했던 걸까? 과거를 회상하던 설아는 뒤늦게 자신이 무엇을 잘못하고 있는지 깨달았다.

결혼을 하고 하재와 함께 살 생각을 하는 대신, 그날 무슨 일이 있었는지에 대해서부터 물었어야 했다.

바보! 바보 유설아!

갑자기 뒤바뀐 세상에 놀라서 가장 먼저 해야 할 질문을 하지 않았다. 스스로를 책망하며 자리에서 일어나려던 설아는 결코 잊을 수 없는 목소리와 마주했다.

"이런 호텔에서 사진을 찍는 게 왜 중요해?"

"나에게는 중요해."

고개를 돌려 보니 나경과 영락이었다.

"여기 한 끼가 얼마인 줄 알고 설치는 거야?"

"알아!"

사납게 눈을 치켜뜬 나경은 영락을 잡아먹을 듯이 으르렁거렸다.

"지금 집에 돈도 없는데! 꼭 이런 곳에서 밥을 먹어야겠어?"

"돈 없는 이유가 나 때문이야?"

"뭐?"

"우리 확실히 해. 나는 혼수도 해 오고 심지어 집을 사는 데도 돈을 보탰어. 그런데 이런 호텔에서 음식도 못 먹어? 친구들이 나를 뭐로 보겠어!"

"야. 니 친구들이 보는 사진이 그렇게 중요해? 넌 왜 뭐가 중요한지 판단을 못 하냐. 여기 한 끼면."

"왜? 오빠가 잘 노는 그 판에 끼는 데, 어차피 이 돈으로는 부족하잖아."

"야!"

나경과 영락. 둘의 목소리는 그리 크지 않았지만 둘 사이에 흐르는 감정은 격했다. 나경과 영락을 본 설아는 딱딱하게 굳었다. 예상치 못한 만남이었지만 충분히 가능한 일이다. 나경은 이런 호텔에서 사진을 찍어 SNS에 올리는 것을 자랑거리로 삼았으니까.

설아는 나경과 영락을 주의 깊게 바라봤다. 결혼한 지 얼마 되지 않았지만 둘 사이가 그리 좋아 보이지 않는다. 조만간 더 나빠질 것이다. 그나저나 영락과 나경 두 사람은 왜 자신을 알아보지 못하는 걸까? 거리도 그리 멀지 않고 선글라스만 끼고 있을 뿐, 딱히 몸을 숨기고 있는 것도 아닌데도 영락과 나경은 전혀 자신을 알아보지 못하고 있었다.

"요즘 진짜 너 왜 이래? 그 미친년이 해코지라도 할 줄 알고 걱정했는데……. 이제는 네가 말썽이다."

"말썽? 애초에 오빠들이 그년을 건드리지 않았으면 아무 일도 없었어."

"그만해라."

"지금 내가 그만두게 생겼어?"

나경은 본격적으로 영락에게 으르렁거렸다.

"유설아가 유성그룹 사람이 되는 걸, 내 두 눈으로 보게 생겼잖아! 짜증 나!"

"그건 생각하면 할수록 나도 울컥한다고 몇 번이나 말해? 게다가 요즘 현종이는 아예 만나지도 못하고. 갑자기 걔 아버지 사업이 휘청거려서 많이 힘들대."

"현종 오빠 이야기는 꺼내지도 마. 그 오빠가 괜히 설아에게 손을 대서 이 난리가 난 거잖아."

"손만 댄 거잖아, 손만. 그런데 그년 이야기를 인터넷 같은 데 올려 보면 어때? 더럽게 헤프게 놀던 년이 재벌을 꼬드겼다고."

"뭐?"

"올려 봐. 네가 쓴 글인지 알 게 뭐야? 그쪽에서도 별말 못 하게 대충 얼버무리면서 쓰면 되지."

"미쳤어?"

나경은 어깨를 감싸는 영락의 팔을 뿌리치면서 짜증을 터트렸다.

"오빠가 이런 식으로 생각 없이 행동하니까 내가 짜증이 나는 거야. 그딴 글 올려서 그년을 자극하면 좋을 게 뭐가 있어? 만에 하나 나라는 걸 알게 되면 가만히 있을 거 같아?"

"너인 줄 어떻게 알아?"

"누가 봐도 자기 이야기가 구구절절 있는데, 오빠 같으면 의심 안 하겠어? 지금은 그년의 머릿속에서 최대한 빨리 사라지는 게 중요한 거 몰라?"

"괜찮다니까. 그런 글 올려도 그쪽에서는 대응 못 해. 만일 문제 생기면 우리도 그 여자 과거를 죄다 까발리면 되잖아."

"과거라고 할 게 없잖아."

"야. 대충 만들면 되지. 과거 없는 사람이 어디 있냐. 그리고 그 여자가 무슨 수로 유성그룹에 들어갔겠어. 그게 다 구린 구석이 있는 거지."

"……됐어."

"그럼 내가 올릴까?"

"맘대로 해!"

대화하는 나경과 영락을 보면서 설아는 곧 닥쳐올 그들의 파국을 예감했다. 잘 어울리는 한 쌍이라고 해야 할지, 아니면 잘 어울리는 악연의 동반자라고 해야 할지 모르겠다. 하재는 결코 두 사람을 그대로 놔둘 사람이 아니다. 이제 곧 하재의 손길이 그들에게 닥칠 것이다.

가장 행복한 때에. 가장 깊은 좌절을.

"사모님. 준비를 다 마쳤습니다."

"알았어요. 가요."

지수를 이끌면서 로비를 나가던 설아는 흘깃 거울을 바라봤다. 그리고 나경과 영락이 자신을 알아보지 못한 이유를 알아차렸다. 거울 속에 비친 여자는 얼마 전까지의 유설아가 아니었다. 화려한 외모에 눌려서 머뭇거리던 유설아는 사라지고 등을 빳빳이 세워서 호텔 로비를 걸어가는 여자가 보였다.

설아는 거울을 가만히 바라봤다.

낯설다. 이런 자신이 낯설다. 하재는 이런 자신을 어떤 시선으로 바라볼까?

<밀어: 거울의 속삭임> 2권에서 계속